学术文库

陆游
纪梦诗研究

■ 闵江妍 著

中国出版集团有限公司
世界图书出版公司
西安 北京 上海 广州

图书在版编目（CIP）数据

陆游纪梦诗研究 / 闵江妍著. -- 西安：世界图书出版西安有限公司, 2025.7. --（学术文库）. -- ISBN 978-7-5232-2480-9

Ⅰ. I207.227.442

中国国家版本馆 CIP 数据核字第 2025Z3M241 号

陆游纪梦诗研究

LUYOU JIMENG SHI YANJIU

著　　者	闵江妍
责任编辑	郭　茹
出版发行	世界图书出版西安有限公司
地　　址	西安市雁塔区曲江新区汇新路 355 号
邮　　编	710061
电　　话	029-87214941　029-87233647（市场营销部）
	029-87234767（总编室）
网　　址	http://www.wpcxa.com
经　　销	全国各地新华书店
印　　刷	陕西龙山海天印务有限公司
开　　本	787mm×1092mm　1/16
印　　张	15.5
字　　数	260 千字
版　　次	2025 年 7 月第 1 版
印　　次	2025 年 7 月第 1 次印刷
书　　号	ISBN 978-7-5232-2480-9
定　　价	78.00 元

版权所有　翻印必究

（如有印装错误，请与出版社联系）

自 序

"莫问收获,但问耕耘",也许这本专著还有些幼稚,但它对我的意义非比寻常,这不仅是我一个人披星戴月的苦修,更是推动我继续科研的重要动力。可以说,它是我的科研舟楫,使我坚定了在文学领域的守候。并且"梦"对我来说也是非比寻常的,这体现在我的日常生活中。我所能感受到的最大的不可置信就来自晨昏交界之时,我在梦里驰骋飞舞之际,无数沉重的记忆变得轻盈,突然出现在我的脑袋之中,好像电视剧展演的那样,有"听见彩虹碎裂声响"的那种不可思议,原来自己不是有着幸福和永久愉快的梦中之人,而是生来就被痛苦驱使的人类。这种痛苦才是人之为人的重要原因,因此,我对"梦"产生了浓厚的兴趣。而在有关梦的诗歌之中,极具代表性的人物自然就是陆游,陆游纪梦诗的艺术成就鲜有诗人可比。陆游的梦不只是他个人的梦,他的梦已经完全上升到了国家和时代的高度,他对国家赤诚的爱映射在梦中,这是个人命运和国家命运的互相交织。梦不仅是他情感的展现,更是他的精神在残酷现实世界的一场突围。在他的梦中,南宋重新强盛,夺回了汉唐故地。他以梦为武器,向世界展示了他的不屈。

老实说,我在刚开始写这本书的时候,内心十分忐忑,并不抱希望能完成它。作为一名大学生,我深知自己的科研历程才刚刚起步。但是即便如此,我还是决定调整心态,放下焦虑,便有了一些信心。我给自己制定了每日研究计划,要求自己按计划完成研究任务,在严格执行了一段时间后,竟然也有了独特的体验。我将每日的撰写比作香水使用,刚开始觉得有点艰难,无法进入,就什么也不想,让自己正襟危坐在桌前,浏览文献,阅读诗歌,尝试着写一两段文字,这就好比香水的"前调"。然后渐入佳境,脑子里的各种想法如精灵一般活跃起来,它们使我愉快地遨游于陆游的精神世界,不知不觉就完成了研究计划的一大半,这就是我研究的"中调"了。这时候,往往就到晚上十二点多了,我会站起来走两步,自我满足感荡漾在心,似乎瞬间就有了拼一拼的雄心,然后坐下来一鼓作气,完成最后的研究任务,这就是"后调"了。这时候,往往已经是夜里两点钟左右,我会自豪地在研究记录上写下今日的实施情况,然后甜甜地望一眼已经熟睡的妈妈。就这样,我最终完成了这本书——《陆游纪梦诗研究》。

这本书一共有五章,从纪梦诗的界定和纪梦诗的书写历史着手,最后到陆游纪梦诗的现代价值,详细地探究了陆游的纪梦诗创作过程。第一章对陆游的纪梦诗及其文学渊源进行整体概述,阐述了纪梦文学的发展演变。梦对人类来说是非常神秘的,从古至今,无数人都想一探究竟,或依托于神仙之力,或以朴素的唯物史观来解释,这种对梦的追寻也反映在文学创作之中。梦的虚幻性和现实的真实性相互依托、相互映衬,造就了一篇又一篇伟大的文学名作,而陆游也接续了这样的纪梦传统,纪梦诗成为他诗歌创作的一个重要组成部分。第二章在明晰了纪梦传统的承续之后,又以现实作为导向,分析了陆游选择"梦"作为诗歌表达载体的重要原因。从社会现实、文坛风气转变和思想三个大方面着手,抽丝剥茧地分析了影响陆游纪梦诗创作的重要原因。现实世界的挤压、文人心态的转变和民族情感的坚守等,都促使陆游选择"梦"作为自己精神的出口。第三章根植于陆游的纪梦诗文本,对陆游纪梦诗的情感内涵作了解析,主要分为两个部分:追忆和向往。"追忆"是对往昔生命情思的回忆与怀念,陆游在纪梦诗中吊古怀今、追念往事,这是对旧事物的眷恋。只有知道自己来时的路,才能更好地向未来出发。而"向往"则是向前看,展现了陆游对精神出口的追寻。现实世界挤压着他,他必须寻找出口,一吐胸中垒块。于是,他的梦中有能理解他的朋友、一同北伐的战友,有时他甚至进入了神仙的居所,抑或成了莲华博士。现实所不及之处,让他在梦中尽展自己的情感。在对文本进行分类后,本书的研究又以陆游纪梦诗为切入,观照有关古代诗歌的文学理论观念,对陆游纪梦诗的艺术建构展开分析,主要以叙事和抒情作为出发点进行研究。"梦"是连通虚拟和真实的桥梁,纪梦诗在记述梦的内容时,天然就具有一种叙事性,而抒情性则是诗歌的重要特质。因此,在陆游的纪梦诗中,除了其中的叙事与抒情要素,还具有一种抒情和叙事互渗的机制,即抒情叙事或叙事抒情,以此展现诗歌的全新风貌。最后,对后人来说,不仅要对经典进行历史式的回望,还要立足于当下。陆游纪梦诗展现出了极高的现实意义。它不仅是对中国传统梦理论的文学实践,还展现了对西方梦理论的跨文化印证。除此之外,它不仅在文学意义上,更在哲学意义上将梦与诗实现了联结,"诗"对"梦"的营构和超越都展现了文学的新风貌。最后,陆游纪梦诗还对中国民族精神的凝聚力产生了影响,民族精神继承了陆游纪梦诗所散发的爱国之光,陆游纪梦诗更以一种全新的面貌开拓了民族精神的主题。

在写完这本书之后,我似乎也跟随陆游走完了他的一生。在写这部专著之前,我对陆游的了解仅停留在课本之中,诸如他的词如何、诗如何,我从未深入地走进。而这本书给了我一个契机,陆游在我心中从二维跃升到了三维,我开始以一种全新的角度去理解他的诗歌,不仅从理性上分析它,而且在感性中体悟它。随着研究的深入,我感觉我不再只是读他的诗,而是能听见他笔下的夜阑风雨,甚至能看到他"家祭无忘告乃翁"时那深情的眼眸。他的文字伴随着有温度的血脉,流淌着八百年前一直沸腾至今的赤诚。他的梦穿透时空,被我接续,我感受到的不只是白纸黑字,而是一个鲜活、热烈的生命,它是那样的激荡人心。

在书籍完成之后,我回望过去,发现自己也发生了天翻地覆的变化。这种变化首先体现在写作上。之前我对写论文还有一些畏惧,不知道如何去写,也不懂得谋篇布局,通常是先打草稿之后再完成全文,也非常畏惧字数的相关要求,每次写到一半就感觉精疲力尽了。但是写完这部专著之后,我可以以平常心对待论文了,不再害怕,也不再妄自菲薄,并且写论文的水平确实提高了。其次是语言表达能力的提升。在之前写论文的过程中,我经常会有言不尽意的感觉,觉得自己论述的观点说服力不够强。但经过这次专著写作,不说很完美地论述,但可以完整地表达出来,对我来说,这就是一个很大的进步。再者,在文献搜集上,我学会了搜寻、征引专业书籍,以及运用数据库,尤其是将其运用于参考文献的引用。最后,我学会了利用互联网的优势来寻找关键书籍,诸如读秀、Z-Library等,还从中发现了一些不太常见但实用的功能,这大大提升了我的信息搜集能力。总体来说,这本书的写作就像一场训练,从各个方面提升了我的科研能力。

目　　录

第一章　纪梦文学及陆游纪梦诗概说…………………………(2)

 第一节　梦及梦的发生机制……………………………………(2)

 第二节　梦与文学…………………………………………………(7)

 第三节　梦的书写传统……………………………………………(11)

 第四节　陆游及陆游纪梦诗概说………………………………(19)

第二章　陆游纪梦诗的文化生成………………………………(24)

 第一节　社会现实的生存透视…………………………………(24)

  一、现实世界的挤压……………………………………………(24)

  二、民族情感的坚守……………………………………………(28)

  三、家族精神的引领……………………………………………(29)

  四、失落情感的补偿……………………………………………(33)

 第二节　文坛激变的时代感知…………………………………(35)

  一、文人心态的转变……………………………………………(35)

  二、诗坛风向的新变……………………………………………(38)

  三、江西诗派的影响……………………………………………(40)

 第三节　三教合流的思想体认…………………………………(43)

第三章　陆游纪梦诗情感模式解析……………………………(47)

 第一节　追忆：往昔生命的忧思………………………………(48)

  一、吊古怀今……………………………………………………(50)

二、怀恋亲友 …………………………………………………… (59)

　　三、梦回故境 …………………………………………………… (67)

　　四、人生感怀 …………………………………………………… (78)

第二节　向往：精神出口的追寻 ……………………………………… (84)

　　一、精神侣伴 …………………………………………………… (84)

　　二、梦游山河 …………………………………………………… (88)

　　三、报国之志 …………………………………………………… (93)

　　四、闲居休憩 …………………………………………………… (101)

　　五、游仙之幻 …………………………………………………… (105)

　　六、戏谑排遣 …………………………………………………… (109)

第四章　陆游纪梦诗情感模式的艺术建构 ……………………………… (111)

　第一节　抒情与叙事传统概要 ………………………………………… (111)

　　一、抒情传统说 ………………………………………………… (111)

　　二、叙事传统论 ………………………………………………… (114)

　第二节　抒情传统的召唤与重建 ……………………………………… (116)

　　一、抒情传统的衰落 …………………………………………… (116)

　　二、抒情传统的复归 …………………………………………… (118)

　第三节　叙事传统的确证与延伸 ……………………………………… (137)

　　一、纪梦虚实的博弈：叙事传统的重估 ……………………… (138)

　　二、梦境叙事的深化：宋诗叙事的新变 ……………………… (140)

　　三、纪梦书写的多维呈现：叙事形式的延展 ………………… (146)

　第四节　抒情与叙事的激发互渗 ……………………………………… (152)

　　一、以叙事抒情 ………………………………………………… (153)

二、以抒情叙事 …………………………………………… (158)

第五章　陆游纪梦诗的文学价值和现实意义 ………………… (164)

　第一节　梦理论的文学实践 ………………………………… (164)

　　一、陆游纪梦诗对中国传统梦论的创作实践 ………………… (165)

　　二、陆游纪梦诗对西方梦理论的跨文化印证 ………………… (176)

　第二节　"诗"对"梦"的营构 ……………………………… (188)

　　一、纪梦语言的"驯化" ……………………………………… (189)

　　二、纪梦意象的"驯化" ……………………………………… (194)

　第三节　"诗"对"梦"的超越 ……………………………… (197)

　　一、诗教意义上的纪梦情感升华 ……………………………… (197)

　　二、诗史召唤下的诗歌理性倾向 ……………………………… (198)

　　三、"学问"范式下的无序"梦呓"改造 …………………… (201)

　第四节　民族精神的文化资源 ……………………………… (202)

参考文献 ………………………………………………………… (210)
后　记 …………………………………………………………… (234)

陆游纪梦诗延续了中国古代纪梦文学的传统,同时在南宋独特的文化语境下呈现为"追忆"与"向往"两种情感模式,丰富了纪梦文学的内涵,也在一定程度上拓展了纪梦文学的书写领域。陆游纪梦诗注重对梦境的叙述,在一定程度上确证了中国古代诗歌除抒情传统之外的叙事传统,并将这种叙事传统推进了一步。在这种意义上,陆游纪梦诗具有某种文学革新的倾向。陆游的纪梦诗中还经常会出现概念化的"无脸人"角色,他们经常在陆游的梦中扮演很多形象,如一见如故的好友、宴请的宾客等,与其说是陆游现实好友的虚幻投射,不如说是陆游在与自己对话。这表明陆游纪梦诗对梦理论研究具有重要的文本价值,它不仅以文学实践的方式印证了中国梦理论的丰富内涵,也在一定程度上与西方梦理论相呼应。但作为文学作品,它表现了文学对生理梦境的改造与营构。纪梦文学独特的文化与文学价值,以及与其他领域研究的互相联系,使其成为古代文学研究中不容忽视的文学现象。

第一章 纪梦文学及陆游纪梦诗概说

梦是人在睡眠中产生的,来自人的潜意识,是人对现实世界的加工,而文学同样也是人思想情感的投射。艺术家运用一定的手法对从现实世界中获取的记忆表象进行加工,表达最深层的精神倾向,最后产出文学艺术。因此,梦与文学在思维方式上具有某种一致性。在中国古代文学史中,南宋陆游的纪梦创作具有里程碑的意义,它不仅能反映宋元时期士人的独特生活图景及民族情感,也是我们研究梦及梦的发生机制的重要文本。

第一节 梦及梦的发生机制

梦是人生活中无比奇特的感受,是人的生理现象的一种。人在睡眠之中,心理活动的运作将想象与现实交会,将现实重现或按照人的意志进行审美加工,创造出一场又一场奇幻瑰丽的美妙梦境。而这样的生成机制及其表现出的独特性,使古今中外无数的学者将目光投向梦,试图解释并揭开其隐藏在内心深处的神秘面纱。从生理机制来讲,梦是人在睡眠中产生的一种独特的生理现象,因为探究视角的差异,所以具有不同的分类方法与认识。在中国,最早对梦的记载见于商周时期的甲骨卜辞中,如"贞王梦,佳大甲"[1]。而梦对外部世界的反映也使某些民族将梦视作灵魂的外游,中国东北地区的赫哲族相信人有三个灵魂,即"生命魂""心底魂"以及"转生魂"。"生命魂"给予肉体以活着的可能性,而"心底魂"则与思想有关,他们认为梦中的所思所想都是"心底魂"在人睡梦之中游荡

---

[1] 刘文英:《刘文英文集》卷二,兰州:兰州大学出版社,2021年,第20页。

的所见所感,而做梦的感觉又证明了灵魂的存在。在古代,这样的逻辑联系将梦与宗教信仰牢牢捆绑在一起,梦境中的事物也就不单单是孤立、客观的事物,而是神明的启示,即梦与外部世界牢牢地结合在一起。梦中的事物可以突破时间、空间的限制,直接或者间接地对外部世界造成影响,古人对梦的感受是十分深刻的。

在科技发达的今天,梦研究以科学手段为主。研究表明,快速睡眠期大脑皮质活动增强,丘脑和梦幻核等区域活跃,是梦产生的主要生理基础,同时血清素、多巴胺、去甲肾上腺素等神经递质在梦产生中也发挥着很大的作用,而且激素(如褪黑素)对睡眠和梦境也具有影响。现代的科学认知主要将梦分为清醒梦、生理梦等。

梦研究从古代便已开始。各不相同甚至可能相悖的理论,反映了研究者当时的社会文化、历史因素以及科技发展水平等,这些理论都具有重要的意义。在古代,梦研究经常与神明暗示紧密结合,人们希冀梦中显现的事物是神灵对他们的启示,相信梦中所出现的事物可以预兆诸如祸福、吉凶、升降等变化,从而指导他们的生产生活,使他们看到一个更加光明的未来。其中最具有代表性的是中国第一部解释梦的专著——《周公解梦》。《周公解梦》中的神秘宗教学因素,使之常与玄学、神秘学、民俗学等共相发展,极大地表明了"梦"在当时人们眼中的神秘莫测。《周公解梦》主要运用了直梦、测字、谐音、意象等方法,如"上天取物位王侯,飞上天富贵大吉,登天上屋得高官"[1],就运用了意象法。它将"天"的意象扩大化,并着重突出"上"的动作,将诸如"上天取物""飞上天""登天上屋"等动作视为"位王侯""富贵大吉""得高官"的预兆,具有浓厚的封建色彩,同时也表现出古人对"梦"神秘莫测的情感认知,具有心理调节、道德教化等重要功能。而这样的特点不仅存在于中国汉族传统社会,同时也存在于其他少数民族的传统社会之中。在东北赫哲族的民俗中,大家认为有些梦是好梦和吉兆,如"好的梦如梦见喝酒、得钱,那就预示着打猎能得物。梦见死人、抬棺材,则能打倒野兽。梦见穿长衣服,认为那年能发财;梦见女人则办事顺利。坏梦如梦见黑熊

---

[1] 徐敏主编:《现代周公解梦》,北京:中国物资出版社,2007年,第255页。

时,不是家里死人就是亲属死人。梦见骑马走路不好,狩猎不得物"[1]。这也预示着古代社会的梦兆迷信,它反映了人们普遍认可这种现象,但其因果联系并非必然。而对此种联系的普遍认同也进一步导致了占梦文化的流传,它与其他神秘观念一起共同构成了主流文化下暗潮涌动的次文化。

"梦"的宗教迷信式的崇拜也潜藏着古人对梦的理性分析与理解,这具有十分重要的意义。首先是关于"梦"的分类问题,先民依靠梦与自身的利害关系,将梦分为吉凶两大类,而随着文明的继续推进,其分类暗含科学特质,也加入了一定的分析。《周礼·春官》将梦分为六类:"一曰正梦,二曰噩梦,三曰思梦,四曰寤梦,五曰喜梦,六曰惧梦。"[2]正文并未对其进行更详细的解释,后世多采用郑玄的注释。"正梦"即人们心情平和时所做的平常无奇的梦;"噩梦"则主要指人们做得胆战心惊、情绪剧烈起伏的梦;"思梦"则是指人因思念而梦,在梦中显露出所思所想的人或者事物;"寤梦"则更偏向于白日梦,自以为醒着,其实是在做梦;"喜梦"是指人在喜悦的情绪下做的令人愉快的梦;而"惧梦"则是指在不安的情绪下做的令人惊惧之梦。除了《周礼》对梦的分类,不同的研究者根据其对梦的认识,提出了同样具有理论价值的分类,例如东汉王符的《梦列》将梦分为了十类,有直、有象、有精等;佛教也对梦进行了分类,善梦、不善梦和无记梦等。以上所述对梦的分类都十分清晰地表明了梦的特性:梦是人在睡眠之中的心理活动,受人在现实世界中的经历以及由此产生的情绪影响,人在梦中清晰地表现出渴望与忧虑等情绪,这是人的潜意识的显现。

梦是人认识世界与认识自己的独特交汇点,人做梦的缘由与人的肉体和精神密切相关。一方面,梦的产生与肉体紧密相连,"人病亦气倦精尽,目虽不卧,光已乱于卧也,故亦见人、物之象"[3],另一方面,梦的产生又与精神活动相关,"若夜间有梦之时,亦是此心之已动,犹昼之有思"[4]。梦与肉体紧密关联的研究与记

---

[1] 覃光广等编著:《中国少数民族宗教概览》,北京:中央民族学院科研处,1982年,第17页。
[2] 徐正英,常佩雨译注:《周礼》,北京:中华书局,2014年,第524页。
[3] 王充著,张宗祥校注:《论衡校注》,上海:上海古籍出版社,2013年,第449页。
[4] 郭齐、尹波点校:《朱熹集》,成都:四川教育出版社,1996年,第2902页。

载主要表现在中医领域,中医认为做梦往往是因为"淫邪发梦"等打扰体内的平衡,造成肉体的痛苦而致使"魂魄妄行""志意恍惚"等,例如隋朝医学家巢元方所言:"夫虚劳之人,血气衰损,脏腑虚弱,易伤于邪。邪从外集内,未有定舍,反淫于脏,不得定处,与营卫俱行,而与魂魄飞扬,使人卧不得安,喜梦。"①

精神活动也是梦产生的另一重要原因,如《周礼·春官》中对梦的分类总是依据一定的精神原因,如喜梦、惧梦等。东汉哲学家王充提出了"精念存想"的观点,认为人内心深处持续的思念必定系于特定事物,这种想念也会反映在梦境之中。而西晋乐广提出的"想因说"则将肉体与精神活动的因素结合到了一起,开始尝试探讨两者的关系问题,将梦分为"形神所接之梦"和"形神不可接之梦",即人在梦前是否接触过某些事物。该问题很好地探讨了梦是否会受到外界影响的问题,"想"由此引入为什么想的问题,同时想什么的问题又与精神活动联系在一起,而"因"则是依托,即某种思想或者念头。诸多研究者对该问题都提出了自己的想法和见解,陆游在其《午睡》中说:"心安了无梦,一扫想与因。"②而中国传统哲学对梦研究的重要阶段则是王廷相的"魄识之感"与"思念之感"。"魄识之感"依托于王廷相对张载"气一元论"的认可,以"气"影响下的肉体知觉来探求梦因,例如在身体饿的状态下就会梦见吃东西。王廷相同时期又注重对"思念之感"的体认,强调"梦中之事即世中之事"③。王廷相强调的"思念"是广义的,包括喜怒哀乐等心理活动,而王廷相进一步认为:"故首尾一事,在未寐之前则为思,既寐之后则为梦。"④他将梦前与梦中均统摄在精神活动中,论证了"梦中之事"与"世中之事"的关系,此论断对前人的研究进行了总结与发展。

对梦理论的探索具有里程碑意义的,则是以弗洛伊德为代表的精神分析学说。此学说以科学的视角看待梦。弗洛伊德以其作为医生的经验为基础,从对身体的研究转向对精神的研究。他经过大量研究表明,"梦提供动机力量的愿

---

① (隋)巢元方著:《诸病源候论》,台北:集文书局,1976年,第45页。
② (宋)陆游著,钱仲联校注:《剑南诗稿校注》,上海:上海古籍出版社,1985年,第925页。本书所引陆游诗歌均出于此,以下不再一一标明。
③ 傅正谷:《中国梦文化辞典》,太原:山西高校联合出版社,1993年,第906页。
④ 傅正谷:《中国梦文化辞典》,太原:山西高校联合出版社,1993年,第898页。

望,总是来源于潜意识"①,梦是被压抑愿望的伪装式满足,是关于过去的知识,是人的精神活动的继续。"在梦中,我们将会更接近真实的自我,梦乃是代表我们正在努力地解决我们的冲突。"②而梦理论的另一个高峰是荣格,荣格批判了弗洛伊德的梦是人压抑的满足,认为"梦是潜意识精神没有偏见的、自发的产物,不受意志的控制。它们是纯粹本性;它们向我们展示的是未加修饰的、自然的真理"③。同时他认为梦具有补偿的功能,能够平衡自我意识中的片面因素,他的理论扩展了弗洛伊德关于梦的主体性影响。荣格认为,梦的内容的产生不仅源于个人素材,同时也包含集体性因素,即集体潜意识的影响。这种影响由遗传获得,"人类祖先进化过程中集体经验心灵底层的精神沉积物"④,同时也包含全体人类共有的普遍经验,"一个人出生后将要进入的那个世界的形式,作为一种心灵的虚像,已经先天地被他具备了。这种心灵的虚像和与之对应的客观事物融为一体"⑤,对梦的造就产生了影响。

梦是人特殊的精神心理活动,古今中外学者都对其投入了关注的目光,梦的研究也逐渐从封建迷信过渡到科学的研究方式。中国古代学者对梦进行分类,并从分类之中得出肉体与精神两方面的基本研究路径。外国学者依托独特的社会历史因素等,创造性地提出了对梦的新解释。他们以精神分析理论为路径,从心理学角度研究梦境,为人们正确理解梦境奠定了基础,亦为理解梦文学提供了重要路径。

---

① (奥)弗洛伊德著,车文博主编:《释梦 下》,北京:九州出版社,2021年,第560页。

② (德)卡伦·荷妮著,李明滨译:《我的挣扎》,北京:中国民间文艺出版社,1986年,第346页。

③ 安东尼·史蒂文斯著,杨韶刚译:《百科通识文库 简析荣格》,北京:外语教学与研究出版社,2015年,第168页。

④ 章志光、林秉贤、郑日昌主编:《中国心理咨询大典》(上),天津:天津科学技术出版社,2008年,第355页。

⑤ (美)C. S. 霍尔、V. J. 诺贝德著,冯川译:《荣格心理学入门》,北京:生活·读书·新知三联书店,1987年,第43页。

第二节　梦与文学

　　中国古代对"梦"进行了广泛的文学描述,以一种人本的立场去探索梦;而"梦"的特质及其文学呈现,则极大地丰富了文学的内涵,扩展了文学的表现空间。梦是虚幻的,在梦的场域中,时间的限制被打破,须臾之间便能从夏商至现代,亦可以与自己仰慕的几千年前的人互相交流。没有时空的间隔,超越自身所在现实世界的局限,只要想要便能做到,在时间的长河之中随意打捞闪闪发光的钻石,与各位先贤实现思想上的交流与互通。陆游曾经在梦中梦见与故师曾几相谈,这样的事情在现实世界中无法办到,但可以在无拘无束的梦中发生。在一夜清谈之后,他因晨鸡扰梦而发出了感慨:"晨鸡底事惊残梦,一夕清谈恨未终"(《梦曾文清公》)。同时梦的无拘束也使思念贯通生死与历史,人们可以在梦中清晰地表达对朋友过世的伤心,表达友情的纯粹,以一种虚幻的色彩涂抹出朋友鲜活的形象。只有在梦中,才能与友人如生前一般对话,一般玩乐。陆游在梦中才能见到去世的友人如生前一般,也因此感叹:"伤心忽入西窗梦,同在埔村折荔枝"(《予初仕为宁德县主簿,而朱孝闻景参作尉,情好甚笃。后十余年,景参下世,今又几四十年忽梦见之若平生,觉而感叹不已》)。但又因为梦的不可控制性,梦见的人也不受主体控制,元稹也因此伤心道:"我今因病魂颠倒,唯梦闲人不梦君。"(《酬乐天频梦微之》)[1]而这种思念不仅仅是针对友人,更是针对爱人、家人等,如苏轼"夜来幽梦忽还乡,小轩窗,正梳妆"(《江城子·乙卯正月二十日夜记梦》)[2],张泌"别梦依依到谢家,小廊回合曲阑斜"(《寄人》)[3],李贺"梦中相

---

[1] 周啸天编著:《历代绝句鉴赏大辞典》,北京:商务印书馆国际有限公司,2024 年,第 576 页。

[2] (清)上疆村民编,学而书馆编辑组校注:《宋词三百首》,北京:中国友谊出版公司,2023 年,第 104 页。

[3] (清)蘅塘退士选编,学而书馆编辑组注:《唐诗三百首》,北京:中国友谊出版公司,2022 年,第 396 页。

聚笑,觉见半床月"(《秋凉诗寄正字十二兄》)①。这种梦的无拘束不仅仅体现在时间的无间隔上,更体现在空间的无间隔上。梦仿佛有道教缩地成寸的法术,能令人须臾之间便到某地,或者令其与远方的亲人、爱人等相见,抑或使飞鸟归巢、游子归家,让人在残酷的现实之中得到一丝慰藉。李白在家中度日,仍有不甘的心情,"我欲因之梦吴越,一夜飞度镜湖月"(《梦游天姥吟留别》)②;陆游在梦中与好友谈心,"自怪梦中来往熟,抱琴携酒过西邻"(《三二年来夜梦,每过吾庐之西一士友家,观书饮酒,方梦时亦自知其为梦也二首·其二》);苏轼于梦中到达故乡,醒后也因此十分怅然,"梦到故园多少路,酒醒南望隔天涯"(《浣溪沙·山色横侵蘸晕霞》)③。

梦境的体验是十分奇特的,是真实与虚幻的交接之地。首先,梦的内容深藏于做梦者的内心而秘而不露,"劳梦无人觉,默默心自知"④。而与外人交谈,或因对梦境的忘却,或对别人意图剖析自己真实内心的拒绝,都使得梦成为个人性的,而这种"脉脉不得语"也使文学对它的书写变得复杂。同时梦是无拘束的,梦无法自然而然地被人所控制,人无法选择今天在睡眠中做美梦还是噩梦,是选择梦见友人还是爱人。梦不能自主,梦的过程与结局是不定的。尽管梦是客观有来由的,但其虚幻性也使人在主观上认为它忽来忽去。范成大梦见少时的自己,慨叹"忽作少年梦,娇痴逐儿嬉"(《梦觉作》)⑤,"忽"字很精准地写出了范成大对少年韶华易逝的感慨与梦回少时的惊讶与喜悦。白居易笔下的琵琶女面对惨淡的现实,"夜深忽梦少年事,梦啼妆泪红阑干"(《琵琶行》)⑥,"忽"字将琵琶女把现实的残酷与少时锦绣生活的强烈对比跃然纸上,突出了作者想要表达的情

---

① 闵泽平编著:《李贺全集》,武汉:崇文书局,2015年,第247页。
② (清)蘅塘退士选编,学而书馆编辑组注:《唐诗三百首》,北京:中国友谊出版公司,2022年,第69页。
③ 谭新红、萧兴国、王林森编著:《苏轼词全集 汇校汇注汇评》,武汉:崇文书局,2015年,第3页。
④ 王义超、赵开泉选注:《吴均诗文选注》,银川:宁夏人民出版社,2010年,第29页。
⑤ (宋)范成大撰,吴企明校笺:《范成大集校笺》,上海:上海古籍出版社,2022年,第1578页。
⑥ 上海辞书出版社文学鉴赏辞典编纂中心编:《白居易诗文鉴赏辞典》,上海:上海辞书出版社,2020年,第77页。

感。方回读放翁诗觉而有感,却也言"忽梦一老仙,电眸齿如冰"(《读放翁诗作》)①。方回非常崇敬陆游,对陆游的诗念念不忘,梦见了现实中不可能见到的陆游,超越了时间与生死的界限。日有所思,夜有所梦,这种主观上突然出现的梦,给作者带来了极大的满足感,而反映在文学上,则体现在一部又一部具有独特性的文学作品上。这正如佛教通过对外部世界的体认将所缘之境分为三类:性境为实境;独影境为不托本质而产生的缘境,造就了诸如龟毛、兔角等虚幻之象;带质境是指如夜行见绳误认为是蛇这样的错觉之境。而佛家又言:"一切有为法,如梦幻泡影"②,外部世界如梦一般,而佛教对三类境的体认很好地说明了梦境的独特性。梦中不仅仅有如实反映的客观存在,也有将外部世界进行自我加工的产物,如独影境、带质境之所言说,亦如王延寿的《梦赋》:"有蛇头而四角,鱼首而鸟身,或三足而六眼,或龙形而似人。"③现实世界中没有有角的蛇,也没有三足六眼的生物,但在梦中会出现。而这种体验的独特性与文学的特征不谋而合,现实与心灵在梦中交汇,提供了文学创作所需要的诸如人物、情节等因素。诸如陆游《五月二十三日夜记梦》:"长眉老仙乘白云,握手授我绿玉杖。"通过梦中描写的奇景——长眉老仙授予绿玉杖,作者的感情逐步升华,达到"何须更待熟金丹,从我归哉住昆阆"的思想境界,表现陆游对归隐生活的向往。梦中体验的奇特性突破了现实世界的藩篱,其奇幻性及作者的情感体验都为作者的创作提供了艺术灵感。

梦境不仅是对外部世界的反映,更是对自己潜意识的满足,是主体对外部世界的情感超越。外部世界禁锢着自我,而在梦中自我价值得以实现,完成了对创作者的心理慰藉。梦境深处所映照的,正是潜意识的渴望,是主体真实的精神诉求。在现实世界的压抑下,梦境代表着某种虚幻的真实。即使陆游在不被重用的时候牢骚满腹,写了许多诸如"世间妄想何穷尽,输与山翁一醉眠"(《作梦》)

---

① 北京大学古文献研究所编:《全宋诗》(第 11 册),北京:北京大学出版社,1993 年,第 41554 页。
② 陈秋平、尚荣译注:《中华经典藏书 金刚经·心经·坛经》,北京:中华书局,2012 年,第 77 页。
③ 王飞鸿主编:《中国历代名赋大观》,北京:北京燕山出版社,2007 年,第 250 页。

之类归隐田园的诗或者游仙诗,但在梦中依旧渴望着"东阁群英鸣佩集,北庭大战捷旗来"(《记九月三十日夜半梦》)。在南宋偏安一隅的现实下,陆游怀才不遇,但他仍然心怀国家,努力实现自己的政治理想。但这些纪梦诗也从侧面反映出他人生中的悲哀,梦中无论如何报国、实现自我人生价值、实现社会需要的价值,但终究也只是南柯一梦,纯粹虚幻。但这种破碎性与价值的割裂有时也使文学中此类情感的描写熠熠生辉。"悲剧就是把人生有价值的东西毁灭给人看"①,对大团圆式结局的执着追求,反而成了鲁迅笔下的"杭州十景病",当身体与内心遭受苦难的时候,精神迸发出的能量则是自我的释放,感情超越了一切言语。即使在现实中郁郁不得志,但梦中报效祖国的志向依旧坚定。虽然梦与现实的碰撞有时会导致自我的毁灭,但对创作者来说,梦仍然是表现自我理想与愿望的方式。"它按照一种特殊的理想来看待世界,并通过对现实基础的最独特的理解而加强了它的影响。它们在一种真正的天国的光辉中向我们展示出尘世的美丽,展示出最高尊严的顶点。"②梦反映了真正的自我想法,虽然有时会出现书写上的隐瞒欺骗,但仍然可以反映自我潜意识的满足,表现文学的艺术灵感与自我价值的实现。

梦与文学都是超现实的,依靠想象、虚构等实现作者的意图,都可以体现作者或者做梦者的想象力,具有十分相似的美学特征。想象力对文学创作的重要性不言而喻,正是凭借想象力,李白对月亮的比喻才能不落俗套,将之唤作"白玉盘",成为写月的代表作。同时在达尔文看来,做梦就是想象力的表现:"做梦最能使我们懂得,想象力是一种什么东西。"③梦与想象一样,都是对现实世界的加工再创造,正是这样的结合,催生出了中国诗学的独特题材——游仙诗。以李白的《梦游天姥吟留别》为代表,在梦中寻访仙人,甚至有时自己也成为仙人,在仙境中遨游。陆游也曾写过梦中的游仙诗:"正呼鹤驾凌风去,惊觉西山烟外钟。"(《记梦》)而这样的游仙诗反映了中国文化的独特取向,即儒释道三教合流下士

---

① 冯雪峰主编:《鲁迅全集》,北京:人民文学出版社,1956年,第297页。
② (奥)弗洛伊德著,张燕云译:《梦的释义》,北京:新世界出版社,2007年,第35页。
③ (英)查尔斯·达尔文著,(美)詹姆斯·D.沃森导读,潘光旦、胡寿文原译,李绍明校订:《不可抹灭的印记之人类的由来及性选择》,长沙:湖南科学技术出版社,2015年,第100页。

人的独特心态。梦的想象是丰富的、不自觉的。梦与文学气质相符,是文学创作的重要动力。

梦是文学的重要动力,也暗合人类艺术的重要特征。梦的模糊性与无限性突破了现实的障碍,使人实现时间与空间上的突破。同时,梦的独特体验及其引发的奇特感受等,表现了"梦"在文学上的独特性,更成为拓展文学空间的重要动力。它在主观性层面实现了人的价值,达到了自我满足。梦的真实与虚幻的交接,使梦在文学上从侧面微妙地反映了作者心中潜藏的真实想法。梦宛若现实世界的第二世界,对外部世界的认识与自我反映都映照其中。在表现内容与形式上,梦与文学紧密联系,不可分割。文学表现出梦潜藏的特征,而梦则给个体提供创作的动力,促使其进行文学创作。二者这种不可分割的关系,也使梦在文学领域实现了多重价值实践与运用。

第三节 梦的书写传统

梦是文学呈现了作者对外部世界的认知及对内部精神世界的探求的过程。因梦的特质与文学联系的紧密性,梦被文学创作者所垂爱,他们创作出一个又一个令人满怀感慨的作品,共同构建出了中国梦文学的大厦。而对梦文学的书写最早可以追溯到甲骨文时期。

早期对梦的书写主要集中于梦境的描绘以及占梦官在神灵的启示下对梦的解释。甲骨文卜辞多次记载代王占梦的事件,如"贞王梦,不隹大甲"[1]等。在商周以及春秋战国时期,因梦与神明的联系,梦作为神明的意志对现实世界施加影响,对此种观念的书写便成为一种模式发展下来,影响后世。例如《列子》对华胥梦的构建:黄帝最初治理国家,国家十分清明,但随着时间的推移,问题越来越多。于是,他开始自责其过,"斋心服形,三月不亲政事"[2],思考解决的办法。忽

---

[1] 刘文英:《刘文英文集》卷二,兰州:兰州大学出版社,2021年,第20页。
[2] 张文治编:《国学治要 集部 子部》,北京:北京理工大学出版社,2014年,第779页。

而白日入梦,梦见自己游历"华胥氏之国"。该国完美契合黄帝的理想国构想,即"其国无帅长,自然而已。其民无嗜欲,自然而已。不知乐生,不知恶死,故无夭殇;不知亲己,不知疏物,故无爱憎;不知背逆,不知向顺,故无利害:都无所爱惜,都无所畏忌"①。该国人民顺应自然,描绘出一种令人向往的理想蓝图,以及人人所追求的大同社会。而这种梦的观念逐渐成为政治理念的象征,体现了文学创作者对儒家所描绘的大同社会的追求,以及对现实世界束缚的反叛,进而成为一个具有丰富文学内涵的典故。如陆游在《睡觉作》中写道:"饭余一枕华胥梦,不怪门生笑腹便。"诗中以华胥梦与现实世界进行对比,表现诗人对生活的热爱和对自我的接纳,这里的"华胥梦"更像是理想之中的安乐之境。

文学作品中对"梦"的书写则更加多样化,梦境、梦象都是创作者取之不尽、用之不竭的灵感源泉。梦是虚幻和真实的交接点,在梦中,既有现实世界中的社交活动、政治活动,也有来自现实的精神活动与心理情感,表现了个人精神的独特投射。梦提供着现实世界中或存在或不存在的素材与灵感,在中国五千多年的文化长河之中,梦的书写不断被重视、探索和实践。

先秦时期,"论《六经》,《诗经》最葩,闺门内许多风雅"②。在最早的诗歌总集《诗经》中,不仅有第一篇爱情诗,也有第一篇纪梦诗,其首篇《关雎》即有"窈窕淑女,寤寐求之。求之不得,寤寐思服"③的叙述。不论现实还是梦中,男子都对女子思念异常。现实中的"求之不得"使男子对女子怀恋不已,对男子梦境的描写更凸显了其情绪浓度,求而不得的思念之痛跃然纸上。除了《关雎》,《诗经》中的《斯干》《无羊》则更加侧重于先民的梦魂观念,即注重梦与神灵的联系以及神灵在梦中对做梦人的启示,以占梦为基本主题。例如《小雅·无羊》:"吉梦维何?维熊维罴,维虺维蛇。大人占之,维熊维罴,男子之祥;维虺维蛇,女子之祥。"④以梦中的意象视为对做梦人的启示,同时认为其可预示胎儿的性别。如

---

① 张文治编:《国学治要 集部 子部》,北京:北京理工大学出版社,2014 年,第 779 – 780 页。
② (明)汤显祖著:《牡丹亭》,武汉:崇文书局,2019 年,第 17 页。
③ 周振甫译注:《诗经译注》,北京:中华书局,2002 年,第 1 页。
④ 周振甫译注:《诗经译注》,北京:中华书局,2002 年,第 288 页。

果梦见了熊,被认为将要生男孩;如果梦见了蛇,被认为将要生女孩。与此同时,《国语》中对梦的描写也大多侧重于该方面。这体现了当时的社会环境以及先民对梦的认知,人们以梦寄托对个人或者国家吉凶、祸福等方面的暗示与期许。先秦两汉时期的纪梦文学均属此类书写。

先秦时期的《楚辞》对梦文学的描写也十分出色。尤其是屈原在《九章·惜诵》中的书写。该篇是《楚辞》中最早描写梦的篇章,通过梦的内容描述以及形式暗示,表现出屈原的孤独与无奈,以及他不被重用反而遭受贬谪的痛苦。"昔余梦登天兮,魂中道而无杭。吾使厉神占之兮,曰有志极而无旁。终危独以离异兮,曰君可思而不可恃。"①屈原以梦为引子,描写自己梦中的内容:想要在梦中脱离肉体的桎梏,飞游于苍天之上,但魂魄游荡却没有渡船,自己的心愿无法实现。再请占梦,占梦者的劝告更使屈原伤心,欲施美政而不得,体现了屈原强烈的哀伤之情、对国家前途的担忧,以及对自身前路渺茫的慨叹。"《惜诵》的风格之所以是崇高而不是别的什么,根本的原因在于其作者屈原的人格崇高、理想崇高以及追求崇高。"②梦这一载体十分完整地构建了屈原的理想人格与政治向往。

《庄子》也是纪梦文学的重要组成部分,书中共有十一处明确言及梦,如《庄子·人间世》中的"匠石归,栎社见梦曰……"③。而《庄子》对纪梦文学的贡献之一,就是扩充了纪梦文学的叙事性与寓言性。《庄子·齐物论》描写了庄周梦蝶的故事,"昔者庄周梦为胡蝶,栩栩然胡蝶也,自喻适志与!不知周也。俄然觉,则蘧蘧然周也。不知周之梦为胡蝶与,胡蝶之梦为周与?周与胡蝶,则必有分矣。此之谓物化"④。庄子梦见自己成为一只蝴蝶,蝴蝶在空中飞舞十分快乐,甚至忘记了这只蝴蝶是由庄子变的。醒来后,庄子不明白到底是庄子变成了蝴蝶还是蝴蝶变成了庄子。这个故事以梦为形式,通过文学性的描写,蕴含着十分丰富的哲学内涵。以梦为依托,实现了庄子哲学下的"丧我",即人的主体性不断消

---

① 吴广平撰:《楚辞全解》,长沙:岳麓书社,2008年,第172页。
② 张思齐:《论〈惜诵〉的纪梦文学性质》,《西华大学学报》(哲学社会科学版),2015年第1期,第58页。
③ 齐云主编:《古文观止 上》,沈阳:辽宁大学出版社,1998年,第236页。
④ 陈鼓应注译:《庄子今注今译》,北京:中华书局,1983年,第101页。

解,达到"齐物"的境界,实现"物我一体"。庄子成为蝴蝶,在现实世界是无法办到的,而在梦中则实现了从人到物的"物化"。第二次由梦转醒,梦的主体从庄子让渡给了蝴蝶,即实现了从蝴蝶到人的转变,而作为人的主体性进一步被消解,到最后文中发出"究竟是庄子还是蝴蝶"的疑问。这一疑问真正消弭了人与物、物与物的差别,实现了哲学高度的"物我一体"。"对庄周和蝴蝶判断的彻底消解,即将主体的认知彻底消解掉,任何一个主体自我和外物都化为同一,这种物我化通同一的状态即是'齐'的最高表现。"[①]而这样虚幻的世界,实现了概念的消解,且这一状态只有在梦中才能实现。同时,以梦作为说理意象,更使表达通俗易懂、形象生动。《庄子》开创了纪梦文学的寓言性与叙事性,具有重要的艺术审美价值。

两汉时期,梦文学得到进一步发展,被誉为"史家之绝唱,无韵之离骚"[②]的《史记》中也有相应梦的书写。如《史记·外戚世家》中,薄姬梦苍龙据腹生孝文帝,"薄姬曰:'昨暮夜妾梦苍龙据吾腹'。高帝曰:'此贵征也,吾为女遂成之'。一幸生男,是为代王"[③]。代王即后世的汉文帝,帝王出生往往都是梦兆在先,渲染了某种天示的神圣性。除《史记》外,在汉朝兴盛的赋也促使了纪梦文学的发展。战国时期宋玉开启了赋中写梦的先河,如《高唐赋》中,楚王与神女的相会就是在梦中,而汉赋则发扬了这一传统,出现了诸如《悼李夫人赋》中的"欢接狎以离别兮,宵寤梦之芒芒"[④],表达了对逝去爱人的思念;《长门赋》中的"忽寝寐而梦想兮,魄若君之在旁"[⑤],在梦中出现了思念之人的形象。这些赋作丰富了纪梦文学的抒情功能,将梦的功能从神灵启示的先兆扩展到虚幻空间的展示、抒情表达等方面,具有十分重要的作用和意义。蔡邕的《饮马长城窟行》更是以"青青河

[①] 庄妍:《从"物化"看〈齐物论〉"庄周梦蝶"对"我"的消解》,《名家名作》,2024年第4期,第40页。

[②] 尹靖主编:《中华文化大观》,天津:天津社会科学院出版社,1991年,第166页。

[③] (汉)司马迁著:《史记》,北京:中华书局,1959年,第1971页。

[④] (清)姚鼐纂集,胡士明、李祚唐标校:《古文辞类纂》,上海:上海古籍出版社,2016年,第797页。

[⑤] (清)姚鼐纂集,胡士明、李祚唐标校:《古文辞类纂》,上海:上海古籍出版社,2016年,第727页。

畔草,绵绵思远道。远道不可思,夙昔梦见之。梦见在我傍,忽觉在他乡"①表现出梦的抒情功能。现实世界中无法见到思念的人,这种思念延伸到梦中,即"梦见在我傍",醒来更觉凄凉便有了"忽觉在他乡"。思而不得的情感充分发挥了纪梦诗的抒情功能,丰富了纪梦文学的感染力。

魏晋南北朝时期,国家动乱,政治环境动荡,文人经常受到权力的迫害,无法在作品中十分直白地表达自己的欲望和诉求,因而文人写作十分谨慎,经常借助用典、借代等写作手法侧面表达他们的思想感情,梦由此成为一种极具表现力的承载形式。所有欲言与未言之事,都可借梦中所见来表达,而非仅限于现实所感。如南梁时期的文学家、史学家萧子显所作的《燕歌行》,这首乐府诗以女子的口吻自述"夜梦征人缝狐貉,私怜织妇裁锦绯"②,影射了当时战乱不止的社会现实。同时,魏晋南北朝时期一种新的文学体裁开始在文学史上崭露头角,它胎息于当时的社会现实,又深刻地影响后世。小说,尤其是该时期独特的志怪小说,其中的纪梦书写进一步丰富了纪梦文学的叙事性。一方面,因当时社会环境的混乱以及门阀制度的兴盛,贵族阶层控制着九品中正制的评定,把握着社会阶级的流动,士人经常怀着对国家前途的担心,以及自身政治理想无法实现的怅惘。另一方面,在社会文化环境的影响下,士人对玄学的重视以及佛教在中国的传播等,都促进了魏晋志怪小说的进一步发展;与志怪小说相联系的涉梦小说也随之不断发展,推动着纪梦文学的新变。而这一发展表现在两个方面,"一是思想主旨反映得更为广泛。从最早的政治代言、学术载体到宣扬宗教尤其是佛教,政治性大幅度削弱,与之相伴的是宗教性的增强。二是梦境叙事的作用更加重要,梦境铺陈渲染更加着力,涉梦小说数量激增"③。干宝的《搜神记》、刘义庆的《幽冥录》等都记载着许多纪梦故事,更加强调纪梦文学的叙事性。《搜神后记·徐玄方女》就以梦为纽带,讲述了人鬼之间的恋情。一是以梦完成了故事的缘由设计,即建构了两人之间的关系,为后文两人行为的合理性提供了支撑;二则是大

---

① (明)王夫之评选,张国星校点:《古诗评选》,北京:文化艺术出版社,1997年,第13页。
② (宋)郭茂倩编撰:《乐府诗集》,上海:上海古籍出版社,2016年,第429页。
③ 张东华:《魏晋南北朝涉梦小说研究》,山东师范大学,2024年,第20页。

团圆结局的实现,女主以托梦的形式,使男主通过仪式实现了她的复生。这种纪梦书写仍具有十分浓烈的宗教氛围与叙事情节。

汉赋的纪梦文学发展到隋唐时期,出现了许多专门以梦为主题的赋。此时,梦不仅仅作为承载者或者中介,而是成为主体角色,如隋释真观的《梦赋》、唐杜颙的《梦赋》。杜颙在《梦赋》中首先点明梦的本质,"夫梦者何,精爽之所成"[1],他又进一步描写了梦生成的原因与其变幻莫测,并详细地分析了梦中情景的具体内涵,"晋侯弥留,作疾于二竖;孔公将殁,观奠于两楹"[2],这继承了之前纪梦文学的特征。唐诗中也有大量的梦书写,它对传统纪梦文学进行了新的开拓,出现了诸如游仙诗、悟梦诗等新的主题,体现了当时文人的性格情感与文化观念等,李白的《梦游天姥吟留别》即当时纪梦诗的代表之作。李白以奇幻瑰丽的语言描绘了他天马行空式的梦境,在梦中实现了他游仙的愿望,并与现实形成了反差,表达了对现实的批判,体现了李白强烈的反抗精神。诗歌开篇言"越人语天姥,云霞明灭或可睹",现实世界在李白的心灵中投射了深深的印记,因而"我欲因之梦吴越,一夜飞度镜湖月",经历了诸如"霓为衣兮风为马,云之君兮纷纷而来下"[3]的奇幻情景,最后"忽魂悸以魄动,恍惊起而长嗟",明白了"世间行乐亦如此,古来万事东流水"的道理,最后发出了"安能摧眉折腰事权贵,使我不得开心颜"[4]的感慨。这首诗充分体现了梦的独特性,在梦无拘束的情感激荡下,李白实现了自己心中理想的游仙活动。他运用奇特的想象与夸张的手法,构筑了一幅真幻、虚实相交织的游仙图,为纪梦文学增添了新的主题与内涵。而俗文学的唐传奇同样有大量梦的描写,不仅有以《南柯太守传》为代表的叙梦作品,也有以《酉阳杂俎》为代表的占梦故事,对后世纪梦文学的发展具有很大的推动作用。

宋词中也常见纪梦文学作品。这些作品不仅有"如梦令""梦江南""梦芙蓉"等以"梦"为名的词牌,还以梦为题材进行创作,如苏轼的《江城子·乙卯正

---

[1] 刘培主编,韩晖著:《中国辞赋编年史 隋唐五代卷 上》,济南:山东大学出版社,2019年,第244页。
[2] (清)董诰等:《全唐文》(卷358)第四册,北京:中华书局,1983年,第3633页。
[3] (唐)李白著,(清)王琦注:《李太白全集》,北京:中华书局,1977年,第705页。
[4] (唐)李白著,(清)王琦注:《李太白全集》,北京:中华书局,1977年,第705页。

月二十日夜记梦》,哀婉凄凉,以梦为基调抒发了作者对妻子的思念之情。宋代是纪梦文学发展的重要时期。苏轼专以《东坡志林·梦寐》来书写自己关于纪梦诗的感想。南宋时期,陆游更是以纪梦诗而闻名。赵翼对陆游的纪梦诗评价道:"即如纪梦诗,核计全集,共九十九首。人生安得有如许梦!此必有诗无题,遂托之于梦耳!"[1]但实际上陆游写的纪梦诗远远超过了九十九首,可见其纪梦诗书写的广泛,不得不令人叹赏。

梦在元代戏曲这一载体中也获得了长足发展,"从戏曲文学的角度看,可以说,以唐诗、宋词为代表的诗歌意象就是戏曲意象的前身"[2],元代的纪梦文学也继承了前代文学的长处,相关文学作品几乎随处可见。既有《窦娥冤》中梦作为戏曲大团圆结局的推动者,梦成为窦娥与其父窦天章沟通的桥梁,以及她得以平反的依据;也有元代神仙道化剧中具有道教意味的梦意象,如《黄粱梦》之中的度脱之梦;亦有《梧桐雨》中合乎情理的梦境——马嵬兵变后,唐明皇与杨贵妃在梦中团聚,这一情节超越了现实与情理,进一步强化了纪梦文学的抒情性。

明清时期的戏剧与小说已发展至巅峰,关于纪梦文学的书写也得到了广泛关注。在戏剧领域,以情反理的汤显祖所创作的《临川四梦》脍炙人口,无论在形式上还是内容上都具有十分重要的意义。《临川四梦》即《紫钗记》《牡丹亭》《邯郸记》和《南柯记》,都是风情剧的代表。将这四部剧作合称为"四梦",深刻体现了以汤显祖为代表的明清文学家对纪梦文学的认知。首先,这四部剧作以梦为核心内涵与载体,以虚幻的体验反映现实,构成了现实世界之外的第二世界。在这个第二世界之中,"主人公在梦里的行为是人在面临尘世种种诱惑时内心的真实渴望和现实中面对困境无法解脱而另寻寄托的表征"[3],并从侧面发出了"人生如梦"的慨叹。《南柯记》之中,卢生高中后入朝为官,迎合统治者做了一系列劳

---

[1] (清)赵翼著,霍松林、胡主佑校点:《瓯北诗话》,北京:人民文学出版社,1963年,第80页。
[2] 张庚、郭汉城主编:《中国戏曲通论 史论卷》,北京:中国戏剧出版社,2010年,第145页。
[3] 文竞跃:《明清文学中梦境抒写的魅力——以"临川四梦"为例》,《新纪实》,2022年第6期,第21页。

民伤财的事情,逐渐走向堕落。作者借南柯一梦展现了当时朝廷的昏聩,揭示了现实社会的黑暗。同时,文学作品中的描绘也隐喻着汤显祖对自己欲望的满足以及对现实压抑与不公的反抗心理。《牡丹亭》中杜丽娘与柳梦梅的爱情故事,一方面既是汤显祖对自己人生缺憾的弥补,也体现了他对亡妻的深切思念——希望亡妻能够像杜丽娘一样还魂;另一方面,该故事也是对当时程朱理学"存天理,灭人欲"[①]造就的社会压抑与悲剧的反抗。杜丽娘在家中一直被所谓的礼教所束缚,唯有在梦中才真切地展露内心、感春入梦。而杜丽娘又游走于生之实存与死之虚幻间,于梦中得为自我,以梦为媒介,展现出压抑之下对人性本真的追求。

纪梦文学的叙事性在清代小说中更趋完善,尤其以被誉为中国封建社会百科全书的《红楼梦》为代表。脂砚斋在夹批中写道:"一大部书,起是梦,宝玉情是梦,贾瑞淫又是梦,秦氏之家计长策是梦,今作诗也是梦,一并风月鉴亦从梦中所有,故曰:红缕(楼),梦也。余今批评亦在梦中,特为梦中之人,特作此一大梦也。"[②]"红楼梦"以"梦"为结,揭示它与《南柯梦》《邯郸梦》相似的本质,"世事一场大梦,人生几度秋凉"(《西江月·黄州中秋》)[③]。贾府如此繁华,最后却败落,一切贪嗔痴妄皆是一场大梦。"假作真时真亦假,无为有处有还无",小说揭示了"人生如梦"的本质,将现实世界与虚幻的第二世界牢牢结合起来。"在意象功能方面,将一场'红楼大梦'视为一个整体的'梦意象',或将诸多梦境视作意象链上的若干组成部分,对梦意象的象征审美意蕴进行阐释。"[④]同时在梦叙事上,通过链条将诸如宝玉梦游太虚幻境、王熙凤梦秦可卿等事件结合在一起,共同构成了一场"红楼大梦"。在这一梦中,所有人如现实生活一般各司其职,构筑出一场瑰丽的梦境。《红楼梦》可谓是纪梦文学的代表之作,是"梦叙事"的典型文本。

梦在中国古代文学作品中的书写极其广泛,而文学又在梦的书写过程中逐渐获得了发展,同时也引发了纪梦文学的新变。纪梦文学,尤其是纪梦诗,是中

---

① 周桂钿编著:《中国传统哲学》,北京:北京师范大学出版社,1990年,第224页。
② 郑红枫、郑庆山辑校:《红楼梦脂评辑校》,北京:北京图书馆出版社,2006年,第397页。
③ (宋)苏轼著,汪超导读,汪超注译:《苏轼集》,长沙:岳麓书社,2019年,第159页。
④ 赵碧霄:《〈红楼梦〉"梦叙事"研究综述》,《宜春学院学报》,2023年第10期,第79页。

华民族无比瑰丽的文化瑰宝,值得深入研究、继承与发展。在纪梦文学的发展历程中,涌现出诸多艺术成就卓越的诗人,陆游便是其中之一。他的纪梦诗无论在数量上,还是在情感书写的丰富性上,都超越了前代诗人。陆游的诗作堪称流传最多、最完整的,他心怀国家,心怀亲友,其鲜明的人格特质在诗歌创作中得到了生动的体现。陆游其人与梦不可分离,他的纪梦诗受到研究者的广泛关注。

第四节　陆游及陆游纪梦诗概说

陆游生于南宋,是著名的爱国主义斗士,他将一生奉献给了国家。与他的爱国主义诗歌齐名的是其纪梦诗,与其他诗人相比,他的纪梦诗在数量、范围上均居前列。纪梦诗是陆游诗歌的重要组成部分,映射着他一生的宦海浮沉与悲欢离合。

陆游,字务观,号放翁,晚号龟堂老人,越州山阴(今浙江省绍兴市)人,生于宣和七年(1125年),此时距北宋灭亡尚有两年。陆游出生时,其父陆宰北赴东京,渡淮河时,恰逢暴雨。这场暴雨既预示着国家将陷入连绵战火,也预示了陆游颠沛流离的一生。他经历战乱,在动荡不安的年代长大,国家的危难与家人的爱国情怀,使他早早地在心中萌发了爱国之情,奠定了其作为爱国诗人的思想根基。年纪稍长,陆游跟随江西诗派代表人物曾几学习,但其诗歌不囿于江西诗派"无一字无来处"[1]的窠臼,能出于其外,展现自己的真情实感。出生时的暴雨预示,也在陆游的仕途上真正应验——他的仕途坎坷,欲报国而不得,欲酬志而不能。在初入仕途时,陆游参加礼部考试因名列秦桧孙子之前而受秦桧排斥,后因坚持抗金被主和派排斥,升迁的关键时刻也被弹劾"咏嘲风月",大部分时间都被"罢归山阴",心中寂寞悲愤。陆游一生都在怀念乾道七年(1171年)从戎南郑的岁月,那是他一生之中唯一一次亲临抗金前线,离自己矢志报国、收复失地的理想最近的时候。在之后的日子里,陆游不断为北伐做政治上的准备,也因此损害

---

[1] 游光中、黄代燮编著:《中外诗学大辞典》,成都:四川辞书出版社,2020年,第630页。

了主和派的利益,一直被排挤,被从权力中心下放到地方,乾道八年(1172年)出任成都府路安抚司参议官。而在这段历程中,蜀州的风土人情让他一直念念不忘,其纪梦诗中梦及蜀地的内容占比很大。同时,陆游并非脸谱化的爱国诗人,他对家人、朋友的爱也流露于诗文中。久不见或去世已久的朋友在他的梦中多次出现,这让他在感怀人生的同时,涕泗横流。他对生活的态度受到了儒家思想的影响,但又经常向往陶渊明"采菊东篱下,悠然见南山"(《饮酒》其五)[①]的隐逸生活。陆游对自己的故乡——山阴十分热爱,山阴塑造了他独特的个性。作为耕读世家子弟,他与农民从未分离,将底层百姓的心声牢记在心。其诗作中亦偶见奇幻瑰丽的想象,游仙诗往往一挥而就,展现出孩童一般的纯真心性。而在开禧北伐失败、南宋签订《嘉定和议》等国家危难接踵而来时,陆游忧愤成疾,最终于嘉定二年(1209年)卒于山阴,享年八十五岁。

陆游临终之际仍忧虑国家存亡,以《示儿》嘱托后人,表达自己的期望:"王师北定中原日,家祭无忘告乃翁。"陆游精彩的一生画上了句号,但他的情感与思想并未湮没于历史尘埃。他尊儒崇经,以《上殿札子》为代表,表达了对"美政"的构想;他关注底层民众的"重农"思想亦对后世影响颇深,既彰显了陆游忧国忧民的情怀,也流露了他壮志未酬的痛苦。

陆游与梦有着一生的不解之缘,据宋人叶绍翁《四朝闻见录》乙集记载:"陆游字务观,名游,山阴人。盖母氏梦秦少游而生公,故以秦名为字而字其名。"[②]即陆游出生时,母亲唐氏梦见了秦观,而秦观又字"少游",故为其子以"游"取名,以"观"为字,记之曰"务观"。所以说,陆游在出生时就已经与梦渊源颇深,同时其诗中的梦意象也是中国纪梦文学中数量最多的,赵翼在《瓯北诗话》中表示:"即如记梦诗,核计全集,共九十九首。"实际上的数目远大于赵翼统计的九十九首。陆游的这些诗作是中国纪梦文学中闪闪发光的明珠。

关于陆游纪梦诗的数量,目前研究者的观点并不一致。上文所引赵翼的观

[①] 逯钦立校注:《陶渊明集》,北京:中华书局,1979年,第89页。
[②] (宋)叶绍翁著,沈锡麟、冯惠民点校:《四朝见闻录》,北京:中华书局,1989年,第65页。

点,是将纪梦诗界定为题目中明确言明"纪梦"且诗歌通篇写梦的作品。其实陆游还有一些诗歌虽在诗题上并没有言明"纪梦",但内容明确叙述了梦境内容,这些诗歌也应属于纪梦诗。但是有些研究者将"纪梦诗"的概念过于泛化,将那些诗题中没有交代"纪梦",内容也不是主要描述梦境,只是将其作为叙事背景提及的诗歌,也算作纪梦诗。还有的研究者采用了检索《全宋诗》的方式,将检索关键词设定为"梦",而未将诗歌内容作为考量的重要标准,这样势必会将一些与"梦"无关的诗歌计算进去。这显然陷入了概念界定过于宽泛的误区,对于研究纪梦题材的诗歌意义不大,且缺乏文本的典型性。比如路薇的《南宋中兴三大诗人的梦诗研究》,用检索的方式统计出陆游的纪梦诗多达1017首,这显然也不太合适。综合目前的研究成果,笔者将"纪梦诗"界定为:以"梦"为题材创作的诗歌,即整首诗基本上以叙梦为主,且诗题中有明确的"梦"字,或诗题中虽无明确字眼但其他部分交代了梦的书写内容的诗歌。根据这一文献整理标准,陆游的纪梦诗计有424首。这些诗歌不仅具有特定纪梦题材研究的典型性,也能充分体现陆游在纪梦诗歌创作方面的重要价值及其在中国古代文学史上的地位。

  陆游的诗歌至今流传颇多,有九千四百多首,题材丰富,几乎涵盖了社会生活的方方面面。"其感激悲愤、忠君爱国之诚,一寓于诗,酒酣耳热,跌宕淋漓。至于渔舟樵径,茶碗炉熏,或雨或晴,一草一木,莫不著为歌咏,以寄其意。"[①]陆游将抗金复国、收复失地作为其纪梦诗最重要的内容,抒发自己对国家前途的担忧与收复故土的想象。但朝堂上党同伐异,各为其营,最后和谈成为主题,作者的壮志难酬成为时代与命运的缩影,这反映在陆游的纪梦诗歌创作中。除了爱国主义情怀的表达,他的纪梦诗对生活的书写也值得关注。陆游十分善于在日常生活中发现美,从山川之大到鱼虫之小,他都能发现其独特之处,如对初霁临安的日常事物的感受,陆游描写了"梦泛扁舟逸兴多,画桡摇荡麹生波"(《春晚坐睡忽梦泛舟饮酒,乐甚,既觉,怅然有赋》)的闲适。陆游与唐婉的爱情故事也往往被提及,爱情不得善终,陆游写了许多诗词来纪念她。作为他们爱情表征的沈

---

① (清)爱新觉罗·弘历:《御选唐宋诗醇》卷四二,台湾商务印书馆影印文渊阁《四库全书》本。

园也成了一个典型的意象,《钗头凤》以"东风恶,欢情薄"等句,比拟陆游母亲对他们爱情的拆散。有时以梦为依托,他写下《十二月二日夜梦游沈氏园亭》二首,思念唐婉,感叹这段感情的伤别。陆游性格豪放,诗歌风格雄浑豪健,却也兼具杜甫式的沉郁悲凉。"陆游热情奔放,神采飞扬,把现实生活中无法实现的壮志豪情都倾泻在诗中,常常凭借幻境、梦境来一吐胸中的壮怀英气"①,这也赋予了他与李白相似的一面,即飘逸奔放,这些共同构成了陆游诗歌多样的风格。与此同时,陆游诗歌语言较为平易晓畅,章法整饬严谨,赵翼对陆诗的评价"看似华藻,实则雅洁;看似奔放,实则谨严"②,亦体现出其极高的美学价值。除此之外,陆游的纪梦诗也存在一些不可避免的缺点,如词语或句子经常性地重复出现,朱彝尊曾评价道:"陆务观《剑南集》,句法稠叠,读之终卷,令人生憎。"③陆游有时对具体事务的描绘充满矛盾,有些诗则过于追求平易晓畅,反而流于浅近滑易,令人惋叹。这些缺点主要出现在陆游最后二十几年的作品中,其成因是多方面的:一方面,陆游赋闲在家,无事作诗,作品数量剧增,缺少删改和整理,他更愿将精力用于创作新诗;另一方面,他在创作过程中并没有意识到,曾经生花的妙笔开始变得艰涩;即便察觉到才华衰退,他反而主观上更专注于创作,想要留下更多的诗文。

陆游纪梦诗在整个中国文学史上仍是一朵奇葩。在宋元时期,陆游纪梦诗的数量最多,具有典型的代表性。首先,他的纪梦诗歌一扫南宋文风的衰弱。他生活在中国历史上急剧变革的时期:五代十国战乱结束后文人的欢欣,靖康之耻对士人的羞辱,以及"异族"的虎视眈眈,皆可从陆游的纪梦诗中窥见士人在极限生存境遇下对社会的深刻思考与强烈的民族精神,其诗作也反映了南宋时代的文人生活图景。在南宋偏安一隅的格局形成后,朝堂逐渐形成了不愿北伐、国力渐趋衰弱的局面,文坛也因此变得萎靡不振。但陆游的一些纪梦诗带有强烈的豪放气象,他高举爱国主义旗帜,为江湖诗派的形成奠定了基础。而这样的革新

---

① 袁行霈主编:《中国文学史》卷三,北京:高等教育出版社,1999年,第146页。
② (清)赵翼著,霍松林、胡主佑校点:《瓯北诗话》,北京:人民文学出版社,1963年,第80页。
③ (清)朱彝尊:《曝书亭集》,上海:商务印书馆,1935年,第842页。

精神不仅闪耀于南宋朝堂,更在每一次民族危亡之际成为人民反抗侵略与压迫的精神旗帜。其次,抒情一直是中国传统诗歌中最重要的表达方式,在这样的创作现实下,很多研究者产生了"抒情传统唯一论"的认识,但中国的诗歌发展应该是抒情与叙事并行的。由于梦的特殊性,梦文学自然带上了叙事的色彩,陆游纪梦诗有助于破除"抒情传统唯一论",确证了中国诗歌叙事传统的新变。最后,以陆游纪梦诗研究为载体,可进行中国文学与文化的透视,从历史维度拓展民族精神的提炼场域,同时增强中国文化自信。陆游纪梦诗无疑具有文化资源的价值,其创作生成也是在特定历史境遇下发生的。

第二章　陆游纪梦诗的文化生成

对任何人的研究都不能将其从时代文化中移除,对陆游的纪梦诗的研究也是如此。陆游对梦境的回味,对梦境所体现的现实世界的反思,都浓缩在他的纪梦诗中。陆游的纪梦诗可谓中国梦文学史上的高峰,他选择用虚幻的梦来表达自己的生存体验,亦有其文化与审美原因。

第一节　社会现实的生存透视

"诗,可以兴,可以观,可以群,可以怨"[①],诗歌反映时代概况时,它本身也会被时代所影响。而在所有的影响因素里,政治、经济因素尤为重要。与其他诗人相比,陆游的纪梦诗内容更为丰富,而这与他当时所处的社会环境息息相关。陆游生于宋朝这个十分特殊的朝代,主战派和主和派处于激烈的斗争中,他无法在现实世界中实现自己的愿望,只能转而向梦中寻求慰藉。

一、现实世界的挤压

陆游生于北宋灭亡之际,北宋并未实现地理上的大一统,与金、辽等国政治纷争不断。1004 年,宋与辽达成了澶渊之盟后,虽然创造了相对和平的社会环境,但为后来北宋的灭亡埋下了巨大的隐患,同时极大地损伤了民族自信心与自豪感。北宋初期,以"杯酒释兵权"为起点推行重文轻武的基本国策,使得宋代文风大盛,但武将人才青黄不接,形成"兵不识将、将不识兵"的局面,以致在战争交

---

① 杨伯峻译注:《论语译注》,北京:中华书局,1980 年,第 185 页。

锋时常处于弱势,国家长期面临外患环伺的困境。随着社会的发展,北宋逐渐出现了一些前所未有的社会问题,陷入了内忧外患的双重困境。为了解决社会问题,神宗起用了王安石,围绕变法与否,朝堂发生了党争,致使国家内耗不断。征讨西夏的失败更是雪上加霜,对北宋王朝给予了重重一击。直接造成巨大社会问题的是宋徽宗的强征暴敛、挑起战争,激化了社会矛盾,导致底层民众举起义旗。而且宋徽宗好大喜功,与金签订"海上之盟",想要在位之时收复失土,但结果背离了他的预期,金攻宋直接导致了北宋的灭亡,整个朝堂包括皇室被俘虏北去,靖康之耻挑动着整个国家的神经,并且迅速激起了文学的新变。例如,江西诗派的陈与义在靖康之变前,虽然风格多样,但大部分诗歌皆抒发了对自然的热爱与生活中的真情实感,如"含章檐下春风面,造化功成秋兔毫"(《和张规臣水墨梅五绝·其四》)[1]。而在靖康之变后,他的诗歌变成了"未必上流须鲁肃,腐儒空白九分头"(《巴丘书事》)[2]的风格,由此可见靖康之变对文人的影响。而在这段时期,陆游经历了奔窜之苦,才终于回到了故乡山阴。在北宋灭亡之初,士大夫爱国之情高扬,哀痛黍离之悲,希冀有一天能够收复失土,重归中原,诗坛的风气颇为振作。旧都汴京、复国之志成了当时的主要议题。

但这样振作的风气只持续了一段时间,随着南宋偏安一隅的格局形成,朝堂对秦桧势力的依赖,绍熙内禅、庆元党禁等事件的发生,排除异己之事屡见不鲜,士大夫不敢表露自己的真实想法。即使奋力抗争,也未能得到丝毫的正面反馈,士大夫群体逐渐消极。"暖风熏得游人醉,直把杭州作汴州"(林升《题临安邸》)[3],他们北伐的意愿逐渐消退,只专注于自己书斋的事务,愿望实现的幻影只能在梦中出现。诗坛气象卑弱,气骨消弭殆尽,多吟风弄月之作,陆游对此痛心疾首:"尔来士气日靡靡,文章光焰伏不起。"(《谢张时可通判赠诗编》)

陆游经常性地以纪梦诗这一独特的诗歌样式,表达自己深层的精神困境,在一定程度上是因为现实世界对梦想的挤压,残酷的外界环境对陆游的爱国情怀

---

[1] 林庚、冯沅君主编:《中国历代诗歌选》卷三,北京:生活·读书·新知三联书店,2024年,第135页。
[2] 程千帆、沈祖棻选注:《古诗今选》,西安:陕西师范大学出版总社,2018年,第825页。
[3] 周啸天编著:《历代绝句鉴赏大辞典》,北京:商务印书馆国际有限公司,2024年,第983页。

与强烈的责任心造成了极大的损伤。但"没能杀死我的东西,使我更加强健"①,这种挤压反而使陆游的人格愈发坚韧,令人深为钦佩。"梦代表着被压抑的欲望的一种虚假满足,换言之,梦里所发生的一切'假象'背后都隐藏着某种欲望和感情"②,而这种"欲望与感情"对陆游来说,就是几乎无法实现的收复之愿,以及背后更深层次的爱国之情。陆游在幼年时期就已经经历了宋朝灭亡时期的混乱,百姓困苦,宋室南迁,不论士大夫还是底层民众都遭受了奔窜之苦,他们裹挟着流散之苦逃向南方安稳之地,而北方山河几近丧失殆尽。南宋朝廷更是由主和投降派把持,他们只贪图安逸,并不想重整旗鼓,收复失地。主战派在朝廷的地位较低,爱国志士不断遭到打击。朝廷仍然不吸取宋徽宗以花石纲祸国的教训,持续搜刮民脂民膏以满足自己的穷奢极欲,偏安南方苟且度日。"身丁钱""免夫钱"等沉重的赋役使人民大众苦不堪言,甚至衍生出"不举子"的现象——将自己的亲生孩子杀掉以逃避沉重的赋税。这一桩桩苦难的惨剧拷打着陆游的内心,他强烈的爱国爱民情怀被一次次压抑在心中,终至喷薄而出。

周边的金、西夏虎视眈眈,想要吞并他国,宋朝外部环境十分堪忧。而内部环境亦十分压抑,一个特殊群体的处境代表着当时南宋的矛盾态度,也牵动着所有人的心,那就是沦落于外邦而返回南宋的人,即以辛弃疾为代表的"归正人"。"'归正人',原是中原人,后陷于蕃而复归中原,盖自邪而归于正也。"③而"于邪转正"表现了南宋对这类人的歧视,它意味着出身即恶,曾经犯过大错。这也反映出南宋朝廷的自欺欺人,山河沦陷不是自己的错,而是他人的错,"有些人在遇到挫折时,会习惯性地把自己放在受害者的位置上,认为所有的错误都源自他人,甚至会认为他人有迫害自己的倾向或动机,却从不思考自己在其中扮演了什么样的角色"④,很显然,对南宋朝廷来说,此种自欺欺人之人占了绝大多数。南宋丞相史浩曾与张浚辩论,十分蔑视地表示:"中原决无豪杰,若有之,何不起而

---

① (德)尼采著,李超杰译:《偶像的黄昏:或怎样用锤子从事哲学》,北京:商务印书馆,2009年,第5页。
② 刘庆云主编:《放翁新论》,福州:海峡文艺出版社,2009年,第42页。
③ (宋)黎靖德编,杨绳其、周娴君校点:《朱子语类》卷四,长沙:岳麓书社,1997年,第2448页。
④ 王亚东著:《思变》,北京:中国财富出版社,2020年,第44页。

亡金。"①此等厚颜无耻之言完全掩饰了自己的无能。一方面，南宋希望对该群体善加利用，以图北伐回归中原；另一方面，又表现出对该群体的蔑视与敌意，为"归正人"授予官职，只赋予官职而无实权，这引发了各群体的强烈不满，也反映了南宋朝廷的矛盾、无措、犹疑的态度。在这种内外环境的压迫下，陆游的爱国爱民之情一直被压抑，强烈的窒息感使他几乎看不到梦想实现的希望。但"知其不可而为之"是儒家的强劲人格，即便报国无门、忧愤成疾，他仍然盼望着"王师北定中原"。于是选择以梦为载体，对陆游来说是不言而喻的，这是一个最佳的情感抒发路径。

马克思认为："随着经济基础的变更，全部庞大的上层建筑也或慢或快地发生变革。在考察这些变革时，必须时刻把下面两者区别开来：一种是生产的经济条件方面所发生的物质的、可以用自然科学的精确性指明的变革，一种是人们借以意识到这个冲突并力求把它克服的那些法律的、政治的、宗教的、艺术的或哲学的，简而言之，意识形态的形式。"②经济基础决定上层建筑，上层建筑也对经济基础具有反作用，文学属于意识形态，对社会存在和经济基础产生能动的反作用。且文学艺术作为上层建筑的一种，不同于法律的、政治的，而是属于"更高的悬浮于空中的意识形态的领域"③，是"纯粹抽象的意识形态"④。"文学作为一种社会意识形态，是作家在社会生活中依据一定的立场、观点和方法所进行的艺术创造，具有认识性、倾向性和实践性等。"⑤一方面，陆游纪梦诗是在南宋政治、经济发展现状的语境下产生的；另一方面，在整个历史文化演进的历程中，陆游纪梦诗从个人情感扩展到民族意识，这种理想层面的精神建构更能以反差的方式凸显南宋积贫积弱的现实。

---

① （元）脱脱等：《宋史》，北京：中华书局，1977年，第12067页。
② 中共中央马克思恩格斯列宁斯大林著作编译局编译：《马克思恩格斯文集》第二卷，北京：人民出版社，2009年，第591-592页。
③ 中共中央马克思恩格斯列宁斯大林著作编译局编译：《马克思恩格斯文集》第十卷，北京：人民出版社，2009年，第598页。
④ 中共中央马克思恩格斯列宁斯大林著作编译局编译：《马克思恩格斯文集》第十卷，北京：人民出版社，2009年，第669页。
⑤《文学理论》编写组编：《文学理论》，北京：高等教育出版社，2020年，第24页。

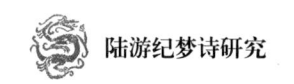

二、民族情感的坚守

宋代诗人的矛盾性,一方面体现为对内心世界的内省追寻,另一方面则表现在对外在爱国情怀的坚守和以身报国的渴求。他们渴望闲适的生活乃至游仙之境,如陆游的《梦游山寺焚香煮茗甚适,既觉怅然,以诗记之》和《梦海山壁间诗不能尽记,以其意追补》;又渴望建功立业,如陆游的《十月二十六日夜梦行南郑道中,既觉,恍然揽笔作此诗,时且五鼓矣》。这些诗歌所展现的内心复杂性,使陆游的纪梦诗在宋朝的时代语境中具有独特的精神价值。

以陆游为代表的爱国诗人对民族情感的坚守也是纪梦诗文化生成中的重要一环。北宋灭亡对大部分士大夫来说如天崩地裂一般,他们感觉自己突然从锦绣堆中被拽了出来。之前的安定只是暗流涌动下的和平假象,是宋徽宗及其臣子粉饰的太平。这种突发性事件激发了许多士大夫对北宋灭亡的反思,靖康之变的耻辱刻在了每一个宋人的心中,无穷无尽的民族意识被唤醒。对金人的仇恨,对北宋的哀其不幸、怒其不争,以及收复失地、报效国家的民族之志,全部纠缠在一起。在时局困境中,汉人进行了历史上第三次衣冠南渡。无数人从北方一路颠沛流离到南方,寻找安稳之所,以图复国。这段颠沛的经历造就了以李清照、朱敦儒等为代表的南渡词人,在前往南方的路途中,他们看到了山河的破碎和更为苦难的人民大众。这些文人改变了前期的词风,所写内容更加贴近社会现实,字里行间澎湃着满腔的爱国主义情怀,为救亡图存而奔走努力。如朱敦儒《相见欢》:"金陵城上西楼,倚清秋。万里夕阳垂地大江流。中原乱,簪缨散,几时收。试倩悲风吹泪过扬州。"[1]这首词展现出朱敦儒的思想转变,从"我是清都山水郎,天教分付与疏狂"(《鹧鸪天·西都作》)[2]到"鸥鹭苦难亲,矰缴忧相逼"(《卜算子·旅雁向南飞》)[3],可见战争激发出了文人强烈的爱国与救亡图存的意识。

---

[1] (宋)朱敦儒著,邓子勉校注:《樵歌校注》,上海:上海古籍出版社,2010年,第351-352页。
[2] (宋)朱敦儒著,邓子勉校注:《樵歌校注》,上海:上海古籍出版社,2010年,第133页。
[3] (宋)朱敦儒著,邓子勉校注:《樵歌校注》,上海:上海古籍出版社,2010年,第310页。

宋代士人强烈的爱国之情被深深印刻在文学作品中,被记录下来,塑造了一代又一代人的民族性格,其中包括陆游的纪梦诗。纪梦诗的创作自然会受到社会环境与个人心理的影响,同时也会成为一种精神资源,不断影响着群体民族底色的形成。陆游纪梦诗中呈现的对宋亡历史的记忆,反映了民族情感的坚守,也影响着后世文学作品的创作。

陆游的爱国之情与民族情感是深刻的,他以宽广的胸怀爱着所有人。在面对困境的时候,他从不怨天尤人,而是反躬自省,总是思考着能为国家贡献些什么。而当机会终于来临时,却已是英雄迟暮,他的壮志与梦想似乎已经难以实现。但他从未责怪任何人,反而痛心自己衰老的身躯无法为国效力。这反映在他的纪梦诗中,如《梦至小益》中的"荷戈意气浑如昨,自笑摧颓负壮心"等。陆游的民族情感十分真挚与闪亮,不仅真切地反映了他个人的心志,也代表了当时爱国志士的普遍情怀,具有深远的历史意义。

从家庭延伸至社会,所有的人都有对自尊、自重及他人尊重的需要:一方面表现为对实力、胜任和成就等的追求,另一方面也表现为对名誉和威信的渴望。最高的一层是自我实现的需要,即人对自我发展和完善的欲求。而国家与个人是息息相关的,人处于时代的洪流中,不可能独善其身,而是被裹挟着前进的,陆游亦是如此。陆游将自己人生价值的实现捆绑于民族的强盛。这对有志之士来说,也意味着自己人生价值的实现。当民族的振兴无法实现时,陆游自然也就生发出了壮志难酬之感。目睹国土沦陷,经历命运的打击,心中未完成的抱负,使诗人积压许久的家国情怀与不甘之心,最终化作诗中的幻想世界——通过构建充满英雄与胜利的想象,暂时逃离现实的痛苦,获得心灵的慰藉。这种悲凉的情绪实则深层次地潜伏于陆游诗中,影响着陆诗的风格,赋予陆诗如杜甫诗歌般沉郁顿挫的风调。如《梦笔驿》中"少年自喧哗,此老独憔悴。可怜钓鳌客,终返屠羊肆"的壮志难酬之感慨,拥有广阔胸襟和远大抱负的英雄,到了年老之时终如屠羊说的结局一般令人叹惋。这使陆游对民族情感的坚守更为悲怆,亦赋予其崇高的美学意义。

三、家族精神的引领

不仅是在社会政治的大背景下,陆游的成长经历与家族环境亦培育了他的爱国之情。陆游出生于北宋灭亡、金兵南下时期,他不可避免地要受到时代的洗礼。陆游家族的爱国之情是一脉相承的,诸如陆珪、陆佃等先祖都是爱国志士,十分关注社会现实。这种家风的传承对陆游的一生来说是非常重要的,陆游曾以"经术吾家事,躬行更不疑"(《自儆二首·其二》)来描述家风对他的重要影响。"陆氏以桑麻起家,农业为本,陆游视为'家风',传之子孙;特别是以国事为重,誓不负国的精神,深入骨髓,这种精神本来就是爱国主义思想的基石,在特殊的政治背景下,遂演化为陆游以抗金收复和统一中国为核心的爱国主义思想。"①

而在所有家风传承中,对他影响最大的人是他的父亲——陆宰。陆游在其著作《家世旧闻》中以较大篇幅记录了陆宰的言行,反映出父亲对他影响之深。陆宰曾任淮南、京西转运副使等官职,忠心报国,曾为刘仁赡建庙等,他拜谒诸如滑州铁枪寺、裴约庙等的言行都给陆游留下了极为深刻的印象。陆宰为刘仁赡建庙的事情给陆游留下了深刻的印象,陆游在著书时,多次提到这件事情——不仅载于《家世旧闻》,而且在撰《南唐书》为刘仁赡立传时,也提到了这件事。"先君为淮西提举常平时,始为仁赡筑庙,且具奏得额曰'忠显'。先君亲受榜焉。"②刘仁赡曾仕南唐,在李璟已经向周世宗柴荣投降的情况下依旧坚持守城,抗击周兵,"尽忠所事,抗节无亏"③。陆宰上表朝廷,以表刘仁赡的忠贞爱国之情。这件事在潜意识中深化了陆游对爱国情怀的认识,对其爱国思想的培育产生了重要影响。

而在陆游爱国主义思想的培育中,不仅父亲陆宰发挥了重要作用,母亲唐氏亦是如此。唐氏亦出身于朝廷官宦之家,以"敢言,声动天下"④闻名的唐介曾任参知政事。在任上,唐介秉公执法,不管对谁都直言不讳,多次上书规劝皇帝,弹劾奸佞。在做地方官时,他关注社会现实,关注百姓的生活,以国家利益为己任,多次整顿吏治、治理水患,切实为百姓做实事。在王安石变法期间,他看到了新法不利的一面,多次就新法与王安石辩论,尽管当时他已经患上了非常严重的疾

---

① 邱鸣皋著:《陆游评传》,南京:南京大学出版社,2005年,第19页。
② (宋)姚宽撰,(宋)陆游撰,孔凡礼点校:《西溪丛语 家世旧闻》,北京:中华书局,1993年,第208页。
③ (宋)马令、陆游撰:《南唐书两种》,南京:南京出版社,2020年,第120页。
④ (元)脱脱等:《宋史》,北京:中华书局,1977年,第10332页。

病——背疽。最后唐介也因此病离世。有人认为正是因为与王安石在新法问题上辩驳,唐介心情激动,而皇帝赞成新法,倒向王安石那一边,他十分愤怒,疾病发作,六十岁就去世了。他的忠君爱国、毫不媚上的高洁品质被《宋史》赞赏为"介敢言,声动天下,斯古遗直也"①,可见其拳拳爱国之情。这种高洁的品质在日常言行中影响了唐氏,进而感染了陆游。在这样的家族影响下,陆游自然接受了爱国主义教育,这也成为其民族意识形成的精神动力。

除了家族的影响,父亲陆宰与朋友对时事的议论、老师对他的教导等也不断促进了陆游爱国主义情怀的形成与进一步发展。"绍兴初,某甫成童,亲见当时士大夫相与言及国事,或裂眦嚼齿,或痛哭流涕,人人自期以杀身翊戴王室,虽丑裔方张,视之蔑如也。"②这是陆游在《跋傅给事帖》中对当时情景的描述。陆游的父亲陆宰是爱国主义志士,他的周围自然聚集了一些志趣相投的朋友。他们经历了北宋灭亡的噩梦,见证过北宋繁华的幻梦,也见证过靖康之变的耻辱,感受过北宋灭亡的绝望,经历过从北向南的奔窜之苦。他们拥有强大的精神内核,渴望北征的实现、国家的再次富强。但政坛的波谲云诡、国家的衰弱无力、朝廷的苟延残喘等因素结合在一起,实际上理想并不能实现,朋友之间的交流成了他们情绪的重要出口,他们的思想感情对陆游造成了极为重要的影响。他们慷慨陈词,"每言虏,言畔臣,必愤然扼腕裂眦,有不与俱生之意。士大夫稍有退缩者,辄正色责之若仇"(陆游《〈傅给事外制集〉序》)③,可见他们情绪之激烈。陆游难免会受到感染,"某未成童时,公过先少师,每获出拜侍立,被公教诲,迨今七十余年,幸犹后死,得论序公文,亦幸矣"④。陆游记述父亲好友傅给事对他的教诲时,已是开禧元年(1205年),陆游时年八十一岁,可见其对陆游的影响之深刻长远,且贯穿其一生。

影响陆游民族情感的确立与坚守的还有陆游的老师,江西诗派的代表人物——曾几。曾几字志甫、吉甫,自号茶山居士,谥号文清,承武夷学派,"公贯通

---

① (元)脱脱等:《宋史》,北京:中华书局,1977年,第10332页。
② 朱东润选注:《陆游选集》,上海:上海古籍出版社,1962年,第258页。
③ 朱东润选注:《陆游选集》,上海:上海古籍出版社,1962年,第217页。
④ 朱东润选注:《陆游选集》,上海:上海古籍出版社,1962年,第217页。

六经,尤长于《易》《论语》。夙兴,正衣冠,读《论语》一篇,迨老不废。孝悌忠信,刚毅质直,笃于为义,勇于疾恶,是是非非,终身不假人以色词"①。陆游二十七岁才开始向曾几学习,曾几的民族情感深深地影响了陆游。在高宗已经消退了北上之意,朝政几乎完全由秦桧把持之时,朝廷弥漫着求和的氛围,曾几依旧秉持着民族情感,坚持主战,反对求和,完全将对国家的爱凌驾于所有之上,批判主和派。"江北江南犹断绝,秋风秋雨敢淹留?低回又作荆州梦,落日孤云始欲愁。"(曾几《寓居吴兴》)②这首诗以江南江北的被迫分别,表达出曾几对时局的悲伤与怅惘,又以"荆州梦"进一步寄托哀思,表现出曾几的民族情感。曾几的爱国主义情怀甚至可与杜甫相提并论,"则几之一饭不忘君,殆与杜甫之忠爱等"。其爱国之情根植于社会现实,具有十分浓重的忧国之悲。而这样的忧国之心也影响了陆游,陆游与曾几一般"略无三日不进见,见必闻忧国之言"③。而这样的"忧国之言"亦渗透于生活的点点滴滴。陆游在年老之时,写诗追忆曾几,以及曾几对他的教诲,如《追怀曾文清公呈赵教授赵近尝示诗》中的"人间可恨知多少,不及同君叩老师"。陆游已跻身文坛重要之列,却仍在日常中念及"同君叩老师",其对曾几的追忆与感念可见一斑。爱国主义情怀是师生的共同追求,想要北伐也是二者共同的愿望。陆游年老之时,毕生的北伐之梦依旧未能完成,其痛苦不仅关乎自身,更是对曾几的愧疚——"於今某年过八十,仕忝近列,又方王师讨残虏时,乃不能以尘露求补山海,真先生之罪人也。"④曾几对陆游来说是特殊的,陆游对曾几来说也是特殊的,他们之间的师生之情弥足珍贵,互相影响,反映的都是南宋朝廷主战士人的心态,代表着这一群体对爱国主义的坚守。"曾几秉正质雅,如高湖青荷一支,其爱国情操和爱民情怀,对陆游刚正从容性格的形成以及思想境界的提升起到很大促进作用。"⑤陆游周遭的环境从客观层面为其营造了

---

① 朱东润选注:《陆游选集》,上海:上海古籍出版社,1962年,第265页。
② 李梦生解:《宋诗三百首全解:典藏版》(下),上海:复旦大学出版社,2023年,第443页。
③ 王云五总编纂,永瑢等撰:《万有文库第一集一千种四库全书总目提要30》,上海:商务印书馆,1923年,第81页。
④ 朱东润选注:《陆游选集》,上海:上海古籍出版社,1962年,第255页。
⑤ 刘波:《论曾几的人格魅力及对陆游的影响》,《文化论坛》,2011年第8期,第242页。

良好的成长空间,这也反映出当时社会最真切的价值追求。环境对个人的发展有着重要的作用,而环境中催生的爱国之情也成了陆游的一部分。除此之外,对生活的体认、对自我的追求等都深刻地影响了陆游的一生。陆游受到环境的深远影响,自发地实现客观外物与自身努力的协调发展,以及对民族情感的坚守。民族情感的底色是文学最深层的精神底蕴;只有底色纯正,文学作品才具有深刻的意义。在纪梦诗中,一代又一代人坚守着爱国主义信念,这是其文学创作的重要文化动因。而陆游的纪梦诗正因有对北伐的向往与浓烈的爱国主义情怀作为支撑,才有其真正内涵——诗人在梦中才能见到"腥臊窟穴一洗空,太行北岳元无恙"(《九月十六日夜梦驻军河外,遣使招降诸城,觉而有作》)。纪梦诗记录的是人的真情实感,对民族情感的坚守才是诗文最好的底色。

四、失落情感的补偿

梦是补偿,是对遗憾或者愧疚的心理安慰。陆游纪梦诗中有诸多如《予初仕为宁德县主簿,而朱孝闻景参作尉,情好甚笃。後十余年,景参下世,今又几四十年,忽梦见若平生,觉而感叹不已》等因时间或者空间的阻隔造成的生死界限。与朋友别离,但可以在梦中与其谈笑言说,诗人从中得到慰藉。人与人的感情是无比奇妙的,古代不发达的通信技术使人很难快速收到对方的消息,谁也不知道每一次见面是不是最后一次,但梦却弥补了情感牵绊的一些遗憾。在梦中,依托人脑的机能,通过对朋友的形象分析,形成一个独特的投射对象,而镜花水月的体验则模糊了处理方式,在大梦一觉之时,梦带来的满足感又与现实世界产生很大差异,颇显悲凉。这种现实世界与梦产生的差异又勾动了诗人的情潮,纪梦诗由此产生。陆游纪梦诗对遗憾、愧疚、痛苦的书写十分全面与完整,感人至深。

陆游与唐婉的爱情在几千年来常常被人乐道,天下有情人终不能成眷属的痛苦在此处上演,与唐婉的真情、被拆散的痛苦在陆游的心中留下了不可磨灭的印记。而作为他们相识相知相见的沈园也成了一个意象,代表着他与唐婉的爱情故事,陆游想到沈园便想到了唐婉。"伤心桥下春波绿,曾是惊鸿照影来"(《沈园二首·其一》),无论是现实还是梦中的唐婉,都无比动人。在陆游纪梦诗中,有大量以沈园为意象来描写唐婉的诗歌。唐婉是郑州通判唐闳的独生女,

1144年与陆游结婚,两人十分相爱,但很快便遭遇了"东风恶"的现实。结婚期间,与唐婉的甜蜜爱情使陆游逐渐耽于情爱,忽视了仕途上的学问,引起了陆游母亲的不满。她以使陆游沉湎情爱且一年内未孕为由,要求陆游休弃唐婉。母亲的强硬要求导致两人分道扬镳。沈园作为两人情爱的见证者,成为陆游诗词创作中所吟咏的典型意象,这样的作品以《钗头凤》为代表,哀婉动人。陆游独游沈园,见唐婉与后嫁之夫赵士程,感慨万分,题《钗头凤》于壁:"红酥手,黄縢酒,满城春色宫墙柳。东风恶,欢情薄。一怀愁绪,几年离索。错、错、错。春如旧,人空瘦,泪痕红浥鲛绡透。桃花落,闲池阁。山盟虽在,锦书难托。莫、莫、莫。"[1]而唐婉见此亦颇为感伤,和词一首:"世情薄,人情恶,雨送黄昏花易落。晓风干,泪痕残。欲笺心事,独语斜阑。难、难、难!人成各,今非昨,病魂常似秋千索。角声寒,夜阑珊。怕人寻问,咽泪装欢。瞒、瞒、瞒。"[2]由此,与唐婉的爱情故事成了陆游梦境的主要内容,并反复出现。《十二月二日夜梦游沈氏园亭》表明陆游仍旧对这段感情难以忘怀,他以两首纪梦诗表达了自己对唐婉的思念、感伤之情。"路近城南已怕行,沈家园里更伤情。香穿客袖梅花在,绿蘸寺桥春水生。"陆游离沈园越近,越痛心。沈园景色与当时并无二致,只是当时的人却不在。唐婉与陆游的情感遭遇成为陆游心中无法磨灭的伤痛,而梦中满足了他现实中的遗憾与愧疚,凝结了他内心最纯真的感情,他在这种情况下所作的纪梦诗才能动人心弦。

"陆游的纪梦诗是报国无门之悲与知己难酬之痛的宣泄。正是这种出于真正情感需要而萌生创作动因写出来的诗,字字是诗人的血泪,句句是情感的凝结,才使陆游的纪梦诗具有动人心魄的力量。"[3]陆游的纪梦诗创作于国家危亡之际,既投射了他在靖康之变后对国家艰难现状的反思,又表达了他对爱国情怀的坚守,同时蕴含着个人情感的细腻体验。在当时的生存语境下,陆游报国的期许与不断变化的心态之间的矛盾,使他逐渐趋向内省的追寻。陆游将现实主义与

---

[1] 朱东润选注:《陆游选集》,上海:上海古籍出版社,1962年,第186页。
[2] 田秉锷编著:《历代名家诗品》,上海:生活·读书·新知三联书店,2022年,第385页。
[3] 臧国书、任秀芹:《论陆游记梦诗创作的心理动因》,《云南财经大学学报》(社会科学版),2008年第3期,第149页。

浪漫主义相结合的文学表达诉求,使其更倾向于以超越性的纪梦诗抒发情感。

第二节　文坛激变的时代感知

　　文化是一个民族赖以生存的重要精神依托,在不同文化的影响下,诗歌的题材与风貌差异也很大。影响陆游纪梦诗创作的,不仅有外部环境参照系的作用,更有文坛自身因时代变迁而产生的深刻变革——这是更加隐性且内倾的因素。

一、文人心态的转变

　　马克思主义认为"经济基础决定上层建筑,上层建筑反作用于经济基础"[1],这两个方面共同影响着文学的发展。宋朝与其他朝代相比是一个极其特殊的朝代,它更重视农业与田赋,同时也对商业经济更加重视,对待商人的态度更加开放,从而造就了宋朝别开生面的经济特征。宋朝工商业的勃兴,与其封建土地制度密不可分,宋朝奉行"田制不立"与"不抑兼并"。"田制不立"出自脱脱所著《宋史·食货上》:"上书者言赋役未均,田制不立,因诏限田。"[2]主要是指国家不再像之前的封建制度所允许的那样通过向农民授予土地来维系国家在土地方面的绝对主权,即维护土地公有制,而这意味着"不抑兼并"。"不抑兼并"即国家开始听任对土地的自由买卖,不抑制诸如豪强地主兼并土地的做法,鼓励城市自由发展工商业。因此宋朝工商业已然发展到了一个新的层次,手工业等渐次勃兴,"近代城市坊市合一、沿街设店的风貌形成于北宋中叶;乡村地区草市、墟集数量激增的第一个浪潮出现于宋代;交换手段的便利化即纸币的使用和贵金属白银货币化起源于宋代;区域市场的形成和区间市场的联系的加强亦在宋代;更不要说海外贸易的第一波大潮出现于宋代"[3],宋代使自给自足的自然经济逐渐

---

[1] 黄光秋著:《马克思经济基础与上层建筑思想研究》,北京:光明日报出版社,2024年,第139页。
[2] (元)脱脱等:《宋史》,北京:中华书局,1977年,第4163页。
[3] 王万盈主编:《海丝文化研究》(第2辑),厦门:厦门大学出版社,2021年,第72页。

向资本主义工商业萌芽演进。同时海上丝绸之路开辟了除陆上丝绸之路之外的又一条与世界联系的路径,政府也设置了市舶司进行管理,泉州等城市成为当时的大港,可见外贸发展之兴盛。而这也进一步影响了文学中的形象与诗坛的整体文风。虽然宋朝并非大一统的王朝,文坛却不显薄弱。经济的发展与对外贸易所展现的大国风度,让时人自信满满,即使面对燕云十六州的失地,亦充满终将收复的信念与舍身报国的壮志。而且经济的发展使宋朝的国库较为丰裕,足以支撑岁币的缴纳:一方面提供了更稳定的环境,使得士大夫能够在书斋中研读经典、省察自我;另一方面也使不思进取的惰性弥漫于整个国家。没有足够的外部刺激,加之周边生活的繁荣,共同导致士大夫群体对危机缺乏足够的判断,陷入咏嘲风月的泥沼。

在政治方面,北宋的建立结束了五代十国征伐不休的局面,逐渐形成宋、辽等几国鼎立的政治格局,暂时将和平带到了现实。强盛而繁荣的唐朝灭亡之后,整个中国大地都陷入战火之中,纷争不休,给人民带来了无比深重的苦难,没有人能够安定地生产生活。"至今鸡犬皆星散,日落前山独倚门"[1],政权更迭十分频繁,底层社会结构基本崩塌。士大夫们在这样的环境下也饱经霜雪,现实世界的残酷反衬得梦中世界如此美好,梦中和平安定繁荣的景象与现实世界的对比,使美之更美,恶之更恶。"多少恨,昨夜梦魂中:还似旧时游上苑,车如流水马如龙。花月正春风!"[2]现实世界的残酷使文人只能在梦中追逐自己想要的政治理想图景,他们在梦中身处安乐之所,也只有在梦中才能得到短暂的心灵安慰。梦中与梦觉形成了极大的情感落差,一个人在现实世界生活得幸福快乐,是不需要心理补偿式安慰的。平淡的梦中追忆,梦中的精神抚慰,都从侧面反衬出现实的残酷。这样生存境遇下的五代十国纪梦诗,为展现真实思想情感、反映社会现实的诗歌创作开辟了新的路径,成为包括陆游在内的宋代纪梦诗的先导。同时纪梦文学的不断实践也带来了诸多成功案例,不断使"梦"这一载体成为描写的重要主题。

---

[1] 曾凡玉编著:《唐诗译注鉴赏辞典》,武汉:崇文书局,2017年,第1253页。
[2] (南唐)李璟、李煜著,詹安泰校注:《李璟李煜词校注》,上海:上海古籍出版社,2015年,第88页。

陆游的纪梦诗中也有着诸如《梦有饷地黄者,味甘如蜜,戏作数语记之》这样的诗。在诗中,陆游梦见吃地黄,地黄的独特功效让陆游十分欢喜,"儿稚喜语翁,雪领生黑丝",垂垂老者也突然长出黑丝,而且"老病失所在,便欲弃杖驰",疾病的阴霾被驱散,他便想着跑起来,迫切渴望感受健康的身体,写得妙趣横生。此等奇趣无穷的格调,也反映了生活趣事在陆游纪梦诗中的独特体现。宋代戏谑诗风渐起,"资谈笑,助谐谑"[1]的诗歌在宋诗中占有重要地位。到了北宋后期,戏谑诗这一类型已经蔚然成风,欧阳修、苏轼等著名诗人对戏谑诗的创作颇有心得。戏谑诗是通过诙谐等手法来表达作者的情感意趣,例如玩笑、讽刺、批判等,如苏轼的《洗儿戏作》:"人皆养子望聪明,我被聪明误一生。惟愿孩儿愚且鲁,无灾无难到公卿。"[2]在宋代,民间有洗儿的习俗,即在婴儿生下来三天或者满月的时候,邀请亲朋好友共同见证为婴儿洗身,在此时,大家一齐道出对婴儿最美好的祝愿。而苏轼作戏谑诗一首,希望孩子不要那么聪明,以免惹上大祸。前两句自嘲表现了苏轼面对自己苦难的悲怆之情,最后两句虽然是戏谑之作,却仍然沉重悲凉。而这样的戏谑讽刺则为宋诗的发展开辟了一条新的道路,"谐是人类拿来轻松紧张情景和解脱悲哀与苦难的一种清泻剂"[3]。与梦在幻境中对现实世界的补偿性改写一样,这也是人在遭受巨大打击之后的一种情感慰藉方式。在戏谑创作风靡之时,其发展也为纪梦诗开拓了创新空间。"与此同时,欧阳修开始将戏谑之风逐渐渗透到其他题中无'戏'字的诗作之中。"[4]由此,戏谑诗的真正精髓开始潜移默化到其他诗作中,其中当然也包括纪梦诗,最突出的表现就是"美刺"的手法逐渐被运用到纪梦诗中,如王令的《梦蝗》以"高堂倾美酒,脔肉脍百鱼。良材琢梓楠,重屋擎空虚。贫者无室庐,父子各席居。贱者饿无食,妻子相对吁"[5]痛刺社会现实。另一方面从戏谑的角度来讲,梦的复杂性与梦的奇特性使梦中出现了许多奇幻事物,满足了戏谑的条件,比如陆游梦中好吃的地黄。

[1] 孙昌武选注:《韩愈选集》,上海:上海古籍出版社,1996年,第15页。
[2] (清)王文诰辑注,孔凡礼点校:《苏轼诗集》,北京:中华书局,1982年,第2535页。
[3] 朱光潜著:《诗论》,北京:生活·读书·新知三联书店,1984年,第26页。
[4] 崔铭:《欧阳修与宋代戏谑诗风的兴起》,《江西社会科学》,2015年第12期,第68页。
[5] 北京大学古文献研究所编:《全宋诗》(第11册),北京:北京大学出版社,1993年,第8088页。

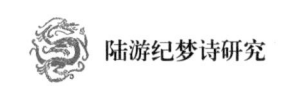

戏谑诗在宋代的发展不断促进戏谑精神在诗中的书写,也反映出当时文人心态。对现实世界的戏谑态度,促进了纪梦诗在宋代的创新性发展。总之,诗坛文人心态的不断变化,使"梦"这一意象在陆游的诗中频频出现。

二、诗坛风向的新变

诗坛风向与宋朝经济发展密切相关。北宋时期,经济重心逐渐从北方转移到南方,长江中下游产粮区的粮食生产逐渐占据重要地位。该地区气候适宜、土壤肥沃,对农作物生长极为有利,有"苏湖熟,天下足"①的说法。但北方开发历史悠久,最重要的农作物产区还是在黄河附近。靖康之变后,北宋灭亡,南宋朝廷迁往南方。局势的剧变与新朝廷的安顿,使得当时的国库不堪重负,财政状况更加依赖商业贸易、手工业等非农业领域,这也导致了南宋商业经济的畸形繁荣。"'靖康之变'通过财政压力,导致了宋朝货币经济的繁荣和进一步发展。"②这一经济状况反映在社会生活中,士大夫并未感受到华美生活的变味,反而更加舒适安逸——他们不用经历杜甫在安史之乱后的困苦生活,但这种安稳的社会环境却不断腐蚀人的心灵。同时,在经济因素的影响下,南宋诗坛的卑弱气质悄然而生。这些因素不可避免地对陆游纪梦诗的产生造成了影响,塑造了其独特的文人心态。

同时,从政治角度来看,陆游这一代诗人"是在烽火连天的时代里成长起来的,山河破碎的动荡时势使他们具有完全不同于苏轼、黄庭坚的创作环境。而且他们自少就感受到诗坛风气的转变,所以比陈、吕等前辈更富独创精神,最终以全新的艺术风貌取代了江西诗派在诗坛上的主流地位"③。陆游常以"梦意象"描述自己的梦,表现自己的情感,这也与当时文人心态的变化、诗坛上的转向有关系。

北宋时期,苏轼主持文坛,当时的文学发展可谓到达了高潮,正如陈衍所说:

---

① 朱瑞熙著:《朱瑞熙文集》卷五,上海:上海古籍出版社,2020年,第246页。
② 代谦、别朝霞:《财政压力的经济后果:以宋朝的"靖康之变"为例》,《世界经济》,2015年第1期,第189页。
③ 袁行霈主编:《中国文学史》卷三,北京:高等教育出版社,1999年,第117页。

"余谓诗莫甚于三元,上元开元,中元元和,下元元祐也。"①但随着社会矛盾的迸发,以王安石变法为导火索的元祐党争拉开序幕。随着皇位更迭及政治思想的骤变,新旧党派要么被重用,要么被迫远离政治权力中心。更有甚者,以《党人碑》作为政治斗争的手段,迫害苏轼、司马光等反对新法的人。而互相攻讦的风气也蔓延到文学领域,被誉为开中国"文字狱"之先河的"乌台诗案"就是这一时期最具代表性的事件。御史上书弹劾苏轼,称其诗文暗藏对朝野的不满,苏轼因此被下狱,甚至在狱中两次试图自杀。文字狱的出现不仅为苏轼个人带来了极大的灾难,对当时的诗坛与文学创作环境也造成了严重的不良影响。苏轼那般挥洒自如、敢说敢言的风格不再被效仿,而较为隐晦的载体便成了更好的选择,以此逃避文字狱之灾。另一方面,梦的虚幻性也对文人有着深深的吸引力。如苏轼在"乌台诗案"后也写了大量的记梦诗,来表达自己内心的愤懑抑郁,发出了"人生如梦"的感慨。他写下"世事一场大梦,人生几度秋凉"(《西江月·黄州中秋》)②,也借此完成了从"苏轼"到"苏东坡"的转变。"苏轼在贬谪中升华了人生,超越了磨难,第一次在失意的人生中最完美、最真切、最生动地展现了东坡居士的形象,其超越自我的审美化生活范型,为后世失意文人提供了借镜。"③从这一角度可见,在诗人心态的转向与诗坛风气的转变中,纪梦文学在文人生活中几乎具有了无可替代的地位。

所以,趋向内省的追寻使诗人将关注目标转向自己的内心,而诗坛风向的转变既预示着这一征兆,也在一定程度上促进了诗人内寻的深入。苏轼主持诗坛,他的才情之高使他可以任意挥洒,但并不是所有人都具有如此才情,"梦笔生花"的才华并非均匀地被分配给每一个人。一方面,随着党争的剧烈化,以"乌台诗案"为代表的文字狱使得大家不能畅所欲言,苏轼那种敢说敢言的作风使人敬而远之;另一方面,以黄庭坚为代表的讲究法度、生新廉悍的诗歌风格逐渐被人接受,并逐渐在诗歌创作方面取代了苏轼的影响,成为青年人学习的新型范式。黄

---

① 陈衍著:《石遗室诗话》卷一,北京:人民文学出版社,2001年,第7页。
② (宋)苏轼著,汪超导读,汪超注译:《苏轼集》,长沙:岳麓书社,2019年,第159页。
③ 潘殊闲:《是处青山可埋骨——"乌台诗案"前后苏轼的痛苦体验与人生抉择》,《地方文化研究辑刊》,2023年第2期,第35页。

庭坚的诗歌充盈着浓郁的士人风格与书斋风气，人文意象格外突出。黄庭坚在吟咏事物时，会极力挖掘、焕发其中的文人趣味——无论是茶、扇、笔墨纸砚等本就属于文人的器具，还是其他物件，都被赋予了鲜明的文人倾向。同时，黄庭坚更注重书斋生活，无论是对典籍的体认，还是对书斋事物的描写，都显现出当时诗人的内倾风格：其诗歌少了些豪雄的山川气象，多了些对日常事物的体认，将生活体验转向自我内心的层面。黄庭坚的诗歌创作成为当时的典范，后来效法其创作法度的人逐渐形成了新的诗歌流派，即江西诗派。

陆游师从江西诗派的代表人物——曾几，深刻感受到了诗坛风向的转变。而诗歌这一转向，表明宋人在唐人之外探寻出了诗歌的另一条出路，即在某些书写领域试图超越唐诗。"世间好语言，已被老杜道尽；世间俗语言，已被乐天道尽。"[1]而在这种情况下，宋诗如果想要实现对唐诗的超越，就必须另辟蹊径，比如以读书诗为内容之一的宋诗，更注重贴近并阐述诗人的内心，从自己的内心出发，实现主体性对客体的评价。"宋代诗人普遍有自成一家的自觉，他们继承前人的伟大成就，并以此为基础而创新，为了超越唐人的诗歌成就，他们采取异于唐人重意象的路径，不但扩大了诗歌的题材，也发展出尚理趣、重议论的宋调特色。"[2]注重自我的内心，重视以纪梦为代表的诗歌体裁，亦是趋向内省追寻的一种宋诗类型。同时，在诗坛风向转变下形成的理趣诗，其蕴含的诗歌理性精神也促进了宋人对梦意象的深入思考，理趣诗中呈现的理趣与事、情的交融，以意象观理的写作方法也逐渐拓展到其他类型的诗歌创作上，其中就包括纪梦诗。从梦中意象窥理，对生活、情感、时代、政治等层面的思考，逐渐走向了一种类似哲学的向度。

三、江西诗派的影响

纪梦诗是一种内容具有超越性的诗歌艺术，通过梦的形式将主观与客观、现

---

[1] 蒋祖怡、陈志椿主编，王英志等副主编：《中国诗话辞典》，北京：北京出版社，1996年，第690页。
[2] 王灿：《阅读史视野下的宋代士人与读书——以黄庭坚为中心的考察》，《中国出版史研究》，2024年第3期，第13页。

实与梦幻相结合。梦与人息息相关,是人潜意识的反映;纪梦诗的文化生成,也与诗人自身的艺术表达、文学特征等具有相关性。陆游师从曾几——曾几是江西诗派的代表人物,因此他也在艺术上受到了江西诗派的影响。江西诗派以"一祖三宗"彰显他们诗歌与审美的传承脉络:"一祖"即杜甫,"三宗"即黄庭坚、陈师道、陈与义。江西诗派是宋人在唐人之后对诗路另辟蹊径的又一探索,强调学习杜甫,同时不仅学习其济世爱民的思想,更在诗歌创作中注重炼字、造句等技艺的修习,并在学习过程中逐渐研究出自己的诗歌理论。在炼字方面,黄庭坚在推敲中研究出"点铁成金"之说,力图摆脱唐诗的影响,寻找新的道路,"自作语最难,老杜作诗,退之作文,无一字无来处。盖后人读书少,故谓韩、杜自作此语耳。古之能为文章者,真能陶冶万物,虽取古人之陈言入于翰墨,如灵丹一粒,点铁成金也"[1]。"点铁成金"实际上是对前代诗歌的积极借鉴,点"古人陈言"之铁,成"今人新言"之金,将有来处的前人诗歌化用到自己的诗歌创作之中,进一步推陈出新。"在句法上,他注重句子的长短与句子整体之间的关系,在诗歌声律方面,破除规律,改变了自唐以来的声律束缚。"[2]而这样的作诗方式,比苏轼那般挥毫自如的诗歌风格更容易学习,使人有更具体的、更容易效法的诗歌创作路径。以黄庭坚为代表的森严法度基本上定型了宋诗,但黄庭坚对"自成一家"的创作要求等也使江西诗派具有明显的革新精神。在南宋初期,作为当时江西诗派代表人物的吕本中,结合自己的诗歌创作经验,提出了新的诗歌创作理论,即"活法说":"学诗当识活法。所谓活法者,规矩备具,而能出于规矩之外;变化不测,而亦不背于规矩也。"[3]这意味着要对束缚诗歌创作的技法提出新的挑战——在遵守原有法度的基础上,形成自己对诗歌的独特认知。

南宋初期,陈与义与曾几在一定程度上改变了江西诗派注重内在与书斋生活的写作取向,对爱国主义的描写更为突出。曾几受江西诗派的影响,对吕本中的"活法说"甚为认同,并在此基础上形成了自己新的诗歌风格,即更加清新活

---

[1] 上海辞书出版社文学鉴赏辞典编纂中心编:《黄庭坚诗文鉴赏辞典》,上海:上海辞书出版社,2020年,第332页。
[2] 吴荷花:《黄庭坚和江西诗派形式批评研究》,《名作欣赏》,2022年第17期,第69页。
[3] 黄霖、蒋凡主编:《中国古代文论选编》(下),上海:复旦大学出版社,2022年,第604页。

泼、音韵和谐。而陆游作为曾几的学生，无可置疑地受到了江西诗派的影响。陆游十分钦慕曾几，将曾几的教导铭记于心，《剑南诗稿》的第一首诗就是《别曾学士》。他在诗中以梦来表达自己与曾几的感情，"夜辄梦见公，皎若月在天"，陆游以月亮比喻曾几的高洁品质，可见曾几对他影响之深刻。曾几在思想感情上点燃了陆游的爱国主义激情；在诗歌创作技法方面，影响陆游的主要为陈师道的"换骨"、吕本中的"活法"——主张进行一定的艺术积累后，由量变产生质变，进一步实现诗歌的"脱胎换骨"，正如"夜来一笑寒灯下，始是金丹换骨时"（《夜吟二首·其一》）。而对吕本中的"活法"，陆游也十分妥帖地将其运用在诗歌中，且在遵守规律的前提下，发挥主观能动性，更好地实现诗歌创新。纪梦诗是陆游诗歌创作的一种类型，总体上是按照陆游诗歌创作的审美依据，表达陆游本人的思想情感，并接受前人的诗歌技法指导。我们能在纪梦诗中看到陆游本人的生活轨迹，以及其诗歌创作的不断嬗变。陆游的诗歌创作不仅仅局限于江西诗派，而是能出其外，真正形成自己的创作风格，引领当时的诗歌潮流，不愧于"中兴四大诗人"之名。"陆游虽亲炙茶山，然摆脱江西的努力，使其诗学理论与诗歌创作均与江西诗派渐行渐远。陆游不满于江西末流，创新求变，力求突破，与杨万里、范成大等中兴诗人一道，推动了中国古典诗歌的最后一次复兴。"[①]此言颇中肯綮。

陆游虽出于江西诗派，却并未被其束缚，反而在创作中实现了对江西诗派的反拨，力图摆脱其固化影响。陆游的才华远非江西诗派所能限制，从戎南郑的经历不仅在思想上深化了他的爱国情怀，更在实践中推动了他对诗法的革新，即对"诗家三昧"的创建与实践。正如他在《九月一日夜读诗稿有感走笔作歌》中所言："诗家三昧忽见前，屈贾在眼元历历。天机云锦用在我，剪裁妙处非刀尺。"这里的"诗家三昧"指的是陆游在实践中领悟到的诗歌创作秘诀。在军营生活的启发下，他摒弃了"拾人牙慧"的雕琢诗风，转而追求豪放的诗歌风格。这种风格不仅体现在他的纪梦诗中，也贯穿于他的爱国主义情怀之中，体现了他审美多元化的特点。

---

① 杨理论：《"灯传"江西与"不嗣江西"——论陆游对江西诗派的接受与拒斥》，《杜甫研究学刊》，2016年第4期，113页。

例如在《五月十一日夜且半梦从大驾亲征尽复汉唐故地》一诗中,陆游梦见自己随驾亲征,收复了汉唐故地。该诗对军政的描写十分豪迈,"驾前六军错锦绣,秋风鼓角声满天。首蓿峰前尽亭障,平安火在交河上",这显示出陆游的诗歌风格有与杜甫相类的忧国忧民的沉郁氛围,抒发了为国而伤之情。同时,陆游的纪梦诗虽然学习了杜甫深沉悲壮的诗歌风格,但这种学习是以他对现实生活的关注为基础的。与杜甫详细描写具体事件不同,陆游更擅长用简练的象征手法和梦境元素,展现对社会的深刻观察。陆游在梦中的爱国表现有时也充溢着少年时光不再的感伤,所有感伤与悲凉的气氛都被陆游熔铸为纪梦诗中"沉郁悲壮"的部分。这是陆游在诗学之中的一部分追求。同时,陆游也有着李白浪漫主义的一面,梦的虚幻性很好地表现出了诗歌的浪漫性,如《我梦》:"我梦入烟海,初日如金熔。赤手骑怒鲸,横身当渴龙。"这种夸张的意象和浪漫的表现手法,展现了梦境中的潇洒与雄豪之气:陆游在梦中骑着巨大的鲸鱼,化身如龙般的力量,最终的目标是"击虏",收复失土。这种梦境不仅反映了他对现实的深刻思考,也展现了他内心深处的磅礴情感。陆游的诗歌是现实主义与浪漫主义的交汇,他的梦境既是对现实的反映,也是对现实情感的升华。在梦中,他构建了一个与现实相似却又不同的"第二世界",在这个世界中,诗人掌控着事件的走向。梦境成为现实与幻想的交汇点,而纪梦诗则是现实主义与浪漫主义的完美融合。通过梦境,陆游不仅表达了对现实的深刻观察,也展现了他内心深处的豪情与悲凉,使他的诗歌在现实主义与浪漫主义之间找到了独特的平衡。

第三节 三教合流的思想体认

思想是个体生存体验的理性飞跃,乃至对国家政治层面的理性认知。不同思想引领下的行为是不同的,这一点也反映在北宋诗坛上。北宋至南宋时期,诗人的创作心态及思想观念不断变化,纪梦诗的创作亦与前代差异很大。在北宋的社会环境下,新的社会思潮不断涌现。于唐朝开始交融的儒、释、道三家,在宋朝形成了三教合流的局面,这一局面深刻地影响了当时士人的生存观念。儒家的进取精神使士人将目光转向现实世界,在精忠报国的同时实现自我人生价值,因此豪放与坚贞的爱国之情一直都是很多人在诗歌中表达的重要内容。陆游也将矢志报国之情倾注于诗歌创作中,他曾梦见自己实现了理想,国家亦收复了失地。但这样的理想在现实世界并没有实现,高昂的理想与低落的现实不断撕扯着陆游这个有志之士的心灵,精神矛盾成了当时士人生存困境的鲜明症候。于是,作为调和儒家思想的佛家与道家力量,逐渐在士人中发挥了重要作用——为低沉的社会氛围带来一丝安慰,并试图化解士人的精神困境。封建士人作为当时的知识阶层,向来兼通儒释道三家。他们大多熟读以"四书五经"为代表的儒家书籍,兼修佛道,这对中国人的性格塑造具有非常重要的作用。儒、释、道三家思想互相影响融合,让人们在面对自然与社会、个人与国家等问题时,能够根据自身的实际需要灵活地调整应对方式。而对佛、道的体认,在陆游的梦诗之中也有显著体现:首先是以《梦仙》《五月二十三日夜记梦》《记梦》为代表的游仙诗;其次,陆游的梦中经常会出现一些非常有智慧的老人或者道人,为他在生活或作诗方面提供启发,例如《夜梦遇老人于松石间若旧尝从其游者再拜叙间阔老人亦酬接甚至云》等。可见三教合流在内容、思想上对陆游纪梦诗的影响。与此同时,现实报国无门的精神愤懑迫使士人不得不寻找一个出口,这个出口便是梦。"梦的功能主要是一种补偿性的,梦境总是强调另一方面以维持心理的平衡,它通过制造梦的内容来重建整个精神的平衡"[①],陆游独特的梦意象就是在三教合流的思想参照系中生成的。

在时代背景、传统文化等诸多因素的影响下,宋代诗人的心态不断变化。趋向内省的情感追寻与民族情感的坚守等,在儒释道三教合流的思想背景下,共同促进了陆游对现实生存的思考和士人的审美转向,这些共同作用构成了陆游纪梦诗的文化生成。

宋代的三教合流催生了程朱理学的萌芽。而造成宋代诗人内省的情感转变最直接的原因是宋代理学的影响。程朱理学与陆王心学合称为宋明理学,一个将天理作为最高的道德依据,一个则扩大了心的范围,但不论如何,都普遍承认

[①] 段力军著:《梦境原理 大统一梦成因理论与思辨》,北京:中国言实出版社,2014年,第12页。

第二章　陆游纪梦诗的文化生成

"存天理,灭人欲"①,更加强调道德伦理方面的修养,以工夫论来体现圣人的理想人格,并要求士大夫以此为鉴。陆游与朱熹生活在同一时代,朱熹的生活年代略早于陆游,因此陆游不可能不受程朱理学的影响。程朱理学强化了陆游爱国献身的情怀,但另一方面,这种爱国之情越强烈,现实的压抑就越需要寻找突破口,而纪梦诗则成了绝佳的路径——他既可以在诗中尽情地表达自己想建功立业的决心,也可以表达对闲适、宁静生活的向往。

在现实世界中压抑自己的内心,这会在梦中通过一些隐喻或者象征表现出来。例如,弗洛伊德认为,如果梦中出现飞翔的场景,则可能象征着对现实世界的不接受与逃避,以及对自由的向往等。陆游在现实世界中的爱国之心是不断被压抑着的,朝廷上的主和派令他痛心。淳熙元年(1174年),陆游摄知荣州,他实际上已经被排除于中央决策机构,并且从抗金前线被迫退下。他的爱国之情没有功业的依托,无法实现。在这样潜意识的郁积下,陆游在十一月梦见了一个奇怪的事物:一把长八九寸的小剑,其来历十分奇特,是从陆游的右臂之中"踊出"的,因此他写下了一首纪梦诗——《甲午十一月十三夜梦右臂踊出一小剑,长八九寸,有光,既觉犹微痛也》。在这首诗中,陆游表现了自己的爱国之情与奋发向上的报国之志。末句"此梦怪奇君记取,佩刀犹得世三公",表现出陆游对收复失地与实现自我价值、荫庇后世的渴望。但梦境同时也是现实世界的反映,梦中愈美,现实愈苦。现实与梦幻的双重结合、心灵与真实的矛盾,使得纪梦诗格外熠熠生辉。

纪梦诗对人心灵的直白叙写,不仅促使诗人进行趋向内省的生存思考,而且在一定程度上成了后世陆王心学的先导,为其提供了潜在的思想资源。陆九渊出生的年代略晚于陆游,但去世早于陆游,他们两人生活的轨迹有重合的时段,所以很难说两人没有互相影响。陆王心学更加注重对内心的体认,甚至将"心"提升至天理的地位,坚持"心即理"的核心思想,不仅将"心"作为统摄宇宙与生命的主宰,更是人的生命根源,"何谓心?身之灵明主宰之谓也"②。"在陆、王所处的时代,物欲、流欲吞没了人的主体性,成为普遍的精神状况。象山不仅为此

---

① 周桂钿编著:《中国传统哲学》,北京:北京师范大学出版社,1990年,第224页。
② (明)王阳明著,叶圣陶点校:《传习录》,北京:中国友谊出版公司,2021年,第263页。

发出了'收拾精神、自作主宰''大做一个人'的呼声,更以'心即理'的本体观念为从根本上解决这一问题奠定了理论基石。"①以"心"为道德主体,在日常生活中应展现出心灵对日常行为的指导,确立道德主体,成就理想人格。纪梦诗虽然无法达到后世心学研究的深度,它只是在个体情感体验的角度突出了"梦"所表征的心灵世界,但毫无疑问,通过关注这一特殊的诗歌题材,我们可以看到从程朱理学到陆王心学演进的蛛丝马迹。

---

① 徐春林、郭诺明、苏静:《论陆王"心即理"说的精神实质》,《贵阳学院学报》(社会科学版),2024年第3期,第8页。

第三章　陆游纪梦诗情感模式解析

　　纪梦诗作为一种独特的诗歌形式，以梦境为载体，深刻展现了诗人在现实世界中的悲欢离合及其内心最真实的情感，天然具备抒情功能。梦与文学的结合在纪梦诗上达到了很高的艺术境界，纪梦诗一方面拥有叙事的功能，诗人在纪梦诗中书写梦中所见，如见到友人、亲人等，又或者描述一些非常奇特的事情，如从身体里冒出一把剑等；另一方面，梦在叙事中也承载着抒情的功能，梦是人潜意识的集合，梦中发生的所有事情都是人心理的反映，自然带有抒情特质。梦为文学提供了一个极为有利的表达载体，梦中的意象往往象征着诗人对生命本源的追寻，是情感的内化与升华。通过对陆游纪梦诗的研究，我们可以清晰地看到以陆游为代表的士人在时代剧变下的情感模式与心理特征，深刻地反映了那个时代的精神风貌。

　　时代剧变下的士人如何能在现实与自我之中寻找到平衡，在过往的时光中追忆生命的忧思，在憧憬中追寻精神的出口。陆游纪梦诗表现的不仅仅是个人的情感，而是有志之士在当时社会环境下的选择与挣扎，以及被时代裹挟下的人在何去何从面前的无奈与悲哀。人是依托回忆而存在的生命体，"过去"作为时间概念，以"现在"为分界，承载着往事的痕迹与记忆的沉淀，是生命历程中对逝去时光的深切思索。在时间的洪流中，人与事如烟尘般扑面而来，转瞬即逝的美好随即悄然远去，短暂的欢愉让离别后的痛楚愈发深刻。忆旧怀人、梦回故里、忧国之思，这些强烈的情感在现实生活中激荡，影响着人生的抉择，并在梦中得以映照，最终经诗人的笔端流淌而出。然而，人不能沉溺于过去，耽于往事只会陷入无尽的悔恨。未来由期待构筑，现实的压迫却让人在当下充满矛盾，行为与精神无处宣泄。而梦，作为人的第二世界，在某种程度上调和了现实与理想的冲突，为精神的释放指明了方向。矢志报国的愿望，对故土收复的渴求，以及三教合流文化下对"采菊东篱下,悠然见南山"①式的归隐田园的向往,对瑰丽的想象与道家文化催生的游仙文化的追求等,都在陆游纪梦诗中广泛展现出来。对陆游纪梦诗的研究,有助于深刻理解当时文人的精神生态,具有非常重要的意义。通过深入研读陆游的纪梦诗,我们可以清晰地感受到他内心的辛酸与无奈、报国之志与现实的冲突,以及对时光流逝的感慨与对往昔的深切怀念。这些复杂的情感在诗中不断交织,既展现了浪漫主义的理想情怀,又透露出现实主义的深刻洞察,二者浑然一体,共同构成了陆游诗歌的独特魅力。

第一节　追忆:往昔生命的忧思

陆游一生坎坷,始终身处忧患之中。他出生时,正值国家丧乱,家人饱受奔窜之苦;青年时期,朝廷被以秦桧为代表的主和派把持,国家苟且偷安。而陆游毕生渴望参军北上,收复失地。这不仅仅是他个人的愿望,更是中华民族对"大一统"的执着追求。中华民族"大一统"的性格,源于对传统与历史的深刻追寻,承载着恢复昔日荣光的民族情感认同。作为民族性格基石的儒家思想,也蕴含着强烈的历史回溯意识。这种"回头看"既是对往昔经验的借鉴与践行,也在对历史的追寻与现实的躬行中不断深化,促使"大一统"思想逐渐成为中华民族不可分割的精神纽带。"'大一统'不仅仅是一套复杂的认知体系,同时也是能够付诸实践的行动准则,在中国历朝统治合法性的建立、疆域拓展、社会治理、文化意识形态构造等方面持续发挥着统摄作用。"②"大一统"思想的形成与发展,是历代王朝在对前代的继承与批判中不断推进的,最终演变为一个统一的多民族国家,并在政治、文化、经济等各个领域实现全面统合。这一思想最初主要源于汉代儒家典籍中关于经学的论述,是儒家思想体系中的重要组成部分。儒家思想不仅为士人提供了人生实践的指引,将个人前途与国家命运紧密相连,更确立了

---

① 逯钦立校注:《陶渊明集》,北京:中华书局,1979年,第89页。
② 杨念群:《"大一统"观的演化过程及其现代意义》,《中国人民大学学报》,2024年第3期,第1页。

第三章 陆游纪梦诗情感模式解析

成就圣人理想人格的行为准则,为无处安放的精神提供了实现个人价值的途径,开辟了新的精神出口。儒家思想成为民族文化底色的同时,也进一步促进了大一统思想在中国的传播与深化,而大一统思想也由此成为儒家思想中不可或缺的核心要义。因此,作为儒家士人的陆游,一生都在"追忆"与"向往"中安放自己的心灵,在思考生命意义的过程中释放自身的精神价值。

追忆往昔生命的忧思,对国家命运的深切悲悯,最能牵动陆游的情感。作为著名的爱国诗人,陆游的诗歌中充满了对国家的哀思与矢志报国的情怀,这些主题构成了他创作的核心。"爱国情绪饱和在陆游的整个生命里,洋溢在他的全部作品里;他看到一幅画马,碰见几朵鲜花,听了一声雁唳,喝几杯酒,写几行草书,都会惹起报国仇、雪国耻的心事,血液沸腾起来,而且这股热潮冲出了他白天清醒生活的边界,还泛滥到他的梦境里去。"[1]在他的爱国主义诗歌中,陆游将自己对国家的忠诚与爱倾注其中,北宋灭亡的悲伤与收复失土的希冀跃然纸上,陆游无时无刻不盼望着祖国统一、山河无恙。但现实与理想之间的矛盾却不断折磨着陆游,朝廷的无能与渐颓的风气使他的抱负屡屡受挫,于是陆游将自己对国家的情感寄托在梦里。在梦里,陆游建功立业,他看到了国家统一、北地收复。梦成为他心灵的慰藉,梦境对消极情绪的刻画反而使他在现实中保持了积极的心态,并不断激励着无数爱国志士投身于报国大业。陆游对国家遭受的侮辱是愤怒的,对未曾亲历的北宋繁华充满怀念。他无比渴望"王师北定中原日"(《示儿》),直至生命的最后一刻,他对国家的爱仍是赤忱、热烈的。

陆游出生于北宋倾覆之际,幼年便已饱尝金兵南侵之苦。北宋覆亡的创痛及其带来的物质与精神的双重创伤,如阴霾般笼罩在南宋子民心头,成为爱国志士心中挥之不去的隐痛。这份家国之情在陆游心中不断滋长,使其年少时便立下"上马击狂胡,下马草军书"(《观大散关图有感》)的志向,直至暮年仍矢志不渝,始终秉持"一闻战鼓意气生,犹能为国平燕赵"(《老马行》)的报国志向。陆游的壮志豪情与对世事人生的深刻感悟,皆倾注于其诗作之中,成就了独具特色的纪梦诗。他对往昔岁月的追忆与对精神寄托的追寻,孕育出风格各异的纪梦

---

[1] 钱锺书著:《宋诗选注》,北京:生活·读书·新知三联书店,2002年,第272页。

诗类型,在中国古典诗歌史上具有重要的艺术价值与思想意义。

一、吊古怀今

陆游作为正统文人,始终坚持儒家志向,其诗文深深浸润着爱国主义情怀。他以吊古怀今的笔触,抒发内心最真切的渴望。儒家思想影响了无数士人,其蕴含的民族自豪感与民族自尊心,铸就了人们对大一统的执着追求,以及在强烈屈辱下的顽强反抗,它对中华民族的性格塑造具有十分重要的意义。对受儒家思想影响的中国士人来说,历史是绵延不绝、薪火相传且永不断绝的,这种历史观对秉持实用主义取向的士人具有特殊意义。"以史为鉴,可以知兴替",历史不仅为后人提供明鉴,更以其丰富的经验教训指导社会实践。前人的成败得失,成为后人行动的指南,在历史的长河中不断启迪着后世。如北宋借鉴唐末五代藩镇割据的教训,提出限制将领权力,"太祖既得天下,诛李筠、李重进,召赵普问曰:'天下自唐季以来,数十年间,帝王凡十易姓,兵革不息,苍生涂地,其故何也?吾欲息天下之兵,为国家建长久之计,其道何如?'普曰:'陛下之言及此,天地人神之福也。唐季以来,战斗不息,国家不安者,其故非他,节镇太重,君弱臣强而已矣。今所以治之,无他奇巧也,惟稍夺其权,制其钱谷,收其精兵,则天下自安矣'"①。另一方面,历史遗存物象在诗歌中焕发新生,成为承载诗人思想的艺术意象。这些意象不仅完善了诗作的艺术性与整体性,更在历史与文学之间构筑起紧密的纽带。它们既是诗人抒发情感的普遍载体,又是激发其创作灵感的契机。如杜鹃哀鸣之象,自然唤起"望帝啼鹃"的典故,成为抒写哀怨凄婉之情的绝妙载体。历史与现实之间的张力,更赋予这些意象独特的艺术魅力,同时也折射出诗人内心的矛盾与挣扎。以"山公启事"之典为例,诗人在称颂单涛选贤举能的同时,更反衬出自身怀才不遇的凄凉境遇。这种历史与现实的反差,不仅凸显了典故的特殊意蕴,也将诗人内心的郁结表露无遗,使诗作呈现出更为深邃的艺术境界。于是历史抒怀成了极为重要的一种诗歌题材——咏史怀古诗,"吊古的抒情模式在一千多年的发展中已形成自身独特的一套规则:先交代景物与时令,

---

① (宋)司马光撰,邓广铭、张希清点校:《涑水记闻》,北京:中华书局,1989年,第11页。

第三章　陆游纪梦诗情感模式解析

然后用典以示对当年情形的追忆,最后归结到自己的身世之感或天下兴亡的浩叹。运用这套吊古的抒情模式,当代诗人把笔触探伸到亘古的土壤中去,重新钩沉打捞出历史的骨骸并放置在今日的光线之下"[1]。吊古伤今的手法,深刻而广泛地体现在每个诗人的笔端,它将历史与现实紧密地勾连起来,前所未有地拉近了时空距离,使诗人内心最深处的情感得以真切地被表达。在陆游的梦境中,有无数前人留下的痕迹。梦不受时间与空间的限制,具有无穷的虚幻性,梦境中既能浮现古时遗迹,亦能流露内心最深处的历史怅惘。这不仅反映出他对历史的深切关怀,更揭示了儒学对他思想的深远影响。在无意识状态下,陆游的纪梦诗以间接的方式,展现了他对历史的追思与对现实的感慨。

陆游以爱国主义情怀而闻名,他的纪梦诗中流淌着浓浓的爱国之情。陆游将自己对国家的爱与现实的压抑、矛盾等藏于心中,在被相关事物触发时,潜藏的情感便涌上心头。他在梦中游览历史古迹,吊古怀今,将今时的梦想与愿望投射到对往昔的感慨与怅惘中。

淳熙十三年(1186年)在严州任所时,陆游曾梦游荆轲墓,写下了《丙午十月十三夜梦过一大冢,傍人为余言此荆轲墓也,按地志荆轲墓盖在关中,感叹赋诗》,他非常疑惑为何荆轲墓在关中,不过诗人主要借荆轲抒发当时之感与收复之叹。据记载,荆轲墓位于丰县便集之东,在江苏地界内,而陆游在作此诗时人在严州,严州位于浙江省西部,而关中则位于陕西省中部地区。陆游做梦时以为自己在陕西关中地区而非浙江省,可见从戎南郑的经历对他来说的确难以忘怀,甚至做梦也梦见自己就在这里。这首诗吊古怀今,通过荆轲刺秦王的历史故事,表达收复失地的强烈愿望:

> 采药游名山,物外富真赏。秋关策蹇驴,雪峡荡孤桨。还乡忽十载,高兴寄遐想。梦行河潼间,初日照仙掌。坡陀荆棘冢,狐兔伏蓁莽。悲歌易水寒,千古见精爽。国雠久不复,惊觉泚吾颡。何时真过兹,薄酹神所飨。

---

[1] 苗霞:《当代诗歌的历史诗学研究——以咏史怀古诗为视角》,《商丘师范学院学报》,2022年第4期,第62页。

作此诗时,陆游已历经仕途上的诸多坎坷。给事中赵汝愚曾以"不自检饬、所为多越于规矩"①弹劾陆游,陆游愤然辞官,蛰居山阴,已经过去五年多了,此时终于等到了朝廷的任命。他被任命为严州军州事,但这与陆游理想中的铁马金戈、烈风冰河相去甚远。严州是一个暖风熏得游人醉的地方,它属于亚热带季风气候,温和湿润,多雨。严州的自然环境孕育了江南的独特风味,"薄酿不浇胸垒块,壮图空负胆轮囷"(《夜登千峰榭》)。在严州,陆游虽然勤政爱民,尽心履职,但这样劳形于案牍的生活却不是他心中所想。他心中始终充盈着收复失地之念与报国之志,故而对这样的生活感到厌烦,他说:"朝衙有达午,夕坐或过西。文符苦酬对,迎饯厌奔走。"(《久无暇近书卷,慨然有作》)更令陆游痛苦的是,作为帝王的宋孝宗已对北伐丧失斗志,根本不可能成为赏识陆游并助其实现北伐梦想的伯乐。陆游获朝廷任命入京陛辞时,宋孝宗竟说严州可以成为陆游作诗写词的好去处:"严陵,山水胜处,职事之暇,可以赋咏自适。"②他将陆游视为只会写诗作词、吟风咏月的文人,似乎已经忘记其兼济天下、收复失地的抱负。宋孝宗这番话或许只是向陆游表达拒绝北征的意思,却激起了他心中的矛盾。受到现实挫折的刺激,梦境中的陆游如荆轲一般投身于国,收复失土。同年,陆游已经六十一岁了,身体的衰老逐渐表现出来,不论精神上还是身体上都无法与少年时相提并论,而这对陆游来说是非常沉重的打击。在空间上,报国之志的实现绝无可能;在时间上,未来的不确定性使他慨叹"但悲不见九州同"(《示儿》)。而在这一年,陆游最喜欢的小女儿定娘不幸夭折,这使他受到了极大的刺激:"淳熙丙午秋七月,予来牧新定。八月丁酉,得一女,名闰娘,又更名定娘。予以其在诸儿中最稚,爱怜之,谓之女女而不名……得疾,以八月丙子卒,殡于城东北澄溪馆。九月壬寅,即葬北冈上。其始卒也,予痛甚,洒泪棺衾间,曰'以是送吾女',闻者皆恸哭。"③亲人的逝世,使陆游无比悲伤,也促使他开始深入思考死亡。陆游将自身全然交付于国家,渴望自己死得其所,那么荆轲那般"风萧萧兮易水寒,壮士

---

① 于北山著:《陆游年谱》,北京:中华书局,1961年,第206页。
② (元)脱脱等:《宋史》,北京:中华书局,1977年,第12058页。
③ (宋)陆游著,苗洪选注:《陆放翁小品》,北京:文化艺术出版社,1997年,第137页。

一去兮不复还"①的豪迈故事也就自然而然地出现在他的梦境中了。

这首诗并非陆游梦中所作,而是他梦醒之后根据梦境内容概括而成,自然加入了清醒时的感受和看法。陆游在梦中游览风物,表达了对家乡的热爱,以及日常生活休憩时的各种思绪,随后他行至太华山间,看仙掌之壮丽,见荆轲墓之孤寂,想起荆轲的英雄事迹,又对比宋朝当时的社会境况,不禁凄然泪下。梦中凭吊荆轲墓,仿佛是陆游内心深处对现实世界的深切忧虑,亦是其报国之志遭压抑的无奈流露。他渴望现实世界中的人们能像荆轲一样,拥有为国捐躯的勇气与气概,以此唤醒世人对家国责任的担当与觉醒。

首句"采药游名山,物外富真赏",以叙事开头,讲述陆游的人生经历。一方面总结陆游的经历,另一方面写采药、游山,这是士人心中游仙的状貌,以"物外"显示陆游对某种生活的向往,也映射了他在案牍劳形中对休憩的渴望。陆游在凭吊荆轲墓前,对自己的人生经历进行了总结:之前从戎南郑、任职蜀中的经历虽如梦似幻,却难以忘怀,对他来说,那几乎是"物外"般令人向往的存在。同时,陆游在故乡隐居数年之后,在严州案牍劳形,这时必定会对自然世界十分向往,这种向往也反映到梦中。"物外"的景色极为动人,它承载着陆游内心最为向往的理想境界。而采药、游历名山等活动,是他诗作中不可忽视的重要意象。采药作为文学意象,早已深深融入中国文学的创作传统,其历史可追溯至《诗经》时代,历经千年,始终在文人笔下焕发着独特的生命力。如《诗经·周南·芣苢》中的"采采芣苢,薄言采之。采采芣苢,薄言有之"②,是描写妇女采芣苢的场景。随着社会文化的发展,采药有关的记载也不断增加,随着魏晋南北朝时期道教的影响逐渐扩大,人们对养生的需求也不断增大,常常不畏艰难上山采药,并追求长寿,如王羲之写道:"与道士许迈共修服食,采药石不远千里,徧游东中诸郡,穷诸名山,泛沧海。"③同时,在这一时期,采药也与游名山结合在一起,采药的同时也可以体验世外名山的风情,感受亲近自然的乐趣,《梁书·陶弘景传》中就记载了陶弘景作为一位医药学家,在采药时陶醉于山林之美妙,"性爱山水,每经涧谷,

---

① 游光中编著:《历代诗词名句》,成都:四川辞书出版社,2023年,第19页。
② 周振甫译注:《诗经译注》,北京:中华书局,2002年,第11页。
③ (唐)房玄龄撰:《晋书》,北京:中华书局,1974年,第2101页。

必坐卧其间,吟咏盘桓,不能已已"①。在这样的文学传统下,陆游会梦到自己采药就不足为奇了。他遍览壮丽河山,又以"物外"的超然视角观照"游名山"的意趣,为游历增添了一层深邃的道家风韵。这种浪漫主义的关联,其根源可追溯至《楚辞》,并在其中深深扎下了文化的根基。严忌在创作《楚辞·哀时命》时,就已经表明"愿至昆仑之悬圃兮,采钟山之玉英"②,采药与游名山的活动逐渐与神灵联系紧密。随着各流派思想的不断结合,"在唐宋人那里,采药与烹茶、抚琴、读书、围棋、吟诗、书画等雅事同列,是士大夫特别是隐者、道士、僧家的重要生活内容,也是隐逸出家的象征;采药人则成为隐者、出家人的代名词"③,言说采药则暗中表现出对纷扰世事的抵触,以及对心灵澄明的清净生活的向往。无怪乎陆游在严州案牍劳形时,内心充满对物外游山、采药的思慕。

第二句"秋关策蹇驴,雪峡荡孤桨"则是以一种广阔的视角总体概述陆游的行旅:秋天骑着跛脚的驴穿过关隘,独自摇荡孤舟穿过被雪覆盖的峡谷。这两句既写出了陆游羁旅的艰辛,又展现了他在逆境中的坚韧与智慧——无论是面对"秋关"还是"雪峡",他始终以"策蹇驴""荡孤桨"的方式积极应对,彰显了他在绝境中的勇气与从容。此外,"策蹇驴"这一意象还蕴含了深厚的文化内涵,既是对陆游清贫生活的写照,也折射出古代文人安贫乐道、随遇而安的精神境界。"驴形象在宋代诗词中达到了一个空前繁荣的状态,并由此前较为单一的内涵意蕴丰富发展成为多层次、多角度的内涵意蕴,成为文人身份的象征、诗人诗思诗兴的象征以及佛道宗教色彩的象征"④,"驴"这一意象意蕴众多,在该诗中表示一种骑乘工具,在其他更多诗中被当作一种贫寒与失意的象征。陆游在《早春出游》中也描写道:"蹇驴破帽人人看,南陌东阡处处来。闻道禹祠游渐盛,也谋随例一持杯。"其中就展现了一个非常典型的失意文人形象。陆游在被任命为严州

---

① (南朝梁)陶弘景著,王京州校注:《陶弘景集校注》,上海:上海古籍出版社,2009年,第218页。
② 赖咏主编:《四库全书·家藏精华》第12卷,北京:中国书店,2013年,第250页。
③ 叶雅风:《采药诗和作为诗歌意象的"采药"》,《牡丹江大学学报》,2013年第1期,第24页。
④ 杨学娟、康佳:《宋代诗词中驴的作用及其形象内涵探析》,《大庆师范学院学报》,2021年第1期,第57页。

军州事之前,就因被弹劾在故乡山阴待了许多年,任命之地也不是自己日夜盼望的,内心当然无比失落。同时严州案牍劳形的生活又使得陆游不自觉地思念如陶渊明般的隐士生活,而"驴"又代表着隐士,在仇远的《次西和韵》中就有清楚的描述——"湖海心终在,田园计未迟。愿同华山叟,驴背倒能骑",这里将"驴"与隐士联系在一起。陆游此诗第二句以概括性和意象化的语言表现出他的人生经历与感怀。

"还乡忽十载,高兴寄遐想",表现出陆游对家乡山阴的热爱,同时也为下文凭吊荆轲墓埋下伏笔。陆游于梦中结束了漂泊,终于返回了自己的家乡,转眼间又过了十年。他在梦中实现了时间的跨越,而这飞逝的十年又显示出陆游对自己家乡山阴的无比热爱。他的另一名作《游山西村》就是在山阴所作,"莫笑农家腊酒浑,丰年留客足鸡豚。山重水复疑无路,柳暗花明又一村。箫鼓追随春社近,衣冠简朴古风存。从今若许闲乘月,拄杖无时夜叩门",陆游对山阴的热爱跃然纸上,在山阴的快乐日子又使陆游产生了无限遐想,现实与梦想互相交织,共同催生了之后的吊古怀今。

"梦行河潼间,初日照仙掌",陆游在梦中一跃到了黄河和潼关的附近,点明了梦境的地点,同时初升的太阳也表明了时间。太阳的光辉洒落在太华山的奇峰峻岭上,为后文的展开奠定了基调。陆游在此地遥想荆轲墓,以"坡陀荆棘冢,狐兔伏蓁莽"描绘了他心目中荆轲墓的凄凉景象:墓冢荒芜,无人修葺,杂草丛生,荆棘遍布,狐兔隐匿其中。尽管陆游并未见过荆轲墓,但他却在心中勾勒出这样一幕,这不仅流露出志士仁人被世人遗忘的悲凉,更体现了现实与理想之间的深刻矛盾。荆轲曾被燕王赏识,他为国家大义不畏强秦,毅然刺秦以解燕国之危,这与南宋面临的困境何其相似。尽管荆轲最终失败,但他舍生取义的精神却深深激励着后世怀有报国之志的文人,成为他们心中不朽的精神丰碑。"心知去不归,且有后世名……其人虽已没,千载有馀情"[1],荆轲为燕国殉身的精神对当时的南宋士人来说,是十分值得学习的。"荆轲作为一位英雄式的人物,带有厚重的文化力量。荆轲勇敢坚毅,肩负家国大义而置生死于度外,以大无畏的英雄

---

[1] 林庚、冯沅君主编:《中国历代诗歌选·先秦至隋代》,北京:生活·读书·新知三联书店,2024年,第204页。

气概、一往无前的精神品格,在不同朝代对人们产生激励作用。"①同时,陆游心中的荆轲墓杂草横生的样子也反映出陆游对现实世界的矛盾性认识。南宋小朝廷的偏安一隅,主和派对朝廷的控制等,皇帝派陆游于严州上任的理由等,都表明了主战派被压制,以及陆游的报国之志难以实现。现实与理想的矛盾使陆游无比痛苦,所以在他的梦境中,荆轲的墓变得杂草丛生、无人管理。

"悲歌易水寒,千古见精爽",陆游面对荆轲墓时思绪万千,借古抒怀,道出了自己的感悟与认知。"悲歌易水寒"重现了荆轲"风萧萧兮易水寒,壮士一去兮不复还"②的场面,并以"千古见精爽"表达了对荆轲的赞美。荆轲明知不可为而为之的大无畏气概,激励着每一个怀有报国之志的人。即使燕国如此弱小,而秦国无比强大,他也绝不卑躬屈膝,向强者低头。历史无法改写,即使在后人看来,荆轲的行为犹如螳臂当车,不自量力,但他在绝境中的反抗更令人动容。历史映照现实,靖康之变后,北宋灭亡,南宋朝廷偏安一隅,整个社会氛围低迷不振,正是缺乏荆轲般大无畏的反抗精神。陆游的感慨中,也透露出对现实的深深失望。荆轲"悲歌易水寒",凝聚了整个燕国的力量,以名将樊於期的头颅为代价,试图刺杀秦始皇,却终究落了个身败名裂的悲惨结局。陆游不禁担忧,南宋朝廷的未来是否也如燕国一般,陷入复仇无望的哀痛之中,这种对国家命运的忧虑与无奈,跃然纸上,令人感同身受。

"国雠久不复,惊觉泚吾颡"一句,将思绪从梦幻拉到了现实,发出现实的慨叹:国家的深仇大恨未能得报,以致夜不能寐、泪落满面。陆游那炽热的爱国之情与忧民之心,就此跃然纸上。在他的诗歌中,爱国主义占据了重要地位,字里行间流露出对国家的深切关怀与无奈。尽管心中愤慨难平,他却无力改变现实,只能在夜深人静时独自垂泪,抒发内心的悲凉。"何时真过兹,薄酹神所飨"一句,表明陆游所做的努力微不足道,从只能流眼泪向神灵祈求,向神灵献上微薄的祭品,这一转变体现了他对国家复兴的深切渴望。然而,这种祈愿中却夹杂着深深的无力感,仿佛除了寄托于神灵的庇佑,他已别无他法。这种无奈与期盼交

---

① 方子楠:《中国古代诗歌中的荆轲形象特征研究》,《黄山学院学报》,2024 年第 2 期,第 90 页。

② 游光中编著:《历代诗词名句》,成都:四川辞书出版社,2023 年,第 19 页。

织的情感,正是陆游诗歌中最动人的部分。这首诗是陆游纪梦诗的代表作,吊古怀今,以荆轲刺秦之典故,抒发了对南宋偏安一隅、无力收复失地的悲愤,以及自己未能成为"荆轲式"人物而被重用的遗憾,表现了陆游内心深处的爱国之情。

陆游是典型的儒家士人,受儒家影响极为深刻,儒家思想早已成为一种象征,其影响贯穿古今,深远而广泛。作为儒家的开创者,孔子述而不作,其弟子记录了他的思想与言行,推崇唐尧等上古圣王的治国之道,把圣人作为最高的道德规范,用儒家的各种典籍规范人的思想与言行。忠君爱国的理念也深深镌刻在历代士人心中,后世思想家以注解六经为基础,阐发自己的思想,使儒家学说不断深化,对当时人的影响也更加深远。对儒家典籍的理解与体认,不仅是对古代思想的传承,更是对历史经验的反思,旨在探寻当时社会的弊病与解决之道,或是寻找个人在社会中的定位,以及现实与理想之间的平衡点。"在儒家文化当中,'治国平天下''经世致用''忧国忧民''积极入仕'等一系列代表思想不仅在我国古代文学作品当中多有体现,还影响着我国古代文学作品的体裁创作、内容创新、创作方式变革等,对后世文学作品的创作产生了一系列积极影响。"[①]陆游的吊古怀今,不仅体现了国家层面的爱国主义情怀,同时也包含对历史的评价与对自我人生的感怀。

嘉泰元年(1201年)秋,陆游在故乡山阴患病,在睡眠中,他梦见自己在念《尚书》,于是醒来作了联诗来记录这段经历,即《病足昼卧,梦中谵谆,乃诵尚书也。既觉,口占绝句》。此梦更类似于白日梦,即做梦者可以清楚地意识到自己在做梦,并且对梦中的内容十分了解。陆游通过这件事情抒发了自己的思想情感:

  唐虞已远三千岁,每诵遗书涕泗潸。济济九官十二牧,我独不得居其间!
  又
  人能不食十二日,惟书安可一日无。唐虞虽远典谟在,病卧蓬窗时

[①] 蒋书缘:《儒家文化在古代文学作品中的体现》,《大学语文建设》,2023年第11期,第45页。

啜嚅。

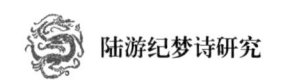

这两首诗是陆游在嘉泰元年作于山阴的,在"上怜其才,旋即复用。未内禅,一日上手批以出,陆游除礼部郎"①之后。陆游于淳熙十六年(1189年)因"谏议大夫何澹论游前后屡遭白简,所至有污秽之迹"而被罢官,这次罢官完全是因为主和派对主战人士的排斥。而陆游早已做好了被罢官的准备。在故乡山阴的日子里,陆游宠辱不惊,将身心完全投入到日常生活中。但当时的社会现实深深冲击着陆游心中的理想桃源,爱国志士的抗争精神依旧在陆游心中燃烧。更让陆游感到痛苦的是当时的政坛上风气不正与剧烈的党争,即"庆元党禁"。这场斗争以权力争夺为焦点,以宋宁宗继位后大臣的权力分配问题为导火索,迅速爆发并蔓延开来,影响了无数人的命运。外患未除,内忧又起,这更令陆游感到悲哀。党禁的推行更是暴露了朝堂上下对主和政策的支持,而对北伐、收复中原的呼声却漠不关心。"战马死槽枥,公卿守和约,穷边指淮泲,异域视京雒",陆游只好把这种矢志报国的愿望寄托在梦与文学创作中。

"唐虞已远三千岁,每诵遗书涕泗潸",陆游以古代圣贤开篇,感叹像唐虞那样选贤任能、十分贤明的帝王已经远去三千多年了,每每诵读记载他们思想的典籍都免不了流泪。以古吊今,借古讽今,更加突出陆游不被重用之悲,以及他对贤明帝王的渴望,对国家强大的希冀。"济济九官十二牧,我独不得居其间",此句以一种开放的、豪迈的语言表现出陆游内心最真实的愿望。"济济九官十二牧"是对上句思慕唐虞的承接,"九官"在《汉书·刘向传》中记载:"臣闻舜命九官,济济相让。"②注曰:"师古曰:《尚书》禹作司空,弃后稷,契司徒,咎繇作士,垂共工,(作)朕虞,伯夷秩宗,夔典乐,龙纳言,凡九官也。"③而"十二牧"为"咨有十二牧"④,官职这么多,自己却无一席之地。整首诗以唐虞作典,借古言今,表现自

---

① (南宋)叶绍翁著,符均注:《四朝闻见录》,西安:三秦出版社,2004年,第94页。
② (清)曾国藩纂,乔继堂编:《经史百家杂钞 上》,上海:上海科学技术文献出版社,2020年,第565页。
③ 王广著,颜炳罡、王晓军主编,孙涛、徐庆文副主编:《颜师古学术思想研究》,济南:山东人民出版社,2013年,第279页。
④ 龚延明著:《简明中国历代职官别名辞典》,上海:上海辞书出版社,2016年,第9页。

己不被重用的悲哀。

第二首则主要表现儒家典籍对人与社会的重大影响和重要作用,表达了"不可一日无书"的看法。整体来看,该首诗吊古怀今,从人生感怀着手,逐渐扩展到整个社会,以古时的有益经验批判现实的社会弊端,表现了诗人内心强烈的期待。陆游吊古怀今的纪梦诗,从国家与个人两个方面来表现他内心深处的情感,表达对往昔生命的忧思和对现实的感怀。而这种感怀不仅仅停留在宏观的历史追忆中,也展现在陆游日常对亲友的怀念中。

二、怀恋亲友

怀人主题一直是中国文学史上重要的主题。诗文本质上表现的是诗人内心的情感,"诗,可以兴,可以观,可以群,可以怨"①。人是社会的动物,从始至终都会受到社会与他人的影响。人在一生中也从他人这面镜子中映照自我,从他人那里感受情感。

"怀恋亲友"的主题在北宋纪梦诗兴起之前,就已成为诗歌创作的典型主题,如"青青河畔草,绵绵思远道。远道不可思,宿昔梦见之"②。现实世界的种种阻隔,催生了心中无限的思念。于是,人们便通过梦超越时空的特性,实现见到想念之人的愿望。若说"遵彼汝坟,伐其条枚。未见君子,惄如调饥"③是用"水"将两人连接起来,那么纪梦诗中,两人心灵共通则是以梦为桥梁。陆游一生好交友,"当年交友倾一时"(《北窗》),他拥有许多志趣相投的好友,他们在生活情趣方面有着共同的爱好。同时,陆游作为当时主战派的代表人物,其坚韧的爱国主义情怀与收复失土的矢志之愿也吸引着其他爱国主义志士,他们对朝堂与国家现状提出了诸多可行性的见解,这样的快乐永远存留于陆游心中。午夜梦回时,这种被人理解、与人共谈的感受记忆犹新。陆游梦诗中出现了许多未知其名的好友,他的豪迈风格甚至使他在梦中获得了更多友谊。而陆游心中的思念不只

---

① 杨伯峻译注:《论语译注》,北京:中华书局,1980年,第185页。
② 胡涛、曹胜高、岳洋峰译注:《古诗十九首 汉乐府选》,武汉:崇文书局,2023年,第92页。
③ 周振甫译注:《诗经译注》,北京:中华书局,2002年,第15页。

针对自己的好友,更是对自己心中的爱人——唐婉。在被迫与唐婉分开后,陆游的伤逝之情一直萦绕于心,久久未散。作为他们爱情见证的沈园,也多次出现在陆游的梦中,成为挥之不去的意象。

陆游与好友的友情并不因时间、空间的阻隔而淡薄,反而愈加坚固。他几十年后偶然梦见曾经的好友,感慨不已,"伤心忽入西窗梦,同在崎村折荔枝",写下了《予初仕为宁德县主簿,而朱孝闻景参作尉,情好甚笃,后十馀年,景参下世,今又几四十年,忽梦见之若平生觉而感叹不已》等诗,与朋友离别的日子使陆游无比失落。更令他感到伤心的是以身报国之志的泯灭。陆游的身边聚集了一大批爱国主义志士,他们对当时的社会现实甚为不满,想要通过自己的力量使国家强大起来,但在时间的磋磨中,这些斗士一个又一个地老去。这样的打击对陆游来说无疑是沉重的,一方面,与挚友的生死离别令他悲痛不已;另一方面,目睹了朋友的逝去也使他对自己的未来有了清醒的认识。在报国的路上,同行者越来越少,陆游也更为孤单,这意味着愿望最终难以实现,"我亦与公同此病,早收身世老江湖"(《梦与刘韶美夜饮乐甚》)。在范成大去世后不足一年,陆游在梦中与这位志同道合的友人重逢,感慨万千,写下了《梦范参政》:

> 梦中不知何岁月,长亭惨淡天飞雪。酒肉如山鼓吹喧,车马结束有行色。我起持公不得语,但道不料今遽别。平生故人端有几?长号顿足泪迸血。生存相别尚如此,何况一旦泉壤隔。欲怀鸡黍病为重,千里关河阻临穴。速死从公尚何憾,眼中宁复见此杰?青灯耿耿山雨寒,援笔诗成心欲裂。

这首纪梦诗以悼念范成大为主题,充分表现了陆游对范成大的深厚感情。此诗作于绍熙五年(1194年)秋,陆游居于山阴时。而在绍熙四年(1193年),范成大去世,享年六十八岁。他的离世,不仅意味着朝堂上少了一位重要的支持北伐的人员,更意味着陆游的至交好友也少了一位。这对陆游来说是非常沉重的打击,陆游在政治理想上感到更加孤独,也在情感上留下难以填补的空缺。

绍熙五年秋,陆游结束了在成都的任职,在这之前就已结束了南郑的军旅生活,这标志着陆游的人生进入了下一个阶段。宋光宗对陆游进行了新的任命,除七闽提举常平茶事,并召他入朝策对,询问他对朝廷的建议。陆游面对这样的机会倍感振奋,"去年忝号召,五月触瞿唐。青衫暗欲尽,入对衰涕滂"(《鹅湖夜坐抒怀》),他想要将自己对社会的构想悉数呈报给皇帝,以实现自己的报国之志。但令陆游十分伤心的是,入朝策对后,宋孝宗不仅对他的构想不够重视,还让他负责管理南方茶叶的经营事务。陆游对此感到十分失望,他将这次策对称为"宣温之对",借用"可怜夜半虚前席,不问苍生问鬼神"①的典故,表达了自己报国之志难以实现、收复失地之愿无从寄托的深切悲哀。这种理想与现实的巨大落差,成为陆游心中难以释怀的痛楚。

陆游的悲伤,不单是因为好友范参政的离世,更是因为自己与好友壮志难酬。在梦中,他超越了生死的界限,仿佛与范成大重逢于往昔。"梦中不知何岁月,长亭惨淡天飞雪。酒肉如山鼓吹喧,车马结束有行色。我起持公不得语,但道不料今遽别。"此诗叙述了陆游梦中与范成大在淳熙四年(1177年)分别时的场景,未曾料想,到如今竟已是生死之别了。当时分离的时间正值酷暑六月,而陆游的梦中却是大雪纷纷,这飘落的雪正是陆游内心悲凉情感的映射:"别在六月,而诗云飞雪,梦固不必尽同于实境也。"②"平生故人端有几?长号顿足泪迸血",陆游对范成大的深厚感情可见一斑,读之令人感伤不已。人一辈子的至交好友只有几个,而陆游与范成大的情谊深厚,至泪迸血,这种真挚的情感足以打动所有人。这首诗属于纪梦诗中怀念故人的悼亡类型,既深刻表达了对至交好友的怀念,又以"生存相别尚如此,何况一旦泉壤隔"来描述心中痛苦。"世上万般哀苦事,无非死别与生离",陆游与范参政之间已经横亘着"生死"的鸿沟,无法逾越。在古代,相别往往意味着可能是最后一次相见,以后或许便永无再会之期。之后陆游以两个典故表达对范成大的思念之情,即"鸡黍"和"临穴"。"鸡黍"出自《论语·微子》:"止子路宿,杀鸡为黍而食之。"其指真心实意地招待朋

---

① (清)蘅塘退士选编,"学而书馆"编辑组注:《唐诗三百首》,北京:中国友谊出版公司,2022年,第387页。
② (宋)陆游著,钱仲联校注:《剑南诗稿校注》,上海:上海古籍出版社,1985年,第2062页。

友。陆游想要款待好友,但身体情况却不允许。"临穴"出自《诗经·黄鸟》:"临其穴,惴惴其栗。"陆游用此典,表达想在墓前祭奠范参政,但却隔着千里关河,哀痛遗憾之意令人动容。悲痛叠加,陆游恨不得与范成大"速死从公",因为在现实世界中,再也没有像范成大这样的英雄豪杰了。外面的雨淅淅沥沥地下着,更映得陆游的心寒冷悲凉。这首诗,写尽了陆游心中的悲痛。

陆游是一个非常重感情的人,他一生交友广泛,这些人不断启发、激励着他,而他也对他们抱有同样的情谊。人的一生很难有几个贴心好友,陆游则对不同的好友都难以忘怀,与他们的交往历经几十年后依旧记忆犹新。如《予初仕为宁德县主簿,而朱孝闻景参作尉,情好甚笃,后十馀年景参下世,今又几四十年,忽梦见之若平生,觉而感叹不已》,陆游对友情的珍惜与对朋友的深切怀念,也许只有梦这一载体,才可以突破时间与空间、生与死的界限,将两人联系在一起。

在两颗心彼此感知碰撞的时候,友情便悄然滋生,并蕴藏于每个人心中。陆游对友情的深切感受也蕴含在他的潜意识中,这种潜意识反映在梦境里,即陆游纪梦诗中提及的大部分未能道姓的好友。这些友人或许真实存在,或许只是他内心情感的投射,但总体上反映了陆游对友情的深刻认知,以及他对志同道合、共抗金国、收复失地的战友的渴望。这种情感不仅体现了他对友情的珍视,也折射出他在特定历史背景下被塑造的精神需求——一种对理想与现实的呼应,对家国命运的关切,以及对个人价值的追寻。

嘉泰四年(1204年)冬,陆游在山阴作诗《甲子岁十月二十四日夜半,梦遇故人于山水间,饮酒赋诗,既觉仅能记一二,乃追补之》。陆游与好友在梦中相会,不再痛苦,不用面对好友离世的哀伤。在梦中,他与好友如此前一般相约来往。这首诗是陆游与好友饮酒赋诗时,于梦中所作,醒来后,他虽忘了几个字,但仍凭借记忆将其补全。这实际上是陆游心中潜意识的投射,如"命题作文"一般,但更展现了他高超的文学才华——即使在无意识的情况下,依旧能够创作出优秀的作品。在这首诗中,陆游好友的名字并未出现,陆游也并未提及这位朋友的信息,他也许是陆游心中理想化的形象,也许是现实中多个友人的综合体现。在其他纪梦诗中,陆游甚至与梦中内化而成的概念化的人成了朋友,可见他性格豪爽,以及与朋友交往之真诚与豁达。

这种潜意识也反映了往昔生命中不断累积的忧思,于是它们在梦中显现:

拂衣金马门,税驾石帆村。唤起华山梦,招回湘水魂。心亲频握手,目击欲忘言。最喜藤阴下,翛然共一樽。
又
小山缘曲涧,路断得藤阴。忽遇平生友,重论一片心。兴阑棋局散,意豁酒杯深。鸡唱俄惊觉,凄然泪满襟。

这首诗是陆游嘉泰二年(1202年)作,时居山阴,他梦中叙述了与好友饮酒赋诗之事,着重描写了快乐欣喜的感受。在诗中,陆游不仅没有指出梦中的好友是谁,而且对此也并没有作具体的描述。如上文所述,梦中的友人,更像是一种概念性的朋友。这种概念性的朋友经常会出现在每个人的潜意识中,作为一种对自我的期待或者对他人的向往而存在。嘉泰二年,陆游结束了蛰居山阴十三年的生活,五月被起用。他之前以"咏嘲风月"的罪名被何澹上奏弹劾,随后被免官,而又在七十八高龄被再次任命:"嘉泰二年,以孝宗、光宗两朝实录及三朝史未就,诏游权同修国史、实录院同修撰,免奉朝请,寻兼秘书监。三年,书成;遂升宝章阁待制,致仕。"[①]可见,陆游此次进京任职,主要是修史,主持编修宋孝宗与宋光宗两朝的史书:《两朝实录》与《三朝史》。陆游一生投身为国,不管朝廷对他作出何等安排,都毫无怨言。而且当时"党禁"的解除也使政治环境较为宽松,种种条件汇聚之下,耄耋高龄的陆游愿意为朝廷修史。在担任修史职务时,他十分忙碌。"重重汗简拥衰翁,百里家山梦不通"(《求月桂》),陆游不仅要翻阅汗牛充栋的典籍,还要将具体事件进行分类,而这也使他更加思念在故乡山阴的清闲日子。现实世界的忙碌使陆游渴求闲适生活,但是他的追求无法实现,郁积的情感更为复杂,这些反映在梦境和潜意识中,便是与好友饮酒赋诗。与好友相聚欢饮正是陆游储存在大脑之中的所谓现实印象的组合,是记忆的重组与潜意识的再重构。

[①] (元)脱脱等撰:《宋史》,北京:中华书局,1977年,第12058-12059页。

第一首诗,首句以典故开篇,率先营造了赋诗的氛围。"金马门"为汉代宫门名,是学士待诏之处,"金马门者,宦署门也。门傍有铜马,故谓之曰'金马门'"①,后来增添了新的文化内涵,成为功成名就的代名词,如"金马玉堂三学士,清风明月两闲人"(《会老堂致语》)②。对于"金马客",陆游喜欢以"石帆村"来对:"骨相元非金马客,梦魂空绕石帆村。"(《遣兴》)首句以动作描写心中的变化:从功成名就的金马门走出,到充盈着闲适气息的石帆村下马归宿。在叙事的同时,也完成了抒情。

"心亲频握手,目击欲忘言",这句话详细叙述了陆游与好友亲密的友情。他们互相看着对方,甚至都忘记了自己应该说些什么。"最喜藤阴下,翛然共一樽",则是在现实世界中对不可实现的事物的渴望。修史的案牍劳形使陆游渴望闲适的生活,而对闲适生活的追求亦蕴含着友情的内涵。如此美景,只有两个人相谈甚欢,才能真正体会到其中的乐趣。"重论一片心",陆游对友人的深情厚谊、思念怀恋等情感叠加在心中,在梦境中创造出了独有的乐土。这场梦境结束于二人的共欢聚,乘兴而来,兴尽而返,"意豁酒杯深"。即便完整地体验了一场与友人相聚的美梦,在梦醒时分,他依旧感到十分失落与痛苦。甜美的幸福总是短暂的,终究会"凄然泪满襟"。

陆游的真挚感情,不仅寄托在朋友身上,也寄寓在自己的爱情上。陆游纪梦诗中有很多纪念唐婉的诗作,充满对唐婉的思念、对爱情的怀念与对现实世界的伤感。陆游对唐婉的爱,通过一首首饱含真挚感情的诗文传递到后世。唐婉,字蕙仙,越州山阴人,是郑州通判唐闳的独生女。陆游与唐婉感情甚笃,但正是这份无比甜蜜的感情,引起了陆母的不快。与婚前不同,陆游将太多时间与精力放在唐婉身上,陆母认为这对儿子前途有碍,她以耽误前程、进门一年未孕为由,要求陆游休弃唐婉。陆游不想放弃这段来之不易的感情,瞒着陆母另筑别院安置唐婉,但很快被陆母发现,陆母命令陆游另娶王氏为妻。终于,这段感情被"东风"吹薄。陆游心中一直挂念着唐婉,后游玩沈园再遇唐婉,更觉伤心,写下一首

---

① (汉)司马迁撰,(宋)裴骃集解,(唐)司马贞索隐,(唐)张守节正义:《史记》,北京:中华书局,2014年,第3894页。

② 王宝华选注:《黄庭坚选集》,上海:上海古籍出版社,2016年,第27页。

《钗头凤》抒发心中情感,传为佳作,而作为两人姻缘际遇的沈园也成了陆游诗中的常用意象。

陆游也写过许多缅怀唐婉和自己爱情的诗歌,纪梦诗中亦常见唐婉身影,以此表达对往昔不可再得的憾恨,如《十二月二日夜梦游沈氏园亭》:

路近城南已怕行,沈家园里更伤情。香穿客袖梅花在,绿蘸寺桥春水生。
又
城南小陌又逢春,只见梅花不见人。玉骨久成泉下土,墨痕犹锁壁间尘。

这两首诗叙述夜里梦游沈园之事,借以怀念唐婉,表现出陆游用情的真挚与心中的深厚情感。沈园是南宋时期一位沈姓商人的私人园林,有孤鹤亭、半壁亭、双桂堂等景观。陆游在此游览数次,赋诗十余首来纪念他与唐婉的爱情,如"城上斜阳画角哀,沈园非复旧池台。伤心桥下春波绿,曾是惊鸿照影来"(《沈园二首·其一》),"梦断香消四十年,沈园柳老不吹绵。此身行作稽山土,犹吊遗踪一泫然"(《沈园二首·其二》)等。而作为二人深情见证的沈园,也成了陆游心中挥之不去的情结。"情结……它们都是自主驱动的,有自身的推动力,而且都可以很好地、强有力地控制我们的观念和行动。所以,当我们在谈论某人具有特定情结时,我们所要表达的意思是指他执意或者无限期地沉迷于某种事物而不能自拔。一种很强烈的情结容易被别人注意到,而他本身却毫无意识。"[1]陆游在梦中游览沈园则是他这种情结在潜意识中的反映。

陆游写此诗时已经八十一岁高龄,心中对唐婉仍然无法忘却。随着时间的流逝,陆游心中的唐婉不断被美化,叠加了他不同时期的美好情愫,逐渐成了陆游心中无比高洁的形象。而作为二人感情见证的沈园,也成了如同信徒拜谒的神殿一般的存在,理想中的梦境形象已经远远高于现实本身了。"沈园成为陆游

---

[1] 康雪荣著:《分析心理学视角下心理学与语言学及文学的跨界研究》,长春:吉林大学出版社,2023年,第38页。

精神上的家园,是他美好爱情的寄托。最后是梦中的沈园,沈园让他感到非常痛苦,让他不敢靠近。情感的寄托、追忆的不舍、梦中的痛楚在陆游内心中郁结成'沈园情结',这是陆游一生的遗憾。"①"路近城南已怕行",沈园的具体样貌,陆游到了老年都无法忘记,在沈园发生的一切深深镌刻在他的心中。即使在梦中,陆游仍然没有足够的勇气面对这个伤心之地,梦中的潜意识也在不断地抗拒着当时发生的事。沈园愈发让陆游伤心,随后他便以景喻人,明写景,暗喻人。"香穿客袖梅花在,绿蘸寺桥春水生",他以过去与现在的对比,表现了对唐婉的思念之情。梅花依旧在,春水依旧生,但当时的人却不在了。如此美丽的景色令人欣喜,而梦的虚幻性又为沈园增添了更多美丽的画面,梅花与春天组成了奇异的意境。陆游将所有美妙的事物全都添加到沈园里,最典型的就是自己很喜欢的梅花,陆游赞赏梅花"雪虐风饕愈凛然,花中气节最高坚"(《落梅》),而这样美丽的沈园却衬得陆游悲痛不已。如此美景只有自己一人欣赏,本应携手相依的人也不在了。这首诗中运用了乐景衬哀情的手法,十分巧妙。

  第二首诗则更加直白,详细地刻画了陆游心中的情感。首句再次以沈园开篇,感慨时光的流逝。"城南小陌又逢春"中的"又"字,表现出陆游对时光不再的无可奈何,时间再无法回到与唐婉相识相知的日子,人也无法阻止时间将英气勃发的青年变成八十几岁白发苍苍的老人。时间不会宽恕任何一个人,也只有仁慈的梦,能在现实的剧痛中安慰痛苦之人了。"只见梅花不见人",陆游的情感逐渐引入,为后文情感的勃发做了铺垫。"玉骨久成泉下土,墨痕犹锁壁间尘",这是陆游心中感情的迸发。陆游悲痛于唐婉的去世,思念当时题在壁间表达二人感情的《钗头凤》:"东风恶,欢情薄。"而唐婉又答之以同阕:"世情薄,人情恶,雨送黄昏花易落。晓风干,泪痕残。欲笺心事,独语斜阑。难,难,难!人成各,今非昨,病魂常似秋千索。角声寒,夜阑珊。怕人寻问,咽泪装欢。瞒,瞒,瞒。"②即使陆游与唐婉如此相爱,这世间终究是有情人难成眷属。

  钱锺书先生在《宋诗选注》中对陆唐二人的爱情感叹道:"据唐宋两代的诗词

---

  ① 刘朵朵:《此情可待成追忆——陆游的沈园情结》,《戏剧之家》,2021年第33期,第187页。
  ② 田秉锷编著:《历代名家诗品》,上海:生活·读书·新知三联书店,2022年,第385页。

看来,也许可以说,爱情,尤其是在封建礼教眼开眼闭的监视之下那种公然走私的爱情,从古体诗里差不多全部撤退到近体诗里,又从近体诗里大部分迁移到词里。除掉陆游的几首,宋代数目不多的爱情诗,都淡泊、笨拙、套板。"①陆游对唐婉无法忘却,这份情愫逐渐凝成他一生的情结,在梦中与诗中吐出来。"此类诗作数量不多,但创作跨度大,持续时间长,五十年间诗人从未停止对唐婉的思念,借作品默默诉说思念,表现诗人内心的孤独、凄楚与悲凉,显露出诗人柔情且长情的一面。"②而这样柔情与长情的一面,通过他的梦想之地沈园表现了出来。

三、梦回故境

陆游对故乡的热爱深深根植于他波澜壮阔的人生经历之中。陆游少时才华横溢,十二岁便能吟诗作赋,前途无量,时刻准备着为国家献身、收复失土,然而屡次遭受罢免的坎坷仕途经历极大地挫伤了他的心。在陆游任职或主动游历的众多地方中,对他产生了一生影响的是南郑、成都以及故乡山阴。这些地方不仅是他人生的地理坐标,更是他情感与思想的寄托。在大量的诗作中,陆游通过对这些地方的描绘,深刻展现了自己复杂的思想感情,既有对家国的忧思,也有对个人命运的感慨,更有对故乡的深切眷恋。这些诗作不仅记录了他的心路历程,也折射出那个时代士人的共同命运与理想追求。

陆游一生以报效国家、收复失地为己任,但南宋主和派把持下的朝廷对北伐毫无信心。陆游一生与前线最近的时期是乾道七年(1171年),王炎宣抚川、陕,于南郑驻军,召时任夔州通判的陆游为干办公事。在这段时期,陆游过上了他梦寐以求的生活,亲历抗金前线,实现自己报国的理想。他经常到定军山等战略要塞及前线巡逻,亲自考察并结合自己的思考,他为王炎提出了多项具有实际意义的战争策略:"经略中原必自长安始,取长安必自陇右始。当积粟练兵,有衅则攻,无则守。"③想要收复失土,经略中原必须从长安开始,长安是关中地区的要地,"成为争夺中原的地缘战略区……关中自古为'四塞之国',易守难攻,中有沃

---

① 钱锺书著:《宋诗选注》,北京:生活·读书·新知三联书店,2002年,第8页。
② 崔玉洁:《论陆游梦诗中的侠骨与柔情》,《牡丹》,2023年第14期,第11页。
③ (元)脱脱等撰:《宋史》,北京:中华书局,1977年,第12058页。

壤,足兵足食,可制天下之命……关中则具有完整、集中的地缘优势,其力量一旦凝聚,极易形成居高临下、扇面攻击的态势,进而控制中原,拥有统一全国的战略优势"①。故而在陆游的设想中,经略关中具有很大的意义:日常积累粮食、训练士卒,不断培养有生力量,为日后的战争做充分准备。然而这段时间只持续了八个月,便因朝廷否决了北伐计划、调王炎入京而终止。对朝廷的决策,陆游十分痛心,不仅哀痛于个人理想的沉沦,更哀伤于国家前途的渺茫,"大散关上方横戈,岂料世变如翻波,东归轻舟下江沱,回首岁月悲蹉跎"(《题严州王秀才山水枕屏》)。这段时光虽只占陆游八十五年人生的一小部分,却如惊涛骇浪般深刻地影响了他的一生,促成了他的自我蜕变。在诗歌创作方面,他彻底摆脱了江西诗派的窠臼,创立了自己的诗歌创作思想,即"诗家三昧":"诗家三昧忽见前,屈贾在眼元历历。天机云锦用在我,翦裁妙处非刀尺。"(《九月一日夜读诗稿有感走笔作歌》)其核心在于:诗歌创作的真谛来源于生活,诗人应该在创作过程中反映现实世界,这里的"三昧"源自"善心一处住不动,是名三昧"②,陆游对这一理念的阐发,在一定程度上促进了中国文学理论的发展。同时,南郑的军旅生涯是陆游一生中唯一亲历前线的经历,这段记忆被他反复带入梦中,成为挥之不去的精神回响。

"在到达南郑以前,他有报国的热忱和誓死杀敌的志愿,但是他请缨无路,徒唤奈何,到达南郑之后,他找到了努力的机会,在这里可以抒发他的热忱,完成他的志愿……在他离开南郑的时候,他又带着不能实现的期待而去,作为此后三十七年诗歌创作中最突出的主题。"③陆游一生都无法忘怀这段经历,他的诗篇中近三分之一都在描述这段经历,甚至他到晚年的时候还在想念:"当年万里觅封侯,匹马戍梁州。关河梦断何处,尘暗旧貂裘。"(《诉衷情》)他以回忆的口吻叙说这段改变他一生的时光。在无数沉睡的日子里,梦境腾跃,为他画出潜意识里最渴望的意象。他在梦中无数次回味,南郑的尘沙、策马奔腾的自由与蹉跎的四十几

---

① 姚晓瑞:《中国古代王朝战争的地缘模式探讨》,《人文地理》,2007年第1期,第127-128页。

② (印度)龙树菩萨造,(后秦)鸠摩罗什译,王孺童点校:《大智度论》,北京:宗教文化出版社,2014年,第142页。

③ 朱东润著:《陆游研究》,北京:中华书局,1962年,第18页。

年好似马上就可实现的愿望。而这种梦实在是太频繁了,频繁到陆游竟慨叹道:"客枕梦游何处所,梁州西北上危台。雪云不隔平安火,一点遥从骆谷来。"(《频夜梦至南郑小益之间慨然感怀》)即:你梦游到了何处?原来是梁州的地界,上了高台,远远望去,从遥远的骆谷而来,浓重的雪云隔绝不了报平安的火。

  南郑承载了陆游对国家的热爱与对收复失地的渴望,在陆游心中成为一种永恒的情感意象,寄寓着陆游最强烈的情感,如《十月二十六日夜,梦行南郑道中,既觉,恍然揽笔作此诗,时且五鼓矣》:

  孤云两角不可行,望云九井不可渡。嶓冢之山高插天,汉水滔滔日东去。高皇试剑石为分,草没苔封犹故处。将坛坡陀过千载,中野疑有神物护。我时在幕府,来往无晨暮。夜宿沔阳驿,朝饭长木铺。雪中痛饮百榼空,蹴踏山林伐狐兔。耽耽北山虎,食人不知数。孤儿寡妇雠不报,日落风生行旅惧。我闻投袂起,大呼闻百步,奋戈直前虎人立,吼裂苍崖血如注。从骑三十皆秦人,面青气夺空相顾。国家未发度辽师,落魄人间傍行路。对花把酒学酕醄,空辱诸公诵诗句。即今衰病卧在床,振臂犹思傅介戎。南人孰谓不知兵?昔者亡秦楚三户!

  这首诗以豪放的风格表达了陆游浓烈的思想感情,情绪宛如江河奔流,层层推进,最后一句到达顶峰,也反映了陆游对其诗歌理论("诗家三昧")的娴熟运用。梦中他仍心系以身报国与收复失土,这种强烈的情感不仅使诗人对诗作的刻画更加深刻,同时也通过诗作实现了与读者的情感共鸣。这种创作路径,既体现了陆游作为诗人的艺术追求,也彰显了他作为爱国志士的精神境界,使诗歌成为连接作者与读者的情感桥梁。

  该诗为陆游淳熙八年(1181年)十月作于山阴,他在这段时期再次经历了仕途挫折。淳熙七年(1180年),陆游任职江西之后被召还朝,后由于赵汝愚等人的弹劾,罢归山阴。陆游没有想到的是,这次罢免的时间会如此之长,竟达十年。"如果说从隆兴归来的陆游在政治上还有几分幼稚与懵懂,而眼下的陆游,经过了南郑前线金戈铁马的锤炼与成都时期的磨难,已经是一位真正站在时代思想

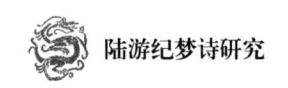

前列的成熟的思想家了,他对朝廷中的是非黑白,特别是在抗金收复问题上的种种障碍,皆能洞隐烛微,明如观火。"①

"孤云""两角"是指南郑地区的孤云山与两角山,当地有民谣:"孤云两角,去天一握。"②两座山与天的距离仿佛只有一个拳头,可见山之高。首句似李白《行路难》中"欲渡黄河冰塞川,将登太行雪满山"的笔法,以行路之难开头,却不止于叹息个人的人生遭际,更将视野提升至国家与社会层面。如此山高路险,四面仇敌环顾,内里忧患不断——行路之难至此,南宋的前路究竟在何方?而后描写自己在梦中所见景物,以试剑石、拜将坛等增添了梦的奇幻色彩。随后他又记述了梦中的行迹:"夜宿沔阳驿,朝饭长木舖。"在梦中,陆游也展现出理想中的自己:他挥洒着"百楯空""伐狐兔"般的豪放意气,同时也为后文故事的发展创造了条件。陆游在梦境中继续自己的旅程时,诗歌逐渐进入高潮阶段——他在梦中构建了现实世界的投射,即"耽耽北山虎,食人不知数"中那象征祸患的"虎"。这只虎不仅代表陆游在现实世界中遇到的阻碍,从国家层面来说,便是已吞并多国却依旧对南宋虎视眈眈的外患。现实世界中外患的印象反映在梦境中,成了一头吞食多人的猛虎,而随后的"孤儿寡妇雠不报,日落风生行旅惧",则详细说明了当时南宋与周边国家的关系以及南宋社会对于外患的看法。壮年男子都被猛虎吞噬殆尽,只剩下力量微弱的孤儿寡妇,在落日之后的漆黑世界里瑟瑟发抖。这映射到现实,即南宋的血性全部死于战争,苟活的百姓畏惧战争,也没有相应的力量与外患抗衡,只能在漆黑的没有安全感的社会环境中踽踽独行,终日祈祷着老虎今日没有吃人。从诗中我们可以窥见,整个社会弥漫着主和派的消极情绪。但在这样低沉的社会氛围中,陆游却石破天惊地想要驱散这份颓唐,收复失土,重现北宋昔日辉煌。"我闻投袂起,大呼闻百步,奋戈直前虎人立,吼裂苍崖血如注。"陆游在梦境中更显其本然面貌,那份疾恶如仇的性格展露无遗。他听闻有这样杀人无数的猛虎,立马就要杀了它,以除祸患。他丝毫不畏惧,以戈猛击恶虎,随后血流如注,打断了梦的进程。接下来诗人写道:"从骑三十皆秦人,面青气夺空相顾。"这句诗清晰地表明血不是猛虎的,而是陆游的。陆游强调

---

① 邱明皋著:《陆游评传》,南京:南京大学出版社,2002年,第176页。
② (清)沈德潜选评,袁啸波校点:《古诗源》,上海:上海古籍出版社,2023年,第24页。

随从是秦人,一方面是因为梦境所在之地为南郑;另一方面,从商鞅变法以来,秦军一直以骁勇善战而著名,"这一伟大的成就得益于秦国军功爵制的实施,军功爵制使秦人尚武的精神得到了最大程度的肯定,使尚武精神从过去的私斗转化为战场杀敌立功的重要法宝"[1]。这样强势的军队对猛虎都已经"面青气夺空相顾",剿灭猛虎以报血仇的想法已经无法实现。从这里开始,陆游已经"梦醒",从虚幻的想象转变到了现实中,现实的残酷似乎已经磨掉了他的激情,理想永远也不能实现了。"国家未发度辽师,落魄人间傍行路",无论他多么盼望,朝廷依旧不发兵。他们将主战的王炎召回朝廷,依旧坚持主和投降的策略。正如陆游在诗中所表达的,一方面恐惧于外患的老虎,另一方面又心存侥幸。随后诗人的关注点下移,从国家层面转到自己的忧虑——报国之志无法实现。实现人生价值的需求得不到满足,他也只能"对花把酒学酕醄,空辱诸公诵诗句",对花以酒麻醉自己,试图压住自己无法抑制的愤恨。"那个社会伦理秩序和礼教的原型是先于人而存在的,但人又是带着生命之火来到这个世界上的,这两者就必然发生激烈的矛盾冲突"[2],陆游被内心冲动与现实压迫之间的矛盾撕裂着。但他仍然没有选择对这个世界妥协,即使老病衰颓卧床,仍怀一腔热血报国:"即今衰病卧在床,振臂犹思傅征戎。"在这首诗的最后,陆游以反问的方式,表达了激烈的情绪:"南人孰谓不知兵?昔者亡秦楚三户。"南人不是不知道如何打仗,当年正是楚人打败了吞并六国的强秦。陆游以"楚灭秦"的典故来表达自己的不甘心。"'楚虽三户,亡秦必楚'这是楚国郢人的创作谣谚……表现了楚人仇秦、反秦的强烈情绪,表现了楚人的爱国激情"[3],而陆游运用这一典故正是借反秦的强烈情感寄托收复失土的渴望。

促成陆游巨大转变的,不仅是南郑从戎的经历,成都任职的历程也在不断淬炼他,使他从此真正摆脱了之前的幼稚,在生活、政治层面实现了自我超越,更在诗歌风格上完成了巨大的转变。陆游曾多次任成都及其周边地区的官职,乾道

---

[1] 熊丰标:《秦军功爵制研究》,福建师范大学硕士毕业论文,2019年,第65页。
[2] 杨旸、杨朴:《"冷香丸"制服"热毒症"——论薛宝钗人生悲剧的象征性表现》,《吉林师范大学学报》(人文社会科学版),2023年第4期,第82页。
[3] 易重廉:《"楚虽三户,亡秦必楚"正误》,《求索》,1987年第1期,第127页。

五年(1169年)曾任夔州通判,乾道八年(1172年)至淳熙四年(1177年),陆游一直在蜀州任职,蜀州地区的风土人情给陆游留下了极为深刻的印象。在陆游诗作中,涉及这一地区的篇目大略计数约有百余篇,其中不乏"茶灶远从林下见,钓筒常向月中收。江湖四十余年梦,岂信人间有蜀州"(《夏日湖上》)等具有很高艺术水准的诗作。最初,陆游对于夔州通判这一任命非常感激,因为王炎出任四川宣抚使之后,以收复失土的口号召集奋进志士,以图北伐,而陆游作为当时爱国志士的代表人物,理所当然受到了王炎的重视。陆游对此十分激动,在渭南文集中表达了自己当时的情绪:"衔恩刻骨,流涕交颐……某敢不急装俟命,碎首为期,运笔飒飒而草军书,才虽尽矣,持被刺刺而语婢子,心亦鄙之。尚力著于微劳,庶少伸于壮志。"[①]对于王炎的招募,陆游十分欢喜,但突如其来的消息打断了陆游的未来设想,他被派往夔州担任夔州通判。当时夔州是十分困苦的地方,"夔州苦无井,夔俗殊可怜。竹筒喉不干,可浣不可煎"(《题卧龙山观音泉呈行可元章》),且陆游一家在去夔州的路上患病不断,从山阴到夔州的路途竟走了近半年。夔州的日子十分艰难,但陆游仍然试图在其中寻找生活的乐趣,读书、修道等。"约束蛮僮收药富,催呼稚子晒书忙"(《林亭书事二首·其一》),琐碎的日子中不断充实自己,他采药、晒书,安静的生活使陆游不禁发出了"平日幽事还拈起,未觉巴山异故乡"(《林亭书事二首·其一》)的感慨。

在王炎被召入京、陆游南郑从戎生活结束后,陆游被任命为成都府安抚司参议官。在赴任的路上,陆游的心情是十分复杂的。他既悲痛于自己理想的夭折,又对前路感到迷茫。在入剑门的时候,他写下了那首脍炙人口的《剑门道中遇微雨》:"衣上征尘杂酒痕,远游无处不消魂。此身合是诗人未?细雨骑驴入剑门。"陆游对自己的身份产生了怀疑:自己到底是为收复失地而矢志奋斗的斗士,还是吟风咏月的诗人?

陆游到了成都,立刻从金戈铁马的军旅生涯转入了成都山清水秀的闲适生活。陆游就任的成都府路安抚司参议官之职,所管辖地方是南宋最发达的地方之一,且远离战场,实为一闲散官职。南郑的黄土烽烟与成都的锦绣繁华之间巨

---

① 中华书局编:《陆游集》,北京:中华书局,1976年,第2037-2038页。

大的差距,让陆游感到无所适从。与此同时,陆游忧虑国家前途,经常撰诗抨击当朝的政策与措施。如《蜀州大阅》中以"平生亭障休兵日,惨澹风云阅武天。戍陇旧游真一梦,渡辽奇事付他年"来抨击当时南宋的军事制度,对养兵千日却一日不用感到愤怒,他无不怀念自己南郑从军的经历。淳熙二年(1175年),范成大的到来极大地缓解了陆游的紧张情绪。淳熙二年六月,范成大就任成都府权四川制置使,在同样为国效力的志向下,两人的感情逐渐加深,成为真正的知己。陆游在范成大的幕府下过得十分愉快,但好景不长,陆游因"燕饮颓放"而被弹劾:"范成大帅蜀,游为参议官,以文字交,不拘礼法,人讥其颓放。"[1]而后陆游奉祠于桐柏崇道观。虽然他此时名义上仍是朝廷命官,但实际上已经远离政治中心,成为一个只需要领俸禄的闲官。当时陆游对于这样的安排无法接受,他并不只是为了衣食无忧而奋斗,而是将自身的前途理想与国家的未来希望捆绑,所以这段时期里他内心苦楚难言。最后陆游升为朝散郎,淳熙五年(1178年)终于要结束蜀州的日子,奉召东归。"在蜀诗篇,流传都下,为孝宗所见。春间奉诏,别蜀东归。"[2]陆游最初来到蜀州是非常不情愿的,但将要离开的时候却对蜀州割舍不下:"去日不留春渐老,归舟已具客将行。倦游短发无多绿,生怕尊前唱《渭城》。"(《即席》)陆游对成都的感情日渐深厚,从最初梦想破灭的失望与初至成都时的不适应,到最后生出深切的留恋。陆游在成都的日子,虽比不上南郑时的快意恩仇,却多了几分苦酒般的艰涩,正如研究者所言:"在这一时期中,他的爱国主义思想与南郑时期相比,磨而不磷,淬而弥坚,只是在表现形式上,与南郑时期有所不同:前者是表现在他所驰骋的抗金战线上,伴随在金戈铁马中;而眼下却是挥洒在对南郑军旅生活的回味中,花前月下的醉梦里,急雨敲窗的不眠之夜时。也就是说,由南郑时期敞亮的雄豪转为压抑之下的沉郁悲愤。"[3]

南郑与成都的经历共同塑造了陆游。成都的风土人情、在此生发出的深切情感,都出现在陆游的梦中;成都的秀丽景色与闲适的人文环境,更深深地镌刻

---

[1] 龙榆生选撰:《唐宋名家词选》,上海:上海古籍出版社,1980年,第234-235页。
[2] 于北山著:《陆游年谱》,上海:上海古籍出版社,2017年,第229页。
[3] 邱鸣皋著:《陆游评传》,南京:南京大学出版社,2002年,第157页。

在陆游心中。成都素有"水旱从人,不知饥馑,时无荒年,天下谓之天府也"[1]的美誉,这样优越的自然环境孕育出当地闲适的社会氛围。处于这种环境下的陆游,内心紧绷的弦也逐渐松弛,得以体味闲适之乐。而这份闲适,作为成都独特的文化符号,与陆游的生命轨迹密切联系起来,并在他的梦境中表现出来,如《梦蜀》一诗便如是写道:

> 自计前生定蜀人,锦官来往九经春。堆盘丙穴鱼腴美,下箸峨眉栮脯珍。联骑隽游非复昔,数编残稿尚如新。最怜栩栩西窗梦,路入青衣不问津。

这首诗为陆游于嘉定元年(1208年)作于山阴,此时他已经八十四岁了,"酒债寻常行处有,人生七十古来稀"(杜甫《曲江二首·其一》)[2],到了探寻生与死界限的时候。人的一生曾如何轰轰烈烈,面对死亡终究万事成空。陆游已预感大限将至,从南郑到成都,从少年壮志到老年衰颓,毕生的报国志愿终未得偿。偶尔梦回故地,对比现在,有了更深刻的感触,不由得叹惋衰年之悲。

诗中的陆游于梦中见到了魂牵梦绕的蜀州,表达了对蜀州的热爱。从罢官蜀州到写下此诗,物是人非之感油然而生。蜀州的风土人情给陆游留下了深刻的印象,他在诗的首句便发出了"自计前生定蜀人"的感慨。故乡作为生命中不可磨灭的精神意象,往往承载着最厚重的情感,由此足见陆游对蜀地的爱。而这样的爱自然是有前提条件的,他自述了为何对于蜀州有如此深厚的感情。首先是时间的长度,"锦官来往九经春",锦官城即成都,因蜀绣而得名,陆游以"九经春"自述在成都及周边盘桓的岁月之久。但实际上并没有九年时间,"游于乾道八年冬至成都,至淳熙五年春暮离成都,前后只七年,经六度春光。而云九经春

---

[1] (晋)常璩撰,任乃强校注:《华阳国志校补图注》,上海:上海古籍出版社,1987年,第133页。

[2] 萧涤非主编:《杜甫全集校注》,北京:人民文学出版社,2013年,第1045页。

者,盖自乾道六年冬到夔州算起至淳熙五年出蜀,前后有九年也"①。而后梦中又回忆起了当时在成都的幸福时光,以山珍海味铺排的方式进行描述。成都为天府之国,岷江流过成都,滋养了成都,所谓"鱼羊为鲜"②,在成都,丰腴的鱼按盘计数,山珍亦是如此。如此美好的梦却也是乐景衬哀情,更为凸显现实的艰难。"联骑隽游非复昔,数编残稿尚如新",陆游已经八十几岁了,已经不能再"联骑隽游"了,现在也只能案牍劳形于"数编残稿"中。从梦蜀州入手,最后表现出对于休憩的渴望,诗中也暗示着陆游认为蜀州是很好的休憩之地,表现出他对于蜀州的难以忘怀。而这种难以忘怀的情愫,在陆游的另一首同名诗作中,也得到了同样深刻的体现:"梦饮成都好事家,新妆执乐雁行斜。頳肩郫县千筒酒,照眼彭州百驮花。醉帽倾欹歌未阕,罚觥潋滟笑方哗。霜钟唤觉晨窗白,自怪无端一念差。"(《梦蜀》)此诗以梦饮于成都作开头,详细描写了梦游成都的景象。不仅是成都的景物,成都的人更是让陆游难以忘怀。在梦醒时分,他甚至嘲讽自己是"一念之差"。

不仅是"自计前生定蜀人",成都与南郑的生活也给陆游留下了极为深刻的印象。在陆游的人生中,作为故乡的山阴塑造了他的"根"与"骨",影响了他的一生。所以在陆游的纪梦诗之中,梦山阴也是一个很重要的主题。梦山阴同时也是陆游思乡诗的创作,"宋诗以理性著称,在情感表达上,陆游思乡诗也显得深沉含蓄,不似前人那样热烈奔放。前人思乡诗中,多集中于故土之思、父母之思和男女之思,陆游则将家乡的奇丽湖山、富饶物产,以及身处家乡时轻松惬意的生活都囊括在内,思念对象更加多元具体"③。凡在陆游离乡外出做官时,故乡的愁绪都会从他心底悄然漫溢,沉淀于潜意识中,最终浮现于梦中。

故乡的身影总萦绕心间,牵起一怀剪不断的愁绪。陆游常年在外做官,几年未返家乡也是常有之事。思念家乡对游子来说是无比痛苦的,这种痛苦一直延

---

① (宋)陆游著,钱仲联校注:《剑南诗稿校注》,上海:上海古籍出版社,1985年,第4156-4157页。
② 汪曾祺:《人间草木》,成都:四川文艺出版社,2024年,第60页。
③ 俞雯涵:《陆游思乡诗研究》,福建师范大学硕士毕业论文,2022年,第72页。

伸到近现代的"葬我于高山之上兮,望我故乡;故乡不可见兮,永不能忘"①。陆游的诗作中不仅有瀚海黄沙的金戈铁马,更有袅然余音的故土之情。他对自己家乡的一草一木十分挂怀,不论远游在何处,心中都有那心灵安寝之地。陆游是越州山阴人,即今浙江绍兴。他在山阴长大,每次被撤职也是罢归山阴。山阴对陆游来说,不仅仅是生于斯、长于斯的故乡,也是在复杂艰辛的人生中能感受到心灵放松的地方。陆游踏入官场后,长时间居于山阴的日子,细数下来几乎只有四段时期:一是乾道二年因"言者论游交结台谏,鼓唱是非,力说张浚用兵,免归"②而罢归山阴,一直至乾道六年(1170年)任官夔州,历经五年;二是淳熙七年(1180年)"给事中赵汝愚驳之,遂与祠"③,至淳熙十三年(1186年)春权知严州,历时七年;三是淳熙十六年(1189年)"以谏议大夫何澹论游前后屡遭白简,所至有污秽之迹"④被罢官,这次罢官时间最长,至嘉泰二年(1202年)被召修书,达十三年(1203年);最后是嘉泰三年,国史修撰完成后,陆游时年七十九岁,乞骸骨返乡,随后在山阴的日子里经历了诸如"开禧北伐"等事件后,于嘉定二年(1209年)卒于山阴,享年八十五岁。除了陆游人生的起点与终点,他归返家乡的足迹,几乎总是伴随着官场的失意与被罢黜的阴影。所以山阴一方面代表着心灵栖息的安闲之所,如陶渊明所说的"久在樊笼里,复得返自然"(《归园田居》)⑤;另一方面也承载着他的无可奈何,陆游被罢免的很大原因是主和派与主战派的斗争,以及主和派对抗金志士的排斥。在官场之中,尚能凭借一己之力为南宋的繁荣昌盛倾尽所能,然而身处山阴故土,却力有不逮,难以触及朝堂之上的风云变幻。陆游六十五岁罢归山阴后,"这个时期的六千四百七十首左右的诗,很多是关于山阴风土的,这里看到他对于故乡的热爱,和农村生活的欣赏"⑥。作为故乡的山

---

① 周啸天总主编,周啸天校注:《今诗一百首》,北京:商务印书馆国际有限公司,2021年,第3页。
② (宋)陆游著,钱仲联校注:《剑南诗稿校注》,上海:上海古籍出版社,1985年,第131页。
③ (宋)陆游著,蒋方校注:《入蜀记校注》,武汉:湖北人民出版社,2004年,第241页。
④ 于北山著:《陆游年谱》,北京:中华书局,1961年,第277页。
⑤ 朱自清选注:《十四家诗钞》,上海:上海古籍出版社,1981年,第25页。
⑥ 朱东润著:《陆游研究》,北京:中华书局,1962年,第75页。

阴也经常在潜意识中不断闪现,"故乡唯有梦相随",漂泊在外的他经常会梦到家乡山阴,甚至也会梦到自己羁旅他地而思念家乡的场景,如《梦游散关渭水之间》:"叱犊老翁头似雪,羡渠生死不离家。"陆游的思乡之情油然而生。

更有《梦归》写思乡之痛:

> 老去无余念,时时梦弊庐。细倾新酿酒,尽读旧藏书。云崦鉏畲粟,烟畦挽野蔬。从渠造物巧,赋芋戏群狙。

这首诗写于淳熙十四年(1187 年),陆游时居严州。作诗之前,他已经在山阴蛰居了近五年,终于等来了朝廷的任命。但官职并不是陆游心中的期待之物,他期盼的是"山水胜处,职事之暇,可以赋咏自适"①的严州。但在严州任职的时候,他并没有闲暇时光以自咏,生活充斥的都是"文符纷似雨,讼诉进如墙。笑杀沧浪客,微官有许忙"(《残年》)。在这样案牍劳形的紧张生活下,他自然想起了在家乡的闲适时光。"老去无余念,时时梦弊庐",叙述了陆游在严州对家乡山阴的想念。随后描述他在山阴的生活细节,即"细倾新酿酒,尽读旧藏书",他以饮酒、读书等生活琐事,细腻地勾勒出宋代乡绅的日常生活图景——以从容不迫的姿态,悠然面对每一个平凡的日子。而后陆游描写山阴的农耕生活,这也折射出传统社会中世家大族的一种传承方式——耕读传家。这种生活方式,强调在耕作之余不忘读书学习,既务实又重文,体现了古代知识分子对田园生活的向往与对学问的执着追求。"不耕无以为养,且无以置吾躬也。不有耕者,无以佐读者"②,在经济不够宽裕的情况下,躬耕成为物质基础的重要经济来源。同时,在古代重农思想的影响下,躬耕是士人认可的生活方式。躬耕与读书的结合也适应了儒家社会"修身、齐家、治国、平天下"的要求,陆游在对故乡的描写中,也表现了自己对案牍劳形生活的排斥与日常休憩的渴望。

陆游的一生精彩纷呈,人生的诸多大起大落与转折共同塑造了他独特的精

---

① 高步瀛著:《唐宋文举要 下》,上海:上海科学技术文献出版社,2021 年,第 1735 页。
② 楼含松主编:《中国历代家训集成·清代编一》,杭州:浙江古籍出版社,2017 年,第 3386 页。

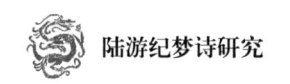

神世界。陆游的人生中,对他影响最大的地方是山阴、南郑和成都。在这些地方,陆游完成了一次次自我蜕变,不仅在思想上愈发沉厚,文学创作也迎来了突破性的发展。这些人生经历化为一个个地域符号,在陆游的梦中频频出现,影响了他的一生。

四、人生感怀

陆游的一生经历丰富,从少年时期的意气风发到老年的黄发鲐背,物事变迁,沧海桑田。陆游年少之际,胸怀壮志,深信凭借一己之力便能收复失地,洗雪靖康之耻。但随着时间的流逝,接连不断的挫折与打击逐渐磨平了他的锐气,曾经的梦想似乎变得遥不可及。及至暮年,陆游的感怀已不仅仅是对收复河山的渴望,更掺杂了对逝去的青春岁月的追忆。随着年岁的增长,他身体日渐衰弱,陆游再也无法披甲上阵,为国效力,这种无力感愈发沉重。陆游以高龄逝于山阴,作《示儿》告于后人:"王师北定中原日,家祭无忘告乃翁。"但也许比起"无忘告乃翁",陆游更想要在战场上"马革裹尸还"。除了对国家的奉献,陆游心中还怀揣着对自己的期许。受儒家"立德、立功、立言"传统思想的影响,陆游在潜意识中经常会反思自己是否对社会有所贡献,是否能名留青史。这种思想在日常生活中羞于启齿,而梦作为潜意识的映射,悄然流露了他的忧虑。通过写入诗篇的梦境,陆游的内心世界得以窥见,其思想的一角也因此显露无遗。纪梦诗超越了时间与空间的界限,梦中年少时的凌云壮志使陆游感慨万千。

首先是时间的流逝,陆游是中国历史上罕见的长寿诗人,在当时人均寿命仅为三十岁的时代,陆游的寿命竟长达八十五岁。但这种长寿不只是福气,也是一种痛苦。"人是社会关系的总和"[1],在自己年岁渐长的时候,朋友相继死去,子女也逐渐老去,死亡的阴影时刻笼罩在心头。陆游年老多病,总会在梦回之际想起昂扬的少年时代。时间对人的改变是无情的,"斯文崔魏徒,以我似班扬"(《壮

---

[1] 崔三常著,王焕斌总主编:《马克思主义价值论及其当代发展》,北京:知识产权出版社,2022年,第181页。

游》）①的少年杜甫也终将衰老成"万里悲秋常作客,百年多病独登台"②的坎坷模样。而陆游纪梦诗中的人生感怀,其内容大多是梦回旧事、感怀良多;或与当下境况相较,感受到人生不过一场大梦,以此抒发心中的苦闷。其中颇具代表性的,便是他的《记九月二十六夜梦》:

  海山万峰郁参差,宫殿插水蟠蛟螭。碧桃千树自开落,飞桥架空来者谁?桐枝高耸宿丹凤,莲叶半展巢金龟。和风微度宝筝响,永日徐转帘阴移。西厢恍记旧游处,素壁好在寻春诗。当年意气不少让,跌宕醉墨纷淋漓。宿醒未解字犹湿,人间岁月浩莫推。叹惊抚几忽梦断,海阔天远难重期。

陆游这首诗作于绍熙二年(1191年),时居山阴。此时正值他被弹劾"咏嘲风月"罢归山阴,他深感愤恨,甚至将自己的住宅题为"风月轩"来表达不满。尽管朝廷的打击使他心生愤懑,但他仍然"关怀家国、恢复河山之素志,不因朝廷压抑摧沮而稍有回挠,观春季所赋诸篇可知矣……秋季所作,具有关怀人民、热爱祖国之思想内容者,率可多录"③。陆游的志向不因现实世界的挫折而屈服,但这样的挫折却在一定程度上影响了陆游的心理,使他对现实世界产生了质疑,尤其回想起自己的青年时代,更加神伤。诗歌从首句"海山万峰郁参差,宫殿插水蟠蛟螭"到"和风微度宝筝响,永日徐转帘阴移",描写了陆游梦中的奇幻景象。陆游的诗作将现实主义与浪漫主义相结合,其浪漫主义风格的形成与他学道的经历密不可分。他对道教的认可,深受当时社会氛围及士人观念的影响,同时也与家族传承有关。陆游的高祖陆轸曾经在《修心鉴》中表示:"学道、炼丹、辟谷,阴功着在人间。"④而这样独特的经历影响了陆游诗作中的浪漫主义色彩。正如李白倾心道教一样,陆游也广泛吸收了道教神奇瑰丽的意象,进行了虚幻缥缈的仙

---

① 曾祥波著:《杜诗考释》,上海:上海古籍出版社,2016年,第380页。
② 曾祥波著:《杜诗考释》,上海:上海古籍出版社,2016年,第460页。
③ 于北山著:《陆游年谱》,北京:中华书局,1961年,第357—358页。
④ (清)陆曾:《陆氏族谱》,世德堂刻本。

境描绘,并将其融入自己的创作中。"李白与陆游一样倾心道教,李白诗中神奇瑰丽的道教意象,虚幻缥缈的美妙仙境,奇幻的想象力,雄放浪漫的诗歌风格,都被陆游广泛吸收,融为己用。"①在这四句诗中,陆游运用了大量的意象,构建了一个虚幻美妙的梦中世界,以寄托他内心的情感。"凡一草、一木、一鱼、一鸟,无不裁剪入诗,是一万首即有一万首大意,又有四万小意"②,赵翼在《瓯北诗话》中的这一评价,恰如其分地揭示了这种文学技巧在陆游诗歌创作中的广泛运用。

而后陆游又以"西厢恍记旧游处,素壁好在寻春诗"作转,由游仙之虚逐渐过渡到昔日之实,以爱情为引,发出了对青春的感叹。陆游最难以忘怀的是自己少年时期和唐婉的感情,他以《西厢记》引发感慨,又以《钗头凤》作对,详细描写了自己的爱情与青春——既是发轫之幸福,也是结束之叹惋,这些都只能在记忆与梦中稍作回忆。而后他描写了少年时的意气风发:"当年意气不少让,跌宕醉墨纷淋漓。"陆游少时成名,意气风发,自以为能够实现收复旧土的志愿,但终究是"云散高唐,水涸湘江"③。接着诗歌又从昔日切换到今日:"宿醒未解字犹湿,人间岁月浩莫推。"他感叹人间岁月的流逝,人的命运难以捉摸。陆游学道,而道家认为未来是可以通过某些手段预知的,如"梅花易数""卜筮"等,陆游历数自己的人生,终于发出了这样的感慨。陆游的人生似乎一直在跟他开玩笑:科举夺得第一,却因名次在秦桧的孙子之前,得罪了秦桧,直到秦桧死后才得以继续自己的政治生涯。眼看可以实现在抗金前线的梦想,但几个月后因领头人王炎被召入京而梦碎。一切对陆游来说都是始料未及的,真是"人间岁月浩莫推"。末句的"叹惊抚几忽梦断,海阔天远难重期"总结了陆游的思想情感:从昔日之幻转变到今日之实,梦境的虚虚实实悉数消散,都以"忽梦断"而逝去,最终也只能感叹"难重期"。

陆游另一首诗也表达了相似的情感,即《记梦》。该诗表现了作者自己的人生感怀,以"久住人间岂自期,断砧残角助凄悲"开篇,从首句便展现出深沉的感

---

① 耿森:《陆游涉道诗研究》,哈尔滨师范大学硕士毕业论文,2022年,第54页。
② (清)赵翼著,霍松林、胡主佑校点:《瓯北诗话》,北京:人民文学出版社,1963年,第7页。
③ (清)曹雪芹著,(清)脂砚斋评,邓遂夫校订:《脂砚斋重评石头记甲戌校本》,北京:作家出版社,2005年,第160页。

怀;又以"征行忽入夜来梦,意气尚如年少时"作转,回顾少年意气,顿觉热血沸腾;"绝塞但惊天似水,流年不记鬓成丝"则感怀时间之流逝与现实之痛苦。这首诗与《记九月二十六夜梦》不同的是,最后表现出一种昂扬向上的精神态度,即"此身死去诗犹在,未必无人粗见知"——即使时间流逝,此身俱灭,自己的诗作所承载的精神却依旧流传,一定可以薪火相传。

陆游在纪梦诗中的人生感怀也表现在对人生如梦如幻的感悟上。梦中的思绪,又给人生增添了虚幻的意味。陆游正处于儒释道三家思想交融的时代,道家的游仙之幻与佛家的人生如梦极大地影响了他的世界观。且人生有诸多色彩,案牍劳形中对休憩与归隐的渴望,都使陆游在梦中显现出自己最真实的情感,即人生的真实性与谵妄性。当陆游被召修编史书之际,工作繁重,夜以继日,极为忙碌,加之薪俸微薄,在种种社会压力下,他在梦中梦见朋友召他去当莲华博士。这一奇幻梦境暗喻了陆游当时的心理状态:在种种压力叠加的情况下,他的人生感怀、世事沧桑之叹、俯仰古今之咏,也只能寄托于梦境。

这种人生感怀因梦境而超越了时间与空间的限制,展现了内心的跳跃性——前此后彼,如立体主义画派打破传统绘画的透视规则,从不同角度观看同一件事物并完整呈现一般,梦也同样完成了对内心的完整映射。如《记梦》中,陆游首先对梦提出了自己的见解:"梦不出心境,旷然成远游。"为何梦仅存于心中,却能瞬息去往任何地方,而后诗歌进行了快速的空间跨越,以连续的场景描写,表现内心的矛盾:从杜城到华山,他心中最渴望的还是"战血磨长剑,尘痕洗故裘",渴望以己身之力成就洗雪国耻之功;但无论梦境中何等惊心动魄,最终仍然是"那知觉来处,身卧五湖舟"。这种前后的剧烈反差,不仅展现了陆游在现实中的人生境遇,更流露了他对世界加诸己身的各种遭际的看法与态度。"身卧五湖舟"不仅是一种暂时性的妥协,其实也是以陆游为代表的士人在世间的生活态度与生活追求。这种态度是"朝隐"思想对"仕与隐"的调和,是"小隐隐于野,中隐隐于市,大隐隐于朝"[①]在现实世界中的体现。"仕与隐的痛苦在历代士人中延续,他们选择了其中一个,却又遗憾不能得到生命中的另一半。仕是士人的社会

[①] 宁业高、胡其云编著:《有巢氏文存》,合肥:中国科学技术大学出版社,2019年,第194页。

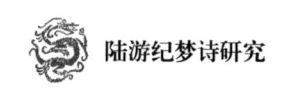

责任,也是实现自我社会价值的方式。然而,一旦入仕就会给个体人格的自由和独立带来压制……但隐不承担对社会的责任,会让个体因无法体现自己的社会价值而有一种缺失感。"①而在这两种极端矛盾下自然生出一种调和:士大夫追求的闲逸生活,不是只有在人迹罕至的深山野林中与自然共呼吸才能体认;即便身处尔虞我诈的朝廷,只要内心宁静,同样在生活中能够感受到这份闲逸。

受陶渊明"采菊东篱下,悠然见南山"②为代表的士人心态影响,陆游在繁忙事务中也产生了新的人生感怀以及对于日常生活休憩的向往,面对与之矛盾的现实生活,自然会表现出一种恍惚的感觉,如《八月四日夜梦中作》:

太华巉巉敷水长,白驴依旧系斜阳。山深乳洞药炉冷,花发云房醅瓮香。邻叟一樽迎谷口,蛮童三髻拜溪傍。中原俯仰成今古,物外自闲人自忙。

这首诗是陆游嘉泰三年(1203年)作于山阴,此时他在山阴已蛰居十三年了,终于得到了起用——乾廷召曾三次担任史官的陆游修史:"时当修高宗正史、孝宗光宗实录,朝论觉无专官,始外召傅景仁、陆务观为在京宫观,免奉朝请,令修史。于是务观还政久矣,乃落致仕,以为同修国史兼实录院同修撰焉。"③修史的日子自然是十分繁忙的,不仅要翻阅众多的文献书籍,"重重汗简拥衰翁,百里家山梦不通"(《求月桂》),还要对其进行整理重排,筛选重要的记载以供修史之用。在这样忙碌的环境下,陆游梦中难免会思念家乡的休憩生活,也会生出对世间庸庸碌碌生活的感怀,这些情愫都反映在其诗作中。

诗歌充满道家色彩,前三句主要描写超然物外的追求,以各类物外意象共同构建出一个如洞天福地般的超然之境,展现了陆游诗歌中的道家风格。首句以言说华山开篇,随后借"白驴"描写了一个经典的道家故事,即见于《邵伯温河南

---

① 李建英著:《宋代士人心态与文学》,北京:国家行政学院出版社,2019年,第131页。
② 逯钦立校注:《陶渊明集》,北京:中华书局,1979年,第89页。
③ 《建炎以来朝野杂记》甲集卷一〇《官制一》,《影印文渊阁四库全书》第608册,第315页。

邵氏见闻录卷七》中关于陈抟的传说:"常乘白驴,从恶少年数百人,欲入汴州。中途闻艺祖登极,大笑堕骡曰:天下于是定矣。遂入华山为道士。"①而此处之所以为"驴"而不是"骡",是因为陆游沿用了王偁《东都事略》卷一一八中所记载的"驴"这一意象。这个故事表现出道教对沉迷世俗的幡然醒悟,以及入道修行后的大彻大悟。从后两句描写中可见,陆游对入道修行的渴望,但他不是陈抟,无法脱离现实世界以证道教大道。尽管未能证得大道,道家安抚身心的功用却依旧发挥着作用——它作为一种希望或者奖赏展现在陆游面前,成为他情感的寄托与精神的支撑,帮他度过艰难的日子。而最后一句也是陆游历经七十余载春秋之后,对社会现实的深切感怀:"中原俯仰成今古,物外自闲人自忙。"九州四海辽阔,皆为中华大地,而在这宏阔的空间中,时间的流逝更添空旷感,"俯仰成今古"一句道尽人世间的短暂。一切都如此瞬息万变,没有什么是永恒的。在此基础上,他进一步深化情感:"物外自闲人自忙。"超然物外是闲适的,从宇宙的角度来看,万物都随着永恒的终极规律而运行着,以"无我"之境观之,便见其闲适;而从人的层面来说,人生相较于永恒宇宙何其短暂,庸人自扰于无垠的时间也是无意义的。若将无意义的事强加于有意义的人生,连有意义的人生也变得无意义起来。这表现出陆游内心深处对世界与人的整体性思考:他以开阔的眼光观照世界,探寻内心的安顿。

陆游在梦中游走于无与有,探索自己的身心,对往昔生命进行了思考,把儒释道的人生哲学与现实世界相结合,毫无保留地表达出了自己的人生感怀。"此类诗看似悲凉消极,实则是诗人报国无门的感慨和无奈,是其执着理想与壮志难酬、建功立业与壮士迟暮矛盾的真切反映,是其爱国思想的另一种表现,也蕴含着深刻的哲理思索。"②而道佛思想的影响又模糊了现实与梦境的界限,呈现出另一种庄周梦蝶的现实故事,虚幻的交织中蕴含着陆游人生的痛苦。在生命的长河中,以自我为分界线,向前回望是追忆往昔生命的忧思,向后追寻总是带着向往之心奔向精神的出口。陆游在梦中不仅实现了回望,吊古怀今、忆旧怀人、梦

---

① (宋)陆游著,钱仲联校注:《剑南诗稿校注》,上海:上海古籍出版社,1985年,第3384页。

② 徐恬恬:《论陆游之梦诗》,华东师范大学硕士毕业论文,2007年,第18页。

回故境、感怀人生,他试图在这现实与虚幻的交接之地寻求精神喷薄的出口。

第二节　向往:精神出口的追寻

受到现实世界的挤压,陆游的精神世界急需一个出口。这个出口既出现在梦中,又被记录在诗歌中。同时,研究陆游的精神出口,也可进一步深入了解他在现实世界中的困境,体会他进退维谷的艰难。

一、精神侣伴

人总是渴望被认同,有的人甚至会幻想在现实世界中有一个与他同频的精神侣伴,接纳他的一切看法。在陆游生活的时代,主战派总是被主和派打压,他与好友同心同气却经常被外力拆散。在成都时,他与范成大常一同游玩,十分快乐,却被弹劾放浪形骸;努力半生却毫无寸进,依旧是一个小官,费心费力为国谋事却被弹劾为不务正业。案牍劳形之时,他渴望休憩,但在现实世界中,他总是被压抑着,这种压抑是从物理到心理的全面否定。精神的劳役迫切寻求出口,可他都未曾完全了解自己内心最深切的感受,更遑论将其疏导出来。但在梦中往往就会变得不太一样。梦是自我潜意识的展现,在梦的活动中,自我、本我、超我等都不再被压抑,梦境展现出人内心最真实的需求,并通过梦的意象加以表达,正如《梦的解析》中对形形色色的梦的解释。"在这梦里,病人梦见自己正由一些高低排列的木柱上步行下来,而手里握着开花的枝条……梦中这开花的枝条无疑地暗示着贞洁。"[①]而在陆游的梦中,这种对认同的渴望和对精神出口的追寻,使他构筑了一个新的意象,即精神侣伴。这种侣伴身份多样,或化作宾客与陆游把酒言欢,或化作道士谈论学问,甚至交而论诗。这些人从本质上来说都是陆游自己,这些不同的形象体现了陆游不同时期自我认同的需求,他通过构筑化身来寻找精神出口。

[①] (奥地利)弗洛伊德著,丹宁译:《梦的解析》,北京:国际文化出版公司,1998年,第200-201页。

首先是宾客的化身。他们如同无面无性格的存在,陆游只借其形象与宴席之乐这一代表意象,来表达内心的需求。这是他假借他人之身,与自己进行的一场精神交流、一次精神疏导。如《梦与数客剧饮或请赋诗,予已大醉,纵笔书一绝,觉而录之》:"高谈雄辩凭陵酒,豪竹哀丝蹴踘春。占断名园排日醉,不教虚作太平人。"首句即描写宴席之热烈景象,有起兴蓄情之意;随后表达了不愿意将南宋当作北宋、假意苟安的态度,尽显爱国之情和报国之志。陆游以宾客为依托,抒发自我情感。梦中模糊不清的"无面人",是概念性的,如电影中通过充气假人烘托氛围一般,建立陆游梦中的舞台。

　　而后陆游又以梦中之诗抒发心中情感,他在梦中观他人之诗,遂作诗言志。这些诗虽名为"梦中他人之诗",实则是现实中见而记取、于梦中打碎拼合而成,或为陆游本人所作,以其为前意,虽言及论诗,但终为抒发自我之情感。陆游的梦中之诗由其触发路径可以分为两类,即"见人写诗"和"见诗写诗"。"见人写诗"即陆游在梦中或与人相谈甚欢,写诗赠之,或与友人一同写诗,或见他人写诗兴发感动进而赋诗应和;"见诗写诗"则去除了梦中人物,仅以文学文本的形式呈现,或和诗,或见诗佳妙遂诵之。而那些令陆游心发感动的人,也化作他梦中的剪影。在陆游将他们当作好友时,这象征着陆游对自己真实内心的接纳,而不是选择轻视或者无视——"自我的独立存在不仅是允许的,而且是可以接受的,自我的独立存在对于整体上的存在也是必要的"[①]。陆游接纳了自己的一切,包括完美与不完美。而纪梦诗中经常出现无头无脸的形象,被陆游赋予了新的身份形象,即道与佛的化身——道士与僧人,这也反映出佛道思想对他的影响。梦中人物身份的快速转变,以及佛道化身的友善态度,都反映了陆游对自身多面性的接纳。他在历经千帆后实现了自我和解,达成了从情感到理性的统一,最终抵达了内心的慰藉之地。

　　现实世界中处处聒噪着苟合之声,众人畏惧金人南下,沉溺于汴京歌舞暖风,早已没有了斗志。那些志同道合的同僚,都是在战争中建立功勋时被朝廷召回,这使他明白了理解与支持终将转瞬即逝。在巨大的压力和绝望下,陆游为了

---

① (印度)泰戈尔著,纹绮译:《泰戈尔妙语录》,兰州:甘肃人民出版社,1989年,第70页。

缓解情绪,在梦中幻化创造了一个伴侣,陪他高谈阔论、讲经说书、吟咏赋诗。一个完美的精神伴侣满足了陆游所有的需求,但这种情绪在梦中愈发强烈,醒来后愈加心酸。如此强烈的反差体验,也无怪陆游在纪梦诗中"不平则鸣"[①]了。正如《乙丑七月二十九日夜分,梦一士友,风度甚高,一见如宿昔出诗文数纸,语皆简淡可爱,读未终而觉,作长句记之》:

> 客中得友绝清真,盖未倾时意已亲。枕冷不知清夜梦,眼明喜见老成人。河倾斗落三传漏,雾散云归两幻身。心亦了然知是妄,觉来未免一酸辛。

陆游在梦中以幻化之身与自己对话,营造了一种"终于被他人理解"的情境,为郁结于心的情绪寻得一个出口。这首诗与其他纪梦诗相比——如《九月十八日夜梦避雨,叩一僧院有老宿年,八十许,邀留甚勤,若旧相识者,梦中为赋此诗》——在情绪上更侧重表达美梦破碎的感慨,以及因现实与梦境的巨大差别而生的"酸辛",而非对相谈甚欢之场面及友谊的描写。这首诗作于开禧元年(1205年)秋的山阴,此时陆游已经八十一岁,渐至生死之界。但这段日子并非平稳,而是翻起一阵又一阵惊天大浪,陆游的情绪也随之剧烈起伏。陆游八十多岁年迈衰老的时候,一生希冀的愿望——朝廷北伐——好似终于要实现了,"颇闻王旅徂征近,敷水条山兴已狂"(《睡起已亭午终日凉甚有赋》)。陆游敏感地预料到了这件事,直至开禧二年(1206年)真正北伐之前,他写下许多相关诗作。但在这种喜悦背后,陆游也清醒地意识到战事准备得仓促。尽管如此,他仍迫切期盼北伐顺利,他太想用胜利的希望鼓励主战派、压制主和派了。

这首诗描写了陆游梦中见到一位"风度甚高"的士友,二人一见如故。"客中得友绝清真",暗示着在人群中寻找一位能与自己心灵相契的人是何等艰难。这些"客"代表当时的世俗中人。他们在道德滑坡的同时,失落了士人对真善美的追寻,转而更加关注自身的利益得失。在这些人的衬托下,一位"绝清真"的好友

[①] 游光中、黄代燮编著:《中外诗学大辞典》,成都:四川辞书出版社,2020年,第613页。

便显得格外脱俗。陆游因此格外欢喜,还没有真正与之交往,心灵上便已经对他认同了。"枕冷不知清夜梦",不知道此地是现实还是梦,已然似庄周梦蝶般物我相融。他彻底模糊了梦与现实的界限,敞开心扉,与现实形成了某种意义上的相通,平时被压制的情绪挣脱束缚,寻找出口。而出口在这首诗中便化作那位"老成人",即风度甚高的士友。"老成人"语出《诗经·大雅·荡》:"虽无老成人,尚有典刑。"[1]这里的"老成人"主要指经验丰富的旧臣,同时《尚书》中也有相关的记载:"汝无侮老成人,无弱孤有幼。"[2]这里的"老成人"主要指年高有德的人。该意象不断被应用于诗文中,逐渐引申出新的含义,如"公幼不戏弄,冠为老成人,解褐得官,超出群众中,人不敢旁发戏嫚"[3]等。从中可看出陆游对此人的推重。但随着梦境渐消,陆游产生了新的悲伤情绪,因为媒介消失了,这一能够消解自我与世界差别的凭借消失了。"河倾斗落三传漏",银河倾倒,北斗七星陷落,更夫已报过三遍经漏,正是天曙之时。"雾散云归两幻身",作为遮挡的雾与云散去,才明白所见非所得。此时,他心中的迷雾也随之消散,这迷雾既是物理上的,也是心理上的,生动形象地说明了障壁之所在。而迷雾散去,自身的迷障也随之脱去,真正的形象方才显露。迷障散去,现实到来,诗人这才发现:原来相谈的好友竟是幻觉,再看自身,竟也是幻觉,自我与他人别无二致。正如庄周梦蝶一般,这首诗引发了同样的问题:到底是与好友相谈甚欢的自己是真实的,还是点灯忽觉梦醒的自己是真实的?陆游随后便回答了这个问题,他详细描写了醒来后的感悟:"心亦了然知是妄,觉来未免一酸辛。"梦醒时分觉一切皆妄,自己好不容易追寻到的精神出口也是短暂的、虚幻的,皆是起心动意的妄念。这种妄念不亚于佛教在最开始传播的时候对人精神的冲击,生活的地方对自己来说是这么真实,自己却必须承认这是"因果众缘集会假立和合",这种感悟对诗人产生了巨大的情绪影响。"酸辛"即他的真实写照。"酸辛"这一表达情绪的词语,最早被用于描述治病药理,《黄帝内经·素问·至真要大论》中说道:"湿淫所胜,平

---

[1] 周振甫译注:《诗经译注》,北京:中华书局,2002年,第452页。
[2] 马将伟译注:《尚书译注》,北京:商务印书馆,2015年,第243页。
[3] (明)汤宾尹辑,王景福、石巍、童达清校注:《宣城右集》,合肥:黄山书社,2017年,第49页。

以苦热,佐以酸辛,以苦燥之,以淡泄之。"①而后其语义逐渐延伸到相关的情绪描写层面。在文学创作中,创作动机的社会因素与个人因素推动着文学主旨的建立,而积压的情绪亟须一个出口,这也成了陆游创作纪梦诗的冲动。在这首诗中,陆游以富有表现力的语言呈现出他对精神侣伴的希冀、为国效力的志愿以及怀才不遇的苦闷等,如"语语都在眼前,便是不隔"②所评,诗中内蕴的情感直接抵达读者内心,让人感同身受。

这首诗也暗含着陆游的人生遗憾。年轻时身强力壮,他既有报国之志,又有报国之力,却郁郁不得志。无论是动荡的时局,还是个体命运的局限,都无法使陆游实现自己的志向。他希望"眼明喜见老成人",能如梦中交谈一般输出自己的所思所悟,为国家的北伐大业做出贡献。终于在老年之时"客中得友绝清真",却因身体因素等影响,"终究是云散高唐,水涸湘江"③,"雾散云归两幻身"。这种对精神出口的追寻,通过塑造一个自我虚幻意象来实现,不只是在梦中与宾客交流,或与梦中人交谈,也通过另一种特殊的形式来实现——梦见佳句,感而赋诗。这在陆游的纪梦诗中极为常见,如《记梦》:"探怀示我数纸书,妙句玄言皆造极。我即钞之杂行草,主人懌悦如甚惜。"

二、梦游山河

文学的虚幻性使陆游在文学中徜徉深思,在渴望精神侣伴的同时,他也游于名山大川,抒发自我情感,见山河、见奇景、见心之羁旅,在向内反省之时也为自己的精神寻得了一个绝佳的出口。"正当的游玩,是辛苦的安慰,是工作的预备"④,现实中不能实现的,必定要在梦境中实现。因此,这种电影式挥毫般的浪漫笔法,或伴吟诗声直上九重云端,或于无人之地静默玩赏,这都反映了作家内心深处最真实、最恳切的渴望。陆游纪梦诗亦是如此,或游于名山大川,"以便可

---

① 苏颖、王利锋主编:《〈内经〉古今医案析要》,上海:上海科学技术出版社,2020年,第121页。

② 王国维撰,黄霖等导读:《人间词话》,上海:上海古籍出版社,1998年,第9-10页。

③ (清)曹雪芹著,(清)脂砚斋评,邓遂夫校订:《脂砚斋重评石头记甲戌校本》,北京:作家出版社,2005年,第160页。

④ 丰子恺著:《丰子恺游记》,桂林:广西师范大学出版社,2004年,第36页。

以幽然享受和大自然的融合之乐"①；或写自己行路艰辛，背负着沉重的精神苦役，以梦之羁旅反映人生旅途的艰辛；或是以驿站暂代，稍事休息，而后步履蹒跚，继续寻找精神的出口。

首先是梦游诗。这类诗歌以梦游作为形式架构，展现诗人的人生情感，如《癸丑七月二十七夜梦游华岳庙》《梦至洛阳观牡丹繁丽觉而有赋》《梦行益昌道中有赋》等，皆反映了诗人对精神出口的探寻。梦游诗是北宋纪梦诗的主要题材之一。在唐代，梦游诗主要是与游仙诗统合在一起，而北宋的纪实精神影响了梦游诗的创作，也使此时的梦游诗有了一种现实主义特质，即所梦所见皆为现实之景。这种创作基础决定了诗中的景致并不是虚构而成的，而是有坚实的现实依据。这些风景元素，或因承载独特的文化基础、宗教意味而与诗人形成共鸣；或因与诗人的特殊联结，实现了由客观存在的物到审美抽象的文学形象的复归。诗人通过对日常积累的记忆表象进行艺术加工，在梦境的催化下完成了艺术创作。如《梦至洛阳观牡丹繁丽觉而有赋》：

两京初驾小羊车，憔悴江湖岁月赊。老去已忘天下事，梦中犹看洛阳花。妖魂艳骨千年在，朱弹金鞭一笑哗。寄语毡裘莫痴绝，祁连还汝旧风沙。

洛阳一向以牡丹艳丽而闻名天下，诗人以其作为突破口，进一步生发自己的情感，即绚丽的牡丹背后是最痛苦、最难以实现的报国之志。洛阳作为陪都，是中国历史上最重要的城市之一，而它已经被金国占领，更显悲凉。陆游先以古今对比，突出岁月无情；又言"梦中犹看洛阳花"，以此完成了某种情感的释放。而最后一句则凸显了诗人作此诗的中心主旨，即报国之志。"痴绝"出自《晋书》："恺之在桓温府，常云：'恺之体中痴黠各半，合而论之，正得平耳。'故俗传恺之有三绝：才绝，画绝，痴绝。"②因而痴绝即藏拙，不露锋芒。最后一句话是对自己身上的衣服所说——希望它能发挥作用，在祁连的风沙之地，为陆游抵挡寒风。而

---

① 李勇著：《林语堂传》，北京：团结出版社，1999年，第306页。
② （唐）房玄龄撰：《晋书》，北京：中华书局，1974年，第2406页。

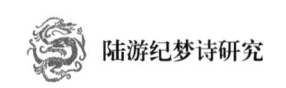

这从另一层面来说,又是作者的叹息:欲报国而不得用,欲征战而不能的悲哀感叹。梦游诗一方面为纪梦诗构筑了新的形式,另一方面也成为诗人展现自己思想感情以及寻找精神出口的基底,挖掘了新的审美体验和感受。

陆游不只写了梦中实物之景,亦有梦中奇物之景,这类诗可称之为游仙诗。在各种因缘际会下,诗人可得一见道家典籍中的奇神异仙,极尽浪漫主义之所能,瑰丽奇幻,在抒发自身精神苦闷的同时,也给读者以极大的审美感受。如《五月二十三夜记梦》:"夜漏欲尽鸡初唱,梦到神仙信非妄。""三生汝有世外缘,一念已断尘中障。"他以神仙之事表达自己对现实生活的困倦;而"何须更待金丹熟,从我归哉住昆阆",更直白地流露出对海外游仙归隐生活的向往。又如《梦中作》中的"一朝出赴安期约,万里烟霄驾紫鸾"等,展现出作者的精神出口。这类游仙诗因其历史久远,影响较为广泛。此处仅举数例,后文将进行具体分析。

除了游仙诗,还有另一种梦诗也值得关注,即梦乡诗。这类诗歌中,诗人所梦之景往往映射着其内心深处对家乡的眷恋,是"自我"在精神原乡的投射。"对古代众多文人而言,面对身处边缘的焦虑时,他们潜在的乡土意识、回归心理便会浮现,甚至在已经回归后,还不能忘却身处异乡的痛楚。"[1]反映在文学创作方面,便形成了梦乡诗,这成为作者在痛苦的生活中寻找精神出口的一种方式。在传统社会中,文人往往作为地方精英扮演着治理者的角色,尤其以中国典型的"乡绅"阶层为代表。他们与乡土之间存在着深刻而紧密的联系,既是地方文化的维系者,也是基层权力的实际行使者。"罗伯特·海姆斯认为早在南宋,精英权力已经具有地方化的趋势,地方精英把注意力从国家的权力中心和对高官的追求转向巩固他们在家乡的基础。他们的地方策略包括宗族的建设、团练组织以及地方婚姻联盟等。南宋时期的特点是知识分子致力于家乡的改革与发展以及私人的学术和文学活动。"[2]乡绅不仅是地方行政与文化事务的实际管理者,其身份本身也与土地深度绑定。对他们而言,故乡不仅是孕育自身的母体,更是其权力与认同所依附的根基。如陆游《初秋梦故山觉而有作》连续四首,片段式、跳

---

[1] 张静:《北宋梦诗研究》,西南交通大学硕士毕业论文,2020年,第71页。
[2] 衷海燕:《士绅、乡绅与地方精英——关于精英群体研究的回顾》,华南农业大学学报(社会科学版),2005年第2期,第128—129页。

跃式地描绘了陆游梦中的故乡,及以此生发的归乡之情:

> 陂水白茫茫,草烟湿霏霏。牧童一声笛,落日无余晖。遥山已渐隐,村巷亚竹扉。老翁延我入,苦谢柿栗微。幸逢岁有秋,一醉君勿违。念此动中怀,命驾吾将归。

此诗为淳熙六年(1179年)作于建安,陆游奉诏离建安任。这首诗中的叙梦笔法,是断面式的,并呈现出画面感。从远处的风景,再到牧童与落日,最后到村庄,宛如一幅又一幅既相互独立又相互联系的系列画作。最后的"念此动中怀,命驾吾将归"则反映了作者的主题思想——归乡。诗歌由表及里,以优美的笔触不断呼应主旨,从字里行间,又何尝不见诗人壮志难酬的悲慨与归隐避世的幽思?他那份复杂的心情,已然跃然纸上。

又如《其二》:

> 犬吠舍前后,月明村东西。岸草蛩乱号,庭树鸟已栖。我仆城中还,担头有悬鸡。小儿劝我饮,村酒拆赤泥。我醉不自觉,颓然葛巾低。著书笑蒙庄,茗芋物自齐。

这首诗模糊了时间的界限,或是回忆从前,或是遥望归乡生活。比之"病身最觉风露早,归梦不知山水长",诗人选择了叙事方式,而非抒情,描绘了归乡情感。诗中叙述在家中的情节,如"仆还""劝饮"等,以一系列的行为与动作从侧面反映了作者对家乡的思念及思归之情。

纪梦诗既描写了陆游熟悉的家乡,又描述了他梦游途中陌生的风景,眼中不只见日月山河之广阔壮丽,又见庭中"燕蹴筝"之奇景,在某种程度上展现了他内心的流转。比起总览全局,聚焦微小之物也是游玩过程中不可或缺的部分,而诗人往往在这些细碎景致中寄寓着内心真实的情感。如《夏日昼寝梦游一院,阒然无人,帘影满堂,惟燕蹴筝弦而有声,觉而闻铁铎风响璆然,殆所梦邪,因得绝句》:"桐阴清润雨余天,檐铎摇风破昼眠。梦到画堂人不见,一双轻燕蹴筝弦。"

在这段梦境中,陆游并没有记录诸如名山大川这类远阔的景物,而是选择了细微玄幽的意象,即"燕蹋筝弦"。在舒适的日子里,入梦不见人影,只见"一双轻燕蹋筝弦",表明诗人这段时间内心平静,以及诗人心中对他人和世界的关注。陆游对南宋的爱不只是抽象意义上的爱国之情与报国之志,而是从日常生活中产生的对生活、对人、对世界的爱,从微末事物出发,以"大其心"者体会天地万物。如小林一茶最被人熟知的俳句:"不要打哪,苍蝇搓他的手,搓他的脚呢。"①"一茶的诗中有很浓厚的人情味,他能给一切非人的事物都赋予人性,这行为本质上就是以博大的爱去体察周围的一切,对万物一视同仁……一茶难得地保持了一颗未被污染的赤子之心,于作品中体现了与自然融为一体的人性的本真。"②陆游对"燕蹋筝弦"等的描写也体现了他内心深处的自然和人性的纯真,这也反映了宋代诗歌在唐诗"影响的焦虑"下的转向。从山川大河到细微生活,宋诗内转的风格愈加凸显,文人心态的改变、理学的不断盛行等,都使得文人需要重新寻找一个新的文学自在之地。"北宋时更多的士人开始由外在的事功转向内在的自省,不仅有消极自伤,亦有自适自乐,并且致力于理性地将负面情绪排解开,从而达到内心的平淡。而南宋这个内转的趋势更为明显,理学的强化使士人对自我的审视更加明显,他们怀着安贫乐道、宠辱不惊的自我期待,努力将穷愁苦闷消解为一种理性的自持。"③这种消解使陆游在表达报国之志与怀才不遇之时,也在努力寻找自我精神的出口,这种积极努力的尝试首先体现在他的日常生活中。梦游诗亦有反映日常生活的一面,而这一面往往是理想化的——试图将日常的负面情绪消解在梦中的理想生活中,同时在某种程度上也反映了士大夫的审美情趣。

再如《梦游山寺焚香煮茗甚适既觉怅然以诗记之》:

平日居山恨不深,暂来差足慰幽寻。僧归共说道逢虎,院静惟闻风满

---

① 朱光潜:《给青年的十二封信》,杭州:浙江文艺出版社,2024年,第16页。
② 李婷婷:《苦涩的真味:一九二一年周作人对小林一茶的译介》,金华职业技术学院学报,2020年第6期,第83—84页。
③ 李旭婷:《南宋题画诗研究》,南京大学博士毕业论文,2016年,第32页。

林。毫盏雪涛驱滞思,篆盘云缕洗尘襟。此行殊胜邯郸客,数刻清闲直万金。

这首诗是陆游庆元元年(1195年)作于山阴的,此时他赋闲在家。朝中政治暗流起伏,赵汝愚遭韩侂胄排挤而罢相;加之连年歉收,百姓饥馑贫困,陆游忧思国家之心愈发深切。这种苦闷在梦中得到了消解,诗人找到了精神出口,倾吐了郁气,浇释心中垒块。他梦游山寺,焚香煮茗,以此作为休憩活动。在这样闲适的梦境中,诗人的劳累与疲惫被洗刷一空,仿佛为精神焕发、重振旗鼓做了充分的准备。对陆游而言,这样的休憩活动极其稀少且珍贵,是"直万金"的。

文学创作中的梦游意象是创作者对客观规律的突破,能够在一定程度上超越时间与空间的局限性,既有虚构性,又有现实性,是"合情"与"合理"的结合。同时,意象世界真与幻的模糊性也增加了文学作品的审美意蕴,且读者从中获得的审美感受对主体产生了深刻的影响。"在'梦游'这一体验中,审美过程实则与创造的过程是难以分清的⋯⋯主体在梦中得到审美感受,往往会情不自禁地以艺术方式表现自我的情感。"[①]"梦游"及相关事物与感受等,一直都是文学创作中极具张力的主题。它以景物描写的方式清晰地表现出了诗人心中的梦想,进而延伸到他的现实境遇与精神层面,具有很高的研究价值。

三、报国之志

"陆游⋯⋯尤其是他的'梦诗'凝结着厚重的爱国情结,热烈、执著、深沉、浑厚、悲凉,是我国古代诗坛上一块熠熠生辉的瑰宝。'梦诗'是陆游表达爱国情怀的另一种方式。"[②]陆游生于两宋之际,独特的时代背景也为他的人生附上了一层悲剧色彩。在国仇家恨的时代氛围下,有志之士都会投身报国,同时期盼在史书上留下自己的名字,对陆游来说也是如此。他痛心于朝廷的昏聩无能,日夜期盼国家的富强和民族的振兴,并为此矢志不渝地奋斗。但现实却对陆游施以重击:

[①] 李斯斌:《论"梦游"的美学意蕴》,四川师范大学硕士毕业论文,2008年,第17页。
[②] 陈功、李海玲:《"梦诗":陆游爱国情怀的另一种表达》,玉溪师范学院学报,2005年第5期,第51页。

不论是朝廷长时间被秦桧把持,主和派极力排挤有志之士,官场一片黑暗;还是国家整体政治氛围低迷,都使陆游实现理想的道路充满了阻碍。他的一生无比痛苦,到最后也没能实现自己的愿望。这种人生的痛苦和对国家的爱都浸透在陆游的作品中,更充分地反映在他的纪梦诗中。受陆游现实生活体验和个人情思的影响,他的爱国之情与报国之志在纪梦诗中喷涌而出。同时,陆游的壮志难酬之感、光阴虚度的迷茫感,以及对洗刷耻辱、实现理想的渴盼等,也都表现在纪梦诗中。这一层面的研究是陆游纪梦诗研究的主要方向,成果数量较多。

"梦的内容是在于愿望的达成,其动机在于某种愿望。"[1]陆游纪梦诗中首要描写的是收复失土之愿。靖康之耻造成了宋人的耻辱和半壁江山的丧失,直接导致了北宋的灭亡,这对当时的汉人来说是沉重的打击。南宋以来,有志之士都致力于北伐,甚至在朝堂上分出了主和派和主战派,两派互相争斗、排挤,实际上阻碍了北伐。但这种绝望不是从最初就开始蔓延的。南宋初期,尽管秦桧把持朝堂,总体上的社会氛围还是昂扬向上的,对北伐的支持率较高;只不过随着时间的推移,"暖风熏得游人醉,直把杭州作汴州"[2],社会对北伐的支持率也持续走低。陆游对此感受最为深切。他一生都抱着北伐成功、自身能被重用的愿望,而命运每次给予他一点希望,让他抱着这根"浮木",在人生的洪流中漂泊一生。从戎南郑的经历、朝堂势力的不断变化等,都不断给予他希望,使他一直没有陷入彻底的绝望;但这种希望,事实上却是比绝望更彻底的煎熬。命运从未让他得到任何确定的结果,可他的愿望与志向依旧支撑着他,直至临终前仍心存"幻想":"王师北定中原日,家祭无忘告乃翁。"(《示儿》)陆游的爱国主义情怀是炽热的,贯穿了他的一生,这也是他被誉为"亘古男儿一放翁"(《读〈陆放翁集〉》)[3]的重要原因之一。这种情怀充分地表现在他的纪梦诗中,如《九月十六日夜梦驻军河外遣使招降诸城,觉而有作》《五月十一日夜且半,梦从大驾亲征,尽复汉唐故地,见城邑人物繁丽,云西凉府也,喜甚,马上作长句,未终篇而觉,乃足成之》等。陆

---

[1] (奥)弗洛伊德(S. Freud)著,丹宁译:《梦的解析 揭开人类心灵的奥秘》,北京:国际文化出版公司,1998年,第31页。

[2] 周啸天编著:《历代绝句鉴赏大辞典》,北京:商务印书馆国际有限公司,2024年,第983页。

[3] 于北山著:《陆游年谱》,北京:中华书局,1961年,第616页。

游在纪梦诗中通过梦的特质进行记述,充分发挥了幻想的功用。梦不仅可以突破时间与空间的限制,也可以超越现实、超越常理、超越真实的社会现象。他通过对梦中宋军大胜景象的描绘,表达了自己的思想感情。这种特色是纪梦诗所独有的,在"合情"的基础上"合理"。

"在这一部分梦诗里,作者直接倾吐了他火一般的热情,把一位期望收复失地、统一祖国的爱国诗人的情怀毫无遮掩地袒露到了我们面前。"[1]如《五月十一日夜且半,梦从大驾亲征,尽复汉唐故地,见城邑人物繁丽,云西凉府也,喜甚,马上作长句,未终篇而觉,乃足成之》:

> 天宝胡兵陷两京,北庭安西无汉营。五百年间置不问,圣主下诏初亲征。熊罴百万从銮驾,故地不劳传檄下。筑城绝塞进新图,排仗行宫宣大赦。冈峦极目汉山川,文书初用淳熙年。驾前六军错锦绣,秋风鼓角声满天。苜蓿峰前尽亭障,平安火在交河上。凉州女儿满高楼,梳头已学京都样。

陆游运用纪梦诗的形式,展现了他梦想中的宋王朝——通过描写宋王朝对"汉唐故地"的收复,勾勒出国家强大、边境安和的局面,以此抒发炽热的爱国主义情怀。这首诗是陆游于淳熙七年(1180年)所作,表达了他对国家的忧念以及对北伐的向往。陆游在淳熙五年(1178年)曾向孝宗陈请出兵北伐,渴望继续追寻在前线为国效力的理想,但孝宗并未准许,反而任命他为"提举福建常平茶盐公事"。虽为升迁,对陆游来说却是从战斗前线转至后方的闲职。他难以忘怀"上马击狂胡,下马草军书"(《观大散关图有感》)的南郑军旅生活,这令他在福建任上十分消颓。但陆游的爱国主义志向从未改变,他在梦中一展收复之愿与报国之情。这首诗是陆游纪梦诗中极为优秀的诗篇,将其情感抒发得淋漓尽致。"陆游一生报国无门,因而他始终的激昂慷慨总是和悲愤沉郁结合在一起。但这首诗却是另一种格调。诗人在梦中、醒后驰骋想象,场景宏丽,气魄雄迈,洋溢着

---

[1] 何炯:《从"梦诗"看陆游的爱国情怀》,《湖南财经高等专科学校学报》,2001年第2期,第54页。

山河统一的胜利激情。"①陆游运用了幻想、假设的方式，不说自己报国无门之悲与山河沦陷之痛，却一反常态，化悲为喜，叙述了梦中宋王朝北伐的胜利。整首诗一改沉郁之气，十分豪放激昂。

前四句承接诗题，叙述孝宗下诏北伐的场景。首先描写的是国家遭受的屈辱，至此已历五百年。诗歌在最开始便已经表明了战争的正义性——"尽复汉唐故地"一句，蕴含着雪耻的决心。"诗中写汉唐故地，只写北庭、安西，是举其远者而言。后晋石敬瑭割燕云十六州献契丹，使汉族政权退居白沟以南；靖康之变，金兵入据中原，又使宋室退居淮河以南；两宋诗人曾为这段伤心史不断慨叹过，当然都包括在此句之内了。"②而后陆游又以叙事笔法进一步描述了战争场面，从"故地不劳传檄下"可见，这场战争受到了大家的支持。檄文是"古代写在木简上的官方文书，用于晓谕、征召、声讨，特指声讨的文告"③，如《为徐敬业讨武曌檄》等。在古代，如果对方直接因为檄文而投降，被称为"传檄而定"，有时候也用以形容兵势强大，如《史记·淮阴侯列传》载："今大王举而东，三秦可传檄而定也。"④而陆游梦中的战争，连檄文都不用下达，便可以直达胜利。国家兵力之强盛、人民讨伐志向的一致，以及汉唐旧地归化之心，都可从中感受到——这正是陆游心中理想的国家样态。

这首诗深刻反映了陆游的战争观念。陆游虽然支持抗金、收复失土，但他也反对毫无意义的报复行为，他的一切理想都是根植于和平之上的："不须绝漠追败亡，亦勿分兵取河湟。但令中夏歌时康，千年万年无馈粮。"（《观运粮图》）这种精神极为可贵。同时，陆游也进一步秉持"美政"的思想，他所追求的不仅是对外战争策略的实现，更包含对南宋统治集团内部的改进。这些思想在陆游的作品(如《上殿札子》《拟上殿札子》等)中多有体现，"这些著作虽非完成于一时一地，甚至时间跨度数十年，但却从不同的角度，以不同的方式表述了他的政治构

---

① 缪钺等撰写：《宋诗鉴赏辞典》，上海：上海辞书出版社，1987年，第971页。
② 缪钺等撰写：《宋诗鉴赏辞典》，上海：上海辞书出版社，1987年，第971页。
③ 王同亿主编：《高级汉语词典 兼作汉英词典》，海口：海南出版社，1996年，第1395页。
④ (汉)司马迁撰，(宋)裴骃集解，(唐)司马贞索隐，(唐)张守节正义：《史记》，北京：中华书局，2014年，第3169页。

想,这也恰恰说明了他的政治思想是经过长期的酝酿而形成的"①。陆游就诏令的行政效果提出建议,即"欲望圣慈以所下数十条者申谕中外,使恪意奉行,毋失或坠。仍命谏官御史及外台之臣精加考核,取其尤沮格者与众弃之"②。他还表达了对政令文风清简的追求:"太平既久,日趋于文,放而不还,末流愈远,浮虚失实,华藻害道。"③除此之外,他亦抒发了对公平的向往:"朝廷之体,责大臣宜详,治小民宜略;赋敛之事,宜先富室;征税之事,宜核大商。是之谓至平,是之谓至公。"④最后,他提出慎封公爵的建议:"唐将封王,始于安禄山,而本朝则始于童贯。此岂可法? 而比年以来,寖以为常,识者莫不忧之。欲乞圣慈明诏有司,自今非宗室外家,虽实有勋劳,毋得辄加王爵。"⑤由此可见,陆游面对朝堂问题时,既表现出强烈的士人责任感,又体现出卓越的行政治理能力。

接着,陆游描写了战争胜利后的景象。先描写疆域的扩大:"冈峦极目汉山川",所见之远皆汉家之土。随后便写政策上的统一:军队欢呼雀跃,鼓角声满天,这里是全诗抒情的最高潮,而后逐渐转为平静。最后两联,第一联从侧面描写边境的安宁:苜蓿峰前都是守望的堡垒,在交河旁不断以烽火报平安。接着诗人又进一步以非常巧妙的方式描写了归化与和平:以小见大,从百姓的角度来表达,即"凉州女儿满高楼,梳头已学京都样",原来被迫属于外族的领土现在已经回归,便不可避免地接受了原属国家的民俗。而梳头的样式本就是民俗的一种,这种细微处的改变,从侧面映射出收复失土已深入人心,也印证了这场战争的合理性与正义性。

这首诗最能引起读者共鸣的是陆游的收复之愿,这是现实世界的愿望在梦中的反映,他本人并没有切实经历过这些事情,且该诗中的大部分地名实际上来自陆游平时所读之书,如"苜蓿峰"来自岑参的《题苜蓿峰寄家人》:"苜蓿峰边逢

---

① 邱明皋著:《陆游评传》,南京:南京大学出版社,2002年,第283页。
② 中华书局编:《陆游集》,北京:中华书局,1976年,第1996页。
③ 中华书局编:《陆游集》,北京:中华书局,1976年,第1997页。
④ 中华书局编:《陆游集》,北京:中华书局,1976年,第2001页。
⑤ 中华书局编:《陆游集》,北京:中华书局,1976年,第2012页。

立春,胡芦河上泪沾巾。"①而题目中的"汉唐故地""城邑人物繁丽"亦有可能出自元稹《和李校书新题乐府十二首·西凉伎》:"吾闻昔日西凉州,人烟扑地桑柘稠;蒲萄酒熟恣行乐,红艳青旗朱粉楼。"②虽然陆游所写皆为梦境之事,但其实际上反映了陆游的民族政策主张与炽热的报国之情、收复之志,也代表着当时所有有志之士的共同心愿。"陆游……无法实现他的希望,只有把收复失地的意图,寄托给不能实现的幻梦——我们必须从欢乐中理解他的悲哀,同时也必须从他的幻梦中玩味他的理想。"③

陆游纪梦诗中,关于报国之志和收复之愿的诗歌,占据了重要地位。除了"尽复汉唐故地见城邑人物繁丽"的壮阔描摹,《九月十六日夜梦驻军河外遣使招降诸城,觉而有作》中"腥臊窟穴一洗空,太行北岳元无恙。更呼斗酒作长歌,要遣天山健儿唱"的豪情,《我梦》里"平生击虏意,裂眦发上冲"的激愤,以及《十二月二日夜梦与客并马行黄河上憩于古驿》中"吾辈岂应徒醉饱,会倾东海洗中原"的壮志等,都反映出陆游对国家深沉的爱。

收复失地是当时整个宋王朝的核心议题,北方沦陷区的人民生活在水深火热中,整个国家蒙受着巨大的屈辱,但受各种现实条件影响,收复愿望难以实现,最终潜藏到他的梦里,忧国如此,令人感动。陆游深切关注着国家的命运与百姓的幸福,这是他的爱国主义情怀,正如钱锺书先生所说:陆游的爱国主义情怀"饱和在陆游的整个生命里"④。陆游的爱国主义情怀主要反映在收复之愿上,但并非局限于此,他的眼光和悲悯之心是围绕着整个国家的。"诗者,志之所之也,在心为志,发言为诗"⑤,诗歌是诗人有意识的艺术加工与情感表现,而梦则可以视作诗人对现实人生真实而无意识的投射与重构。对梦文学的书写,则强调了这种"艺术加工",使诗人的情感更凸显。

---

① 纪忠元、纪永元、武国爱主编:《敦煌诗歌集萃 上》,北京:中国书籍出版社,2023年,第19页。
② (唐)元稹撰,冀勤点校:《元稹集》,北京:中华书局,1982年,第281页。
③ 朱东润选注:《陆游选集》,上海:上海古籍出版社,1962年,第23页。
④ 钱锺书著:《宋诗选注》,北京:生活·读书·新知三联书店,2002年,第272页。
⑤《十三经注疏》整理委员会整理,李学勤主编:《十三经注疏 毛诗正义 上》,北京:北京大学出版社,1999年,第6页。

第三章　陆游纪梦诗情感模式解析

诗人的感情不仅表现为对收复失地的渴望,还上升为对国家命运的深切关怀。这种家国之思既内化于陆游的梦境,也外显于他的纪梦诗创作之中。如《二月一日夜梦》:

> 梦里遇奇士,高楼酣且歌。霸图轻管乐,王道探丘轲。大指如符券,微瑕互琢磨。相知殊恨晚,所得不胜多。胜算观天定,精忠压虏和。真当起莘渭,何止复关河。阵法参奇正,戎旃相荡摩。觉来空雨泣,壮志已蹉跎。

这首诗是陆游于开禧二年(1206年)在山阴所作,字里行间深刻展现了陆游对国家的爱。梦是现实的呈现,这首诗借夜梦奇人呈现出他热切的报国之志。值得注意的是,陆游诗中的所谓奇人,极可能就是陆游本人在梦中的化身。在这首诗中,他如同伯乐般发现了这个有志于国的奇士,并且无比希望他能为朝廷做出贡献,实现诸如"压虏和"之类的梦想。而这首诗的最后一句可谓陆游对自己人生的总结:自己奋斗一生,为报效朝廷努力一生,结果人生浮沉,到最后也只剩下"觉来空雨泣,壮志已蹉跎"的慨叹。陆游写这首诗的时候已经八十二岁了,在他感到自己衰老无用的时候,期待一生的北伐终于开始了,这对一个一生都在追求报国的英雄来说,实际上是沉重的打击。除该诗外,陆游还创作了其他诸多饱含浓烈爱国之情的诗作,如《书事》"自笑书生无寸效,十年枉是枕珊戈",《老马行》"老马虺隤依晚照,自计岂堪三品料?玉鞭金络付梦想,瘦稗枯萁空咀噍"等,无不彰显着他的爱国主义精神。

"僵卧孤村不自哀,尚思为国戍轮台。夜阑卧听风吹雨,铁马冰河入梦来。"(《十一月四日风雨大作二首·其二》)陆游将自己的一生都投入爱国主义斗争中,"惟其'尚思为国戍轮台',才能有'不自哀'之壮志。……'尚思'是针对'僵卧孤村'而言,年近古稀,而又卧病,犹不失其当初渴望马革裹尸的'平胡壮士心'(《新春》),其忧国忧民的拳拳之念,是何等感人"[①]。也难怪陆游的诗被赵翼称

[①] 缪钺等撰写:《宋诗鉴赏辞典》,上海:上海辞书出版社,1987年,第984页。

为"言简意深,一语胜人千百"①。同时,陆游的爱国主义情怀也表现在《五月七日夜梦中作》中:

> 征行过孤垒,寂寞已千年。马病霜菅瘦,狐鸣古冢穿。烟尘身欲老,金石志方坚。零落英雄尽,何人共著鞭?

陆游这首诗于绍熙二年(1191年)写于山阴,他慨叹世无同路英雄,深刻展现了炽热的爱国主义理想。诗的前两句勾勒出一种寂寞凄凉的意境,为后文的描写奠定了情感基础。陆游在这首诗里着重凸显了"何人共著鞭"的心情,从而能看出他对国家未来的盼望。"零落英雄尽"是他对过去的叹息,而"何人共著鞭"则是在叹息的同时,更透露出寻求同道的期许。这种希望与失落交织的复杂心绪,正是诗人排遣苦闷的独特方式。整首诗中,陆游将个人命运与国家前途紧密相连,其炽热的爱国情怀在此得到淋漓尽致的展现。

日有所思,夜有所梦,陆游的壮志难酬通过他的纪梦诗表现出来,如《病足昼卧梦中谵谆乃诵尚书也既觉口占绝句二首·其一》:

> 唐虞已远三千岁,每诵遗书涕泗潸。济济九官十二牧,我独不得居其间。

陆游深受儒家文化的浸润,这种影响不仅来自宋明理学等思想的滋养,更源于其世代传承的儒学世家背景——儒家思想为陆游打下了深刻的精神烙印。另一方面,儒家"造次必于是,颠沛必于是"的精神内核,在激励他成长报国的同时,也在其落寞时给予了安慰,这也进一步交代了陆游在病中诵念儒家经典的原因。此诗于嘉泰元年(1201年)作于山阴,诗中深刻抒发了他壮志难酬的感慨。"谵

---

① (清)赵翼著,霍松林、胡主佑校点:《瓯北诗话》,北京:人民文学出版社,1963年,第80页。

谵","谵,音占,病而狂言曰谵"①,这里指的是陆游生病时的不清醒状态。即便在梦中不清醒的状态下,他仍然不忘诵念《尚书》。这首诗的最后一句"济济九官十二牧,我独不得居其间",更是写出其内心深处对于壮志未酬的遗憾。这种潜意识里依然执着于经世济民的渴望,恰恰印证了儒家"达则兼济天下"的理想已深深植根于陆游的精神世界。

在陆游所处的时代,乃至整个古代社会,建立个人事业往往极度依赖统治者的重用。而陆游的诗作中,除了壮志难酬的悲叹外,时常流露出对权贵阶层的愤懑,以及因不屑同流合污而产生的孤高情怀,这一点在《梦中行荷花万顷中》中得到了鲜明体现:

天风无际路茫茫,老作月王风露郎。只把千尊为月俸,为嫌铜臭杂花香。

这首诗借荷花这一意象来讽喻现实世界,表现了陆游"仕"与"隐"的矛盾心理。诗人对为官是不屑的,尤其是"为嫌铜臭杂花香"的表达,更明确地突出了他对官场黑暗及利益至上的痛恨。

四、闲居休憩

梦境不仅反映个人理想,人的生活状态与日常琐事也会在其中显现。陆游的纪梦诗有许多关于日常休憩的内容,梦境往往映射出人当时最渴望的事情,而这些内容大多与他案牍劳形的日常生活有关,即希望能够在劳烦的生活之外获得片刻休憩。这种对休憩的渴望也会延伸出归隐之意,如"放情肆志,逍遥泉石"②。对宋朝士人来说,一方面,自唐代起就有十分深厚的归隐传统,"明时久不达,弃置与君同。天命无怨色,人生有素风……余亦从此去,归耕为老农"(《送綦

---

① (宋)陆游著,钱仲联校注:《剑南诗稿校注》,上海:上海古籍出版社,1985年,第2869页。
② (五代)刘昫等:《旧唐书》,北京:中华书局,1975年,第5115页。

母秘书弃官还江东》)①,以陶渊明诗歌为代表的山水田园生活,始终令人心驰神往;另一方面,现实世界的痛苦和不满,也使人更愿意投身于"桃花源",消解现实的苦闷,找寻精神的出口。正如盛唐元德秀"秩满,南游陆浑,见佳山水,杳然有长往之志,乃结庐山阿。岁属饥歉,庖厨不爨,而弹琴读书,怡然自得"②,便是这种心境的生动体现。宋代隐逸之风蔚为大观,也是受唐隐逸思想的影响。陆游在案牍劳形之后,往往不自觉地表现出归隐之意。同时,道家思想也对陆游产生了影响,陆游的隐逸心态和养生之念都是受道家思想浸染而生成的。陆游对养生十分重视,这一点不仅见于《午梦》中"华山处士如容见,不觅仙方觅睡方"的闲吟,也见于《养生》"老人不妄语,聊赋养生诗"等诗作中。这种对养生的关注,会在梦中表现出来,并通过诗歌展现出来。如在嘉泰二年(1202年)五月,七十八岁的陆游迎来了人生中最后的起用——朝廷因陆游"三作史官"且才能出众,诏陆游修史并兼任秘书监。陆游因年老体衰,实际上并不愿意入朝为官,但他的爱国主义情怀使他"即日就道,不敢以老病辞"③,决心将自己所有的一切都奉献给朝廷。加之他一生心系国家,即便到了暮年,心中仍燃有希望之火,加上当时朝廷风气稍有好转等原因,陆游还是投身于史书编撰工作中。

对于史书编纂的忙碌,陆游曾写下很多诗作加以记录,如"重重汗简拥衰翁,百里家山梦不通"(《求月桂》),"三日败一笔,手胝视芒芒,吏来督日程,炙冷不及尝"(《今日史课偶少暇戏作五字》)。陆游对这样的日子深感痛苦,甚至在梦中遇到了奇事——此事记载在《诗人玉屑》卷一九中,可见他对日常休憩的渴求。因其梦奇,陆游作《九月十四日夜鸡初鸣,梦一故人语曰:我为莲华博士,盖镜湖新置官也,我且去矣,君能暂为之乎?月得酒千壶亦不恶也,既觉,惘然作绝句记之》以记之:

白首归修汗简书,每因囊粟戏侏儒。不知月给千壶酒,得似莲华博士无?

---

① (唐)王维撰,(清)赵殿成笺注:《王右丞集笺注》,上海:上海古籍出版社,1961年,第46页。

② (五代)刘昫等:《旧唐书》,北京:中华书局,1975年,第5050-5051页。

③ (元)脱脱等撰:《宋史》,北京:中华书局,1977年,第11313页。

第三章 陆游纪梦诗情感模式解析

陆游通过在诗中记录这桩奇事来表现自己的情感,题目即纪梦诗的内容,是陆游对梦的解析与重构。"吴旦生曰:'……后台臣劾其恃酒颓放,因自号放翁,故作词有"飘然烟雨中,天教作放翁"之句。盖文人多异,往往而有。台臣且以恃酒弹之,何物镜湖中,偏月给千壶,以相招致?虽寓言,亦足自放矣。'"①这首诗表现出了陆游的另一面,即厌恶官场的同时,也时常显露出"放翁"的一面,洒脱和放纵并非悖逆世俗的乖张之举,而是"文人多异,往往而有"。这种洒脱和放纵,在诗歌中往往由忙碌牵引而出,并且化作对自由生活状态的向往与展现。诗人以"每因囊粟戏侏儒"暗示了对为官的不满,反映了他心中"仕"与"隐"的矛盾。在镜湖工作的"莲华博士"是美的代表,是诗人对理想社会的投射,也象征着他梦中的归隐之地。诗人在日常的忙碌中,自然生发了归隐之意。这种洒脱与放纵的精神是陆游人格的主要特征,又体现了他对美的追求。

诗中的"莲华博士"和"镜湖"都是美的代表,从中可见陆游对官场黑暗的抨击和对"桃花源"的追求,但陆游的纪梦诗不只有归隐之意,他还致力于将自己的日常生活进一步诗化。他的梦中经常会出现对日常休憩的描写,如《春晚坐睡忽梦泛舟饮酒乐甚,既觉怅然有赋》《梦游山寺焚香煮茗甚适,既觉怅然以诗记之》等。陆游在梦中经历过这些后,不自觉地开始对自己的日常生活进行描摹与反思,表现出不同于"朱门沉沉按歌舞,厩马肥死弓断弦"(《关山月》)的另一面。这是关于闲适主题的纪梦诗,钱锺书在《宋诗选注》中对陆游的闲适诗做了评价:"闲适细腻,咀嚼出日常生活中深永的滋味,熨帖出当前景物的曲折的情状。"②闲适诗作为单独划分的门类,表现了诗人试图寻求解脱的愿望,以及与苦难的现实世界保持距离的态度。它通过对日常生活进行艺术加工与刻画,实现对困苦的消解。白居易将闲适诗视为单独的门类,将它定义为:"又或公退独处,或卧病闲居,知足保和,吟玩性情者一百首,谓之闲适诗。"③而有的学者认为,陆游的闲适

---

① 孔凡礼、齐治平编:《陆游资料汇编》,北京:中华书局,1962 年,第 192-193 页。
② 钱锺书著:《宋诗选注》,北京:生活・读书・新知三联书店,2002 年,第 284 页。
③ (唐)白居易著,朱金城笺校:《白居易集笺校》,上海:上海古籍出版社,1988 年,第 3957 页。

诗正是从白居易处承续而来："陆游应当是深知白居易对闲适诗的定义并在创作实践中一直依循的。他的闲适诗总体上沿袭了白居易平淡朴素的风格……其抒情基调、题材范围及文化趣味，又明显有别于白居易的'唐风'，而体现为更加浑融、丰厚的'宋韵'。"①这种"宋韵"既凸显出宋诗有别于唐诗的特征，也呈现了宋诗面对唐诗"影响的焦虑"时所选择的独特路径。

陆游闲适诗有别于其他诗人的特质，在于其中蕴含的深厚的爱国主义情怀。从陆游的闲适诗中，可见强烈的不平之气，这一点在《醉中作行草数纸》中充分表现出来。陆游以"太阴鬼神挟风雨，夜半马陵飞万弩"对草书的描写为引，实际上彰显了"丈夫本意陋千古，残房何足膏碪斧；驿书驰报儿单于，直用毛锥惊杀汝"（《醉中作行草数纸》）的爱国主义思想感情。

再如《春晚坐睡忽梦泛舟饮酒乐甚既觉怅然有赋》：

> 梦泛扁舟逸兴多，画桡摇荡麹生波。微风簌簌生蒲苇，小雨霏霏湿芰荷。舞落乌纱从岁去，歌酣白纻奈情何！年来惟觉华胥乐，莫遣茶瓯战睡魔。

此诗是陆游淳熙七年（1180年）作于抚州，当时他正担任江南西路常平茶盐公事。在这个职位上，陆游十分忙碌，正如《山中作》所写："朱墨纷纷讼满庭，半年初得试山行。"他不断透支自己，为百姓做了很多实事，也难怪他会梦见泛舟游湖，而非南郑战事。这首诗展现了宋代"士人山水"诗的闲适意境，"舞落乌纱从岁去，歌酣白纻奈情何"一句，表达了诗人面对岁月流逝时既豁达又无奈的复杂情感。这种情感与陶渊明《杂诗其一》中"人生无根蒂，飘如陌上尘"②类似，既流露出对人生无常的感慨，也暗含了淡泊世俗功名的态度。而最能体现陆游理想的是"年来惟觉华胥乐"。"华胥"典出黄帝梦游华胥国之事，"其民无嗜欲，自然

---

① 肖瑞峰：《陆游闲适诗中的"宋韵"》，《中国韵文学刊》，2024年第3期，第2页。
② （晋）陶渊明著，龚斌校笺：《陶渊明集校笺》，上海：上海古籍出版社，2018年，第336页。

而已"①,正是陆游想要追求的平淡境界。诗人在现实中找不到真正的宁静,因此寄托于梦境中的理想世界。这首诗在展现庄周式"逍遥游"境界的同时,也通过自然意象和诗人超然心境的融合,体现了独特的"宋韵"。

陆游不仅有"金戈铁马"的爱国主义境界,亦有自然温情的一面,不应只将陆游简单地定义为爱国主义斗士,而应多层面地研究和了解陆游的心灵。陆游对日常休憩的描写和对归隐之意的流露,从宏观来看可以被视为古代士人"仕"与"隐"之间的矛盾。受儒家思想影响,士人有强烈的经世致用思想,但遭到打击,自然会产生归隐之意。而"诗人陆游也一度曾自诩为'山阴老道士','湖中隐君子',这当然是因为不满现实。但是,'不满'本身恰恰表明诗人执着人生,不能忘世"②。诗人是矛盾的,这种矛盾代表着整个传统社会中士人生存与理想的矛盾。但是这种矛盾并不是对抗性的,而是可以调和的。这当然也可以从侧面印证儒家与道佛思想的碰撞,进而延伸为现实苦难与浪漫想象的矛盾。忧国忧民的情怀拷问着诗人的心灵,诗人急切地寻找心灵的出口。正是这些矛盾的存在,催生出了一篇又一篇的惊世之作。

五、游仙之幻

陆游思想中以儒家为主体、道释为补充的复合结构,折射出中国传统士人"以儒为纲,三教融通"的精神底色,其矛盾与调和可视作中国思想史的一个微观样本。在陆游的思想中,儒学思想、宗经求道与国家的命运深深交织在一起。"斯道有显晦,所忧非贱贫。乾坤均一气,夷狄亦吾人。朋党消廷论,鉏耰洗战尘。清时更何事,处处是尧民。"(《斯道》)此诗反映出"陆游心目中的'道',其本质内容显然是指治国理想:国家统一,政治清平,无内忧外患,版图之内皆我人民,而且团结和睦"③。陆游的广阔胸怀油然可见,而这一点在他的纪梦诗中,便体现为强烈的爱国主义情怀与报国之志。

同时,陆游的道释思想也为他的纪梦诗增添了浪漫与虚幻的元素,使其诗歌

---

① 张文治编:《国学治要》,北京:北京理工大学出版社,2014年,第779-780页。
② 高继堂:《陆游记梦诗探析》,《宝鸡师院学报》,1987年第3期,第79页。
③ 邱明皋著:《陆游评传》,南京:南京大学出版社,2002年,第265页。

更复杂与丰富。陆游崇儒宗经,但也被道释思想浸润。他本家便有较为深远的道释传统,尤其是道家思想。陆游自己曾言:"吾家学道今四世,世配施真《三住铭》。"(《道室试笔》)且陆游自身也深受道家影响,如"五十余年读道书,老来所得定何如"(《道室书事》)、"一卷隐书为日课,数声啼鸟谢年光"(《独至遁庵避暑庵在大竹林中》)、"白头始悟颐生妙,尽在黄庭两卷中"(《道室杂咏》)等。陆游读道书最重要的目的是养生,如"丹液下注脐,黄云上通脑"(《晨读道书》)。他甚至在《跋彩选》中表示:"予今年六十有七,览此太息。然予方从事金丹,丹成,长生不死直余事耳。"①

不仅是道家,释家也影响了陆游本人,但相较于道家的影响力并没有那么深刻,而且他从社会生活的层面上对释家进行了批判:"僧庐土木涂金碧,四出征求如羽檄。富商豪吏多厚积,宜其弃金如瓦砾。贫民妻子半菽食,一饥转作沟中瘠,赋敛鞭笞县庭赤,持以与僧亦不惜。"(《僧庐》)这首诗反映出他对释家的真正看法。尽管陆游是爱国主义斗士,但受社会现实和个人因素的影响,他仍然具有逃避现实的一面。这一面也反映在陆游的梦中,并通过其纪梦诗反映出来。

陆游纪梦诗中经常出现道士的影子,如梦见道士或者和尚(《五月十四日夜梦一僧持诗编过予,有暴雨诗语颇壮,予欣然和之联巨轴,欲书未落笔,而觉追作此篇》),或在梦中游览山寺或者道观(《梦游山寺焚香煮茗甚适,既觉怅然,以诗记之》)等。而最能反映这种情感与态度的则是游仙诗,在此暂不赘述。受道释思想影响,陆游的纪梦诗很有哲学意味,如《丁巳正月二日鸡初鸣,梦至一山寺名凤山,其尤胜处曰昧轩,予为赋诗,既觉,不遗一字》。诗歌以山寺这一隐逸之所反思世事的虚幻,进而追求超然物外、心灵自由的境界:

已穷阿阁胜,更作昧轩游。不尽山河大,无根日月浮。吾身元是幻,何物彊名愁。久觅卓菴处,是间应可留。

这首诗充盈着道佛思想,具有深刻的哲学意味。以写山寺风景为引,陆游通

---

① 中华书局编:《陆游集》,北京:中华书局,1976年,第2244页。

过"不尽山河大,无根日月浮"对浩瀚自然与流动时空的描写,在展现自然之伟大和时空流转、日月变换的同时,反映出世界之广阔与人生经历的短暂、无定。之后的一句,更反映出陆游的道释意味——"吾身元是幻,何物疆名愁",直言人生本质如幻影般虚无,表达了对生命短暂、虚幻的认识。而后他质问世间名利、忧愁何以能束缚虚幻的生命,这是非常典型的道释思想。接着诗人舒展了内心,终于找到了安心之地、超然物外和忘却尘世的应许之地。道释思想纾解了陆游因忧国之心和壮志难酬所滋生的痛苦,而梦中生发的这种安慰,虽然短暂甚至略显浅薄,终究还是安抚了陆游困顿的人生。

"陆游的诗歌兼具浪漫主义与现实主义的创作方法。陆游诗歌浪漫主义创作方法的一个显著特征是'梦'意象的频繁运用。……诗人常常运用奇特的夸张和丰富的想象抒写自己的胸怀,借助梦境和醉境描述理想,飘逸奔放、境界阔大,具有李白的潇洒姿态和豪放气势。"[1]陆游的浪漫主义抒写在纪梦诗中表现得尤为明显,其中最具"李白式"浪漫主义色彩的,便是纪梦诗中的游仙诗作。游仙诗的缥缈与虚幻,在梦境中恰好得以实现,十分契合。梦境可以突破时间与空间的限制,甚至可以随意造物,构筑出游仙诗所需的奇幻世界。游仙诗的发展由来已久,至唐代发展到顶峰,涌现出李白的《梦游天姥吟留别》等十分优秀的作品,其余韵直接影响到宋代。同时,"华夏民族之文化,历数千年之演进,造极于两宋之世"[2],诗歌创作也同样达到了一个高峰。宋代独特的祠禄制度也将文人进一步推向了道家。而游仙诗发展到宋代,也形成了自己的特色:受益于宋明理学和宋诗独特的哲理化倾向,宋代的游仙诗也更加理性化。许多人创作游仙诗实际上和前人不同,其与宗教信仰关联不大,关注点逐渐向文学样式转变。

梦中的游仙诗创作可以被归为梦仙诗,"梦仙诗与传统的游仙诗相比,尽管从表面上看,其内容都是写飞天游历,但是其创作的角度不同。后者是直接进行描写……而梦游仙诗却是通过梦境来完成的……其诗歌最终的主题导向往往就有着截然相反的结局……委婉指出梦中仙境的虚妄,只是供人解颜一笑,或者驰

---

[1] 梁必彪:《陆游纪梦诗成因浅析》,《名作欣赏》,2008年第24期,第12页。
[2] 陈寅恪著:《金明馆丛稿二编》,上海:上海古籍出版社,1982年,第245页。

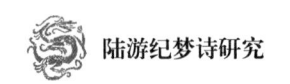

骋才气而已"①。对梦中游仙的描写也为纪梦诗赋予了精彩纷呈的浪漫主义情怀,如陆游《夜梦遇老人于松石间,若旧尝从其游者再拜叙间阔,老人亦酬接甚至云》《五月二十三夜记梦》《记梦》等。以《五月二十三夜记梦》为例:

夜漏欲尽鸡初唱,梦到神仙信非妄。泉流直舂碧涧底,松根横走苍崖上。徐行林际遇飞桥,峭壁惊涛临万丈。非惟履崄足踸踔,已觉处幽神悄怆。空岩滴乳久化石,宝盖珠璎纷物象。鬼神惨澹疑欲搏,龙虺蜿蜒谁敢傍?长眉老仙乘白云,握手授我绿玉杖。三生汝有世外缘,一念已断尘中障。虽云曩事不复忆,怜汝瞳子神犹王。何须更待熟金丹,从我归哉住昆阆。

这首诗是非常典型的梦仙诗,既承载了道教神仙思想,又反映了文人对世俗超脱的精神追求。诗人在首句表明了自己的态度——"信非妄",认为神仙不是虚妄的,而是真实存在的。随后描摹他梦境中的仙境,各种景物,松根、峭壁、钟乳石等构筑了一个神奇瑰丽的梦中仙境,十分奇幻美丽,兼具山水诗的瑰丽风格。"一念已断尘中障"明确表达了摆脱世俗执念的主题,与道教所强调的"弃世登仙"的观念一致。最后以"何须更待熟金丹,从我归哉住昆阆"表达了他对超脱世俗的向往。与同时期其他梦仙诗相比,陆游纪梦诗承袭了魏晋南北朝以来的游仙诗传统,但更倾向于道教的成仙信仰,而非单纯的文学想象。整首诗具有游仙诗的浪漫幻想,展现了诗人对现实世界的不满和对理想境界的追求。同时,叙事与抒情相结合,诗歌语言十分工整华丽,体现了陆游的浪漫主义风格。

陆游的诗歌兼具浪漫主义与现实主义风格:社会图景赋予其现实主义的一面,而道释思想与游仙传统等则赋予其奇幻瑰丽的另一面。梦境真实地反映出陆游的所思所想,实际上是通过浪漫和虚幻的笔法来展现社会现实。

---

① 卢晓辉:《宋代游仙诗研究》,南京师范大学硕士毕业论文,2004年,第26页。

六、戏谑排遣

陆游诗歌中的戏谑书写独树一格,居宋代戏谑诗创作第一,足有五百首。[①]戏谑诗忠实反映了陆游未泯的童心:他不只是高高在上、永远严肃的爱国主义斗士,更是一个拥有童心和爱的人。"宋诗学所讨论、所追求的'趣'以幽默、机智、理性、巧慧为其特点,是宋人的尚理精神、自适心态和谐谑意识在诗歌中的结晶,并成为'宋调'最突出的特征之一。"[②]在所有戏谑诗中,陆游的戏谑诗可谓独树一帜。它以戏谑的口吻对社会现象、人生百态及自身境遇进行抽象化的描写,语言生动诙谐,读来生动有趣,体现出一种笑对人生的乐观态度。陆游的戏谑诗中,乐观里隐含了他对人生与现实的深刻思考。"陆游的戏谑诗中有非常多对自己生活贫困的描写,诗人以戏谑的态度对待自己的年老与病弱……他并未被这些苦痛压倒,反倒是以诗意与诗才去化解人世苦难,化解家国困顿的悲怆"[③]。如《累日无酒亦不肉食,戏作此诗》中"小筑精庐剡曲傍,枵然蝉腹与龟肠"的自我调侃,正体现了诗人以幽默化解困顿的智慧。这种乐观精神同样体现在他的纪梦诗中,如《九月六夜梦中作笑诗,觉而忘之,明日戏追补一首》,诗人以梦为境,以诗为媒,将内心世界真实地呈现给读者,使其诗作成为情感抒发与精神追求的艺术载体。

我们以《梦有饷地黄者,味甘如蜜,戏作数语记之》为例:

> 有客饷珍草,发苶惊绝奇。正尔取嚼龁,炮制不暇施。异香透昆仑,清水生玉池。至味不可名,何止甘如饴。儿稚喜语翁,雪领生黑丝。老病失所在,便欲弃杖驰。晨鸡唤梦觉,齿颊余甘滋。寄声山中友,安用求金芝。

[①] 温优华、黄部兵:《宋代"戏谑诗"文献整理的价值与意义——评张福清〈北宋戏谑诗校注〉〈南宋戏谑诗校注〉》,《韩山师范学院学报》,2022年第1期,第56页。
[②] 周裕锴著:《宋代诗学通论》,上海:上海古籍出版社,2007年,第323页。
[③] 柳敏:《南宋理宗朝理学诗人的戏谑诗研究》,云南大学硕士毕业论文,2020年,第16页。

陆游的这首戏谑诗中就有梦的成分,如诗中写他吃下地黄后连白胡须也变成了黑色,身体一下健康起来——情节奇幻荒诞。陆游在诗中构想出这种奇幻的场景,实际上反映了他的现实焦虑。他作此诗时是庆元元年(1195年),这一年陆游已经六十六岁,身体状况已无法与年轻时相比。年事已高,但他的理想还未实现,这让他油然而生焦虑之情。这种焦虑不仅萦绕在这首诗中,诸如《枕上述梦》中"白首不侯非所恨,咿嘤床箦死堪羞"的诗句也表现出了此种情绪倾向。因而,陆游才会在梦中构想出具有"返老还童"效果的地黄,并以戏谑的口吻表达自己真实的想法。整首诗语言通俗幽默,内涵却深邃悠远。

　　从追忆到向往,不同类型的纪梦诗展现着诗人的多样风采。南宋诗人身处特殊的历史境遇,他们怀念北宋的强盛,立志报国;而周边政权的虎视眈眈,更使南宋成为一个充满矛盾与抗争的时代象征。在这一群体中,陆游的诗歌尤为独特。他追忆往昔,表达对生命的忧思,在梦中吊古怀今、忆旧怀人、回归故土,通过梦境打破时间与空间的界限,感怀人生,在梦境中彰显自我的存在。另一方面,陆游又心怀向往,他的梦境也成为其精神世界的出口;潜藏已久的收复之志与爱国热忱在梦中喷薄而出,而对归隐的向往与游仙之幻又为他的诗歌增添了浪漫色彩。正是凭借高超的文学技巧、炽热的家国情怀以及丰富的纪梦诗创作,陆游不仅成为南宋文人的典型代表,更如同一面棱镜,折射出中国文学史上纪梦诗的独特光辉。

第四章　陆游纪梦诗情感模式的艺术建构

陆游的纪梦诗在时代探究与自我观照的深度和广度上均达到了极高的水平,不仅深刻影响了其个人创作,也融入了中国传统诗歌的发展脉络。中国诗歌的两大传统——抒情与叙事,在陆游的创作中得到了进一步融合与创新。陆游既继承了古典诗歌的抒情传统,又通过纪梦诗的形式拓展了叙事的边界,推动了诗歌艺术的演进。

第一节　抒情与叙事传统概要

中国的抒情与叙事两大传统源远流长,不仅深刻塑造了诗歌的形态,还对赋、词、曲、小说等多种文体产生了深远影响。要深入理解陆游纪梦诗在抒情与叙事传统中的创新与突破,首先需要厘清中国抒情与叙事传统的发展脉络及其核心特征。只有在此基础上,才能更清晰地把握陆游纪梦诗在传统与变革之间的独特贡献。

一、抒情传统说

"诗歌不可能具有生活百科全书或时代现实的镜子的光荣,它的主要特点是作为一根敏感的感觉神经,感受世界深沉的脉动,并将之转化为诗歌的语言秩序与韵律。因此,诗歌与心灵和感觉更近,而与具体的经验稍远,更重视语言与形式的美感。"[1]诗歌较其他文学体裁,最明显的特征就是抒情性。它以丰富的意

---

[1] 王光明著:《现代汉诗的百年演变》,石家庄:河北人民出版社,2003年,第19页。

象、富有韵律的语言等构筑富有美感的艺术世界,忠实反映诗人内心的思想感情。尤其对于纪梦诗而言,诗歌用于描摹诗人梦中的意象和潜藏的情感,更具有主观性和抒情性。受诗歌这一特质的启发,有学者认为抒情性是诗歌最核心的特征,这一观点进而延伸至整个中国文学领域,成为关乎中国传统文学根基的重要议题。其中最具影响力的诗论观点是"抒情传统说",该说法最早由陈世骧先生提出,后由肖驰、高友工、张错、王得威等学者进一步阐释与发展,逐渐成为探讨中华文化文脉的核心观点之一。这一诗论观点不仅深化了对中国文学抒情特质的理解,也为重新审视中国文学传统提供了重要的理论框架。"抒情传统说"认为,抒情乃中国文学一以贯之的"道统"和特色,是中国文学有别于其他民族文学、屹立于世界民族文学之林的最本质特征,甚至可视为中国文学乃至世界文学的本质。该说法的提出具有深刻的历史背景:最早提出该说法的文章发表于1971年,当时中国迫切需要提升自己的国际地位,不仅需要从政治、经济方面谋求发展,更要从文化方面确立自身独特的价值。较之西方文学显著的叙事传统,中国文学亟须提炼出自身最为鲜明的文化特质。正是在这样的语境下,"抒情传统说"应运而生,为中国文学在世界文学格局中确立独特的文化身份,同时也为重新审视中国文学传统提供了重要的理论视角。

陈世骧先生说:"人们惊异于伟大的荷马史诗和希腊悲喜剧,惊异于它们造成希腊文学的首度全面怒放。其实有一件事同样使人惊奇,那就是,中国文学以毫不逊色的风格自纪元前十世纪左右崛起到与希腊同时成熟为止,这期间没有任何像史诗那样的东西醒目地出现在中国文坛上。不仅如此,直至二千年后,中国还是没有戏剧可言。中国文学的荣耀并不在史诗;它的光荣在别处,在抒情的传统里。"[①]这种观点的背后也暗含着对世界话语权的争夺,其影响并不局限于对文学的具体分析,"我希望在这里能逐步地讨论中国文化中的一个抒情传统是怎样在这个特定的文化中出现的,而又如何能为人普遍地接受,进而取得了绝对优势的地位,甚至影响了整个文化的发展"。但"抒情传统说"在发展过程中出现了一些片面的倾向,且其逐渐成为一个学术研究的阐释框架,遭到众多学者的批

---

① 陈世骧著:《陈世骧文存》,沈阳:辽宁教育出版社,1998年,第1-2页。

评,如龚鹏程先生。首先是内容概括得不完全,"用他的说法,我不知道要如何去解释文学史中那些祝、盟、颂、赞、诔、碑、书、册、诏、令、史传、论说、章表、记志、奏启"①。其次是尚未抛却的西方主体论视角,"陈先生虽然是从中西文学的对比中确定中国文学的特色,看起来是用以区别中西之不同,以抒情诗代表东方文学或中国文学,以史诗及戏剧代表西方文学。可是实质上却是用西方抒情诗为模型来说明中国文学"②。最后是定义的不分明,"西方抒情诗无此气类感应的哲学内涵,所以只是抒情,不是缘情,其情之内涵也全然异趣。抒情,是把自己内在的情思表达出来。感物而动之情,缘情而绮靡,却是重在说这个情乃是与物相感而生的,不是自我内在之自白与倾诉"③。这种"左倾"倾向导致的后果在学术界切实产生,甚至衍生出"抒情唯一论"。这种说法在学术界影响甚广,应予纠正。但另一方面,我们也应警惕其陷入"右倾"倾向。

中国抒情传统的历史源远流长,不论是文学作品还是文论作品都有相关论述。叙事与抒情作为文学的两大基本手段,不应厚此薄彼。回到抒情本身,"中国文学存在一条'抒情传统',其意涵是相当丰富的,实涉及文学本质论、发生论、创作主体论(即人论)、过程论(从构思到成文)以及作品论、风格论、批评论等等方面,其关键则在于文学以情志为核心和以抒情言志为创作旨归的观念"④。无论是"诗言志,歌咏言,声依永,律和声"⑤,还是"情动于中而形于言,言之不足故嗟叹之,嗟叹之不足故永歌之,永歌之不足,不知手之舞之,足之蹈之也"⑥,还是"诗缘情而绮靡"⑦,都彰显了抒情在中国文学中的重要地位。中国诗歌的抒情传

---

① 龚鹏程:《不存在的传统:论陈世骧的抒情传统》,《美育学刊》,2013年第3期,第36页。
② 龚鹏程:《不存在的传统:论陈世骧的抒情传统》,《美育学刊》,2013年第3期,第36-37页。
③ 龚鹏程:《不存在的传统:论陈世骧的抒情传统》,《美育学刊》,2013年第3期,第39页。
④ 董乃斌:《论中国文学史抒情和叙事两大传统》,《社会科学》,2010年第3期,第170页。
⑤ (清)方玉润撰,李先耕点校:《诗经原始》,北京:中华书局,1986年,第42页。
⑥ 《十三经注疏》整理委员会整理,李学勤主编:《十三经注疏 毛诗正义 上》,北京:北京大学出版社,1999年,第6页。
⑦ (晋)陆机撰,张少康集释:《文赋集释》,上海:上海古籍出版社,1984年,第71页。

统源远流长,在每一个历史时期都有自己独特的特点。在宋代诗歌议论转向中,纪梦诗书写个人经验,重新召唤了诗歌抒情传统。而对陆游纪梦诗的探究,有助于认清中国诗歌抒情传统的召唤与重建,有助于破除"抒情唯一论"等诗论"左倾"思想。陆游纪梦诗独特的抒情模式,创新了抒情方式与抒情范式,使私人情感获得了公共性的历史维度;同时在技法层面实现了情感的复调表现,为诗歌创作开辟了新的路径。

二、叙事传统论

叙事同样是中国文学发展的重要脉络之一,它不仅对小说、散文等文体的建构具有深远的意义,也对诗歌创作产生了深刻影响。在中国文学传统中,叙事与抒情并驾齐驱,共同塑造了文学的多元面貌。叙事传统通过情节的铺陈、人物的刻画以及时空的交织,为诗歌注入了丰富的故事性与历史感,使其在抒情之外,兼具叙事的深度与广度。这种叙事与抒情的交融,不仅拓展了诗歌的表现力,也为中国文学的整体发展提供了更为广阔的创作空间。

在研究工作中,不应完全否定"中国抒情传统说",而应在肯定其价值的基础上,以与之互补的叙事传统对其进行补充和完善,从而形成更为全面、立体的理论框架。"中国文学史抒情、叙事两大传统乃同时同源同根而生,而且从来就处于共存互补、相辅相成、不可分割的关系之中。"[1]如被誉为"千古五言之祖"的《古诗十九首》,一直以来被认为是纯粹的抒情产物,但仔细研读就会发现其叙事的一面。《行行重行行》这首诗抒发了游子远行的思念之苦,具有抒情的一面,但细究其文,首句"行行重行行,与君生别离"[2]乃叙事,清人张玉穀在《古诗十九首赏析》中表示:"首二,追叙初别,即为通章总提。"[3]他的论述表明,如《古诗十九首》这样普遍被界定为纯抒情的作品也有叙事的一面。可见,在中国传统文学中,叙事与抒情是一体两面、密不可分的。甚至有人认为:"抒情其实也是一种叙述,不过所叙的是感情或情绪,且主要是作者本人的感情或情绪而已……叙事和

---

[1] 董乃斌主编:《中国文学叙事传统研究》,北京:中华书局,2012年,第4-5页。
[2] 木斋著:《古诗评译》,北京:京华出版社,1999年,第191页。
[3] 木斋著:《古诗评译》,北京:京华出版社,1999年,第193页。

抒情的根本界限在于叙述的客观性和主观性,所述内容属于作者主观感受、主观想法、主观情绪或意识者,是抒情(从这个意义说,诗中议论虽系说理,其本质却与抒情无异);所述内容为作者身心之外的客观事物、事态、事情、事象、事件或故事者,则为叙事。"[1]这一说法,具有理论创新的意义。

中国的叙事传统最早可以追溯到西周时期,在语言学中,"叙事"一词在中国传统语言流变的层面与"序事"相通,而最早记载该词的是《周礼》,见《周礼·春官》:"掌四时祭祀之序事与其礼。"[2]这里的"序事"主要指按照一定的顺序完成所需的某种礼仪。这样的思路也延伸到文学意味的"叙事"层面:"一是文学作品本身行使'事'的功能,即以言行事……二是以文学作品为载体来记录事件、讲述故事,现实事件是文学作品写作的起因,由现实事件变形或改造而来的故事是文学作品的内容。"[3]这是"叙事"一词逐渐延伸、隐喻和转喻生发的含义。而在中国传统文学中,叙事作品主要以史书、散文等文体为主,先秦诸子散文被视为叙事文学的最初源头。诗歌中也有叙事的因素,班固的"感于哀乐,缘事而发"[4]是对汉乐府的总结;杜甫有"诗史"之传统,还有以"歌诗合为事而作"[5]为宗旨的新乐府运动等,这些都体现出叙事在诗歌中的广泛运用。

而在诗歌领域,突出运用"叙事"方式的是叙事诗。叙事诗以诗歌的语言叙事,最为著名的两首叙事诗即"乐府双璧":《孔雀东南飞》和《木兰诗》。这两首诗通过叙事表达了作者的思想和感情。且从魏晋南北朝开始,抒情与叙事结合得更加紧密,同时逐渐淡化了"事"的存在——独特的社会环境与文人的心态使"文人写作选择隐去具体事件和生存事实而将重点放在个人情志的抒写上。这一做法推动了叙事传统在诗歌中表现形式的转化,即诗歌叙事从实录性的记事

---

[1] 董乃斌:《古诗十九首与中国文学的抒叙传统》,《北京大学学报》,2014年第5期,第54页。

[2] 程元敏整理:《王安石全集 周礼新义》,上海:复旦大学出版社,2016年,第303页。

[3] 陈娟:《中国文学中"叙事传统"的流变》,《贵州大学学报》(艺术版),2022年第6期,第28页。

[4] (汉)班固编撰,顾实讲疏:《汉书艺文志讲疏》,上海:上海古籍出版社,1987年,第192页。

[5] 陈伯海主编,查清华等编撰:《唐诗学文献集萃》,上海:上海古籍出版社,2016年,第110页。

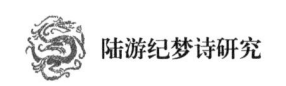

发展为以叙事为手段来表情达意,叙事成为诗歌的重要写作手法"①。可见在中国文学中,抒情与叙事同等重要。

陆游纪梦诗对叙事传统的继承与创新,突破了传统诗歌"抒情为主、叙事为辅"的文体格局,在历史危机与士人精神碰撞的南宋,构建出新的叙事范式。陆游纪梦诗通过微观叙事与宏大叙事的交融、诗体形式的突破、历史真实的艺术转化,不仅确证了古典诗歌的叙事传统,更尝试运用新的叙事技法,在叙事视角、叙事功能与叙事伦理等方面实现了诗学的延伸。在历史真实与艺术想象的张力中,陆游纪梦诗中的叙事始终保持着灼热的现实关怀,这种精神品格是其抒情与叙事传统的确证与延伸,超越了文学史范畴,成为中华文化记忆建构的重要组成部分。

第二节 抒情传统的召唤与重建

"诗缘情而绮靡,赋体物而浏亮"②,从"诗言志"③的传统开始,抒情变成了中国诗歌的一个重要传统。但随着时代发展、朝廷更替,五代十国丧失了唐以来的气概,抒情传统也逐渐衰落。而陆游的纪梦诗承继了唐宋诗歌抒情传统的璀璨成果,实现了对抒情传统的召唤和重建。

一、抒情传统的衰落

所有的梦都是欲望满足的投射,反映的是内心深处的理想和愿望。陆游的纪梦诗在借助诗歌的表达形式之外,还获得了"梦"这一独特场景的助力:它不仅是陆游个人情感抒发的载体,也承载着其家国情怀和未竟之志。陆游以梦境作为媒介,将个人命运与国家兴衰联系在一起,实现了现实与理想、个人与时代的

---

① 陈娟:《中国文学中"叙事传统"的流变》,《贵州大学学报》(艺术版),2022 年第 6 期,第 29 页。
② (晋)陆机撰,张少康集释:《文赋集释》,上海:上海古籍出版社,1984 年,第 71 页。
③ (清)方玉润撰,李先耕点校:《诗经原始》,北京:中华书局,1986 年,第 42 页。

融合。纪梦诗既展现了梦对陆游内心创伤的弥补,也体现了其对现实困境的补偿,同时深刻地表达了诗人内心的焦虑与渴望。这种创作实践不仅实现了对抒情传统的召唤与重建,还通过梦中世界的重叠、意象的重组等手法,拓展了传统诗学的边界。陆游将个人梦境升华为民族集体潜意识的载体,使其纪梦诗超越了时间与空间的限制,展现出深远的文化意义与强劲的艺术力量。

唐代诗歌达到了中国诗歌史上的一个高峰,其抒情模式、写作手法、思想感情均臻于巅峰。但唐诗的浪漫并非一成不变:"当那'八个醉的和一个醒的'诗人随着繁荣时代的结束走进了历史,当月宫碎影中的'霓裳羽衣舞'被渔阳鼙鼓和胡儿喧哗惊破,唐诗也渐渐变得沉思和深刻。心中有戒惧和紧张,眼中有混乱和危机,满天下家事国事的无奈和焦灼,便让中晚唐甚至五代宋朝的诗人越来越多了些思想反省和知识沉淀"[①]。诗歌中展现时代影响下的人生,将自我抒情与国家命运相联结,这为陆游纪梦诗新的抒情范式提供了历史条件,使诗歌中的私人抒情逐渐拓展,并升华为具有历史厚度的集体记忆。虽言"文章憎命达"[②],但唐之后的五代十国因社会环境动荡,诗人将最重要的精力转向生存,现实压力大于文学需求。文化中心的衰落和交往的阻碍等,都使五代十国的诗歌处于衰落时期。这种衰落最明显体现在诗歌创作的数量上:清人所编《全唐诗》合计900卷,而《全五代诗》仅100卷。且诗歌创作质量下降,陆游评价道:"气格卑陋,千人一律。"[③]五代十国的诗歌在抒情方面,受当时社会影响,思想情感比较消极;在叙事方面,对黑暗的社会现实的反映使诗歌沾染了现实主义色彩。同时,"反映官僚士大夫闲适生活以及豪华奢靡的宫廷生活的作品为数也不少,主要体现在一些帝王、宫嫔以及帮闲文人的作品中……宗教色彩较为浓厚,宗教文化与诗歌创作融为一体,从而形成了这一时期诗歌创作的又一个特点"[④]。总体来说,五代十国的诗歌风格较为卑陋,失去了唐以来丰富多彩的抒情模式和范式,诗歌创作处于

---

① 葛兆光著:《唐诗选注》,北京:人民文学出版社,2007年,第6页。
② (唐)杜甫著,聂石樵、邓魁英选注:《杜甫选集》,上海:上海古籍出版社,1983年,第149页。
③ (宋)陈振孙撰,徐小蛮、顾美华点校:《直斋书录解题》,上海:上海古籍出版社,2023年,第614页。
④ 赵水静:《五代十国文化研究》,陕西师范大学博士毕业论文,2019年,第110页。

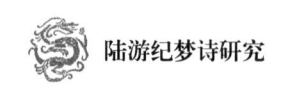

低谷状态。到了宋朝,宋人在吸收前人经验的基础上,致力于创造新的抒情模式,开辟新的抒情路径,形成了独具特色的"宋韵"。陆游纪梦诗更是通过发掘诗人梦境中的情感,在书写个人经验和情感的同时,与国家、时代连接,重新召唤了诗歌抒情传统,实现了抒情传统的重建。

二、抒情传统的复归

"诗以言志"①,诗歌在抒情方面要求表现诗人自身的思想与意趣,但思想往往潜藏在人的潜意识中,在睡梦中毫无遮拦,尽情展现所思所想,成为记忆的表象。纪梦诗的创作正是对这些记忆表象进行艺术加工,使之成为文学作品。在最初的阶段,纪梦诗便已具备抒情特质。五代十国时期,诗歌创作一度陷入低谷,而随之兴起的宋代文人又将诗歌推向新的高度。陆游的纪梦诗以梦境为媒介重构抒情传统,突破传统诗歌"感物言志"或"即事抒怀"的单一模式,通过对抒情模式的召唤与重建完成了对传统抒情的创造性转化和创新性发展,丰富了抒情传统的美学内涵,实现了从个体到时代的跨越。

(一)纪梦的内涵增值:抒情模式的重建与丰富

梦中的内容实际上来自现实世界的组合与转变,是"注意力所集中的、事实上是最重要的、最合理的核心经验"②,来自现实世界中人的欲望和渴求。这种渴望往往源于人与人之间的情感联结,体现为一种思念的抒情模式。这种抒情模式在中国文学中影响深远,以其为基础创作的作品数量庞大、题材广泛。从《诗经》"窈窕淑女,寤寐求之。求之不得,寤寐思服"(《关雎》)③,到《楚辞》"曾不知路之曲直兮,南指月与列星。愿径逝而未得兮,魂识路之营营"(《抽思》)④,再到汉乐府"青青河畔草,绵绵思远道。远道不可思,宿昔梦见之。梦见在我傍,忽觉在他乡"(《饮马长城窟行》)⑤,再到唐宋诗歌"海上生明月,天涯共此时。情人怨

---

① 逯钦立辑校:《先秦汉魏晋南北朝诗》,北京:中华书局,1983年,第722页。
② (奥)弗洛伊德著,丹宁译:《梦的解析 揭开人类心灵的奥秘》,北京:国际文化出版公司,1998年,第77页。
③ 周振甫译注:《诗经译注》,北京:中华书局,2002年,第2页。
④ 胡念贻编著:《楚辞选注及考证》,长沙:岳麓书社,1984年,第172页。
⑤ 田秉锷编著:《历代名家诗品》,上海:生活·读书·新知三联书店,2022年,第22页。

遥夜，竟夕起相思"(《望月怀远》)①，这种抒情模式在中国文学作品中占据了极为重要的地位，亦可看出历代诗人对这一模式的广泛接受与积极发扬。离别之哀与思念之痛是人类永恒的主题，这种情绪也会以梦境为媒介，体现在文学创作中。如孔子所言"甚矣吾衰也，久矣吾不复梦见周公"②，虽然孔子意在表达对周公的敬仰，但从中也可见思念模式在纪梦题材中的运用。而在梦中怀人方面，欧阳修在《述梦赋》中提出了自己的见解："行求兮不可遇，坐思兮不可处。可见惟梦兮，奈寐少而寤多；或十寐而一见兮，又若有而若无；乍若去而若来，忽若亲而若疏。杳兮倏兮，犹胜于不见兮，愿此梦之须臾。"③他的文字充分表达了诗人梦中怀人的感受——既甜蜜又酸涩。在现实世界的行坐之间，如果所思念之人不在身边，无论如何也无法相见，只有在梦中才有机会与其言语，这是甜蜜的。但梦中世界终究不受人力掌控，梦中也未必能得偿所愿，这又是酸涩的。甜蜜与酸涩的情感交织，催促着诗人兴发感动，创作出一篇又一篇作品。陆游的纪梦诗在承继前人纪梦诗创作的抒情模式后，也基于自身的细腻感受创造出新的抒情模式。他的思念抒情模式，大致可分为怀亲友、慕爱人、思往境三大类，进一步丰富了这一抒情模式的内涵，使其在文学史上焕发出新的生命力。

这种思念的抒情模式在陆游之前已历经广泛实践与积累，借助梦的独特性，相思可跨越时间与空间的阻隔，梦境成为连接现实与理想、过去与未来的桥梁。如白居易《梦旧》："平生忆念消磨尽，昨夜因何入梦来。"④岑参《春梦》："枕上片时春梦中，行尽江南数千里。"⑤江淹《思归》："积恨颜将老，相思心欲燃。几回明月夜，飞梦到郎边。"⑥陆游也对这一抒情传统进行了召唤和重建，创作了众多抒发思念之情的纪梦诗。他通过梦境的虚幻性与超越性，将这一模式推向新的高度，从而赋予这一传统模式以新的艺术生命力与文化内涵。"归校药方缘底事，

---

① 周召安、李光昭著：《新编千家诗评注》，杭州：浙江古籍出版社，2023年，第45页。
② (梁)皇侃撰，高尚矩校点：《论语义疏》，北京：中华书局，2013年，第155页。
③ 陈新、杜维沫选注：《欧阳修集》，上海：上海古籍出版社，2016年，第267页。
④ (唐)白居易著，朱金城笺校：《白居易集笺校》，上海：上海古籍出版社，1988年，第919页。
⑤ (唐)岑参撰，廖立笺注：《岑嘉州诗笺注》，北京：中华书局，2004年，第766页。
⑥ (清)王尧衢编著：《古唐诗合解 上》，长沙：岳麓书社，2020年，第104页。

知君死抱济时心"(《余往与宇文叔介同客山南,今年叔介客死临安,十月十一日夜,忽梦相从取架上书,共读如平生,读未竟忽辞去,留之不可,曰欲归校药方,既觉泫然不能已,因赋此诗》)描绘了陆游对自己已逝好友宇文叔介的思念,以及对共志之士逝去的哀叹;"夜梦集山寺,二三佳友生。相顾惨不乐,若有千里行"(《夜梦与宇文子友谭德称会山寺,若饯予行者,明日黎明得子友书,感叹久之,乃作此诗》)则是对夜梦好友的感慨——好友思念着他,他也同样思念着亲友;"死生契阔十年馀,欲话交情涕已濡。梦里偶同清夜宴,醉中犹揽故人须"(《梦与刘韶美夜饮乐甚》)中,诗人在梦中不期然见到已逝好友刘韶美,与他共饮,十分快乐,言辞恳切动人。梦境作为触动作者心弦的契机,展现了陆游与友人之间弥足珍贵的友情。

其次是慕爱人的抒情模式。在潘安之前,该抒情模式主要局限于思妇对游子的相思——两人虽处同一世界,却不能相见。潘安为这种抒情模式开辟了新路径,即悼念亡妻的哀悼诗。陆游承继了这一路径,他将自己的情感灌注进去;而在现实世界中,他书写的对象——爱妻唐婉已早逝,因此他纪梦诗的主要抒情模式是哀悼。悼亡诗主要描写诗人对亡妻的思念,自萧统编著的《文选》将潘岳悼念妻子的诗定义为悼亡诗后,悼亡诗便成了悼念亡妻的专属类型。"有些人(也许是大多数人)直到通过某人的死,体验到友谊、奉献、忠诚的可贵之后,才懂得什么是深挚的爱。"[1]对宋代诗人来说,接受并不断发展该抒情模式也有历史原因:两宋时期积贫积弱,整个社会的政治经济状况,包括文人心态都无法与唐朝相比。这反映在诗歌创作中,并非如唐诗中经常出现的开阔雄浑的山水之境,宋诗反而更加"内敛",更加关注文人内心的情感体悟,表现出善于言情的特点。"另一方面,宋代文人在国势渐弱的环境影响下所形成的内敛、幽微的心态,与悼亡诗哀婉深沉的格调及其苦痛悲郁的情思又是相契合的,这也使得宋代文人在有了丧偶经历之后,更自然地进行悼亡诗创作。"[2]对陆游来说,其独特经历也为这种抒情模式增添了新内涵:陆游的亡妻唐婉与他并非因生死相隔,而是由于现实的巨大阻力——陆游母亲的介入而分离,因此这份思念与叹惋更具悲剧性。

---

[1] (美)罗洛梅著,冯川译:《爱与意志》,北京:国际文化出版公司,1987年,第104页。
[2] 张迎双:《宋代哀悼诗研究》,南京师范大学硕士毕业论文,2013年,第8页。

同时,作为二人感情重要见证者的沈园,也成为陆游悼念唐婉的纪梦诗的主要书写内容,如《十二月二日夜梦游沈氏园亭二首》:"城南小陌又逢春,只见梅花不见人。玉骨久成泉下土,墨痕犹锁壁间尘。"这首诗通过梦游沈园触发对唐婉的思念,体现了陆游纪梦诗对传统抒情模式的复归与重建。

最后是思往境的抒情模式。陆游在承续前人诗歌抒情模式的基础上,又融入了自身独特的人生体验。在该抒情模式的脉络中,故乡往往成为过往的象征,大多是游子将对故乡的思念书写成诗。"我国古代诗人,在文人角色之外,还具有士大夫这一社会身份,心怀求取功名之念。或出塞从军,或求学赶考,或漫游交往,这些都使得他们不可避免地漂泊离家。"①诗人也将这些思念化为诗篇,渴望与故乡重逢。思乡诗的历史十分悠久,从《诗经》开始就有相关论述,到陆游生活的时代,成果更为丰硕。与其他思乡诗相比,陆诗最显著的区别在于对"梦"的运用——其思乡的情感缘梦而生、借梦而发,在诗中展现出真正的自我,表露出哀婉缠绵的乡愁。如"陂水白茫茫,草烟湿霏霏。牧童一声笛,落日无馀晖"(《初秋梦故山觉而有作四首其一》)的乡村景象;"我仆城中还,担头有悬鸡。小儿劝我饮,村酒拆赤泥"(《初秋梦故山觉而有作四首其二》)的乡居生活等,都反映出陆游在该抒情模式的书写中,善于运用多种修辞方式和艺术手法,通过比喻、虚实结合等增强语言的陌生感,使作品文学表现力更强。他的诗语言含蓄蕴藉、清新自然,通过对家乡丰富物产、乡居生活的描写,表现安土重迁的文人心态与对漂泊的厌倦。在故乡书写方面,他继承了自《诗经》以来农事书写等抒情内涵,又有所创新:在农事书写上,从参与者视角转为文人式的旁观,如从"九月筑场圃,十月纳禾稼。黍稷重穋,禾麻菽麦"(《七月》)②到"茆屋三四间,充栋贮经史。四傍设几案,坐倦时徙倚"(《冬夜读书》);在情感表达上,受独特的"宋韵"影响,较之其他朝代,尤其是热烈奔放的唐朝,陆游的情感更加含蓄内敛;在意象选择上,陆游纪梦诗视域下的故乡,往往具有具体可感的样貌,而非抽象模糊的形象。陆游往往借描摹故乡图景或自身生活寄托思乡之情,而非仅直白表达内心情感。"思乡诗继承了前人思乡诗中对农事书写、生命意识的体现以及对建功

---

① 陈向春著:《中国古典诗歌主题研究》,北京:高等教育出版社,2008年,第84页。
② 周振甫译注:《诗经译注》,北京:中华书局,2002年,第216页。

立业的渴望……在情感表达上,陆游的思乡诗也显得深沉含蓄,不似前人那样热烈奔放。前人的思乡诗中,多集中于故土之思、父母之思和男女之思,陆游则将家乡的奇美湖山、富饶物产,以及身处家乡时轻松惬意的生活都囊括在内,思念对象更加多元具体。如此种种,皆可见陆游思乡诗对前人的继承和创新。"①

除了故乡之思,在此抒情模式之下,受客观现实和陆游人生经历的影响,陆游也表达了对故境,如蜀州、南郑等地的思念,诗人的双脚在梦中也理所应当地踏上了故地,并将这份情思挥毫于笔端。在诗作中,陆游不仅局限于个人之思,而是化我为万物,将简单的个人之思升华为对国家的忧虑。宋代疲弱的局势虽然造就了当时文人心态的内转,却也促使陆游这样的诗人在诗歌中融入爱国之情,这既是陆游"大其心"的表现,也是他在抒情模式上对前人的超越。南郑是南宋对抗外敌的前线,也是陆游一生中最接近战场的地方,这个地方烙印着他对国家的爱。陆游在梦中行于南郑路途时曾写道:"对花把酒学酝藉,空辱诸公诵诗句。即今衰病卧在床,振臂犹思备征戍。"(《十月二十六日夜梦行南郑道中,既觉恍然揽,笔作此诗,时且五鼓矣》)蜀州也是陆游人生中最重要的地方之一,他在这里任职时间很长,蜀州的一草一木都给他留下了深刻的印象。梦回蜀州时,他曾写道:"紫氍毹暖帐中醉,红叱拨骄花外嘶。孤梦凄凉身万里,令人憎杀五更鸡。"(《梦至成都怅然有作二首·其一》)陆游并未将思念之情局限于故乡这一单一范畴,而是将其扩展到了所有对他具有重要意义的空间与地域。通过梦境,陆游将这些地理空间转化为情感载体,赋予了它们深厚的文化与情感内涵。

同时另一方面,"相思梦模式用之于诗歌创作,除上面谈到的这些用梦意象正面地、直接地表达相思之情外,有时还间接地、侧面地,乃至反面地加以运用,于是就形成了诸如惊梦、疑梦、怨梦、盼梦、寻梦、惜梦、难成梦、不成梦等一系列言梦套路,为相思梦模式增添了许多有用的花样"②。梦是愿望的完满与达成。对诗人来说,梦本该是弥补遗憾的方式,但梦具有虚幻的艺术感,很多诗人反其道而行之,为纪梦诗的抒情模式增添了新的美学意蕴。

人的欲望是无穷无尽的,清人钱德苍在其诗《解人颐》中写道:"作了皇帝求

---

① 俞雯涵:《陆游思乡诗研究》,福建师范大学硕士毕业论文,2022年,第73页。
② 李善奎:《古代言梦诗的抒情模式》,《济宁师专学报》,2000年第1期,第15页。

仙术,更想登天跨鹤飞。若要世人心里足,除是南柯一梦西。"①人想要达成的心愿和需弥补的事情,不仅限于相思与相见,甚至想要在梦中实现人生的"理想"。这类梦可以被归为《周礼·春官》所载的"喜梦",实则是诗人在清醒后将欲望的满足抒发在诗作中:一方面可以展露诗人的所思所想,清晰地表达什么才是他真正满足的;另一方面,已经满足的梦境与尚未满足的现实相对比,衬托出的凄凉更牵动诗人的情绪。"就创作说,是反映生活的。生活中有不少欠缺的东西,从反映生活说,这些在生活中欠缺的东西,在作品中就成为缺憾。有了'选梦',把醒时缺少的东西,可以在梦中如愿以偿,借选梦来得到补偿。好比生活中欠缺的东西,可以在作品中得到补偿,这是'笔补造化天无功'的又一种补偿了。"②这种理想实现的方式,也可以被视为纪梦诗所构筑的独特抒情模式。情感必有寄托之处,描写理想的实现,除梦境外似乎并无其他媒介可用。陆游洞察到了这一点,并将其用于诗歌创作中。在陆游之前,已有其他诗人运用这一抒情模式,借梦一逞情思,如梅尧臣的《梦登河汉》:"上天非汝知,何苦诘其常,岂惜尽告汝,于汝恐不祥,至于人间疑,汝敢问于王。"③他以梦登河汉及与神官的对话,反映当时的政治高压,表达自身的思想感情。

　　陆游在此基础上又有所发展:梦境不再是理想的单纯承载体,而是切实地参与到诗歌和诗人思想情感的建构中,如《五月十一日夜且半,梦从大驾亲征,尽复汉唐故地,见城邑人物繁丽,云西凉府也喜甚,马上作长句,未终篇而觉,乃足成之》。这首诗描摹梦中国家之强盛,以旧土的收复展现自身的爱国主义情怀。在这首诗中,梦不是单纯的承载者,它实际上成为参与者,也可能作为"白日梦"而存在,是陆游在现实中目睹国家与人民危亡时"上马击狂胡,下马草军书"(《观大散关图有感》)的心理代偿。陆游还经常在纪梦诗中融合现实与虚幻,通过梦境与现实的结合明确表达诗人赤诚的爱国之心。陆游的纪梦诗往往在末句或末两句之前描述梦中情感,在诗的最后却以叹息、鸡鸣等作为结尾,如"高谈方纵惊

---

① 刘洪仁主编:《海外藏中国珍稀书系》卷8,北京:中国戏剧出版社,2000年,第5857页。
② 周振甫、冀勤编著:《钱钟书〈谈艺录〉》读本,成都:巴蜀书社,2019年,第87页。
③ 王宁总主编,夏敬观、许佩莉、谢琰校注:《梅尧臣诗》,北京:商务印书馆,2022年,第77页。

四座,不觉邻鸡呼梦破"(《记戊午十一月二十四夜梦》)、"觉来空雨泣,壮志已蹉跎"(《二月一日夜梦》)。陆游要打破这种虚幻,回归现实,这反映出他从不沉溺于虚假的幻想,不沉溺于"予生忧患之中,处落魄之境,自幼至长,自长至老,总无一刻舒眉,惟于制曲填词之顷……我欲做官,则顷刻之间便臻荣贵;我欲致仕,则转盼之际又入山林;我欲作人间才子,即为杜甫、李白之后身"[1],而是以这类幻想作为安慰,稍作休憩后又回到现实,继续努力。

除此之外,陆游纪梦诗对抒情模式的贡献,还表现在将时代赋予的爱国之情和收复之愿融入抒情中,从个人情感模式扩展到对整个时代、整个民族的忧虑,他的情与爱都是博大的。这种博大的爱使得他十分关注时代走向和国家富强,始终忧心忡忡。他遗憾于自己年老衰颓的身躯,痛惜于爱国志士的稀少,于是梦中涌现出一大批具有治世才能的神人义士。有学者认为,这些脸谱化的人物实际上代表着陆游的"人格面具",彰显着他对国家最深沉的爱。这种抒情模式也影响了后世:陆游"凉州女儿满高楼,梳头已学京城样"(《五月十一日夜且半,梦从大驾亲征,尽复汉唐故地,见城邑人物繁丽,云西凉府也,喜甚,马上作长句,未终篇而觉,乃足成之》)作于淳熙七年(1180年);而淳熙十五年(1188年),辛弃疾在《破阵子·为陈同甫赋壮词以寄之》中以"醉里挑灯看剑,梦回吹角连营。八百里分麾下炙,五十弦翻塞外声,沙场秋点兵"[2]承接了这一抒情模式。

最后是整个中国诗歌发展史上极为特殊的一种情感:即由日常经验抽象而成的哲理引发的情思,在哲学层面涉及对宇宙、人生、道德等深层次问题的探讨,进而催发个体内心的感受与共鸣。这既包含对人生哲理的深刻思考,也蕴含丰富的情感体验。在此抒情模式下的作品,既体现了作品和诗人思想的深度与广度,也激发了读者对生命、历史、文化的深刻反思与感悟。梦虽然能够实现诗人内心的欲望,但这种实现太过短暂和虚幻,无法具象化为现实世界的真实。如南柯一梦,梦中的繁华美丽终究只是大梦一场,不过"生感南柯之浮虚,悟人世之倏忽"[3]而已。而梦中的虚幻性,也使诗人不自觉地将其与人生相联系,发出"世事

---

[1] (清)李渔著:《李渔全集 第3卷 闲情偶寄》,杭州:浙江古籍出版社,1991年,第40页。
[2] 辛弃疾著,徐议明编:《辛弃疾全集》,武汉:湖北人民出版社,2007年,第112页。
[3] 鲁迅校录:《唐宋传奇集》,西安:三秦出版社,2019年,第81页。

第四章　陆游纪梦诗情感模式的艺术建构

一场大梦,人生几度秋凉"(《西江月·黄州中秋》)①的慨叹。

这种哲理性的思考,自《庄子·齐物论》"庄周梦蝶"就已然开始,梦与人生的模糊界限从"不知周之梦为胡蝶与,胡蝶之梦为周与"②表现出来,更遑论"南柯梦""黄粱梦"了。这种富有哲理的梦境也被用于抒情表达,如李商隐的《锦瑟》:"庄生晓梦迷蝴蝶,望帝春心托杜鹃。"③此句以哲理性典故表达了自己的情感,也显现出他对人生如梦的哲学思考。因此,该抒情模式不论从哲理层面还是从抒情层面,都有着深厚的历史基础。陆游的纪梦诗从哲理角度展现了他对人生、历史、道佛思想的思考,也体现了他在思考过程中对诗人内心的审视。这种体验与思考相结合,自然形成了独具特色的"哲理情思"。

这种抒情模式反映在陆游的纪梦诗中,首先体现为他对历史的思考。历史是塑造一个人精神底蕴的重要基石,诗人面对历史遗迹时自然会兴发感动,由此产生了一篇又一篇传世的吊古伤今的佳作。诗人在怀古的过程中往往会触及一些哲学性的问题,如历史的循环性、人生的无常、道德的传承等,其中还蕴含着对这种哲理和逝去时光的怀念与追忆之情。如《台城》:"无情最是台城柳,依旧烟笼十里堤。"④《苏台览古》:"只今惟有西江月,曾照吴王宫里人。"⑤看到历史遗迹后,诗人不禁生发出哲理之思,或感慨于古之事物,或沉吟于今之思绪,都体现出该抒情模式有别于其他模式的特点。这类模式在中国文学中早有实践,已经成为传统,成为中国文学的艺术基因。"在很大一部分的怀古诗中,变动的人文要素在恒常的自然要素的衬托下,更显人生短暂、世事无常,变与常的张力使得客体空间充满'物是人非事事休'的悲凉气象……当然,需要指出的是,部分诗作中自然要素只作为空间的普通构成要素,没有贯穿古今两个空间。"⑥同时,有学者

---

① (宋)苏轼著,汪超导读,汪超注译:《苏轼集》,长沙:岳麓书社,2019年,第159页。
② 阮毓崧撰,刘韶军点校:《庄子集注 上》,上海:上海古籍出版社,2018年,第83页。
③ 刘学锴、余恕诚著:《李商隐诗歌集解》,北京:中华书局,1988年,第1420页。
④ (唐)韦庄著,向迪琮校订:《韦庄集》,北京:人民文学出版社,1958年,第53页。
⑤ 钱志熙、刘青海撰:《李白诗选》,北京:商务印书馆,2016年,第217页。
⑥ 陶柳:《唐怀古诗"时空感"来由:古、今双重空间的建构》,《忻州师范学院学报》,2022年第6期,第32页。

认为"怀古必切时地"①。对怀古诗来说,时间与空间的影响因素占比重大,而陆游的纪梦诗善用梦之优势,以梦为媒介突破历史的时空限制,将古今融为一体,其抒情更具哲理性,这是陆游纪梦诗在继承前人基础上的突破。陆游的爱国主义情怀促使他从各处寻找答案,以解决宋代积贫积弱的社会问题,其中一条路径便是向历史求索:"怀古者,见古迹,思古人,其事无他,兴亡贤愚而已。"②所谓"眼见古人,实思今人",正是这种倾向的体现。在陆游纪梦诗《梦宴客大楼上命笔作诗既觉续成之》中就能发现陆游的这种倾向。陆游诗中描述欢乐之景——"梅蕊香清篸宝髻,熊蹯味美按新醅",而后笔锋一转,将视线从眼前的欢愉拉回到对历史的沉思:"眼边历历兴亡事,欲赋章华恐过哀。"诗人目睹眼前的繁华景象,心中却浮现历史的兴亡更替,于是便产生了深沉的沧桑感。诗人想要以诗赋纪念,却担心自己的笔触过于哀伤,但细细看来,诗句虽然哀痛历史之事,但确实展现了诗人对现实繁华不再的喟叹,暗含居安思危之感。

对历史的感怀也可进一步转向对人生的感怀,从"天地玄黄,宇宙洪荒"③的阔大之感逐渐聚焦于个人人生,并抒发独属于自己的个人情怀。但又不仅局限于此:在以个人情感体验为中心时,将个人经验升华为普遍的生命感悟,使读者通过阅读与作者产生共鸣,并由此领悟人生百味。这一模式也是一种非常典型的抒情模式,无数人据此记录生命的浮沉与思索,展现对哲理的探讨和情感的表达。如《定风波》中"一蓑烟雨任平生"④"也无风雨也无晴"⑤,在进行不畏逆境的情感表达时,也探讨了人如何在世界上更好地生活、在遇到挫折时应如何自处等问题。这些问题深刻影响了后世文人,这种超然心态也成为后世文人无比向往的精神境界。感怀诗不只感慨、悲叹,更在于思考人生的终极意义。它承接了诗人内心最深处的情绪,由事物牵动,并在诗歌中表现出来。陆游的纪梦诗在叙事中,事与物也牵动着诗人的情绪,如《记戊午十一月二十四夜梦》:诗人在梦中

---

① (清)沈德潜著:《说诗晬语》,北京:人民文学出版社,1979 年,第 244 页。
② 游光中、黄代燮编著:《中外诗学大辞典》,成都:四川辞书出版社,2020 年,第 80 页。
③ 寿大本著:《〈千字文〉今注》,北京:中国书店,2020 年,第 1 页。
④ 王水照校注:《苏轼选集》,上海:上海古籍出版社,2014 年,第 284 页。
⑤ 王水照校注:《苏轼选集》,上海:上海古籍出版社,2014 年,第 284 页。

会见宾客,因自身俊朗的仪表被错认作神仙,这让陆游十分高兴;然而鸡叫梦觉之后,他伤心地发现这只是个梦,由此感怀人生:"人生自欺多类此,抚枕长谣识吾过。"在人生的历程中,人们经常会陷入如梦境一般虚妄的自我满足,正如陆游此次梦境中,陷入自我编织的谎言或幻象,不愿正视现实与自身的缺点。梦本是欲望的满足,陆游却能从这样的欲望中挣脱出来,思考欲望背后的人生哲理,其思想深度可见一斑。

而在这种抒情模式中,与哲理思想结合最紧密的,当属以玄言诗、玄理诗等为代表的道释思想在文学中的体现。"老庄哲学恰恰是持有一种直觉以体验'众妙之门'的最高存在——'道',在'体道'的心理上,老庄崇尚'心斋''玄览'与'坐忘'的体验性……禅宗在信仰的皈依上则更是讲唱禅境的体悟。……禅宗所崇尚的是'唯向心内领悟'的内在超越。"[1]而受此影响的文学,也相应地蕴含着哲理的思想要素。但从另一方面来说,诗歌皆"缘情而绮靡",因此其中反映的是作者的抒情意向。在这种抒情模式下,占据较大篇幅的是魏晋至唐盛行的玄言诗和玄理诗,它们更接近于哲学论述在诗歌领域的呈现,总是试图表现一种超然的哲理情思,依照"诗以言志,先民是经"[2]进行吟咏。但同时"讲理所需的严密性和诗歌表达的情感性是有矛盾的……以玄言作诗因可寄托意愿与情绪而成为寻常,铸成诗句来以情融理,以理化情则可谓是一种尝试,即彼此使用同类的语言却可以有着不同的指向。"[3]而到了陆游的纪梦诗中,相较于玄言诗和玄理诗的哲学化意味,受道释思想影响的陆游的诗歌更具抒情意味。诗人在探讨自我和世界的关系时,生发出"不尽山河大,无根日月浮。吾身元是幻,何物彊名愁"(《丁巳正月二日鸡初鸣,梦至一山寺,名凤山,其尤胜处曰昧轩,予为赋诗,既觉,不遗一字》)的思想。但归根结底,他的主要目标还是倾吐现实世界中的抑郁之气,寻找一个适宜的精神出口。

陆游纪梦诗在继承前人抒情模式的同时,又根据自身的创作实践进行了创

---

[1] 杨乃乔:《从中国古代文学批评到中国古代文学理论——兼谈哲学是文学理论研究的功底》,《河北师范大学学报》(哲学社会科学版),2020年第4期,第83页。
[2] 逯钦立辑校:《先秦汉魏晋南北朝诗》,北京:中华书局,1983年,第722页。
[3] 严耀中:《论中古时期的玄理诗》,《传统中国研究集刊》,2021年第1期,第3页。

新。又由于梦本身具有虚幻性等特征,纪梦诗的抒情模式更具梦幻性、超越性、跳跃性。同时,由于陆游的个人特征,他的抒情模式不仅局限于个人情感,更有强烈的家国情怀。他的抒情实践突破了传统士大夫诗歌的抒情范式,将个体生命体验与历史命运深度绑定,使私人情感获得了公共性的历史维度。

(二)梦境的多重融构:抒情方式的召唤与超越

不只是抒情模式的召唤与重建,陆游的纪梦诗相比传统抒情诗,在抒情方式上也实现了召唤与重建。首先,传统抒情诗往往以现实经验为基础,借景抒情、即事感怀;即使有诗人以梦为中介进行书写,数量也较少,且在质量上并不占优势。而陆游接续了这一抒情方式,以梦境作为抒情的底层依托和核心载体,以梦幻与现实相交错的方式创作纪梦诗。陆游的纪梦诗已成为除爱国主义诗歌之外另一重要的研究热点,且相关研究并不是在现代才开始——清代文学家赵翼就在自己藏书经验的基础上,总结出陆游"即如纪梦诗,核计全集,共九十九首"[①]。纪梦诗在陆游的诗歌中占有重要地位,它以很高的艺术水准推动了文坛上纪梦诗的发展和新飞跃。在综合运用纪梦诗这一题材时,陆游融合了爱国情怀与人生感怀,拓展了抒情维度,将"小我"扩展到"大我",使个人情感与国家命运相交融。同时,弗洛伊德在《梦的解析》中运用梦的寓言探究主体的精神世界,陆游纪梦诗也描述了梦中的景象和事物,因此天然具有"寓象于梦"的抒情方式:以梦作为抒情媒介,借助梦境构建象征性的抒情空间,使抒情更具超脱意味和象征性。

陆游纪梦诗在抒情方面更具超越性,体现了他在抒情实践上对传统士大夫诗歌抒情范式的突破。他通过梦境这一独特媒介,将个人生命体验与历史命运深度绑定,使个体情感超越了单纯的抒发,转化为对家国兴亡的沉痛思考和哲学省察。这一突破,使他的抒情更具厚度和纵深感,在诗歌表现上实现了对传统士大夫抒情模式的重塑。陆游继承了传统士大夫的抒情模式和范式,却摆脱了对触发环境的依赖。在纪梦诗中,他不再需要通过现实世界的触发来感动心灵,而是以梦境为媒介,通过梦境实现个体生命与历史命运的深度融合,促成了纪梦诗本身的超越性。且以梦境入诗,使诗歌在现实与幻想、个人与历史之间自由穿

[①] (清)赵翼著,霍松林、胡主佑校点:《瓯北诗话》,北京:人民文学出版社,1963年,第80页。

梭,拓展了抒情的空间感和时间维度。而家国兴亡对陆游来说至关重要,这一点也深刻地反映在他的诗歌中。《示儿》以"王师北定中原日,家祭无忘告乃翁"的临终口吻寄托心志,以语言为纽带实现了家族命运和国家命运的交织,将"小我"划归"大我",实现"情感的历史化",陆游的爱国之情不仅影响了其一生,也影响了其家族,形成了独特的抒情张力,使独属于他的私人情感得以扩大,实现了公共性的历史维度转变。陆游的后代多为南宋朝廷献身,坚守着由他传承的爱国主义情感。同时,陆游纪梦诗中的爱国主义情感表达,使梦境的理想化与现实的无力感形成了巨大反差,使得诗歌的抒情层次更丰富。抒情不再只是传统的感叹,而是一种"在梦境中完成现实无法实现的理想"的情感表达。

同时,陆游在抒情上也实现了对"宋韵"的超越。"宋代文化最重要的标志是理学的建构,由于理学家将天理、人欲对立起来,进而以天理遏制人欲,带有自我色彩的情感欲求受到强大的约束。宋代文化不再像唐朝那般奔放外露,而是带有某种冷静克制、含蓄内敛的精神气质。"①宋代独特的社会经济、政治推动了文人心态的内转,文人诗也大多转向对书斋生活的描写。而书斋在诗歌中的参与,宋朝可谓重要时期。宋朝崇文抑武,文教大兴,文人数量空前绝后,而标志着文人读书明理、参与文学活动的书斋,不仅是文人的读书之所,更是安放文人雅致读书之心的精神空间。"作为一个建筑,它满足了士人自我隐私的要求,以及内在精神绝对自由、审美意识不受限制的要求。在不断地赋予它内涵的时候,一个物理空间转向了精神空间,于是书斋不再是装书、装器物的地方,而是承载士人审美趣味、道德追求和政治理想的地方,所以书斋也就成了心斋。"②有学者认为,书斋的产生和盛行解决了自古以来文人的"仕"与"隐"的问题。在纷扰的世间开辟一处容纳心灵之所,使社会认同与自我精神认同达到统一。"室以斋名无他也,庶居之者。内焉诸心,外焉诸身,藏焉为万虑,行焉为万事,无不洁斋而居之也。苟身黩于货,心溺于伪,虑发而不端,事行而不正,独泰然以居,是有斋名而无斋实矣。"③书斋强调的不是物理空间的"所居",而是心理世界的"能居"。陆

---

① 李怡萱:《浅析"宋型文化"气质及其历史价值》,《名家名作》,2023年第3期,第57页。
② 冯家欢:《宋代书斋文化与文学研究》,西北大学硕士毕业论文,2017年,第50页。
③ (明)解缙等编:《永乐大典》第3卷,北京:大众文艺出版社,2009年,第928页。

游承续了这类抒情方式,向内省追寻。在现实世界中,爱国理想无法实现,个体只能静坐于书斋中,实现精神的飞扬,以消解自己内心无法遏制的悲伤:"书房偷得蜗庐样,仅仅能容老病身。纸被蒙头方坐稳,却愁转眼又新春。"(《岁暮六首·其一》)但陆游的身体虽静坐在书斋之中,他的精神却昂扬旷达。在梦中,他化身为众人,实现了报国的理想,将内省的感情转向外向,承接自唐以来的昂扬心态。他重塑了士大夫的家国情怀,不止步于书斋中编著文稿,而是将反抗的火种交予下一代,希冀宣纸上的墨痕能战胜草原上的铁骑。陆游改变了梦境承载的意蕴,使梦境不仅是个人的幻想,更是国家命运的镜像,使个体生命体验成为家国兴亡的缩影,突破了传统士大夫诗歌的表达模式。但同时也需要注意,这种表达催生了一种胜利,如《五月十一日夜且半,梦从大驾亲征,尽复汉唐故地,见城邑人物繁丽,云西凉府也,喜甚,马上作长句,未终篇而觉,乃足成之》所表现的一种"白日梦"式的精神胜利——使对国家的忧虑从"无奈的现实感慨"转变为"在梦中完成精神上的胜利"。这虽然为诗人提供了排遣的出口,但很明显的是,会有人陷入这种无谓的精神幻梦。

诗歌在沿着抒情传统发展时,诗人有众多的身份和面具在诗歌中出现,以抒发情感。如孟郊在他的诗歌之中,一会儿是"临行密密缝,意恐迟迟归。谁言寸草心,报得三春晖"(《游子吟》)[①]中的主人公,即在外的游子形象;一会儿是"昔日龌龊不足夸,今朝放荡思无涯。春风得意马蹄疾,一日看尽长安花"(《登科后》)[②]中进士及第、前程广大的形象;一会儿是"况我有金兰,忽尔为胡越。争得明镜中,久长无白发"(《春夜忆萧子真》)[③]中思念友人的形象。人本就具有不同的角色,会视情况展露自身形象,而这反映在诗作中,形象也更加多样。梦作为独特的存在,将超我、本我、真我三者置于场域,于是人在梦境中有了更多层次。且人在梦中不受束缚,可恍然扮作他人之样,或呈现非完整的人之形象,人格呈现更加多样。有学者试图结合西方精神分析法相关理论,以所谓"原型"的潜在意象为引,对陆游的纪梦诗进行分析,并对其"情结"展开心理探究,将陆游集体

---

① (唐)孟郊撰:《孟东野诗集》,北京:人民文学出版社,1959年,第5页。
② (唐)孟郊撰:《孟东野诗集》,北京:人民文学出版社,1959年,第55页。
③ (唐)孟郊撰:《孟东野诗集》,北京:人民文学出版社,1959年,第116页。

无意识层面的"原型"分为"人格面具""他者""智慧老人"三种,试图探究陆游最深层的情感意涵,进而更容易理解、审视、评价陆游纪梦诗创作:"那些展现志士、'放翁'、诗人、书家等人格面具形象的诗,对理解作者有一定价值。不过,作者的小我对他人没有普适意义,这些诗不能在读者心中引起深切共鸣。壮士、奇士这两种'他者'形象寄托了作者的两种精神指向,具有一定的原型意义。但陆游的他者形象记梦诗人物具体可感度较差,没有留下成功的作品。在和智慧老人相逢的梦中,作者的主观情志进一步弱化……和其他诗人的相关诗作相比,陆游诗中的智慧老人不像原型,而更像模型,具有类型化、程式化的特点。"[1]而这些"原型"恰恰是陆游在分析梦的载体后,对前人抒情方式的超越。陆游不仅以爱国志士的形象在诗作中出现,"放翁"也是一个重要的形象。"放翁"代表着诗人所谓"燕饮颓放"的一面,但实际上反映了陆游在现实世界中如书斋般安放自己不安的心灵,是不同于爱国志士的"长绦短帽黄紬裘,从一山童持药笈"(《记戊午十一月二十四夜梦》)的老者形象。这一形象实际上丰富了陆游的形象,使其在诗词中从扁形人物变成圆形人物。除了该形象,陆游的纪梦诗之中也有其他相应的人格形象,在此不赘述。有学者认为:"陆游一直受到投降派的压制,他提出的抗金主张一直未被采纳,内心是非常苦闷的。因而常借梦幻来寄托他的爱国热忱和杀敌雄心。他的诗稿里记梦的诗篇很多,日有所思,夜有所梦,他的梦境反映了他的理想,他的未能实现的抱负变成了睡梦中的幻影。他的记梦诗实际上就是他的咏怀诗,梦中的情景就是诗人的理想、愿望的海市蜃楼。"[2]因此,陆游的抒情方式实际上一直和他的爱国主义情怀相联系,但同时也不能仅局限于这一点,要看到他在诗歌中展现的复杂形象,这也是陆游对抒情传统接受的重建。

另一方面,陆游纪梦诗在抒情方面的贡献是他的情感更加复杂,在诗歌中呈现出一种"复调"的特征。这里的"复调"概念借自巴赫金对陀思妥耶夫斯基小说的评价,原是一个音乐术语,是指欧洲广泛运用的一种音乐体裁,不分主旋律和伴声的区别,所有的声部都按自己的方式发声。巴赫金借以评价陀思妥耶夫斯基的小说:"复调小说的本质在于展现那些拥有各自世界、有着同等价值、具有

---

[1] 伍晓蔓:《陆游记梦诗解析》,《文学遗产》,2018年第5期,第106页。
[2] 严修著:《陆游诗集导读》,成都:巴蜀书社,1996年,第98页。

平等地位的不同的独立意识与声音。作者与人物之间、人物与人物之间是一种贯穿始终的对话关系。这些声音平等、独立、对立地统一在一部作品中。"①在诗歌领域之中,这种"复调"的重点可以从小说中的角色或行动元转变为情感,譬如爱国豪情与田园逸趣、壮怀激烈与儿女情长等在同一个诗学空间里碰撞交织。较之其他抒情方式的运用,诗人一般来说受制于现实与文体,想表达的感情是单线的。从文体角度看,受限于绝句、律诗等短小体裁,许多诗歌倾向于聚焦单一情感,如思乡、怀古、悼亡等,通过意象浓缩传递核心情绪。这种情感表达,不论是平行叙述还是递进表达,其基本只有一个核心的内涵。如李白《长相思·其一》:"长相思,在长安。络纬秋啼金井阑,微霜凄凄簟色寒。孤灯不明思欲绝,卷帷望月空长叹。美人如花隔云端。"②借思美人之名,实则表达对政治理想追求而不得的苦闷,全诗几乎只抒发这一种情感。但同时,由于"温柔敦厚"③和"主文而谲谏"④等诗歌传统,诗人更追求委婉曲折的表达方式,试图避免直切浅露。这反映在诗歌中,虽然单一情感成为诗歌的表层结构,但诸如语言的陌生化表达,典故、修辞、隐喻的运用,又使诗歌深层编织了更复杂的意蕴,增加了情感张力——在叙述一个情感的同时,交织更多情感。正如李商隐《锦瑟》:"庄生晓梦迷蝴蝶,望帝春心托杜鹃。沧海月明珠有泪,蓝田日暖玉生烟。"⑤通过诸多典故和语言陌生化的描写,将无数感情交织其中,使诗歌意蕴氤氲难明。"诗固有引类以自喻者,物与我自有相通义。若'锦瑟无端五十弦,一弦一柱思华年',物我均无是理。'庄生晓梦'四语,更不知何所指。必当日獭祭之时,偶因属对工丽,遂强题之曰'锦瑟无端'。原其意亦不自解,而又反弁之卷首者,欲以欺后世之人,知我之篇章,兴寄未易度量也。"⑥清代学者黄子云认为《锦瑟》"不知所指";其他学者眼中,有人认为其是爱情诗,有人认为是自伤之作,也有人干脆表示看不懂。学者们的不同评价表明《锦瑟》主旨难明。在这样的抒情模式下,既

---

① 张红梅著:《跨越时空的对话》,徐州:中国矿业大学出版社,2014年,第76页。
② (唐)李白著,林东海选注:《李白诗选》,济南:山东大学出版社,1999年,第40页。
③ 游光中、黄代燮编著:《中外诗学大辞典》,成都:四川辞书出版社,2020年,第591页。
④ 游光中、黄代燮编著:《中外诗学大辞典》,成都:四川辞书出版社,2020年,第595页。
⑤ 刘学锴、余恕诚著:《李商隐诗歌集解》,北京:中华书局,1988年,第1420页。
⑥ 黄裳著:《黄裳文集(5)——杂说卷》,上海:上海书店出版社,1998年,第138页。

有显性的单线抒情,也有隐性的复杂情感纠葛。对陆游纪梦诗来说,因梦境迷蒙,梦中事物须臾而至又须臾而去,有时还会"有蛇头而四角,鱼首而鸟身,或三足而六眼,或龙形而似人"①,梦的这种复杂性造就了陆游纪梦诗的"复调"特征。而陆游本人复杂的"人格面具",也进一步促成了这种"复调"。中国古典诗歌的抒情绝非简单的"单线",而是在形式限制中通过意象、结构、修辞实现隐性复调。陆游的特殊性则在于,将个人命运与时代矛盾高度结合,再加上纪梦诗中作为载体的梦的独特性质,使情感之间的纠缠成为显性主题。

"记梦诗即是对梦的记录,……这便是记梦诗作作为一种叙事诗作在表达抒情上的独特之处。单句的直白与整体的韵味相结合,使得宋元时期的记梦诗作既反映了当时的诗学风尚,又丰富了曲折委婉的诗歌美学。"②这种曲婉和直白的结合,直白的美学感受和诗歌的曲折表达,进一步丰富了诗歌的抒情含义,这也是陆游纪梦诗能够对抒情传统实现召唤和重建的重要原因之一。如《十月二十六日夜梦行南郑道中,既觉,恍然揽笔,作此诗时且五鼓矣》,陆游通过对梦境的叙事,描述自己在南郑道路中杀虎的经历,表达收复之愿。"南人孰谓不知兵,昔者亡秦楚三户",通过直接的历史评议,给读者以直观的审美感受。从整体来看,该诗以射杀猛虎为隐喻,暗示自己的北征之意——收复故土,实现大一统之政治理想。诗人在叙事过程中,语言直白明丽,通过直观美感和委婉诗意的结合,实现了抒情的召唤和重建。

文体的选择也是陆游纪梦诗实现抒情的召唤和重建的重要原因之一。从陆游整体的诗歌创作来看,他作诗偏好的文体是七言:"案剑南最工七言律、七言绝句,略分三种:雄健者不空,隽异者不涩,新颖者不纤。古体诗次之,五言律又次之,七言律断句,美不胜收。"③统计纪梦诗文体,可见陆游在纪梦诗创作中,选用七言的诗歌,约占74.3%,其中七绝数量最多,约占35.6%,七律次之。由此可见,陆游在诗歌创作上不仅在题材上下功夫,也自觉对形式文体进行研究。分析

---

① 王飞鸿主编:《中国历代名赋大观》,北京:北京燕山出版社,2007年,第250页。
② 刘伟楠:《宋元时期记梦诗的精神内涵与诗学意义》,《阴山学刊》,2019年第2期,第53页。
③ (宋)陆游著,疾风选注:《陆放翁诗词选》,杭州:浙江人民出版社,1958年,第374页。

七言诗歌,其显著特征是字数较五言诗更多,用韵也更为灵活,且节奏与五言诗不甚相同:"《诗经》的五言句尚未有固定的节奏。2+3 节奏形式在东汉末确立以后,便迅速地流行起来,成为后来各种新兴诗体节奏的核心部分……中国古代的批评家经常以'上四下三'来概括七言诗的节奏,即 4+3 的句法节奏。"①因此,为何陆游选择七言诗作为纪梦诗的主要创作文体而不是五言诗,七言诗是否帮助其纪梦诗实现对抒情传统的召唤和重建等,也成为需要探究的问题。七言诗并不比五言诗古老,实际上形成时间比五言诗要晚,且在五言诗兴盛时还尚不成熟。关于七言诗的起源,学界的讨论并不明晰,林林总总有数十种说法——有源于《诗经》说:"古诗率以四言为体,而时有一句二句,杂于四言之间……七言者,'交交黄鸟止于桑'之属是也,于俳谐倡乐多用之。"②有源于楚辞说:"王子猷诣谢公,谢曰:'云何七言诗?'子猷承问,答曰:'昂昂若千里之驹,泛泛若水中之凫。'"③说法不一。在经历了长久的发展之后,七言诗在唐宋时期达到鼎盛。对比五言诗,七言诗在节奏、表达、演进、创作等方面更具优势,逐渐超越五言诗而被更多诗人选用。"凡为七言诗,须减为五言不得,始是工夫。"④七言与五言之间有严格的界限,如上文所言,五言节奏通常为"2+3",七言节奏通常为"4+3",现代研究者一般划为"2+2+3"。有学者认为,这样的频率与人类呼吸频率相协调,诗句的自然节奏与呼吸配合较为和谐;而这种呼吸节奏源于汉语诗歌的音韵和重音在语言习惯中形成的自然节奏,相比五言的短促,显得更加和谐。这种和谐在诗人追求诗歌语言陌生化时贡献巨大,使诗句不至于拗口难念,例如杜甫"香稻啄馀鹦鹉粒,碧梧栖老凤凰枝"(《秋兴八首·其八》)⑤,通过调整语序,在增添了诗歌表现力的同时,又不阻碍读者的理解。同时,七言每句比五言多两字,诗句

---

① 蔡宗齐、李冠兰:《节奏·句式·诗境——古典诗歌传统的新解读》,《中山大学学报》(社会科学版),2009 年第 2 期,第 30-33 页。
② 严可均校辑:《全上古三代秦汉三国六朝文》,北京:中华书局,1958 年,第 1905 页。
③ (南朝宋)刘义庆著,崇贤书院校注:《世说新语》,北京:北京联合出版公司,2017 年,第 397 页。
④ 易闻晓著:《中国诗句法论》,济南:齐鲁书社,2006 年,第 112 页。
⑤ (唐)杜甫著,聂石樵、邓魁英选注:《杜甫选集》,上海:上海古籍出版社,1983 年,第 303 页。

第四章 陆游纪梦诗情感模式的艺术建构

的对仗容量进一步增加，在诗歌中亦有了更大的表达空间，可以使用强抒情性的联绵词增强表达。如李颀《听董大弹胡笳声兼寄语弄房给事》："迸泉飒飒飞木末，野鹿呦呦走堂下。"[1]这是通过联绵词的使用，增强了诗歌的画面美和音韵美，提升了表达效果。陆游在对偶方面也获得了极高的评价，有评价称"古人好对偶被放翁用尽"[2]，因此扩充诗歌容量的七言自然受到他的青睐。且多出的两字使得七言在叙事铺陈与心理描摹方面做得更好。梦是跳跃的，经常会由此及彼，碎片式地表达作者的思想，而七言恰好能容纳这种跳跃，在时空密度上也比五言稍胜一筹。如杜甫《登高》"万里悲秋常作客，百年多病独登台"[3]，在十四字中完成空间（万里）、时间（百年）、情感（悲伤）、状态（多病）的多维交织。七言能表达情感的复杂状态，因此也能更好地表现纪梦诗的碎片性和跳跃性。其次，不只是字数与空间的变化，二者在艺术风格和审美倾向上也有差异："七言，声响，雄浑，铿锵，伟健，高远。五言，沉静，深远，细嫩……五言古诗，或兴起，或比起，或赋起。须要寓意深远，托词温厚，反复优游，雍容不迫。七言古诗，要铺叙，要有开合，有风度，要迢递险怪，雄俊铿锵，忌庸俗软腐。"[4]由此观之，陆游的梦中尽是报国之志与收复之愿，表现他对国家深刻的忧虑和爱，因此诗歌创作中沉郁雄浑者多，清丽沉静者少。七言诗比五言诗更能使陆游抒发情思，表现爱国之情。在演进方面，更多文人选择七言诗。宋代文论研究者辈出，出现了许多文论成果，如"点铁成金"说、"无一字无来处"、"以文为诗"等，七言诗更大的容量能帮助诗人进一步实验和研究这些文论成果。七言独特的优势也有利于诗人创作，降低诗歌创作的难度和门槛，更好地表达诗人内心的思想情感。七言诗在限制中创造自由，始终保持强大的文体生命力。在七字的方寸之间，既能容纳"鬼神惨澹疑欲

---

[1] 李珍华、傅璇琮撰：《河岳英灵集研究》，北京：中华书局，1992年，第178页。
[2] （宋）刘克庄著，王秀梅点校：《后村诗话·前集》卷二，北京：中华书局，1983年，第30页。
[3] （唐）杜甫著，聂石樵、邓魁英选注：《杜甫选集》，上海：上海古籍出版社，1983年，第333页。
[4] （清）何文焕辑：《历代诗话·诗法家数》，北京：中华书局，1981年，第729-131页。

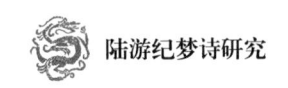

搏"(《五月二十三夜记梦》)的神鬼之境,也可细描"犹抱琵琶半遮面"(《琵琶行》)[①]的微妙情态,表现出中华文化的独特审美。这也成为陆游构筑纪梦诗审美意象世界的基底,是帮助他实现抒情传统的召唤和重建的重要因素之一。

陆游个人的艺术风格和审美倾向,进一步促进了抒情在纪梦诗中的发展。陆游在后世被誉为"中兴四大诗人"之一,以其独特的"诗家三昧"说构筑出自己的诗歌世界,他创造性地将杜甫的沉郁顿挫与李白的豪放飘逸熔于一炉。"魏晋以来诔文都是通过凸显自我来增强其抒情性"[②],不只诔文,孟子的"以意逆志"[③]也强调作品与作者本身的联系,陆游对抒情的召唤和重建,同样离不开自身独特的艺术风格。"放翁以律诗见长,名章俊句,层见叠出,令人应接不暇;使事必切,属对必工;无意不搜,而不落纤巧;无语不新,而不事涂泽;实古来诗家所未见也。"[④]陆游主张直面现实生活,关心国家命运、百姓生活,认为诗歌的"工夫在诗外",成就"诗家三昧"。关于诗歌的风格,陆游更喜平淡自然,推崇"律令合时方帖妥,工夫深处却平夷"(《追怀曾文清公呈赵教授赵近尝示诗》),这是一种将"工夫"锤炼到"清水出芙蓉,天然去雕饰"[⑤]的境界。"诗能于易处见工,便觉亲切有味,白香山、陆放翁擅场在此。"[⑥]这些艺术风格自然渗透到陆游的纪梦诗中,影响了其纪梦诗在抒情方面的表现和贡献。

陆游凭借独特的艺术风格与审美倾向,在纪梦诗中完成了对抒情传统的召唤和重建:将中国文学的宏大叙事注入私人梦境,用金石铿锵的刚性语言包裹婉转愁肠,以哲学思辨照亮诗歌境界。纪梦诗见证的不只是陆游个人的抒情奇迹,更是中国诗歌在历史中迸发的惊人创造力;不仅是诗人本人对抒情的融入尝试,更是将个人的生命体验熔铸为文化精神符号的审美创造,具有深刻的历史影响。

---

① (清)蘅塘退士选编,"学而书馆"编辑组注:《唐诗三百首》,北京:中国友谊出版公司,2022年,第98页。
② 陈恩维:《先唐诔文的文学化进程》,广西师范大学硕士毕业论文,2002年,第18页。
③ 游光中、黄代燮编著:《中外诗学大辞典》,成都:四川辞书出版社,2020年,第974页。
④ (清)赵翼著,霍松林、胡主佑校点:《瓯北诗话》,北京:人民文学出版社,1963年,第80页。
⑤ 彭会资主编:《中国文论大辞典》,天津:百花文艺出版社,1990年,第591页。
⑥ (清)刘熙载撰:《艺概》,上海:上海古籍出版社,1978年,第69页。

第三节　叙事传统的确证与延伸

陆游纪梦诗研究有利于破除"抒情唯一论"和传统诗歌"抒情为主、叙事为辅"的认知,确证中国自古以来的叙事传统,进一步凸显纪梦诗自我超越性的新变。它将独属于陆游的个人记忆通过艺术转化逐渐融入集体记忆,突破了传统叙事的僵化范畴。宋代文人心态内转,诗歌创作呈现议论化、哲理化倾向,而陆游纪梦诗能保持叙事的连贯性,没有出现激进变化,未完全走向抽象议论的单一模式。梦表现为片段式的图画或连贯性的故事,存在于诗人的头脑中,对梦境进行叙述和分析,实际上就是确证一种叙事模式。因此,纪梦诗不仅是抒情载体,作为咏怀的另一种具体形式,它将抒情与叙事结合起来,共同建构诗人的情感。叙事对纪梦诗的发展影响深远,二者联系十分紧密。"记梦诗是与古典诗歌叙事传统紧密相连的,是诗歌叙事传统中颇具典型性的一种诗歌类型。叙事的有无、叙事范式的成熟与演变,直接影响着诗歌记梦传统的形成与发展……其次,叙事性在宋代记梦诗中得到更为鲜明地凸显。宋以前的记梦诗,在记录梦境的过程中,偏重画面的呈现和景物的描摹,描写性的诗歌语言占主要地位。而宋代诗人更偏好对梦境具体内容、过程的记录,对叙事的表现手法有更多的倚重。"[①]由此可见,纪梦诗的叙事传统源远流长,并伴随着叙事方式的发展而演进。宋代也成了纪梦诗发展的高潮期,在叙事方面实现了新变。陆游的纪梦诗既确证了这一叙事模式,又在此基础上获得了延伸性的发展。将陆游纪梦诗纳入中国古代梦文化、梦文学传统中进行探究,既能窥见中国传统诗歌的特点,也可以清晰地梳理其发展脉络。

[①] 周剑之:《论陆游纪梦诗的叙事实践——兼论古代诗歌记梦传统的叙事特质》,《文学遗产》,2016年第5期,第39-41页。

一、纪梦虚实的博弈：叙事传统的重估

《诗经》早有"诗言志"①的诗歌理论，因此学术界有一种僵化的观点，认为中国诗歌传统就是抒情。实际上，叙事也是诗歌的一个很重要的传统，如《诗经·七月》："七月流火，八月萑苇。蚕月条桑，取彼斧斨，以伐远扬，猗彼女桑。"②此句叙述了当时社会环境下布帛衣料的制作过程，采用了铺叙的手法，再现了当时的社会风貌，深入作者的情感世界。同时，学术界对《七月》的研究方法也可从另一角度确证叙事在中国传统文学中的重要地位，如陈寅恪先生提出的"诗史互证"的方法。该方法包含"以史证诗"和"以诗证史"两方面："一是'以史证诗'，用史家广博丰厚的历史文化知识来考辨文学作品产生的背景及作家生活的特定历史环境，以求达到对作品的真正理解；二是'以诗证史'，发掘诗文词曲小说等文学作品中埋藏的史实信息来扩充史料的领域，以弥缝历史书写中被改造、遗漏或模糊的部分。"③为了能作为证据，"诗史互证"恰好需要诗歌写实的一面，指向的是叙事传统。写实传统自《诗经》时代便已经奠定了基础，而《诗经》的"美刺"思想又加强了这种写实因素，出现了"故古有采诗之官，王者所以观风俗，知得失，自考正也"④，"自孝武立乐府而采歌谣，于是有代赵之讴，秦楚之风，皆感于哀乐，缘事而发，亦可以观风俗，知薄厚云"⑤等思想，足见诗歌中的叙事元素。被誉为"乐府双璧"的《孔雀东南飞》和《木兰辞》都是乐府叙事长诗："五言之赡，极于《焦仲卿妻》；杂言之赡，极于《木兰》。"⑥《孔雀东南飞》通过叙述焦仲卿与刘兰芝的爱情悲剧，控诉了当时的黑暗现实，揭露了封建礼教和门阀观念的罪恶，也表达了对自由爱情和婚姻的向往和追求。《木兰辞》则讲述了木兰男扮女装替父从军的故事，刻画了一个勇猛善良的女郎形象，具有强烈的艺术感染力。两首诗歌既通过叙事反映了当时的社会状况，也展现了作者的思想情感，兼具抒情性。同

---

① （清）方玉润撰，李先耕点校：《诗经原始》，北京：中华书局，1986年，第42页。
② 周振甫译注：《诗经译注》，北京：中华书局，2002年，第214页。
③ 孙俐：《陈寅恪的文学研究方法探微》，华中师范大学博士毕业论文，2014年，第69页。
④ 《汉书·艺文志》，北京：中华书局，1964年，第1708页。
⑤ 《汉书·艺文志》，北京：中华书局，1964年，第1756页。
⑥ （明）胡应麟撰：《诗薮》，上海：上海古籍出版社，1958年，第3页。

第四章　陆游纪梦诗情感模式的艺术建构

时,这两首代表当时叙事传统最高水准的诗歌具有典型的时间性。比起现代文学试图通过"打破叙事时间顺序,使文学作品取得空间艺术的效果"①,《孔雀东南飞》和《木兰辞》则以线性的叙事时间叙述故事,并没有试图打破这种顺序。对叙事本身来说,它实际上表现为寻找逝去时间的冲动:"叙事的方式主要有两种:纪实与虚构。前者主要以实录的形式记述事件,从而挽留和凝固时间;后者则主要以虚拟的形式创造事件,从而以一种特殊的形式保存甚至创造时间。"②比起非虚构文学的实录,更多文学作品是对现实世界反映给作者的记忆表象进行艺术加工后产生的,《孔雀东南飞》和《木兰辞》也是如此。

对纪梦诗而言,叙事实现了转变。纪梦诗在承续以往叙事作品写作的同时,其自身纪梦的独特性使它有了新的变化。有学者认为:"梦实质上是在潜意识中进行的一种叙事行为。与意识中的叙事一样,梦中的叙事也是一种为了抗拒遗忘,追寻失去的时间,并确认自己身份、证知自己存在的行为。"③因此纪梦诗天然就具有叙事功能,而"在叙事、抒情、说理这三大人类的文化冲动中叙事更为基本,因为只有叙事既是一种意识行为,也是一种潜意识行为"④,这句话也进一步证实了这一点。梦被认为是潜意识的行为,与叙事的关系更为密切。就纪实与虚构所言,梦本身就是真实与虚幻的交织,其叙事具有纪实与虚构的二重性。正如上文而言,纪梦诗中纪实与虚构互相博弈:若作者选择偏于虚构,纪梦诗则更偏向抒情,作者借梦之载体来表现自己对现实世界的认识,并非完全沉浸于梦境,而是借梦表现一些非梦的东西;若偏于纪实,纪梦诗更偏向叙事,作者更注重对自己梦境的再现和还原,以及还原沉浸于梦境时真实的思想感情。这实际上与文学的本质——表现还是再现的难题有异曲同工之处,可见从陆游纪梦诗入

---

① 程锡麟:《叙事理论的空间转向——叙事空间理论概述》,《江西社会科学》,2007年第11期,第25页。
② 龙迪勇:《寻找失去的时间——试论叙事的本质》,《江西社会科学》,2000年第9期,第53页。
③ 龙迪勇:《叙事学研究之五 梦:时间与叙事》,《江西社会科学》,2002年第8期,第22页。
④ 龙迪勇:《叙事学研究之五 梦:时间与叙事》,《江西社会科学》,2002年第8期,第32页。

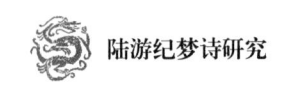

手开展研究的重要性。对纪梦诗进行叙事学和抒情学的价值重估,可以进一步分析抒情和叙事的关系,甚至能触及文学的本质。

二、梦境叙事的深化:宋诗叙事的新变

陆游纪梦诗鲜明的梦境叙事性,进一步丰富了中国诗歌的叙事传统。梦境叙事在中国古代诗歌中的实践源远流长,并非始于陆游。屈原《九歌》《离骚》中的梦境叙事,以及李白、杜甫和白居易等人的梦境诗传统,都确证了这一叙事方式的悠久历史。陆游的纪梦诗在继承前代的基础上,又在叙事方法、叙事视角、叙事功能等方面实现了突破与超越。这些创新使陆游的纪梦诗在延续"诗史"传统的同时,展现出独特的艺术革新价值。

要研究陆游纪梦诗对叙事的贡献,首先要了解的是宋诗以及宋代纪梦诗对叙事的独特贡献。"记梦诗在宋代所发生的演化,与宋诗整体演变趋向相关。对日常生活的浓厚兴趣,叙事性的凸显,都是宋诗的重要特质。记梦诗恰好是这些鲜明特质的集合体之一。由日常性、叙事性衍生而来的,是宋代记梦诗中多样化的梦境。"[1]宋代纪梦诗不再局限于前代传承下来的类型化的梦诗架构,而是有自己的特色。梦的研究早期主要与迷信相联系,通过梦预测占卜未来是主要方式;到了宋朝,这种方式逐渐消失,取而代之的是对梦理论的理性探索。南宋文人洪迈在《容斋随笔》中表示:"魏晋方技犹时时或有之,今人不复留意此卜。虽市井妄术,所在如林,亦无一个以占梦自名者,其学殆绝矣。"[2]可见当时梦占卜的衰落。宋朝时,梦理论的研究取得极大进展。关于梦的形成原因,北宋张载认为:"天道春秋分而气易,犹人一寤寐而魂交,魂交成梦,百感纷纭。"[3]南宋朱熹认为:"魂与魄交而成寐,心在其间,依旧能思虑,所以做成梦。"[4]同时,梦的来源等理论也获得了长足发展,北宋张载认为:"寤所以知新于耳目,梦所以缘旧于习心。"[5]

---

[1] 周剑之著:《事象与事境:中国古典诗歌叙事传统研究》,北京:商务印书馆,2022年,第196页。

[2] (宋)洪迈撰,孔凡礼点校:《容斋随笔》,北京:中华书局,2005年,第410页。

[3] (清)王夫之著:《张子正蒙注》,北京:中华书局,1975年,第23页。

[4] (宋)黎靖德编,王星贤点校:《朱子语类》,北京:中华书局,1986年,第2768页。

[5] (清)王夫之著:《张子正蒙注》,北京:中华书局,1975年,第90页。

第四章　陆游纪梦诗情感模式的艺术建构

南宋朱熹认为:"心本是个动物,怎教它不动。夜之梦,犹寤之思也。"[①]可见,作为纪梦诗书写的底层逻辑——关于梦理论的研究,在北宋和南宋时期都获得了发展。"中国梦文化……更多的则是把对梦的认识、感受,融合于各种文学作品之中,这就决定了对中国梦理论的研究,必须从大量的文学作品中去概括、提炼观点或对某些理论作出印证。"[②]因此,与梦理论交互的梦诗歌在宋代也获得了极大的发展。通过研究,我们可以发现"汉诗中的梦多用以表达思妇怀人的主题,或通过梦中之喜悦与梦醒后之失落的对比,或通过梦境内容的刻画,来叙述相思之情。且诗中所描写的梦都是比较真实的,是日常生活的写照"[③],但总体来说,梦境的叙述只是诗歌的部分内容。这种特征到魏晋南北朝发生了显著变化,此时出现了以梦境为独立描写对象的完整诗作。到了唐代,纪梦诗达到鼎盛,在内容、数量、语言、风格上都呈现空前繁荣的局面。及至宋代,纪梦诗又迎来新的发展高峰,不仅在抒情深度上有所突破,更在叙事结构和诗学意蕴上留下鲜明的时代印记。

宋代理学的发展、崇文抑武的国策等,使文人在获得极高社会地位的同时,也生发出强烈的社会责任感。他们关注时局与政治,针砭时政,力图通过思想与文学的力量影响社会。这一倾向深刻影响了诗歌创作,诗歌关注社会现实、风化讽谏的功能得到发展,催生了许多具有批判精神的佳作,陆游的纪梦诗正是这一传统的典型体现。同时,宋代文人的"内倾化"思潮也使他们发掘身边日常生活中的细微之处,以此拓展诗歌素材。在此背景下,纪梦诗的叙事功用获得长足的发展。相比前代或描述梦境内容,或通过梦境抒发游子之情,宋代纪梦诗开始以"梦"为表现手段,实现针砭时政的目的。这种创作转向使纪梦诗具备了更强的现实指涉性,大大增强了其在政治叙事方面的表现力与深度。如王令的《梦蝗》,通过直接叙事,展现蝗虫肆虐和人民苦难,不少学者甚至认为这是一首寓言诗。

[①] (宋)朱熹著,(宋)黎靖德编:《朱子语类》第3册,武汉:崇文书局,2018年,第647页。
[②] 傅正谷著:《中国梦文化》,北京:中国社会科学出版社,1993年,第7页。
[③] 王鹿:《宋代梦诗研究》,南京大学硕士毕业论文,2012年,第21页。

"群农聚哭天,血滴地烂皮"①,既叙述了当时蝗灾的惨状,又借梦的虚幻性,让蝗虫如寓言故事中的"神奇动物"一样,与作者展开对话,对统治阶级表达不屑:"尝闻尔人中,贵贱等第殊;雍雍材能官,雅雅仁义儒,脱剥虎豹皮,借假尧舜趋,齿牙隐针锥,腹肠包虫蛆,开口有福威,颐指专赏诛,四海应呼吸,千里随卷舒,割剥赤子身,饮血肥皮肤。"②以蝗虫之口发表对人的评论,虽然暗含作者的情感倾向,却并非直接抒情,而是通过叙事得以展现。在这段对话中,作者对统治阶级的厌恶、对现实世界的担忧、对底层人民的同情,都通过诗歌中的叙事表现出来。陆游作为宋代文人的一分子,他的纪梦诗创作自然也受到整体环境的影响,在叙事层面实现了对这一传统的确证和延伸。如《九月十六日夜梦驻军河外遣使招降诸城觉而有作》,便通过叙事描述自己梦中宋军大胜、收复故地的情景,以此表达对北伐的支持与对收复失地的向往。尤其"腥臊窟穴一洗空,太行北岳元无恙。更呼斗酒作长歌,要遣天山健儿唱"几句,既描述了梦中宋军战胜后的景象,又表现了诗人的爱国之情。他不局限于思念爱人的私人情感,而是将其扩展到国家之思。

不只是情感范围的扩展,宋代纪梦诗还将眼光从虚无缥缈的游仙之幻转移到个人日常,以往不会被选择为诗歌素材的事物也逐渐成为诗歌的意象,诗歌更趋日常化和趣味化。这种倾向拓展了纪梦诗的题材,从宏大叙事转向个人叙事,生活情趣十分浓郁。如南宋葛立方《江阴新阡松柏为大浸所坏累夕见于梦寐》:"新阡松槚已交柯,狂潦侵凌一尺过。拟欲移根易嘉本,正须捄土捍层波。伤心半夜飞蝴蝶,触眼何人是橐驼。火迫归欤亲在视,定教枯柄再婆娑。"③这首诗很有生活意趣,叙事内容不再是对远方游子的思念和梦游仙境的描述,而是拓展了题材,将描写对象聚焦于诗人周围的事物。从诗中可见现实中诗人生活的具体场景:诗人栽种的松柏被水淹死,他十分心痛,期望能有如《种树郭橐驼传》中郭

---

① 北京大学古文献研究所编:《全宋诗》第 11 册,北京:北京大学出版社,1993 年,第 8087 页。
② 北京大学古文献研究所编:《全宋诗》第 11 册,北京:北京大学出版社,1993 年,第 8088 页。
③ 北京大学古文献研究所编:《全宋诗》第 11 册,北京:北京大学出版社,1993 年,第 21809 页。

橐驼一样的人,帮助松柏重获翠绿。全诗读来诙谐有趣。陆游的纪梦诗题材也十分广泛,从表现爱国之志到归隐之意均有涉猎,也有一些展现日常生活的叙述,其中极为诙谐有趣的是《梦有饷地黄者,味甘如蜜,戏作数语记之》。诗题中的"戏"字,说明该诗除归属于纪梦诗外,也可划分为戏谑诗。诗歌叙述了陆游在梦中获得如仙药般灵验的地黄,其色香味俱全:"异香透昆仑,清水生玉池。至味不可名,何止甘如饴。"药效也十分显著:"儿稚喜语翁,雪额生黑丝。老病失所在,便欲弃杖驰。"地黄是一种草药,几乎没有人在诗歌中描写它,陆游却留意到它,并在诗歌中加以叙述。梦是心理的投射,除所叙述的事物外,陆游的诗歌也反映了他心中的焦虑:焦虑国家前程,忧心自己的身体,恨自己不能舍身为国,于是这些心绪便在梦中化为具体事物。陆游在吸收前人诗歌经验的基础上,也进行了拓展与延伸。很少有人将戏谑诗与纪梦诗相联结,这正是陆游纪梦诗在叙事传统基础上形成的独属于自己的特质。在宋代文人"内倾化"思潮的影响下,诗人逐渐将日常生活写入纪梦诗中,如陆游与好友交往、在梦中喝酒、在梦中大宴宾客等,都在诗中有所叙述,如《六月二十四日夜分,梦范至能李知几尤延之同集江亭,诸公请予赋诗,记江湖之乐,诗成而觉,忘数字而已》《梦与数客剧饮,或请赋诗,予已大醉,纵笔书一绝,觉而录之》《夜梦与数客观画,有八幅龙湫图特奇,客请予作诗其上,书数十字而觉,不复能记,明旦乃追补之,亦仿佛梦中意也》等。

除了上述不同,在前人游仙诗的基础上,宋代纪梦诗在叙事空间上也表现出独特的意蕴。游仙诗是纪梦诗中极为重要的一部分,主要描述诗人在梦境之中游览仙境,获得仙人启示。游仙诗的代表作有曹操的《气出唱》:"驾六龙,乘风而行。行四海外,路下之八邦。历登高山临溪谷,乘云而行。行四海外,东到泰山。"[1]曹植的《五游咏》:"蹢躅玩灵芝,徙倚弄华芳。王子奉仙药,羡门进奇方。"[2]而梦境游仙的模式则以李白的《梦游天姥吟留别》最有代表性。诗人描述了自己奇幻瑰丽的梦境:"霓为衣兮风为马,云之君兮纷纷而来下。虎鼓瑟兮鸾

---

[1] 林久贵、李露编著:《曹操全集 汇校汇注汇评》,武汉:崇文书局,2020年,第1页。
[2] (三国魏)曹植著,赵幼文校注:《曹植集校注》,北京:中华书局,2017年,第400页。

回车,仙之人兮列如麻。"①而到了宋代,这类诗歌明显减少,梦中仙境被真实实景所取代,诗人所游的是现实之境,如蔡襄的《梦游洛中十首》:"白马寺前冠盖盛,送行宾友尽英豪。耿丞血染边场草,留得声名日月高。"②苏辙《将之绩溪梦中赋泊舟野步》:"扁舟逢野岸,试出步崇冈。山转得幽谷,人家余夕阳。"③张耒《梦游陈州柳河觉而作》:"梦到城西古壕水,倚天高柳万黄金。丛祠之南我旧圃,蔬甲若若春泥深。"④这些诗歌描述的都是作者对现实之境的游历。陆游也承接了这样的创作风气,他相当一部分纪梦诗都是叙述梦游现实之境,基本上集中在对他人生影响最为深远的地方,如南郑、如蜀州、如山阴,并由此创作了诸多纪梦诗,如《十月二十六日夜梦行南郑道中,既觉,恍然揽笔作此诗,时且五鼓矣》:"孤云两角不可行,望云九井不可渡。嶓冢之山高插天,汉水滔滔日东去。"《梦至成都怅然有作》:"宦途元不羡飞腾,锦里豪华压五陵。红袖引行游玉局,华灯围坐醉金绳。"《初秋梦故山觉而有作》:"陂水白茫茫,草烟湿霏霏。牧童一声笛,落日无余晖。"这些诗歌因对真实世界的描述,增添了纪梦诗的现实性。陆游通过在诗歌中叙述自己的梦游之事,突破了前人描述仙境的局限,在承袭传统的同时,进行了梦境书写的创新,使诗歌叙事更加丰富和个性化,使梦境叙事更加立体化,也反映出陆游纪梦诗对叙事传统的确证与延伸,使其更具历史厚度和文学价值。

"在他的自觉精神面对这一现象处于惊奇和闲滞状态的同时,他被洪水一般涌来的思想和意象所淹没,而这些思想和意象却是他从未打算创造,也绝不可能由他自己的意志来加以实现的。尽管如此,他却不得不承认,这是他自己的自我表白,是他自己的内在天性的自我昭示,在表达那些他任何时候都不会主动说出

---

① (唐)李白著,(清)王琦注:《李太白全集》,北京:中华书局,1999年,第705页。
② (宋)蔡襄撰,陈庆元等校注:《蔡襄全集》,福州:福建人民出版社,1999年,第191页。
③ 余冠英、周振甫、启功等主编:《唐宋八大家全集 下》,北京:国际文化出版公司,1997年,第4166页。
④ 北京大学古文献研究所编:《全宋诗》第11册,北京:北京大学出版社,1993年,第13357页。

的事情。"①这段话表明了荣格对分析心理学和诗歌关系的认识,也反映出诗歌与诗人内心的紧密联系,是诗人内心的真实展现。人的内心是复杂的,因此想要展现人内心的诗歌也是复杂的,具有多面性,尤其是对于碎片化的梦境而言。正如纪梦诗的抒情模式一般是交错的,纪梦诗的叙事模式也是交互的,诗人可以在叙述一件事的同时,叙述另一件事。"梦中灵感根源于梦中潜意识'无志''无主'的创造性思维,所以它具有突发性、奇异性和超常性"②,这种奇异性和超常性也是导致纪梦诗错乱的重要原因之一。正如陆游纪梦诗《病足昼卧梦中谵谆乃诵尚书也既觉口占绝句》中所写:"唐虞已远三千岁,每诵遗书涕泗潸。济济九官十二牧,我独不得居其间!"在叙述儒家思想对社会、对自我产生重大影响的同时,描述了自己在现实世界中郁郁不得志的客观情况,反映出纪梦诗独有的叙事模式,实现了对传统纪梦模式的延伸。

纪梦诗受"梦"之本质的影响,天然具有浪漫主义色彩;但在宋代,受"宋韵"影响,纪梦诗在叙事风格上多了一层理性的哲理意味。"唐诗多以丰神情韵擅长,宋诗多以筋骨思理见胜"③,这种哲理化的思潮既从宋诗创作的整体中体现出来,也进一步影响了纪梦诗的叙事创作。令人关注的是,这种哲学意识的流露是自觉的,在叙事过程中叙事内容、叙事风格都受到了哲理意识的影响。首先,宋纪梦诗的叙事题材得到了极大的扩展,叙事内容和风格也更加哲理化。例如,在纪梦诗创作中占据重要比例的游仙诗,本是表现梦的虚幻性的载体。宋以前的诗人在表现这种虚幻性时,通常会使用"游仙"这种充满玄幻色彩的内容;但在宋代,哲学思辨逐渐融入对梦的叙事中。梦游不再仅仅是寄托对神仙的情思、表现游仙访道之意,而是由此开始思索自我与世界的关系、"我"的本质等具有明显哲学色彩的问题,宋诗的"理趣"思想自然地反映在诗中。如陆游《丁巳正月二日鸡初鸣,梦至一山寺名凤山,其尤胜处曰咪轩,予为赋诗,既觉不遗一字》,便通过对山寺游览的描写,及"不尽山河大,无根日月浮。吾身元是幻,何物彊名愁"的思

---

① (瑞士)荣格著,冯川译:《荣格文集:让我们重返精神的家园》,北京:改革出版社,1997年,第215页。
② 刘文英、曹田玉著:《梦与中国文化》,北京:人民出版社,2003年,第669页。
③ 钱锺书著:《谈艺录》,北京:生活·读书·新知三联书店,2001年,第3页。

索,为纪梦诗叙事增添了哲理意趣,发展并延伸出一种新的哲理叙事。当然,不可否认的是,陆游的纪梦诗中也存在对以往游仙访道叙事的继承,如《五月二十三夜记梦》就是典型的梦游仙诗,展现了诗人对神仙世界的追求。由此可见,陆游对传统叙事模式进行了进一步的确证与延伸。

如上文所言,宋代纪梦诗对叙事性的凸显体现在对梦境具体内容的描摹上,比起前人更注重画面的静态呈现,它更具叙事性。如黄庭坚的《记梦》就深刻表现了上述特点,诗中具体叙述了梦中的景象:梦是跳跃而碎片化的,语言也如实地重现了这一点。其诗云:"众真绝妙拥灵君,晓然梦之非纷纭。窗中远山是眉黛,席上榴花皆舞裙。借问琵琶得闻否,灵君色庄妓摇手。两客争棋烂斧柯,一儿坏局君不呵。杏梁归燕语空多,奈此云窗雾阁何。"[①]诗中的叙事极为跳跃,句与句之间虽有藕断丝连的联系,却没有其他叙事诗那么紧密。一二句描写灵君的到来,三四句开始转移视角,描写宴席上女子的仪态;如果按常规叙事诗的模式,三四句本应着重描写灵君出场的具体景象。由此可见纪梦叙事独特的跳跃性。陆游纪梦诗的叙事也是如此,他在《五月十一日夜且半梦从大驾亲征,尽复汉唐故地,见城邑人物繁丽,云西凉府也,喜甚马上作长句,未终篇而觉,乃足成之》中,画面转化非常快:一会儿将关注点转移到军队军容上,一会儿又转移到凉州女儿身上。这既继承了纪梦诗对梦中具体内容的叙述,也延续了其独特而略显破碎的叙事方式,具有重要意义。

三、纪梦书写的多维呈现:叙事形式的延展

在叙事性质方面,陆游纪梦诗实现了叙事的确证与延伸。从纪梦诗的基本性质而言,叙事是其重要特质。在论证了宋代纪梦诗叙事模式的新变后,纪梦诗的叙事性质在陆游这里实现了怎样的继承与发展,成为一个值得关注的新问题。

在研究这个问题之前,我们需要分辨文学的表现和再现的问题。文学的"这两种特征并非和谐地共存,实际上,总是有一方试图成为主导,因此艺术的虚构

[①] 黄庭坚著,任渊等注:《黄庭坚诗集注》,北京:中华书局,2003年,第386-387页。

性质(美学的特征)或现实主义的'现实'(认知的特征)会遭到否认"①,两者的矛盾在后世反映为表现主义与现实主义之争,而在纪梦诗中则表现为虚与实的选择,即虚构与纪实的选择。在上文中,我们提到,宋代诗人经常会将梦作为一种载体来表现自己的思想,他们的重点并不是叙述和纪实梦中确切发生过的事物,而是选择了虚构和表现的层面,以抒情作为首要选择,如上文所叙王令的《梦蝗》。而偏于再现者,则会更注重叙事的一面,更注重对梦境事物及作者真实感情的还原。不仅从作者的创作选择来看,从诗歌的形式方面进行分析,也能探究到梦的描述方式对表现与再现的倾向性。大多数学者将梦的描述方式划分为"记梦之作"和"梦中之作"两大类,有些表述虽不同,但实际上是同一个概念。"记梦之作"偏重叙事和再现,诗人将自己梦中的事物以诗歌的形式记录下来,全部或部分反映梦境。这是一种很重要的创作形式,不仅在中国,扩展到世界文学范围内也是如此。歌德曾经表示:"在白昼醒着所遭遇、体验的事,甚至在夜里形于梦寐,当我把眼睛张开时,在眼前映现着的不是一个新的奇异的现象的全体,便是往事的一部分。我通常在清晨把这一切写下来。"②这些记梦之作通常以《记梦》为名,或在题前加上日期和时间,如《五月二十三日夜记梦》。而"梦中之作"则更侧重于梦中抒情和表现:一方面,梦作为另一种类型的现实世界,梦中所作的诗歌自然是抒发自我情感;另一方面,梦通常是隐约、难明的,这些梦中的佳作哪怕尽力去记述,也会遗漏一些内容。在梦醒后又进行追补,因梦有隐约难明的特点,这种做法实际上增添了抒情的质素。陆游也在其诗歌题目中展现过这种情况,如《梦海山壁间诗不能尽记以其意追补》。且梦中诗歌的书写也是基于诗人的现实思想,"无论是哪种创作形式,终究不脱个人清醒状态时的创作风格与语言特色,而且梦中作诗歌的思想内容,也是作者平日思想、意识的投射与延续。梦这一特殊的载体能够使白日不能实现的想法成真,因此,梦中作的诗歌又是对

---

① 李育红:《卢卡奇文学理论的特点》,《渤海大学学报》(哲学社会科学版),2018年第4期,第115页。
② (德)歌德著,刘思慕译:《歌德自传——诗与真》,北京:人民出版社,1983年,第682页。

平日思想的升华"①。因此，从诗人创作选择和梦的描述方式来看，纪梦诗在抒情和叙事方面都实现了继承和升华，各自选择了虚构和现实的一面，在诗歌中通过表现和再现表达出来。对虚构和现实来说，宋代文人更偏向于纪实，这自然包括陆游。宋以前的纪梦诗，大部分属于虚构作品，如"有所托讽而作"②的韩愈《记梦》，通过对神官护短行为的叙述，暗示自己对现实世界权威的反叛和对虚伪的蔑视："乃知仙人未贤圣，护短凭愚邀我敬。我能屈曲自世间，安能从汝巢神山。"（《记梦》）③这是借梦之体来抒我之志。而宋代纪梦诗，以陆游为代表，则更偏向于现实的一面。

在陆游诗歌中，经常能看见做梦的时间、地点、具体内容等，这些信息一般通过题目、诗序等表现出来，体现出该时期纪梦诗的写实化倾向。许多诗题或者诗序都明确表明了以诗记梦的意思，如苏轼《石芝》诗序："元丰三年五月十一日癸酉，夜梦游何人家，开堂西门，有小园、古井。井上皆苍石。石上生紫藤如龙蛇，枝叶如赤箭。主人言，此石芝也。余率尔折食一枝，众皆惊笑。其味如鸡苏而甘，明日作此诗。"④陆游亦是如此。他所记录的梦境具体内容基本上都呈现在诗题中，且十分详尽真实，如《十月二十八日夜鸡初鸣时，梦与数女仙遇，其一作诗示予，颇哀怨，如人间语，惟末句稍异，予戏之曰：若无此句不可为神仙矣。其一从傍戒曰：汝当勿忘此规。作诗者甚有愧色，予颇悔之。既觉，赋两绝句以解嘲》，将自己做梦的时间等具体信息一一详尽地交代，反映了陆游纪梦诗对叙事写实的追求与延伸。

陆游纪梦诗中有一篇颇有异色，其梦真实可考，不仅见于陆游诗歌中，也记载于他处。该诗为《九月十四日夜鸡初鸣，梦一故人，语曰：我为莲华博士，盖镜湖新置官也，我且去矣，君能暂为之乎？月得酒千壶，亦不恶也，既觉，惘然作绝句记之》。陆游梦莲华博士的事情不仅记于此诗，亦见于清代吴景旭《历代诗

---

① 路薇：《南宋中兴三大诗人的梦诗研究》，西北大学硕士毕业论文，2012年，第23页。
② 韩愈著，方世举笺注：《韩昌黎诗集编年笺注》卷六，北京：中华书局，2012年，第332页。
③ 逸凡点校：《唐宋八大家全集·韩愈卷》，广州：新世纪出版社，1997年，第87页。
④ （清）王文诰辑注，孔凡礼点校：《苏轼诗集》，上海：上海古籍出版社，1982年，第1047页。

话》:"赵章泉曰:嘉泰壬戌九月,陆放翁梦一故人相语曰:'我为莲华博士,镜湖新置官也。我且去矣,君能暂为之乎?月得酒千壶,亦不恶也。'遂以诗记之云:白首归修汗简书,每因囊粟叹佉儒。不知月给千壶酒,得似莲华博士无。"[1]这证明该诗并不是为了表情传意而虚构,更证实了陆游的写实化倾向,表明他对纪实叙事的追求。

宋诗叙事性的强化也得力于"以诗纪事"的传统,宋代文人对纪事产生了极大的热情,如胡仔所言自己的咏蜡梅的诗歌:"余尝和人咏蜡梅绝句,因纪其事云'新诗湔拂自苏黄,想见当年喜色香。草木无情遇真赏,岂知千载有余芳。'"[2]可见宋代文人的叙事倾向。由上文而言,除了内容上的选择,诗题和诗序的加入也从形式方面进一步证实了宋人纪梦诗的写实倾向,促进了叙事传统在诗歌中的参与。诗题、诗序甚至诗歌自注的参与都明确了梦境背景,构建了叙事框架,也增强了梦境的真实性,连接现实与梦境,使梦境具有可读的叙事脉络,让梦境叙事更具条理性,这也是宋诗叙事性发展的重要特征,体现了陆游纪梦诗对中国诗歌叙事传统的确证和新变。

首先是诗题,诗题的发展经历了很长的时期,从无到有。最早的诗题是无题诗,例如《诗经》中的篇目,都是随意择取诗歌前几字为题,这种随意性一直延续到汉代。直至魏晋时期,诗题才开始被作者精心构思,至唐代最终成为诗歌不可分割的一部分。在诗题中,叙事性得到了极大的彰显,或说明行为,或提供缘由,为诗歌增添叙事的因素,使读者在阅读诗歌之前对内容、背景有了初步的理解,如李白《宣州谢朓楼饯别校书叔云》、王维《九月九日忆山东兄弟》、谢灵运《于南山往北山经湖中瞻眺》等。上述举例诗题都较短,而一些长题则更增添了诗歌的叙事效果,如杜甫《至德二载,甫自京金光门出,问道归凤翔,乾元初,从左拾遗移华州掾与亲故别,因出此门,有悲往事》、白居易《初与元九别后,忽梦见之,及寤而书,适至兼寄桐花诗,怅然感怀,因以此寄》等,点领提要,说明作诗的背景、缘由等,叙事性显而易见。但在宋以前,这种长题所占的比例并不大。到了宋代,长题逐渐成为一种趋势,甚至叙事性进一步增强,不只叙述写作背景、写作缘由

---

[1] (宋)魏庆之编:《诗人玉屑》,上海:上海古籍出版社,1959年,第418页。
[2] (宋)胡仔:《苕溪渔隐丛话》,北京:人民文学出版社,1962年,第335页。

等,甚至还增添了一些额外的内容。"如魏晋人制诗,题是一样,宋、齐、梁、陈人是一样,初、盛唐人是一样,元和以后又是一样,北宋人是一样,苏、黄又是一样"①,可见宋诗的独特性。这种独特的发展凸显的就是宋诗的叙事性,每个时代的诗题各有特色,从中能略见诗人的写作偏好及风格。宋代的诗题除了叙述诗歌的背景之外,其本身就是在叙述一件事情,如张耒《过孝感县十里所,望一土山,下有渔舟,呼之不来,委舟负鱼,径去不顾。俄有一舟不待呼,自拿舟直前,取舟中美鱼致之,求价甚贱。予倍与之值,卒辞倍值而去。予语之曰:尔不待招而赴人之求,仁也;售不求厚价,廉也;子岂有道者乎? 兹楚境也,昔有劝屈大夫以餔糟啜醨者,岂非子耶? 为作一篇》。该诗题比作者的诗歌内容还要长,诗题除了交代写作缘由,从叙事角度来看,其实就是一篇小故事。叙事翔实完整,既有行动元素,也有线索,还有具体叙事内容,介绍了诗歌的来龙去脉,为诗歌内容的展开做了铺垫,也在整体表达效果上增强了诗歌的叙事性。陆游纪梦诗的诗题也接续了这样的叙事传统,通过诗题来展现诗歌背景,强化诗歌的叙事性质,如《余往与宇文叔介同客山南,今年叔介客死临安,十月十一日夜忽梦相从取架上书,共读如平生,读未竟,忽辞去,留之不可曰:欲归校药方。既觉泫然不能已,因赋此诗》。诗人叙述自己和好友的亲密情感,宇文叔介不幸去世,而梦中复见更使诗人倍感痛苦。如果没有诗题,只通过内容"归校药方缘底事? 知君死抱济时心"呈现出来,叙事性的弱化反而会减少抒情性。

而更值得关注的是,不仅诗题与诗歌形成连续的叙事性,诗题与诗题也可以构成连续的叙事,组合成一个更大的叙事。如苏轼的《七月二十四日,以久不雨出祷磻溪,是日宿虢县。二十五日晚自虢县渡渭宿于僧舍曾阁,阁故曾氏所建也,夜久不寐,见壁间有前县令赵荐留名有怀其人》《二十六日五更起行至磻溪,天未明》《是日自磻溪将往阳平,憩于麻田青峰寺之下院翠麓亭》《二十七日自阳平至斜谷,宿于南山中蟠龙寺》《是日至下马碛,憩于北山僧舍,有阁曰怀贤,南直斜谷,西临五丈原,诸葛孔明所从出师也》。这些诗题关联在一起,实际上构成了一篇游记。时间与空间相继展开,满足了一篇叙事文所需的要素,强化了诗歌叙

---

① (清)王士禛著:《带经堂诗话》卷二七,北京:人民文学出版社,1963年,第761页。

事性的完整性。陆游也进行了这方面的尝试,我们将他入蜀后所作诗歌的诗题连缀在一起,可以发现这些诗题竟可视为陆游入蜀的一篇游记。诗题交代了陆游游览的路线,诗歌内容表达了陆游入蜀后心理的变化,这些共同叙述了陆游的一段人生经历,增添了诗歌的叙事性。诗人从《系舟下牢溪游三游洞二十八韵》到《憩归州光孝寺,寺后有楚冢,近岁或发之,得宝玉剑佩之类》再到《过夷陵适值祈雪,与叶使君清饮,谈括苍旧游,既行舟中雪,作戏成长句奉寄》,通过诗题的叙事传达自己的生活。总而言之,诗题在宋代得到了极大的发展,首先是长度和内容的扩展,不仅直接点明诗歌创作的背景环境,还通过完善叙事要素在诗题中的展现,以较长的篇幅交代诗歌相关信息,直接强化了诗歌的叙事性,为诗歌正文抒情表意进行铺垫,显示出宋代文人对叙事的倚重。陆游在纪梦诗中承续了这样的叙事传统,有些纪梦诗通过长诗题进行叙事实践,表现出他对叙事传统的确证与延伸。

除了诗题,诗序和自注也进一步丰富了诗歌的叙事传统,但在陆游纪梦诗部分占比不大,陆游纪梦诗的叙事传统在形式上主要以诗题展现。关于诗序和自注,在这里略作说明。诗题是对诗歌内容的总体概述,而诗序则是对诗歌的重要补充,诗人使用诗序不仅阐明了诗歌的背景和主旨,有些甚至会反映诗人的文艺思想,其中比较有代表性的是《诗经》的《毛诗序》。《毛诗序》不仅详细解说了关于《诗经》的解读问题,还结合《诗经》内容对诗歌理论进行了说明,阐述了"诗言志""美刺"功能等理论。诗序的发展也经历了一个比较长的时间,到魏晋时期达到自觉阶段。宋代诗序也承继了叙事路径持续发展,如苏轼《瓶笙》:"庚辰八月二十八日,刘几仲饯饮东坡。中觞闻笙箫声,杳杳若在云霄间,抑扬往返,粗中音节,徐而察之,则出于双瓶,水火相得,自然吟啸。盖食顷乃已。坐客惊叹,得未曾有,请作《瓶笙》诗记之。"[①]"宋代诗序大胆结合笔记、古文、小说等散文写法,使诗序获得了相当自由的呈现。或加长了篇幅,或加强了叙事效果,以序文的形式把散文有机组合到诗体中去,使诗歌叙事在一定程度上得到了散文叙事的加持。诗序在宋代的发展,凸显了诗人对事情发生情境的重视,从侧面加强了诗歌

[①] (清)王文诰辑注,孔凡礼点校:《苏轼诗集》,北京:中华书局,1982年,第2373页。

的叙事性。"①再说自注,自注可谓宋人对诗歌叙事性的进一步探索,为了对诗歌进行更好地说明,他们在诗歌夹缝中增添书写,诗歌叙事性进一步加强。自注在中唐以后才逐渐产生,但总体来说并不是主流,到宋代其数量激增,有些甚至超过了诗歌正文的篇幅。自注用来确证诗中的事实,通过叙述当时的社会环境,真实呈现、补充诗歌细节。如周麟之的《破虏凯歌》,以宋金战争作为主要描写对象,表现战争的惨烈,而诗后的自注则更加详细地叙述了当时的图景,确证了诗中的战争图景:"虏人赍粮不过一月,因粮而已。今破两淮,无所得食,俟山东之自清河而下。一夕为李贵以偏师绝粮道。纲运不至,饿死者甚众。虏退,淮人于野灶中得箭镞不计其数。"②但很可惜的是,陆游纪梦诗对诗序和自注的应用并不突出,但诗序和自注在宋代叙事中的加强,也能从侧面反映出宋代诗人对叙事传统的重视,这种创作风潮在一定程度上影响了陆游纪梦诗的叙事特质。陆游对诗题叙事的创新化经营与其他诗人诗序、自注的实践运用,形成了一种模式:突破层面上的互文关系,共同推进了中国叙事传统的延伸与丰富。

作为诗歌叙事的辅助者,诗题在陆游纪梦诗中的运用,反映了宋代叙事对"事"的重视。且从诗题到诗序再到自注,叙事越来越精细,以追求事件全貌的叙事发展方向越来越明晰,陆游正是这条文学发展路径的筑基人之一。陆游既有对叙事传统的追寻,又实践了自己新的叙事认知。他在宋诗的基础上,于叙事模式、叙事性质、叙事方式等方面实现了对叙事传统的确证与延伸,同时也表现出了超越性的新变化。

第四节　抒情与叙事的激发互渗

抒情与叙事作为中国传统文学的两大传统,二者并不是相互独立、各自发展的,而是作为诗歌的两种表达方式,既对立又统一,共同促进了中国文学的发展。

---

① 周剑之:《宋诗叙事性研究》,北京大学博士毕业论文,2011年,第102页。
② 北京大学古文献研究所编:《全宋诗》第11册,北京:北京大学出版社,1993年,第23565页。

第四章 陆游纪梦诗情感模式的艺术建构

而以陆游纪梦诗作为镜子与切入点,可以探究这两者之间的关系。

"形形色色的梦境,多元的记梦技巧,丰富了记梦诗的形态,拓展了记梦诗的艺术境界"①,南宋独特的社会环境孕育出独特的文人心态,诗人的爱国情怀、进退维谷的社会现实等激发了他内心的痛苦,并反映到纪梦诗创作中,因此纪梦诗拥有众多抒情模式。同时,宋诗的叙事追求也反映在纪梦诗创作中,陆游一扫前人对梦境跳跃性画面的描述,开始对梦境进行全面叙述,这实际上是以叙事进行抒情的创作方法。有学者认为,该模式也是对传统诗学"诗言志"及"诗史"功能等的延伸与发展。陆游不仅采取了以叙事进行抒情的创作方法,在其纪梦诗中也实践了以抒情而叙事的方式。同时,"宋元时期以严羽等人为代表的诗评家所倡导的追求韵味的诗歌美学蔚然时兴,寄托精神与情感的记梦诗也因此是此期诗学风尚的及时反映。而此期记梦诗'纪实性'所需的'直露'与'抒情性'所需的'曲折委婉'巧妙的调配也是对中国古典诗歌美学的进一步丰富,具有重要的诗学意义"②。事实也正是如此,陆游纪梦诗在承接了抒情和叙事传统的同时,也展现出对抒情和叙事结合的强烈兴趣。

一、以叙事抒情

陆游纪梦诗中的情感内涵十分丰富,既有"此梦怪奇君记取,佩刀犹得世三公"(《甲午十一月十三夜梦右臂踊出一小剑,长八九寸,有光,既觉犹微痛也》)的爱国主义豪情,也有"平生故人端有几?长号顿足泪迸血。生存相别尚如此,何况一旦泉壤隔"(《梦范参政》)的挚友情,亦有"城南小陌又逢春,只见梅花不见人。玉骨久成泉下土,墨痕犹锁壁间尘"(《十二月十日夜梦游沈氏园亭二首其二》)的对亡妻的深深思念。这些情感都融汇在陆游的纪梦诗中,以梦为载体,寄托诗人的幽思。他以梦境营造自己的收复之愿和爱国之情等,这些丰富和深刻的情感都通过梦境呈现出来。通读陆游纪梦诗会发现,这种情感都是由梦境中

---

① 周剑之:《论陆游记梦诗的叙事实践:兼论古代诗歌记梦传统的叙事特质》,《文学遗产》,2016年第5期,第41页。
② 刘伟楠:《宋元时期记梦诗的精神内涵与诗学意义》,《阴山学刊》,2019年第2期,第48-49页。

的事物引发的。陆游以叙事为框架，通过对梦境的叙述表达他内心丰富、多维的情感。这种叙事并非单纯的故事讲述，而是结合具体的梦境叙事，暗示了诗人对现实的思考，并抒发了复杂的情感。如《甲午十一月十三夜梦右臂踊出一小剑，长八九寸，有光，既觉犹微痛也》，这首诗主要抒发了诗人的爱国主义情怀，这种浓烈的情感正是源于诗人梦境中出现的奇事：诗人的右臂踊出了一把八九寸长的小剑。因此，作者的报国之志被激发出来，积蓄已久的怀才不遇之感喷涌而出。这首诗正是叙事孕育、丰盈、激发抒情的范例，也反映了陆游纪梦诗"以叙事抒情"的特点。它是"诗缘情"和"诗家三昧""工夫在诗外"等文学理论的延伸和运用。

首先是"诗缘情"。该理论最早由陆机在《文赋》中提出，表达了对诗歌创作机制的认识。陆机《文赋》云："诗缘情而绮靡，赋体物而浏亮。"[1]"缘情"说突破了传统儒家"诗言志"的文学理论观，极大地促进了对文学本质的认识。"情"乃人之天性，是与生俱来的。"情者，性之质"，"缘情"即指"文之所起，情发于中"[2]，强调情感是诗歌创作的核心要素，重视诗歌的抒情传统。"'诗缘情'通过强调诗歌的创作动机——情感，进而试图摆脱礼乐精神对诗歌的桎梏，确立情感对诗歌创作、诗歌内容的主导地位。"[3]顺着这样的传统，刘勰在《文心雕龙·情采》中提出"情者文之经"[4]，即情感是文学的根本特征，白居易在《与元九书》中亦言："感人心者莫先乎情。"[5]这亦将抒情作为诗歌的本质特征。袁枚在《小仓山房文集·答蕺园论诗书》中也表示："且夫诗者由情生者也，有必不可解之情，而后有必不可朽之诗。"[6]他也认为诗歌最重要的特质就是抒情。因此，叙事在诗歌中经常作为"有所感"的缘起或寄托。如著名叙事长诗《孔雀东南飞》在诗序中明确表示："汉末建安中，庐江府小吏焦仲卿妻刘氏，为仲卿母所遣，自誓不嫁。

---

[1] （晋）陆机撰，张少康集释：《文赋集释》，上海：上海古籍出版社，1984年，第71页。
[2] （唐）李百药撰：《北齐书》，北京：中华书局，1972年，第602页。
[3] 刘安然、杨隽：《"诗言志"与"诗缘情"》，《文艺评论》，2014年第10期，第47页。
[4] 周振甫著：《文心雕龙今译》，北京：中华书局，1986年，第286页。
[5] 王汝弼选注：《白居易选集》，上海：上海古籍出版社，2012年，第374页。
[6] （清）袁枚著，夏勇编选，廖可斌主编：《袁随园尺牍》，杭州：浙江古籍出版社，2022年，第183页。

第四章　陆游纪梦诗情感模式的艺术建构

其家逼之,乃投水而死。仲卿闻之,亦自缢于庭树。时人伤之,为诗云尔。"①可见这首诗的写作蓝本是现实世界中焦仲卿与刘兰芝的悲剧爱情故事,但主要原因还是"时人伤之"。作者在知道了这件事后深受触动,有了情感表达的冲动,方提笔创作。因此,叙事在实际创作过程中往往成为抒情的一种手段,诗人依托叙事来抒发其在现实生活以及创作过程中生发的情感。

再如陆游《五月十一日夜且半梦,从大驾亲征,尽复汉唐故地,见城邑人物繁丽,云西凉府也,喜甚,马上作长句,未终篇而觉,乃足成之》,全诗以叙事抒情,没有采用直抒胸臆的方式,而是通过具体场景的铺陈,蕴含诗人的爱国之志和收复之愿。诗中书写了陆游梦中的北伐场景:在这场战争中,宋军大获全胜("冈峦极目汉山川,文书初用淳熙年"),军容十分整齐("驾前六军错锦绣,秋风鼓角声满天"),收复之地民心归附("凉州女儿满高楼,梳头已学京都样")。全诗没有一句如"却看妻子愁何在,漫卷诗书喜欲狂"②的抒情语句,却句句透露出欢欣,句句洋溢兴奋,句句充盈"尽复汉唐故地"的喜悦。无需再言自己的爱国之志和收复之愿,陆游的爱国主义情怀已溢于字里行间。诗人以叙事言情、以叙事传意,过多渲染自己的情绪既重复、啰唆,也破坏了诗歌的含蓄美。其"一饭不忘君,奚其必学杜。忠孝出天性,肝心相撑拄"③的爱国豪情,已借纪梦叙事昭然若揭。

抒情是诗歌的重要传统,诗人有感于现实,其情绪在心中自然生发,通过艺术加工充盈于诗作。同时,中国人的民族性格含蓄内敛,多维、复杂的感情往往通过暗示传递,并不会直接宣之于语言。如《红楼梦》中贾宝玉对林黛玉的心意并不直接言语,而是通过一方旧帕来暗示。原文中是这样描述的:"雯道:'二爷送手帕子来给姑娘。'黛玉听了,心中发闷:'做什么送手帕子来给我?'因问:'这帕子是谁送他的?必是上好的,叫他留着送别人去罢,我这会子不用这个。'晴雯笑道:'不是新的,就是家常旧的。'林黛玉听见,越发闷住,着实细心搜求,思忖一

---

① (清)沈德潜选评,袁啸波校点:《古诗源》,上海:上海古籍出版社,2023年,第81页。
② (清)蘅塘退士选编,"学而书馆"编辑组注:《唐诗三百首》,北京:中国友谊出版公司,2022年,第239页。
③ 孔凡礼、齐治平编:《陆游资料汇编》,北京:中华书局,1962年,第307页。

155

时,方大悟过来,连忙说:'放下,去罢。'"①此"旧帕"谐音"就怕",暗示着贾宝玉是懂林黛玉的心的。要明白"旧帕"的真正含义,不是从帕子上下功夫,也不是从送帕子的事情上下功夫,而是深刻理解曹雪芹"草蛇灰线"的写作方式,着眼于整个故事方能明白。这也代表着中国人情感表达的含蓄,很少酣畅淋漓地尽意表达,而追求"必能状难写之景,如在目前,含不尽之意,见于言外,然后为至矣"②的诗学境界。对诗歌"言近旨远"的追求,从《周易·系辞》开始,到清代刘熙载《艺概》,中间经梅尧臣、欧阳修等,均参与理论建构。为了实现这样的文学追求,众多诗人在诗歌创作中经常会使用诸如典故、对仗、比喻、语言陌生化等手法传情达意。

在纪梦诗中,诗人通过另一路径实现了"含不尽之意,见于言外"的诗歌理论追求,即以叙事来抒情。以叙事保证了抒情的"含而不露"和"言近旨远"。叙事通过对事件的叙述,对诗人情感进行了暗示,而不同的读者对相同的故事有着不同的理解,这更增添了诗人抒情的多样性和层次性。如《九月十四日夜鸡初鸣,梦一故人语曰:我为莲华博士,盖镜湖新置官也,我且去矣,君能暂为之乎?月得酒千壶亦不恶也,既觉,惘然作绝句记之》。在这首诗中,诗人叙述了梦中故人召他去当莲华博士的事情,由此感慨:"白首归修汗简书,每因囊粟戏侏儒。不知月给千壶酒,得似莲华博士无?"有人从中可见诗人修书的忙碌和对悠闲生活的向往,有人则看到了陆游的矛盾心理——既想要实现人生价值,又对为官无甚好感,反映了以陆游为代表的整个士人群体"仕"与"隐"的矛盾心理。这首诗仅通过叙事,就向外流溢了众多情感,完美地实现了"含不尽之意,见于言外"的表达效果,增加了抒情的层次性。

其次是"诗家三昧"和"工夫在诗外",这两个思想与陆游诗歌创作的工夫论有关,也是陆游诗歌能脱胎于江西诗派而跻身"中兴四大家"的关键。陆游主张文人应该面对社会现实,关心国家和人民的命运,曾经以此斥责《花间集》脱离时艰:"方斯时,天下岌岌,生民救死不暇,士大夫乃流宕如此,可叹也哉!或者亦出

---

① (清)曹雪芹、高鹗著:《红楼梦》,北京:人民文学出版社,1982年,第456-457页。
② 游光中、黄代燮编著:《中外诗学大辞典》,成都:四川辞书出版社,2020年,第626页。

于无聊故耶?"①此句斥责也深刻地反映出陆游深藏于心的爱国主义情怀。由此观之,陆游提出了"诗家三昧"和"工夫在诗外"的思想。"诗家三昧"是陆游的核心诗论,其晚年在《示子遹》中亦有提及:"元白才倚门,温李真自郐。正令笔扛鼎,亦未造三昧。""三昧"本是一个佛教术语,陆游借喻诗道至境。"诗家三昧"的具体含义需参见《九月一日夜读诗稿有感走笔作歌》:"诗家三昧忽见前,屈贾在眼元历历。"钱仲联先生将"诗家三昧"解释为"诗家悟入之境地",这是诗人所能达到的最高境界。而"工夫在诗外"则被视为陆游诗歌创作的"思想基础",源自"汝果欲学诗,工夫在诗外"(《示子遹》)。在诗歌创作过程中,不能只着眼于诗歌平仄、押韵等诗内"工夫",还要着眼于更广阔、更宏大的诗外部分。"诗人必须积极投入到社会生活实践中去,在现实生活的激流中锻炼意志,陶冶情操。这样,学既通于天人,行更无愧于俯仰,从而养得至大至刚、充天塞地之间的正气,如此,诗人才具备了'实'。"②陆游认为,这样真实地反映社会生活和国家命运的作品是值得肯定的,因为这些作品兼具叙事之真与抒情之诚。因此要实现"诗家三昧",必须具备丰富的生活体验和内在修养。而纪梦诗借叙事抒情,则是通过具体的故事或者梦境来承载感情,使得情感更加具体生动。

总的来说,受"诗家三昧"和"工夫在诗外"的影响,陆游的纪梦诗通过叙事结构来传达自己的爱国主义情怀,展现了现实世界中陆游累积的爱国情感,而这种情感正是来自陆游的人生经历。最后,叙事作为表达手法,又保证了抒情的"含而不露""言近旨远",使抒情更有层次。陆游的创作理念也促成了其纪梦诗中抒情和叙事的结合,为以后的文学创作提供了新的范本。以叙事来抒情,在中国诗歌叙事传统和抒情传统的背景下,对二者同一性的理论探索不断实践于诗歌领域。这种实践契合了中国传统文人的认知模式,表现了对"诗缘情"和"含不尽之意,见于言外"的理论追求。而它在纪梦诗上的运用,也表现了与陆游诗歌理论的契合,影响了后世的文学创作。

---

① 中华书局编:《陆游集》,北京:中华书局,1976年,第2277-2278页。
② 邱明皋著:《陆游评传》,南京:南京大学出版社,2002年,第371页。

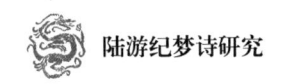

二、以抒情叙事

陆游纪梦诗不仅采用了以叙事与抒情的方式,亦采用了以抒情叙事的方式,进行了叙事与抒情同一性的文学理论实践。他将梦境作为抒情与叙事的载体,将个人理想、家国情怀和现实困境巧妙融合,将个人的情感作为叙事的一部分,既展现了梦境概况,又承接前人"诗史"的诗歌追求,形成深邃的艺术表达,具有独特价值。

从概念上看,叙事和抒情并不是对立的,而是具有同一性,抒情也能成为叙事作品中的重要部分。"认知叙事学研究中,与叙事和思维关系研究相关的一个重要内容就是叙事语境中的情感和情感话语研究,探究情感反应在故事讲述和解释中的作用方式,以及叙事对情感反应和情感系统的影响,代表人物主要有帕特里克·克姆·霍根(Patrick Colm Hogan)、戴维·赫尔曼(David Herman)……其他批评家和关注认知研究的理论家们也从认知角度对叙事作品中情感的作用进行过论述。"[①]帕特里克·克姆·霍根认为,情感与叙事并不是相互对立的,相反,情感和故事结构之间有着不可分割的关系。人受到外界刺激产生情感体验,正如陆游受现实世界影响从而作用于梦境的建构一样。在此基础上,情感会促使人们做出不同的选择,正如有名的心理实验——踢猫效应,人在负面情绪的支配下,不断选择传染这种负面情绪,导致最后无处发泄的最弱小者成为链条的终结者。对陆游来说,他不断累积的情绪促使梦境产生,梦境呈现为纪梦诗中的叙事,使叙事更具感染力和意义。而情感也可以塑造叙事视角,影响个人的信息筛选和叙事呈现,这使陆游将纪梦诗的形象分化成多个"原型",并由此控制了纪梦诗中事件的剧情走向。如《梦有饷地黄者,味甘如蜜,戏作数语记之》,正是因为现实世界中陆游年老的身体引发了担忧,加上爱国主义豪情下的收复之愿,自然生发出对年老衰颓的不满和对年轻身体的渴望。而在梦境中,陆游也意识到了矛盾的解决办法,即"有客饷珍草,发龀惊绝奇。正尔取嚼龁,炮制不暇施"。服用了之后"儿稚喜语翁,雪领生黑丝。老病失所在,便欲弃杖驰"。这正是情感对

[①] 沈晓雪:《帕特里克·克姆·霍根的情感叙事理论研究——以〈情感叙事学:故事的情感结构〉为中心》,西南交通大学硕士毕业论文,2019年,第4页。

叙事影响的一个最佳范例。

抒情不仅影响了叙事的逻辑,还进一步影响了叙事的动力和终点。《十一月四日风雨大作》:"僵卧孤村不自哀,尚思为国戍轮台。夜阑卧听风吹雨,铁马冰河入梦来。""后两句转入实写。诗人心头始终郁结着慷慨之情,所以当夜深人静,忽听到窗外'风如拔山怒,雨如决河倾'(《大风雨中作》),岂能不触景生情,由风雨大作的气势联想到官军杀敌的神威!心似翻江,夜虽深而难寐;有所思,才有所梦。激动之余,入梦的是'铁马冰河',诗人的感情至此推向高潮。"①诗中的"僵卧孤村"与梦中的"铁马冰河"形成映照,制造了一种情感张力。报国无门的悲愤情感直接催生了梦境叙事,将情感的能量直接转化为叙事的动力。最后情感收束叙事,增强了诗歌的表现力。在陆游的纪梦诗中,他十分喜欢将"醒"与"梦"相对应,将梦境中的欢喜与现实世界的凄苦形成对应,凸显诗歌的情感张力,也为纪梦诗中的梦境叙事作结。如《二月一日夜梦》,诗人通过叙述"胜算观天定,精忠压虏和。真当起莘渭,何止复关河",展现梦境中高昂的情绪,但在结尾却以"觉来空雨泣,壮志已蹉跎"收结,表现了诗歌中的情感落差,同时也以"觉"的清醒令人感慨万千。

"梦并不是和清醒时的生活互相对立的,它必然和生活的其他动作和表现符合一致。"②可以说梦是潜意识的呈现,梦中的一切事情都是陆游在现实世界的经历和心灵情感的投射。另一方面,陆游的情感正是来源于社会现实,是对社会环境的反映和确证,可见他的情感是不断被牵动、变化的。从陆游诗中抒情的变化可以窥见现实世界的真实情况,陆游的纪梦诗可以被视为"诗史"传统的延伸。曾祥波先生认为对"诗史"的研究可以修正中国学术界诸如"就整体而论,我们说中国文学的道统是一种抒情的道统,并不过分"③等关于"抒情唯一论"的观点。他指出,在以抒情为第一要素的诗人群体中,却以"诗史"著称、以叙事见长的杜甫诗歌为圭臬。面对这样的矛盾,他又指出应在"诗史"中找寻解决办法。在解

---

① 上海辞书出版社文学鉴赏辞典编纂中心编:《陆游诗文鉴赏辞典》,上海:上海辞书出版社,2024年,第148页。
② (奥)阿德勒著,黄国光译:《超越自卑》,北京:国际文化出版公司,2005年,第97页。
③ 陈国球、王德威编:《抒情之现代性:"抒情传统"论述与中国文学研究》,北京:生活·读书·新知三联书店,2014年,第48页。

决矛盾的过程中既可以看出诗歌内部抒情叙事化和叙事抒情化的方法特征,亦能看出陆游纪梦诗对"诗史"传统的确证与延伸。"诗史"之名最早见于晚唐孟棨的《本事诗》对杜甫诗歌的评价,然"诗史"之实早已蕴含在中国诗歌之中。以《诗经》为例,其中有很多讽谏诗,如《毛诗序》所释"伋、寿争死"[1]"刺不悦德"[2]等,在讽谏的同时真实地反映了当时的社会现实。《毛诗序》对《诗经·郑风》的阐释与《左传》中郑国史事十分吻合,这证实了《诗经》的"诗史"精神,也反映出中国诗歌"诗史"精神的传统之悠久、深远。杜甫正是这一传统的自觉承续者。到了宋朝,该传统深刻地影响着诗歌创作。首先,体现在宋人对杜甫诗歌的重视,晁说之评价杜诗为"取以配《国风》之怨、《大雅》之群可也"[3],陈善评价道:"老杜诗当是诗中六经,他人诗乃诸子之流也。"[4]江西诗派更尊杜甫为"一祖三宗"中之"祖",可见宋人对杜诗的推崇以及对诗歌"诗史"价值和叙事传统的重视。"尽管诗史传统的源流情况复杂,影响范围有限,但诗史传统的阐释对象《诗经》是中国古典诗歌的源头,诗史传统的创作实绩,同时也是阐释对象的杜诗是中国古典诗歌的巅峰,两者的分量足以使得诗史传统不容忽视。"[5]

作为主体的诗人在将自己从现实世界中生发的情感融入诗歌时,这股情感与诗人对"诗史"传统的接受形成合力,共同促成诗歌叙事和抒情的融合。此融合映照现实世界,激发出陆游潜藏的爱国主义情怀。"诗史"传统要求诗歌反映客观现实世界,而抒情并不是这一路径的障碍,反而是助力实现此目标的重要手段。在陆游纪梦诗中,抒情促进了陆游对"诗史"传统的承续:情感在帮助读者超越事件表层理解深层意义的同时,也通过叙事节奏创造美学体验,传递诗人的道德立场,使诗歌创作超越个人立场,逐渐走向宏大叙事。在《十二月二日夜梦与客并马行黄河上憩于古驿》中,陆游发出了这样的怒吼:"吾辈岂应徒醉饱,会倾

---

[1] 许总著:《诗经诗解》,厦门:厦门大学出版社,2023年,第162页。
[2] 许总著:《诗经诗解》,厦门:厦门大学出版社,2023年,第154页。
[3] 曾枣庄、刘琳主编:《全宋文》,上海:上海辞书出版社,2006年,第279页。
[4] 朱易安、傅璇琮、周常林等主编,上海师范大学古籍整理研究所编:《全宋笔记》第5编第10册,郑州:大象出版社,2012年,第58页。
[5] 曾祥波:《诗史传统的来源与影响——对抒情传统说的一点补充》,《北京大学学报》,2023年第3期,第88页。

东海洗中原。"他在表现收复之愿的同时,通过抒情呈现了当时金人肆虐、百姓流离难安的社会环境,彰显了"诗史"精神。诗歌中的抒情表明了陆游的立场,再现了当时社会的动乱,也以陆游的视角表达了对朝廷的不满——对人才不尊重,明珠暗投,大材小用。陆游在表达对朝廷任命不满的同时,也反映出当时朝廷政治管理的失效,进一步探寻到南宋衰弱的关键原因。总之,纪梦诗中的抒情与叙事,实际上反映了以陆游为代表的南宋文人对"诗史"传统的继承与发展。

以抒情叙事的方式,亦可窥见后世马克思主义艺术掌握世界方式理论的雏形。就文学与世界的关系而言,中国自古便形成了探究文学与社会政治关联的学术自觉。从孔子口中的"诗,可以兴,可以观,可以群,可以怨"[1],到《毛诗序》所说"治世之音安以乐,其政和;乱世之音怨以怒,其政乖;亡国之音哀以思,其民困。故正得失,动天地,感鬼神,莫近于《诗》。先王以是经夫妇,成孝敬,厚人伦,美教化,移风俗"[2],再到陆游"自昔文章关治道"(《送范西叔赴召》)和"文章有废兴,盖与治乱符"(《书叹》),都表现出抒情传统下强烈的政治教化功能。在诗歌实践中,叙事往往代表着对现实的关注和写实化的倾向,因此也反映出诗歌中抒情对叙事的强烈参与与实践。将《毛诗序》对诗歌的划分和陆游诗歌的时代背景结合起来,陆游纪梦诗以抒情叙事的方式表达个人理想和家国情怀,在南宋动荡的时代背景下,他的诗歌可被视为乱世之音,其中充满悲愤,以悲愤作为历史的注脚,将自己的生命感触镌刻在历史叙述之上。这样悲愤的情绪激荡在陆游的纪梦诗中,陆游以"剖心泣血"式的直白与呐喊,突破礼教下的诗歌模式,一反"温柔敦厚"的诗教藩篱,将梦境书写淬炼为铿锵的政治宣言。

陆游不仅是中国文学遗产的继承者,也是中国诗教的反叛者。他以"横眉冷对千夫指,俯首甘为孺子牛"(《自嘲》)[3]的精神,紧紧注视着中国大地上苦难的百姓,以最殷切的情感渴望国家的统一和民族的富强,他不是"方斯时,天下岌岌,生民救死不暇,士大夫乃流宕如此,可叹也哉! 或者亦出于无聊故耶"[4]式的

---

[1] 杨伯峻译注:《论语译注》,北京:中华书局,1980年,第185页。
[2] (清)方玉润撰,李先耕点校:《诗经原始》,北京:中华书局,1986年,第45页。
[3] 鲁迅著:《野草》,北京:北京联合出版公司,2021年,第88页。
[4] 中华书局编:《陆游集》,北京:中华书局,1976年,第2277-2278页。

人物,他将自己的全部都给予了国家,年近八十也愿意为国修史,真正做到了与国家共存亡、与人民共命运。陆游的诗歌充满了豪气,自然不会局限于"温柔敦厚"的诗教。"温柔敦厚"之诗教传统起源甚早,不仅用来描述诗歌,更是表达人的审美追求。它在《礼记·经解》中最早出现:"其为人也,温柔敦厚,《诗》教也。"①"温柔敦厚"的解释众多,刘勰在《文心雕龙》中表示:"《诗》主言志,诂训同《书》,摘风裁兴,藻辞谲喻,温柔在诵,故最附深衷矣。"②闻一多也在其著作《诗人的横蛮》中表示:"依孔子的见解,诗的灵魂是要'温柔敦厚'的。"③但战争并不会因为文人的期盼而结束,已经被吞掉的土地也不会因为听话而回来。不论是人格品质还是诗歌创作风格,"温柔敦厚"在南宋的时代环境下丧失了应用价值,政治宣传需要激烈的口号,需要调动人民的情绪。陆游的纪梦诗成了对"温柔敦厚"诗教的反叛,他在纪梦诗中直接喊出了自己的心声。在《九月十六日夜梦驻军河外遣使招降诸城,觉而有作》中,陆游强烈表示:"腥臊窟穴一洗空,太行北岳原无恙。更呼斗酒作长歌,要遣天山健儿唱。"陆游对"温柔敦厚"诗教的反叛使其纪梦诗超越了个人抒情,成为南宋主战派士人群体的精神史诗,展现出抒情模式下的士人精神在现实中的突围,促进了他们在现实中的行动,成为叙事的重要部分。

陆游豪放气势的形成离不开他在诗歌创作理论中对"文气"的体认和发扬。陆游口中的"气"不是简单的"气",不是"气之清浊有体,不可力强而致"④的先天禀赋的"气",而是更偏向于"气节"和"志"之"气",是"文以气为主,出处无愧,气乃不挠"⑤的"气"。陆游认为"文以气为主",他将"气"在诗中的表现进行了分类:"夫得志而形于言,如皋陶、周公、召公、吉甫,固所谓志也。若遭变遇谗,流离困悴,自道其不得志,是亦志也。然感激悲伤,忧时闵己,托情寓物,使人读之,至于太息流涕,固难矣。至于安时处顺,超然事外,不矜不挫,不诬不怼,发为文辞,

---

① (清)方玉润撰,李先耕点校:《诗经原始》,北京:中华书局,1986年,第42页。
② 周振甫:《文心雕龙今译》,北京:中华书局,1986年,第28页。
③ 闻一多著:《唐诗杂论》,北京:人民文学出版社,2022年,第179页。
④ 田秉锷编著:《历代名家诗品》,上海:生活·读书·新知三联书店,2022年,第269页。
⑤ 中华书局编:《陆游集》,北京:中华书局,1976年,第2112页。

冲澹简远,读之者遗声利,冥得丧,如见东郭顺子,悠然意消,岂不又难哉。"①这样的"气"反映在文学创作中:首先是陆游强调的"悲愤之气",诗人应创作具有豪放悲愤之意的作品,而不是如花间词派那样无病呻吟的靡靡之音。但这样的"文气说"并不是陆游的首创,而是继承传统,自二苏到吕本中,再到陆游的老师曾几,传承不断。此种理论建构对当时逐渐萎靡的南宋诗坛来说,是很能提振情绪的,而振奋的情绪对抒情、叙事都有着重要的作用。这种情绪作为入梦前的现实铺垫,对梦境中的情感爆发和梦醒后的气韵绵延,以及梦境叙事的持续和结束都有着重要作用。而后这种"文气"最终超越艺术领域,成为陆游本人的人格投射。

陆游纪梦诗实现了抒情传统的召唤与重建,以及叙事传统的确证与延伸。他将抒情元素融入叙事诗中,打破了"抒情唯一论"的偏颇思想,通过梦境叙事扩展了诗歌的表现维度,形成了悲壮的美学风格。他以抒情和叙事双向渗透,将诗歌从个人的维度推向历史的维度,赋予了诗歌更深广的历史承载与更复杂的生命体验。他以诗歌作为武器,向世界发出自己的声音。

---

① 中华书局编:《陆游集》,北京:中华书局,1976年,第2114页。

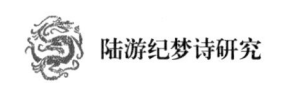

第五章　陆游纪梦诗的文学价值和现实意义

"文变染乎世情,兴废系乎时序"①,文学作品与特定的社会环境息息相关,纪梦诗也是时代的产物。陆游纪梦诗反映了当时南宋文人的整体心态,虽然爱国之情与收复之愿成为其纪梦诗的主题,但梦境的呈现形式仍然预示着一定程度的逃避。梦境是潜意识里对现实压抑的情感进行自我调节的方式,通过虚拟体验释放积压的情绪,帮助人们获得心理平衡。这种精神层面的代偿机制并不具备现实的改造力,清醒后的生活困境依然存在,虚幻的纾解无法代替实际的解决方法。然而,梦境中短暂的休憩却能为人们带来积极的情绪能量,而纪梦诗也在这一过程中实现了自身艺术形态与传统文类的新变。陆游的纪梦诗在文化意义和文学意义上都实现了超越,不仅表现出中国本土梦理论的有效实践,并在一定程度上与西方精神分析学说的"潜意识"理论有相似之处,且进一步突破了弗洛伊德"泛性论"的局限性。在文学意义上,陆游纪梦诗的创作理性对"梦"的无意识象征语言的驯化与超越,有助于加强对文学本质的认识。最后,立足于中国的国情,对陆游纪梦诗的研究有助于加强对民族精神的探究。民族精神包含历史维度,宋元纪梦是民族精神的历史文化资源,可丰富民族精神的人文精神和构成模型。

第一节　梦理论的文学实践

梦是人类非常独特的体验,几乎很少有人能真正说出它究竟是什么,这为梦理论的研究蒙上了一层神秘的面纱。这层神秘的面纱也使人们最初对梦的探索

---

① 游光中、黄代燮编著:《中外诗学大辞典》,成都:四川辞书出版社,2020年,第601页。

误入迷信,反映了人类蒙昧时期的理论特征。这层面纱直至十九世纪才被揭下,自此,对梦的研究正式进入了科学的进程。

一、陆游纪梦诗对中国传统梦论的创作实践

中国文化源远流长、博大精深,有关梦的研究十分广泛和深刻,出现了许多重要的理论观点。如梦的生发原因,仅针对现实世界的生理基础,就有诸如外感说、内感说、感变说、脑气说;与梦有关的精神研究提出了六梦说、魂魄说、存思存想说、情化往复说、识运不停说、心感心动说等理论。随着时间的推移,梦理论的主流观点不断嬗变,就是在同一时期,处于不同思想立场的人对梦的态度也不同。首先是儒家。在古代,梦经常被视为神鬼迷信的一部分,有着诸如"上天取物位王侯,飞上天富贵大吉,登天上屋得高官"[①]等释梦方式,但儒家在"子不语怪、力、乱、神"[②]和"务民之义,敬鬼神而远之,可谓知矣"的思想下,仍然有诸如"甚矣吾衰也!久矣吾不复梦见周公"[③]的感叹,可见一向支持"天命可易"的儒家对梦的认识多么复杂。再说道家。中国封建文化语境下的道家已经不是春秋时期作为诸子百家的道家,而是在"罢黜百家,独尊儒术"以及各个时期历史洪流的冲击下,逐渐加入了民间迷信文化且深入民众内部,最终幸存的道家。在道家思想中,对梦的思考十分繁杂,关于梦的形成就有很多种不同的说法,既有"是知阴盛则梦涉大水恐惧;阳盛则梦大火燔灼;阴阳俱盛则梦相杀毁伤;上盛则梦飞;下盛则梦堕"[④]的阴阳五行说,也有"众人视听于外,则神游于外,见闻声色,动荡乎中,神性化而为情,情受牵缠,故心有念,动有著,昼有想,夜有梦"[⑤]的因思成梦说,亦有"凡道士忽得不祥之梦,或梦与人斗争,或相收录者,此亦七魄游尸之所

[①] 徐敏主编:《现代周公解梦》,北京:中国物资出版社,2007年,第255页。
[②] (清)刘宝楠撰,高流水点校:《论语正义》,北京:中华书局,1990年,第272页。
[③] (清)刘宝楠撰,高流水点校:《论语正义》,北京:中华书局,1990年,第256页。
[④] 上海书店出版社编:《道藏》第21册,上海:文物出版社、上海书店,天津:天津古籍出版社,1988年,第71—72页。
[⑤] 上海书店出版社编:《道藏》第6册,上海:文物出版社、上海书店,天津:天津古籍出版社,1988年,第489页。

为也。或导将外鬼来入本宅,或三魂散髣,五神战勃"①的魂魄散乱说,由此可见,道家对梦的探讨颇为丰富。而佛家更是提出诸如"一切有为法,如梦幻泡影,如露亦如电,应作如是观"②的说法。综观中国古代梦理论,尽管这些学说经历了深刻的理性思辨,但受时代局限,它们仍未完全脱离迷信的范畴。精神分析学派的弗洛伊德对此也有自己的思考:"他们认为梦与他们信奉的超自然物的世界有关,梦从上帝和魔鬼处给人们带来神灵的启示。在他们看来,梦对做梦者而言,必定具有一种特殊的目的,一般说来,它们预示着未来。对梦的起源这种超自然的信仰,使得古代占梦之术得以流行,同时也给梦这一常见的精神现象蒙上了神秘主义的色彩。"③弗洛伊德从解析神灵的视角出发,探讨了这一观点的起源,指出其植根于传统社会对超自然的信仰体系。尽管中国传统梦理论与暗示、神秘等存在某些相通之处,但这绝不减损其独特价值。恰恰相反,中国传统梦理论深深扎根于"天人合一"的哲学传统中,不仅为古代释梦体系提供了理论支撑,更在后世梦理论的发展进程中开辟了一条独具东方智慧的认知路径。"中国古代梦说梦论的伟大成就,主要的并不是那些具体的观点与论断,而在于不同于西方哲学、心理学的特殊思路。这就是把阴阳观念引入精神系统,用阴表示现代所谓潜意识,用阳表示现代所谓意识,由此所看到的不是意识与潜意识的对立与对抗,而是二者的统一与互补。"④这也从梦理论研究领域确证和延伸了世界哲学中从主客二分到天人合一所体现的"在场"与"不在场"交融共在的万物一体的历程,具有深刻的理论创新意义。而陆游纪梦诗承接了这样的哲学意义,以中华民族独特的哲学基础预设并实现了对中国本土梦理论的有效实践,以一种"诗意"的语言表达了中华民族的精神内心和现实世界中"诗意栖居"的融通。

"梦是一种不由自主的诗。"⑤作为人无意识状态下的一种特殊状态的梦,在

---

① 上海书店出版社编:《道藏》第34册,上海:文物出版社、上海书店,天津:天津古籍出版社,1988年,第79页。
② 陈秋平、尚荣译注:《金刚经·心经·坛经》,北京:中华书局,2012年,第77页。
③ (奥)弗洛伊德著,张燕云译:《梦的释义》,北京:新世界出版社,2007年,第2页。
④ 刘文英、曹田玉著:《梦与中国文化》,北京:人民出版社,2003年,第6页。
⑤ (英国)安东尼·史蒂文斯著,薛绚译:《私人梦史》,海口:海南出版社,2015年,第159页。

第五章　陆游纪梦诗的文学价值和现实意义

进入文学创作后,尤其是进入运用诗的语言的创作中,就诞生了一种特殊的诗歌文体,即纪梦诗。纪梦诗形式被傅正谷先生划分为诸多种类,即"记梦之作""梦中之作"和"梦喻之作",它们作为纪梦诗具体的呈现形式,增添了诗歌艺术的表现力。关于"记梦之作",傅正谷先生将其定义为:"人或有梦,而梦境又令人难忘,不仅使人情动不已,而且激起了强烈的创作冲动,于是援笔而书,将梦境生动地记述下来,从而成就了各类文学作品,总曰记梦之作。"[1]接下来我们具体探究陆游的记梦之作。

(一)记梦之作

"记梦之作"是在梦醒之后,诗人对梦境之中发生的事情记忆十分清晰,因此有感而发,创作出了一篇诗歌,其中结合了叙事与抒情的种种表达优势。如陆游的《余往与宇文叔介同客山南,今年叔介客死临安,十月十一日夜忽梦相从取架上书,共读如平生,读未竟,忽辞去,留之不可,曰:欲归校药方。既觉,泫然不能已,因赋此诗》《十月二十八日夜,鸡初鸣时,梦与数女仙遇,其一作诗示予颇哀怨如人间语,惟末句稍异,予戏之曰:若无此句不可为神仙矣。其一从傍戒曰:汝当勿忘此规,作诗者甚有愧色,予颇悔之。既觉,赋两绝句以解嘲》等,由诗题可见,陆游在写诗时对梦境发生的事情知之甚详,作诗以记之,这类诗歌可以被称为"记梦之作"。在陆游的"记梦之作"中,梦境意象瑰丽多姿,或欢欣愉悦,或哀婉凄恻,或沉痛悲怆。这些丰富多变的梦境折射出诗人复杂而细腻的情感世界,同时也揭示了人在梦境中的深层心理体验。

中国古代梦理论研究者正是基于此类文学表达,进一步对梦的类型与功能进行了系统划分,从而深化了对梦的哲学与心理认知。其中比较有代表性的是"六梦说",该学说不仅可以被视为对梦的生成探究,也可以被视为对梦境种类的划分。"六梦说"是中国文化对梦研究比较早的理论思想,与神灵迷信思想息息相关,周王身边的占梦官敏锐地发现了它之后,该理论记载在《周礼》中,影响了后世。《周礼·春官·占梦》中说:"占梦(官)……以日月星辰占六梦之吉凶。

---

[1] 傅正谷著:《中国梦文学史》,北京:光明日报出版社,1993年,第6页。

一曰正梦,二曰恶梦,三曰思梦,四曰寤梦,五曰喜梦,六曰惧梦。"[1]"正梦"即"无所感动,平安自梦"[2],是人在情绪十分平静的基础上进入的梦境,这类梦境实际上是大多数梦境的缩影,因为情绪"无所感动",生发出的梦境自然不是激荡的,梦中的事情也与惊奇无关,因此关于"正梦"的纪梦诗歌十分少见。"恶梦",也为"噩梦","所梦可惊愕也"[3],人在现实世界巨大的刺激下会做噩梦,它与恐惧等心理有关。韩愈曾描写过他的经历:"犹疑在波涛,怵惕梦成魘。"(《游湘西寺》)[4]陆游有关这种情绪的纪梦诗较少。随后是"思梦","思梦"在人的梦境中极为常见,为"觉时思念之而梦"[5],顾名思义,是将现实世界中对人的思念迁移至梦中。陆游的纪梦诗中因"思梦"而作者甚多,既有《十二月二日夜梦游沈氏园亭》的思念唐婉之作,也有《予初仕为宁德县主簿,而朱孝闻景参作尉,情好甚笃,后十余年,景参下世,今又几四十年,忽梦见若平生,觉而感叹不已》的思友人之作,亦有《初秋梦故山觉而有作》的思乡之作,"思梦"为陆游纪梦诗创作的主要理论支撑。"寤梦者,谓如觉所见而实梦也"[6],"寤梦"在陆游纪梦诗中亦有记载,只不过采取了暗示的方法,如《夜梦与宇文子友谭德称会山寺,若饯予行者,明日黎明得子友书,感叹久之,乃作此诗》。在诗中,诗人详细叙述了他与好友会面的场景:"在门仆整驾,临道雅嘶鸣。我友顾谓我,天寒戒晨征。"诗中并未采用陆游怀人纪梦诗中经常使用的叙事夹杂抒情的方式,到最后才表示"邻钟忽惊觉,鸦翻窗欲明"。钟声敲响,诗人才惊觉这是一场梦,这场梦是"寤梦"。"喜梦"自然是指"喜悦而梦",可见喜悦这种情绪延伸到了梦境中,给陆游带来了极大的快乐和满足,具有代表性的是《记戊午十一月二十四夜梦》。整首诗中,诗人一扫沉郁悲愤之风格,从头至尾洋溢着欢乐的气息。在梦中诗人小小的虚荣心被满足:"近传老仙尝过市,此翁或是那可识?逡巡相语或稽首,争献名樽冀余

---

[1] (清)孙诒让撰,王文锦、陈玉霞点校:《周礼正义》,北京:中华书局,1987年,第1968页。
[2] 徐正英、常佩雨译注:《周礼》,北京:中华书局,2014年,第525页。
[3] 罗基编著:《梦学全书》,北京:中国社会出版社,1996年,第30页。
[4] 洪丕谟著:《解梦》,北京:中国物资出版社,2011年,第8页。
[5] 陈永正主编:《中国方术大辞典》,广州:中山大学出版社,1991年,第205页。
[6] 陈永正主编:《中国方术大辞典》,广州:中山大学出版社,1991年,第223页。

沥","高谈方纵惊四座,不觉邻鸡呼梦破"。最后"惧梦"自然是指因害怕而产生的梦,这种程度比"恶梦"轻。对陆游而言,其毕生忧惧可凝练为一点——山河难复,家国未强。在此种恐惧支配下,自然出现了《十月二十六日梦行南郑道中,既觉恍然,揽笔作此诗,时且五鼓矣》《频夜梦至南郑小益之间慨然感怀》等纪梦诗。

陆游纪梦诗既实现了对"六梦说"的文学实践,也进一步表现了当时南宋文人的生存感受。梦是潜意识的体现,现实世界的感受才会反映在梦里,陆游的"喜梦""惧梦""恶梦"等不同类型的梦都表现了他丰富的现实感受。蕴含着各种情感的梦是陆游在现实世界中难以寻找的精神出口,在纾解情绪的同时,也展现了他的生存感受。如《九月十四日夜,鸡初鸣,梦一故人语曰:我为莲华博士,盖镜湖新置官也,我且去矣,君能暂为之乎?月得酒千壶亦不恶也,既觉,惘然作绝句记之》,诗人在表现"白首归修汗简书,每因囊粟戏侏儒"的情感时,表达了他多维的生存感受。他在修史工作中劳累不已,工作与报酬不成正比,使他对桃花源产生了幻想,想要脱离这污浊的人间世,到达如"莲华博士"所在的干净之处,这也暗喻他对整个社会的批判。这种感受并非陆游独有,"莲华博士"代表着当时众多文人内心对真善美的追求。因此,陆游纪梦诗在印证中国传统梦理论的同时,还反映了宋代文人的生存感受。

(二)梦中之作

其次是"梦中之作","此与前类全是梦后构思成篇不同,是作者尚在梦中即有所作"[1],诗人的诗兴在梦境中被激发出来,他将梦中世界当作另一个现实世界,一逞情思,醒后觉而所作。但该诗作往往不是纯"记梦",袁枚在《随园诗话》中表示:"梦中得句,醒时尚记,及晓,往往忘之。似村公子有句云:'梦中得句多忘却,推醒姬人代记诗'……鲁星村亦云:'客里每先顽什起,梦中常惜好诗忘'。"[2]可见梦境中的事物往往难以被完全记住,诗人往往会增补一二,使之完整呈现。如陆游纪梦诗《夜梦与数客观画,有八幅龙湫图特奇,客请予作诗其上,书数十字而觉,不复能记明,且乃追补之,亦仿佛梦中意也》《梦海山壁间,诗不能尽记,以其意追补》《甲子岁十月二十四日夜半,梦遇故人于山水间饮酒赋诗,既觉

---

[1] 傅正谷著:《中国梦文学史 先秦两汉部分》,北京:光明日报出版社,1993年,第8页。
[2] 傅正谷编著:《中国梦文化辞典》,太原:山西高校联合出版社,1993年,第1005页。

仅能记一二,乃追补之》等。仅从诗题上就能发现,诗人对梦境情节的记忆逐渐变弱,从"记梦之作"的完整情节叙述到仅存梗概,这一特点都得到了忠实的呈现。

再者,从"梦喻之作"的创作机制来看,"梦中之作"需要补充是必然的。"这类作品(指梦喻之作)的特点是以梦为喻,去状物写景,抒情议论,以表现被梦幻化了的某种现实生活,表达作者的思想情志、愿望、理想等。"①这类作品反映了梦的虚幻性。在梦境中仿佛历历可见,但梦醒之时,人的意识回到现实,梦境的内容却雾蒙蒙的,十分难辨,因而梦中所作的诗句需要追补。梦境的虚幻性不只在陆游身上体现出来,每个人都会遇到。古人也精准发现了这种规律,提出了假说,并通过自己的体验完善理论支撑,进一步丰富了中国的梦理论。要回答梦为什么如此虚幻,如镜花水月一般,就需要进一步探究梦的本质。西方精神分析学派,尤其以弗洛伊德作为代表,认为梦是潜意识的显现:"它完全是有意义的精神现象。实际上,是一种愿望的达成。它可以算作是一种清醒状态的精神活动的延续。"②他们将梦的本质定义为"梦是愿望的达成"③,弗洛伊德举了众多例子来证明他的观点,如照顾久病在床儿子的母亲梦见其子康复,她与众多作家在一起,十分快乐,弗洛伊德将该梦解释为:"此后将不再是枯燥的看护工作了,快乐的日子即将来临!"④而在中国,对梦本质的探寻同样历史悠久且深入,比较著名的观点有"梦之精神""神蛰"和"神藏"。我们以历史发展顺序进行描述,首先是"梦之精神"。该学说突破了春秋战国时期对梦的描述性研究,但因时代局限性的影响,比较笼统,并不是很深刻。"梦之精神"主要依"夫觉见卧闻,俱用精

---

① 傅正谷著:《中国梦文学史 先秦两汉部分》,北京:光明日报出版社,1993年,第9-10页。
② (奥)弗洛伊德著,丹宁译:《梦的解析 揭开人类心灵的奥秘》,北京:国际文化出版公司,1998年,第35页。
③ (奥)弗洛伊德著,丹宁译:《梦的解析 揭开人类心灵的奥秘》,北京:国际文化出版公司,1998年,第35页。
④ (奥)弗洛伊德著,丹宁译:《梦的解析 揭开人类心灵的奥秘》,北京:国际文化出版公司,1998年,第38页。

神"①和"夫梦用精神。精神,死之精神也。梦之精神不能害人,死之精神安能为害"②进行阐明。该理论根植于神鬼思想,王充从"精神依倚形体"的前提出发,认为梦与人清醒状态下的精神活动不同,根源于人"气倦精尽",即十分劳累的状态。该理论试图对梦的本质进行说明,但受制于当时的社会条件和魏晋玄学思想,它依旧是一种非常笼统的概念说明,并没有真正触及梦的本质。而随后的理论突破正是陆游所在的南宋时期,这在一定程度上代表着当时士人对梦本质的认识。该突破理论的提出者是朱熹的弟子陈淳。陈淳受宋明理学中关于人心"已发""未发"问题,以及心之动静等问题的影响,对梦的本质提出了"神蛰"的理论:"淳思此,窃谓人生具有阴阳之气,神发于阳,魄根于阴。心也者,则丽阴阳而乘其气,无间于动静,即神之所会而为魄之主也。昼则阴伏藏而阳用事,阳主动,故神运魄随而为寤。夜则阳伏藏而阴用事,阴主静,故魄定神蛰而为寐。"③以传统阴阳的方式来解释梦的本质,将梦看作人的精神在潜藏下的状态,也进一步解释了醒来时梦不甚清晰的原因,即"心无主"和梦之清浊。"心无主"即自己的心不受自己控制,因而"寤有主而寐无主",它是梦境混乱模糊的重要原因。其次是清浊之缘由,"寤清而寐浊"因而"寂然感通之妙,必于寤而言之"。"神蛰"理论与西方潜意识有异曲同工之妙,都认为梦的活动不受人的支配,且梦可谓潜意识的造物。最后是"神藏"说,见于王夫之《正蒙》。《正蒙·动物篇》中言说:"梦,形闭而气专乎内也。"④王夫之注:"气专乎于内而志隐,则神亦藏而不灵。"⑤"神藏"即描述人的精神在存在的同时潜伏下来,但不能自主地发挥功用。"但既曰'藏',则表明精神依然存在,因而依然能够发挥其作用,而有某种活动,但不能自觉地、有目的地活动,内容混乱模糊,不能正确地认知外物。"⑥这从另一方面解释了"记梦之作"需要追补的重要原因。

从"梦之精神"到"神蛰",再到"神藏",中国传统对梦的理论研究与弗洛伊

---

① 田昌五著:《论衡导读》,北京:中国国际广播出版社,2008年,第285页。
② 田昌五著:《论衡导读》,北京:中国国际广播出版社,2008年,第277页。
③ 刘文英著:《刘文英文集》第三卷,兰州:兰州大学出版社,2021年,第165页。
④ 张载:《张载集》,北京:中华书局,1978年,第20页。
⑤ 刘文英著:《刘文英文集》第三卷,兰州:兰州大学出版社,2021年,第166页。
⑥ 刘文英、曹田玉著:《梦与中国文化》,北京:人民出版社,2003年,第215页。

德的梦的潜意识学说十分相似,但比起主客二元论的对立,中国传统理论则更增添了一些天人合一的传统观念。梦的本质与人的精神的关系,导致了梦在现实世界中虚幻性的特质,这种特质也推动了"记梦之作"在现实世界中的介入与融合。不论是补缀一二字还是一二句,梦中所作的纪梦诗便不可阻挡地被注入了现实的因素。一二字看似不多,却十分重要,有时甚至会影响整首诗歌的意境表达。如王安石《泊船瓜洲》"春风又绿江南岸,明月何时照我还"①中的"绿"字,其已成为中国古代诗歌"炼字"的典型例子。"王荆公绝句云:'京口瓜洲一水间,钟山只隔数重山。春风又绿江南岸,明月何时照我还。'吴中士人家藏其草,初云'又到江南岸'。圈去'到'字,注曰'不好',改为'过',复圈去而改为'入',旋改为'满',凡如是十许字,始定为'绿'。"②而对于该字对诗词的言说,不同的评论家有着不同的意见,有的认为该字十分妥帖,有的却认为该字太过显露。程千帆在《古今诗选》中赞扬道:"而这一句则以为并非春风能使草水呈现绿色,而是春风本身就是绿的,因此吹到之处,水边沙际,就无往而非一片绿色了。以春风为有色而且可染,是诗人功参造化处。"③而臧克家在其著作《臧克家古典诗文欣赏集》中表示:"这'绿'字,在视觉上给人以色彩鲜明的感觉,在人心上,引起春意无涯的生趣;但我嫌它太显露,限制了春意丰富的内涵,扼杀了读者广阔美丽的想象。如果不用'绿'字而用'到'或'过',反觉含蓄有味些。"④可见一字对诗歌的重要影响。

  陆游纪梦诗也同样如此,现实世界中补缀的字句毕竟不是梦中所作,因此必定会为诗歌增添几分现实因素。但并不是说对纪梦诗的追补会减少诗歌对梦境的呈现,现实创作中常存在此等差异:梦中谱写了一首美妙动听的乐曲,醒时一演奏,却十分难听,纪梦诗亦同理。有时纪梦诗的现实追补会增加诗歌的表现力,诗人在梦幻的推动下,以诗的语言尽力增强诗歌的表现效果,使纪梦诗更充分地表达宋代文人的生存感受。陆游的纪梦诗即在这种情况下不断突破前人的

---

① 周召安、李光昭著:《新编千家诗评注》,杭州:浙江古籍出版社,2023年,第189页。
② 周振甫著:《诗词例话》,北京:中国青年出版社,2022年,第426页。
③ 程千帆、沈祖棻选注:《古诗今选》,上海:上海古籍出版社,1983年,第486页。
④ 臧克家著:《臧克家古典诗文欣赏集》,北京:北京出版社,1990年,第195页。

窠臼,实现自身的新发展。

(三)梦喻之作

"梦喻之作"中比较有名的是"蝴蝶梦""华胥梦""黄粱梦"等,这类作品大多在散文中呈现。诗歌中几乎没有相关专题的描写,其主要通过用典参与诗歌意义的建构,且不局限于纪梦诗。纪梦诗中的"梦喻之作"也不少,如"惊起放翁蝴蝶梦,半窗寒日欲斜时"(《赠惟了侍者》),"听尽啼莺春欲去,惊回梦蝶醉初醒"(《遣兴》),"一梦邯郸亦壮哉,沙堤金辔络龙媒"(《记九月三十夜半梦》)等。非纪梦诗也出现了相关用典,如"杜鹃血尽啼未歇,蝴蝶梦残心更狂"(《初夏》),"饭余一枕华胥梦,不怪门生笑腹便"(《晨雨》),"醉迷采苍耳,旅饭炊黄粱"(《山泽》)等。

陆游纪梦诗主要以上述三种形式进行纪梦书写。而"梦喻之作"也精彩地运用了主体与客体之间的相互对应关系,建构了极为丰富美丽的诗歌世界。"梦喻"之作彰显了人作为认知主体对世界的掌握与联结能力,这种把握正是天人合一哲学观在语言层面的最佳体现——语言不仅作为工具存在,更通过"在场"与"不在场"的辩证统一,实现了对万物一体的显现,从而深刻揭示事物之间的内在联系,以诗的语言达成"以少总多"和"语少旨丰"的效果,令人想象无穷。而在"梦喻之作"中,不仅反映了语言的能力、人的主体化能力,还展现了中国梦理论的独特观点。

作为"梦喻之作"代表的诸如"黄粱梦""蝴蝶梦""华胥梦"等梦境,已成为固定典故。对其成因进行探析可以发现,梦境与之其实在某些方面具有共通性。"典故"一词,最早见于"亲屈至尊,降礼下臣,每赐宴见,辄兴席改容,中宫亲拜,事过典故"[①],指原有的常制和典例;而"诗文里引用的古书中的故事或词句"则是词义延伸而来,成为"典故"往往要满足"具有历史故事性、成言经典性、凝聚语言性、文人创造性和书面流传性"[②]的特征。诸如"蝴蝶梦""华胥梦""黄粱梦"等"梦喻之作"满足了上述条件,这意味着梦在具有"人闻梦中相尔汝,旁人不知梦中语"的隐私性的同时,亦具有共通性。由此可引申到对梦性质的划分,这些性

---

① (清)严可均辑:《全后汉文 上》,北京:商务印书馆,1999年,第91页。
② 张履祥:《典故、典故系列和典故辞典的编纂》,《辞书研究》,1996年第4期,第43页。

质反映在陆游纪梦诗中,忠实表达了他的情感倾向。关于梦性质的划分,不同学者有着不同的观点:刘文英和曹田玉在合著的《梦与中国文化》中,将梦的性质划分为梦的虚幻性与真实性、隐私性与共通性、满足感与忧患感这六种两两对立的性质。这六种性质既囊括了梦的所有面向,也深刻反映了纪梦诗歌所蕴含的诗人情感,揭示了纪梦诗歌如何激发诗人追忆往日的忧思,成为诗人独特的精神出口,具体表达了以陆游为代表的宋代文人的生存感受,成为他们联系现实的一种方式。

首先是虚幻性和真实性。虚幻性似乎无须证明,只凭梦的出现方式和存在语境,还有梦境中如"有蛇头而四角,鱼首而鸟身,或三足而六眼,或龙形而似人"[1]的奇怪事物,人们便能深切感受到这种虚幻性。陆游也对梦的虚幻性做过描述:"醉里猖狂醒自笑,梦中虚幻觉方知。"(《自咏》)中国古代哲学家立足于理性思维,在承认梦的虚幻性的同时,也证伪了梦与迷信占卜的关系,魏晋时期的傅玄指出:"梦攀日月,觉而不上天庭。梦入九泉,寤而不及地下。"[2]从中可见中国传统哲学家的理性态度。陆游纪梦诗中也有诸多虚幻性的表现,如《甲午十一月十三夜梦右臂踊出一小剑,长八九寸,有光,既觉,犹微痛也》,人的身体必然不会踊出一把剑来,这把剑实际上是陆游爱国之情和收复之愿的实体化,以"床头忽觉蛟龙吼,天上方惊牛斗空"的神奇之剑实现陆游的报国之情,也反映了陆游壮志难酬之感。不只该诗体现了虚幻性,陆游还梦见本该在关中的荆轲墓却在其他地方(《丙午十月十三夜,梦过一大冢,傍人为余言此荆轲墓也,按地志荆轲墓盖在关中,感叹赋诗》),以及有着仙药效果的地黄(《梦有饷地黄者,味甘如蜜,戏作数语记之》)。这些都从诗歌中展现了古代梦理论对虚幻性的认识。然而,古代梦理论并不满足于对梦虚幻性的认识,而是立足于中国传统思想学说,进而提出梦并不完全属于虚幻的这一论题,如唐代卢重玄在其著作《庄子解》中表示:"夫六情俱用,人以为实;意识独行,人以为虚。人以为虚者,同呼为幻,人以为实者,同呼为真。曾不知觉亦神之运,梦亦神之行。信一不信一,是不达

---

[1] 王飞鸿主编:《中国历代名赋大观》,北京:北京燕山出版社,2007年,第250页。
[2] (晋)傅玄撰,刘治立评注:《〈傅子〉评注》,天津:天津古籍出版社,2010年,第155页。

矣。"①何栋如甚至通过逻辑辩证思维对梦的虚幻与真实性进行讨论,以否定性和肯定性的矛盾认识来展现梦的真实特质,在对立之中又坚持同一,即非真非幻,同时又亦真亦幻。而关于梦的真实性,古代文人也深有体会,梦可谓是颠倒的现实世界,梦境完全可以构筑一个现实世界,诗人的主体性也在这里彰显。如上文所举之例,一柄剑无论是在现实世界还是梦境世界,在其他影响因素保持不变的情况下,它对诗人情感的激发往往是同一的,都遵循了"剑—战争—功名—壮志难酬"的思维路径,因此引发的情绪体验在某种程度上也能达到同一。因此,在这样的意义上,对梦真实性的认识并非虚妄之论。

除此之外,诗歌领域的"实"和"虚"也能进一步说明梦境中的真实性和虚幻性的关系。梦的虚幻性体现在对现实世界的背离——在现实世界中绝对不会出现带角的鱼,但在梦境中可能会出现。但另一方面,正是有了鱼和带角的动物这两种现实元素,梦境经过组合才会产生带角的鱼这一意象,因此梦境的真实性与虚幻性是对立统一的。这种真实性与虚幻性的对立统一不仅在梦境中有所展现,在其他诗歌题材中也有所展现。在李白的《梦游天姥吟留别》中,"霓为衣兮风为马,云之君兮纷纷而来下。虎鼓瑟兮鸾回车,仙之人兮列如麻"②,风不可能制成衣服,老虎自然不会鼓瑟,这些意象共同构筑出李白笔下的华丽仙境,既反映了他对访仙求道的追求,又深刻展现了虚幻性和真实性的统一。这种统一性同样反映在陆游的纪梦诗之中,如《丙午十月十三夜梦过一大冢,傍人为余言此荆轲墓也,按地志荆轲墓盖在关中,感叹赋诗》:诗人在虚幻性的梦境中见到了荆轲墓,而令诗人惊叹的是关中的荆轲墓却不在关中,这体现了梦的虚幻性;但荆轲本身所象征的壮士之悲和报国之志,实际上落脚于"国雠久不复,惊觉泚吾颡"的家国悲痛中,激发的不仅是陆游的个人情感,更是整个时代的集体悲情,成为当时文人心态的真实写照。

---

① 刘文英著:《刘文英文集》第三卷,兰州:兰州大学出版社,2021年,第169页。
② 林庚、冯沅君主编:《中国历代诗歌选》卷二,北京:生活·读书·新知三联书店,2024年,第83页。

二、陆游纪梦诗对西方梦理论的跨文化印证

从诗歌和梦境微妙的联系可见,陆游纪梦诗对梦境的深刻展现,在一定程度上实现了对梦理论的确证和诗学的延伸。梦的隐私性和共通性也是矛盾的两个方面,具有对立统一性。隐私性体现在旁人对梦境内容无从了解——若陆游不在诗歌中表达自己的梦境,旁人便无法得知。由此观之,梦境不仅是纪梦诗的载体,纪梦诗也成了梦境的诗歌载体,而通过诗歌这一载体,又进一步实现了梦境的共通性。诗人通过创作获得的满足感和忧患感,更详细地阐释了陆游纪梦诗既能追忆往昔忧思,又可成为情感出口的原因。

(一)弗洛伊德梦理论

弗洛伊德认为梦是欲望的满足,但"这些梦例主要是西方所谓'惩罚的梦''痛苦的梦''创伤的梦''焦虑的梦'以及噩梦、梦魇等。中国古代在梦的探索中发现,有些梦的确可以满足梦者的欲望和企求,有些梦则显示了梦者内心深处的忧虑或恐惧,只有一半同弗洛伊德的理论是一致的,另一半则是不同的"[①]。学者们在分析了中西理论差异的同时,也表明不应盲目套用外国精神分析学说来解说中国的现实,而是要秉持"中学为体,西学为用"的原则,探索更适合中国本土梦文化的理论体系,才能实现中国梦理论从古代到现代的巨大飞跃,这对实现中国文论的自主创新具有重要学术价值。但同时也不能只囿于自我的思维定式里,需要适当地以开阔的眼光跳出固有框架,实现自身更好的发展。如上文所述的中国天人合一理论,如果跳出自身的框架,从西方哲学思维入手,就可以发现它并非十分完善。张世英认为,借助西方的主客观念可以发现中国传统的"天人合一"观念缺少了西方哲学"主客二元"的传统。而实现从"主客二元"哲学转向中国哲学的"天人合一"是在有主体性自我的基础上,在掌握科学的基础上研究世界以达到由"物"向"象"的转变,获得对世界真理性的认识,在认识的基础上,尊重自然而达到"天人合一"。在西方"此在—世界"的基础上,"我们应当从自己的哲学基础出发,批判地吸取中国的'前主客关系的天人合一'的合理之处,把

[①] 刘文英、曹田玉著:《梦与中国文化》,北京:人民出版社,2003年,第227页。

它同西方近代的'主客—客体'式结合起来,走一条具有本民族特色的'后主客关系的天人合一'的哲学之路"①。由此可见,西方理论对进一步分析中国思想,对突破传统理论的思维路径,以及以一种新的角度看待世界具有非常重要的意义,这一点也反映在中国梦理论的延展层面。陆游纪梦诗不仅实现了对中国本土梦理论的有效实践,还在一定程度上与西方的精神分析学说有相合之处,但又进一步突破了以弗洛伊德"泛性论"为代表的精神分析学说的局限性,展现了中国特有的梦境诗意书写。陆游的纪梦诗表达了释放潜意识的要求和欲望的满足,他梦中的剑和行于南郑道路中等梦境情节,实际上代表着他内心对国家富强的渴望,这种追求已经内化于陆游最深处的潜意识,他已将爱国主义情怀根植于自己的内心。

潜意识理论来自西方精神分析学派,由弗洛伊德创立。自弗洛伊德开始,对梦的分析正式进入了科学理论的阶段,梦理论不再根植于猜测和迷信,而是以科学的手段和方法进行理性分析。1899年出版的《梦的解析》被认为标志着精神分析心理学的正式确立。弗洛伊德不仅对梦进行了深入的研究,还以梦作为载体进一步分析了人的精神。弗洛伊德认为"梦提供动机力量的愿望,总是来源于潜意识"②,而潜意识理论的提出则是在哲学史上对人"自恋"的第三次打击,不亚于哥白尼日心说的影响力。弗洛伊德学说的出现有其必然性:社会环境中宗教改革对人思想的解放、弗洛伊德复杂的家庭条件和自身的个人因素,共同促进了精神分析学说的产生和发展。弗洛伊德出生于一个犹太人家庭,父亲是一位羊毛商人,且比他的母亲大二十多岁。弗洛伊德与母亲的关系十分亲密,但他对父亲的态度却十分矛盾。由于当时犹太人在社会上遭受歧视,父亲在面对社会时基本处于一种退让状态,这让弗洛伊德十分不满,而这种对父亲的不满实际上也是他后来在精神分析学说中提出的俄狄浦斯情结的实践基础。他在医学上的深入研究进一步促进了其精神分析理论的成熟。

在精神分析学说中,关于梦的研究是一个重要且具有奠基意义的领域。弗洛伊德通过对梦的研究揭开了人类精神世界神秘的面纱。在弗洛伊德之前,欧

---

① 张世英著:《哲学导论》,北京:北京大学出版社,2002年,第14页。
② (奥)弗洛伊德著,车文博主编:《释梦 下》,北京:九州出版社,2021年,第560页。

洲对梦的分析也如中国古代一般与迷信紧密联结,他们将梦视为超自然的造物,认为人类通过对梦中世界的体验可以预知未来,甚至出现了"灵魂出窍"说——由于梦境的真实性和虚幻性的交织,导致人们将梦境世界误认为另一个真实的世界,认为自己的灵魂在那个世界中徜徉,所思所见反映在梦境之中。而弗洛伊德的《梦的解析》如开天辟地一般,将梦境从迷信的泥潭中拉出,正式开始了理性思维分析。弗洛伊德论证了人的梦是完全可以被理性分析的,而不是直接诉诸于迷信。弗洛伊德认为,人的心理不仅具有显化的意识,还包括隐藏的无意识现象,而无意识又可以划分为前意识和潜意识。潜意识不能进入意识层面,它代表着人与生俱来的原始冲动,如性本能。弗洛伊德将大多数理论都与性挂钩,包括梦境理论,这一点也不断受到诟病。弗洛伊德指出,规律性是人精神活动的一个重要特征,因此不论是意识还是无意识都是有规律的。因而作为潜意识显现的梦也是有规律的,这最终证实了梦是可以被理论分析的。

弗洛伊德根植于自身的医学知识,提出了多个专业概念,如"冰山理论"。他认为人的精神可以分为三个部分,即本我、自我和超我,而"本我"则是完全潜意识的,是不受意识控制的。潜意识作为精神分析学说中的重要概念,也是解释梦的重要理论依据。正是潜意识理论的提出,继哥白尼和达尔文之后,对人类历史上的"自恋"给予了第三次重大打击。哲学发展到了黑格尔时,已经将人类的主体性膨胀到了最高峰,认为人是无所不能的,再加上19世纪盛行的实证论主张人能确切地、真实地认识自我和环境。潜意识的提出直接说明人是无法清晰地认知自我的,因为潜意识是永远无法被人所认识的,是处于冰山的最底层,不会显露出来。而作为"通往潜意识之王道"①的梦,也成为精神分析学派研究的重点。潜意识解释了梦的发生和运行的原因,"在弗洛伊德看来,梦是一种有意义的精神活动,它源自人们潜意识中的欲望。这些欲望在梦中经过改造,以特殊的组合形式呈现在人们面前,而梦的形成就是欲望得到满足的结果"。②

事实也正是如此,陆游的纪梦诗深刻地表现出其欲望的满足,这种满足不会直接表现出来,而是以一种象征性的方式展现。《梦中行荷花万顷中》一诗,他在

---

① 邱鸿钟著:《性心理学》,广州:广东高等教育出版社,2014年,第229页。
② 牛强:《从〈梦的解析〉看弗洛伊德释梦理论》,《中原文学》,2014年第49期,第70页。

忙碌的日常生活中期待轻松闲适的生活，于是梦中就出现了万顷莲花，而他正徜徉其中，身心都得到了洗涤；在《二月一日夜梦》中，他渴望遇见理解他志向的人，期盼才华横溢并能挺主战派的人，于是梦中出现了奇人异士，这让陆游十分欢喜；而陆游最为强烈的愿望是国家能收复失地，重振国威，这种爱国之情与收复之志渗入梦境，催生出了更多爱国主义的纪梦诗篇。诗人在梦中构想国家的富强和领土的完整，通过"天山健儿""凉州女子"等人物意象的叙事性描绘，实现了欲望的满足。这种欲望多次出现在陆游的梦境中，由此创作出《五月十一日夜且半，梦从大驾亲征，尽复汉唐故地，见城邑人物繁丽，云西凉府也，喜甚，马上作长句，未终篇而觉，乃足成之》和《九月十六日夜梦驻军河外，遣使招降诸城，觉而有作》等众多优秀的诗歌。这些作品充分印证了梦境对人的欲望的满足，并以象征的方式呈现。

弗洛伊德认为梦主要是欲望的满足，并且可以进一步理解为现实清醒状态的延续。他进而将梦分为显梦和隐梦："显梦是梦的表面情节，是可以回忆起来的；而隐梦则是通过显梦表现人的本能欲望。只有通过精神分析，人们才可以了解这些欲望。"[1]如上文所说，"显梦"是梦境表面上显示的内容，是做梦者很容易便能回忆起来的情节，如《梦中行荷花万顷中》，陆游梦见在万顷荷花中徜徉，就是显梦。而"隐梦"则表达了梦中更为深层次的含义，代表着潜意识领域的欲望，可以说"显梦"常常是由"隐梦"经过压抑、转化，如移情、象征化等心理机制表现出来的。陆游梦中"行荷花万顷"的"显梦"，实际上是陆游心中对朝廷黑暗的叹惋、中国士人一以贯之的"仕"与"隐"的矛盾，以及壮志难酬的感伤等情绪通过压抑、转化而来的。

"释梦"是弗洛伊德梦理论的重要实践。他想拨开梦的伪装并探寻做梦者的真我，就必须在探讨梦的成因、分类等议题之外，继续探究梦的形成，即现实世界的片段如何在梦境中组合成梦境意象等相关问题。细细探究弗洛伊德的梦理论，如果梦是欲望的满足的话，诸如"悲梦""噩梦""惧梦"等不愉快的梦似乎不应该存在。但实际上，不愉快的梦占了绝大多数，愉快的梦是少数。"有两位女

---

[1] 杨恩莲：《关于弗洛伊德梦的理论综述》，《时代文学》，2008年第8期，第143页。

士,韦德(Sarah Weed)与哈拉姆(Florence Hallam)曾用她们自己的梦,以统计数字表示出梦较多失望沮丧的内容。她们发现百分之五十八的梦是不如意的,而只有百分之二十八点六才是愉快的内容。"①但弗洛伊德指出,梦境中恐怖悲伤的内容只是"显梦",而"隐梦"实际上暗含了对欲望的满足。造成这样的原因及其分析方法论正是来源于"梦的改装"理论。例如,有一位妇人与婆婆的关系十分不好,但在梦境中却梦见自己与婆婆一起去度假,然而两人糟糕的关系实际上根本不会共同度假,这似乎挑战了弗洛伊德关于"梦是欲望的满足"的理论。但实际上,这个梦是在弗洛伊德为她讲解梦理论的当晚所做,这实际上满足了她潜意识中希望证明弗洛伊德的理论是错误的欲望。她做这个梦的重要原因在于她不相信弗洛伊德的理论,但在当时,她不愿意直接表达,对弗洛伊德的质疑也通过梦境以象征形式暗示出来。因此,有些梦境是由于做梦者的顾虑而以伪装的面貌呈现。那些直接呈现出来的梦境是能被意识感知的,如果只对"显梦"分析,忽略了"隐梦",那就无法得出准确分析。弗洛伊德将该心理路径概括为:"凡能为我们所意识到的,必得经过第二个心理步骤的认可;而那些第一个心理步骤的材料,一旦无法通过第二关,则无法为意识所接受,而必须任由第二关加以各种变形到它满意的地步,才得以进入意识的境界。"②

由此看来,最实质性的、代表最深层次欲望的梦境也被加以改造,而纪梦诗则是在这种改造的基础上又经过了艺术的加工与处理,因而更具文学性。这类诗歌承接着叙事传统,反而更倾向抒情,实现"诗缘情而绮靡,赋体物而浏亮"③的文学传统复归。另一方面,纪梦诗对梦境的书写实际上也可以被视为对梦境的一种揭示过程,是作者有意识地对梦境进行分析,并将分析结论通过诗歌展现的创作行为。正如文人对前人文学作品和文学现象的批评可以用专著、选本、文学评点本甚至序跋、书信、日记等载体呈现,诗词也可以被视作梦理论自觉研究的一种载体和形式。例如陆游对一场梦境的分析成果:《十月二十八日夜,鸡初鸣

---

① (奥)弗洛伊德著,丹宁译:《梦的解析 揭开人类心灵的奥秘》,北京:国际文化出版公司,1998年,第45页。
② (奥)弗洛伊德著,丹宁译:《梦的解析 揭开人类心灵的奥秘》,北京:国际文化出版公司,1998年,第53页。
③ (晋)陆机撰,张少康集释:《文赋集释》,上海:上海古籍出版社,1984年,第71页。

时,梦与数女仙遇,其一作诗示予,颇哀怨,如人间语,惟末句稍异,予戏之曰:若无此句不可为神仙矣。其一从傍戒曰:汝当勿忘此规。作诗者甚有愧色,予颇悔之,既觉,赋两绝句以解嘲》。如前文所言,陆游纪梦诗的诗题往往会直接说明梦境内容,这首诗就是典型例证。这场梦境颇为神异难解,不像"甲午十一月十三夜梦右臂踊出一小剑,长八九寸,有光,既觉犹微痛也"这类可直观读懂的梦境,其与仙女的邂逅充满了象征性的迷雾。陆游在十月二十八日的夜晚与几位仙女在梦境中相遇,其中一位仙女向其展示了诗歌,诗歌内容充满哀怨的情感,语言风格仿佛是俗世语言,而非仙界超脱俗世之语。只有最后一句与凡间之语不同,陆游遂调侃道:"若无此句,不可为神仙矣。"随后另一位仙女提醒作诗者不要忘记此规劝,作诗者的脸上"甚有愧色",令陆游心生后悔。这场梦境的意象隐晦,缺乏明确的提示,解读起来很困难。陆游在诗题后的正文中写道:"玉姝眉黛翠连娟,弄翰闲题小碧笺。人世愁多无著处,故应分与蕊宫仙。"该诗正文反映出陆游对梦的进一步分析:诗中首先对女仙的外貌进行了描写,而后书写她在碧笺中题字的样子,总体上是对梦境的再现;后两句就直接表达了陆游的分析结论——由"显梦"析出的人间哀怨与愁苦已蔓延至仙境。"人世愁多"暗指当时动荡的社会和苦难的百姓,"蕊宫仙"之"哀怨"既展现出陆游对无力改变社会现状的自嘲,又暗示连超脱的仙境也无法逃避现实情感的浸染。"人世愁多"是南宋内忧外患的时代缩影,陆游将仙境植入同人类一般的哀怨中,证明其"隐梦"之中深藏着强烈的家国情怀。诗中强言又解嘲的笔调,即投射出现实政治对主战派的打压,又彰显了其"位卑未敢忘忧国"的精神品质。这种隐喻性的书写充分反映了当时士人的矛盾心态,具有代表性。陆游以梦境中的显性因素为基础,自觉挖掘潜意识中的隐性情感,代表了宋人在理性思潮下对梦的自觉探索,促进了梦理论的分析与发展。

诗的语言蕴含事物之间的诸多联系,为追求诗歌隽永的风格,作者经常会使用一些修辞,例如用典、比喻、暗喻等以增强诗歌的表现力。如在《记九月三十日夜半梦》中,陆游通过用典增强文学性,诗中描写道:"一梦邯郸亦壮哉,沙堤金辔络龙媒。"诗人醒后方知这是一场"邯郸梦"。《五月十一日夜且半,梦从大驾亲征,尽复汉唐故地,见城邑人物繁丽,云西凉府也,喜甚马上作长句,未终篇而觉,乃足成之》描写的是一场喜梦,诗中详细展现了陆游祈盼的国家强盛景象:"两行画戟森朱户,十丈平桥夹绿槐。东阁群英鸣佩集,北庭大战捷旗来。"陆游的爱国之情与收复之愿外显为梦境中的凯旋场景,成为"显梦";而"隐梦"则通过具体的叙事象征表达。"隐梦"要表现为"显梦",需借助特定手段。在文学中,经常会采用象征手法表达情感,因此"隐梦"与"显梦"的关系也借象征手法表征出来。正如弗洛伊德所言,梦和梦的解释的关系可以称之为一种象征关系,而梦的元素本身就是梦的隐意的象征。

梦象征的方式主要有三种,以此来实现"隐梦"到"显梦"的转变,即"凝缩""转移"和"视象"。"凝缩"即"显梦的内容比隐念简单,好像是隐念的一种缩写体似的"①。在梦中,主体会将多个元素合并成一个符号或意象。比如,一个梦中的人物或场景,可能是对多个现实人物或情境的压缩表现。如陆游《甲子岁十月二十四日夜半,梦遇故人于山水间,饮酒赋诗,既觉仅能记一二,乃追补之》中,这里陆游所记述的故人并没有如《甲子秋八月丙辰,鸡初鸣时梦刘韶美示诗八篇高古可爱,明旦作此诗志之》那样直述其人,而是以"一故人"指代,这表明陆游并不记得梦中故人的身份,极有可能是对多位好友印象的集体压缩和重新整合。"转移"则是指"在梦形成时,那些附有强烈兴趣的重要部分往往形成了次要部分,反而被某些'梦思'中次要的部分所取代"②。梦常常通过"转移"将强烈的情感从一个对象转移到另一个相对无害的对象上。例如,梦中的焦虑可能不会直接出现在真实的情境中,而是转移到其他事物上。"转移"的发生与人精神内部的审查制度息息相关,"'梦的转移'是由这种审查制度的影响所产生的一种精神内在的自卫"③。因此"显梦"中的意象往往通过隐喻的形式实现指代,如陆游的爱国情怀以"转移"的方式呈现在其梦境之中。陆游对国家和百姓的情感太过强烈,这种情感裹挟着他在人生旅途中行走,在现实世界中给他带来了巨大的痛苦。如《梦至洛阳观牡丹繁丽觉而有赋》,梦境描写的是陆游在洛阳观牡丹,但落脚点

---

① (奥)弗洛伊德著,高觉敷译:《精神分析引论》,北京:商务印书馆,1996年,第129页。
② (奥)弗洛伊德著,丹宁译:《梦的解析 揭开人类心灵的奥秘》,北京:国际文化出版公司,1998年,第190页。
③ (奥)弗洛伊德著,丹宁译:《梦的解析 揭开人类心灵的奥秘》,北京:国际文化出版公司,1998年,第191-192页。

却在"寄语毡裘莫痴绝,祁连还汝旧风沙"。诗人明白自己想要的不是富贵闲适的生活,而是渴望在抗金前线报效国家,该诗体现了梦的"转移"和"自我审查"机制。最后是"视象","梦的工作所要完成的事显然是将隐念变成知觉形式,尤其是视觉的影像"①。

因此,梦的象征意义使人类可以从"显梦"分析出潜藏于其下的"隐梦",并由此反映出梦与文学的深刻关系。梦反映的是欲望,尤其是被压抑的欲望;同理,文学的抒情性也是对内心的反映与折射。欲望需要被满足,长期得不到满足会造成压抑。因此弗洛伊德认为:"满足的方式一是公开的形式,即艺术创作等,一是隐秘的形式,即梦,因此作品和梦象都是人的潜意识的象征形式,也因此梦与创作本质相同;如果说象征是潜意识的欲望尤其是性欲的一种伪装形式,那么梦、艺术等都是幻想,都可视为人的各种本能冲动的象征性呈现,是受力比多(性欲)驱动的产物,是招致压抑的本能的替代性满足。"②弗洛伊德将自身的梦理论延伸到文艺领域,从而将梦与文学深刻关联起来。除了"欲望"的展现,其象征和"潜在"意义也是沟通梦与文学的重要桥梁。陆游的纪梦诗既反映了其真实梦境,又象征着其情感与生存状态。陆游不仅是大时代中文人命运的缩影,更在极力将自己的诗歌扩展到整个宋代文人命运的书写中,成为时代洪流下历史的缩影。

"从一个人所构空中楼阁的特征,可以推知他心中未遂的期愿。现实生活中的困难和失望在幻想里可以变作显著的功业和得意的凯旋,事实上消极性的,在幻想里所构成的意象中将是积极的;行动中的困顿在理想化的想象里可以得到巨大的补偿。"③而"幻想"也是构成文学的一个重要因素,"幻想"代表着作家心中的不满,作家通过创作冲动将这种不满和期许表达在作品中,形成具有划时代意义的文学作品。因此"冲动"在文学作品中的书写是十分重要的,但弗洛伊德的理论将人的本原冲动狭隘地定义为性冲动,认为性是人一切行为的动机,并将

---

① (奥)弗洛伊德著,高觉敷译:《精神分析引论》,北京:商务印书馆,1986年,第152页。
② 何立军:《意义与超越——西方象征理论研究》,复旦大学博士毕业论文,2004年,第123-124页。
③ (美)杜威著:《哲学的改造》,北京:商务印书馆,1958年,第62页。

这种性冲动贯穿其理论体系,因而受到不少批评。例如他认为梦是欲望的满足,而这种欲望,或者说愿望,本质上是性欲望的满足,这一点充分体现在弗洛伊德的学生玛丽·波拿巴的论著中。作为弗洛伊德最忠诚的学生,她在《爱伦·坡的生平和创作》中指出:"要是把性理解为潜藏在人一生中所有爱的表示后面那种原始动力,那么几乎一切象征都是最广义上说来的性象征。"①又如霍兰德发表了对弗洛伊德理论的批评:"弗洛伊德将他的心理学固系在人的动物性的生物学和精神病学上。他首先以'早期现代',然后以'盛期现代'的方式把人看作是一个性欲存在。"②可见弗洛伊德理论中梦与性的紧密联系,这一点遭到了众多批评。如伊丽莎白·赖特在《现代精神分析批评》中指出:"弗洛伊德象征说被应用到所有语言中,这种象征化有如一套死板的规则。这套规则通常被人们称作'庸俗的'弗洛伊德式象征主义,即所有直立的东西都是男性生殖器,所有横卧的东西都是母亲的肉体。"③弗洛伊德一方面开创了精神分析学说理论,另一方面又简单死板地以性解释所有问题,将同性恋、恋物癖等非典型性行为完全归结于"性压抑"理论。他认为人与动物不同的是人必须遵守现实世界的规范,人受到"好的""文明的"等限制,因而将本能的性冲动不断压抑,不同于动物的直接满足。但当社会秩序崩塌,人没有了限制的时候,人性就会如动物一般直接宣泄,而这种秩序的崩塌往往体现在梦中。梦具有隐私性,在人不主动表达出来的时候其他人便不会知道,它保障人类性欲的隐秘满足。在这个场所中,人完全可以实现自己的欲望,因此梦以象征性的场域来释放被压抑的性欲。然而文学与精神分析学派分属不同学科,并不能直接以"性压抑"等学说对文学进行分析。况且在中国传统社会,"性压抑"虽是常态,但除宫体诗和艳情文学外,正统"雅"文学中鲜少涉及。陆游作为爱国主义志士,他的理想不仅局限于两性关系,而是将毕生精力投入集体主义的利益得失中,以国家和人民为先。这种奉献不是对欲望的压抑,而是将个人欲望和国家的利益得失深度绑定,从而突破弗洛伊德"泛性论"的

---

① 王先霈、王又平主编:《文学批评术语词典》,上海:上海文艺出版社,1999年,第206页。
② 诺曼·N·霍兰德,程爱民:《后现代精神分析学》,《国外文学》,1993年第2期,第47页。
③ 王先霈、王又平主编:《文学批评术语词典》,上海:上海文艺出版社,1999年,第206页。

局限。

"泛性论"的引入发生在中国近代时期,随着西方思想的传入而逐渐兴起,但其应用比起真实情绪的流露,更像是对弗洛伊德思想的机械套用。中国文坛掀起两次"弗洛伊德热",分别于"五四运动"时期与1985年前后,受弗洛伊德理论影响最大的当属其"泛性论"。结合近代社会风气和思潮,作家借鉴西方理论进行文学创作的现象是十分常见的。当时作家和文论家将弗洛伊德的"泛性论"奉为圭臬,认为"两性关系永远是生命力量与人类活动最基本也是最高明的存在形式"[1],"艺术的冲突说到底是情欲的冲突"[2]等,这种观点体现在《废都》《一个女人和两个男人》和《三恋》等作品中。这种潮流甚至延伸至古代文学研究,如有学者在分析《孔雀东南飞》时提出:"焦母作为中年寡妇,仲卿不仅是她的儿子,也是已故丈夫的化身。故而焦母内心深处早已埋下了性爱的种子,当儿媳进门之际,这颗种子便立刻萌发,但又被文明的羞耻所扼制,于是化为极端嫉恨的变态心理。"[3]这是对弗洛伊德理论的牵强附会,片面追求理论新潮性,忽略人类行为的社会性特征,一味宣扬"性"在文学中的主导作用,背离了中国传统文化中重视社会伦理与人际关系的价值取向。如果忽略社会因素,机械地将所有心理动因归结为"性"的满足,以此分析陆游的梦诗,是具有理论缺陷的。

(二)荣格梦理论

"精神分析也早已超过了弗洛伊德那纯粹的医疗含义,而成了一种渗入科学的每一领域和知识界每一王国的世界性运动。文学,艺术史,宗教和史前学;神话学,民俗学以及教育学等学科。"[4]而继承了弗洛伊德衣钵又进行创新发展的是荣格。最初荣格与弗洛伊德的学术观点相近,但之后两人分道扬镳。荣格在弗洛伊德的基础上对精神分析理论进行了继承、批判和拓展,他提出的情结、原型、集体潜意识和人格面具等概念对精神分析学派产生了深远的影响。他修正了弗洛伊德关于无意识理论的局限:与弗洛伊德认为无意识源于个人早期经历不同,

---

[1] 张贤亮:《请买〈张贤亮选集〉》,《文汇读书周报》,1986年第15期。
[2] 徐德仁:《超级名画的背后——凡高与弗洛伊德美学》,《艺术家》,1989年第1期。
[3] 时晓丽:《弗洛伊德的泛性论与中国新时期的文学》,《西北大学学报》,1998年第3期,第100页。
[4] 王宁:《西方文学家眼中的弗洛伊德主义》,《国外文学》,1993年第2期,第32页。

荣格更偏重人的先验性。他认为，个人的无意识并非后天形成，而是先天就存在的。更重要的是，荣格突破了泛性论的局限，将研究对象从个人扩展到了社会，由此提出了"集体潜意识"这一重要概念。"荣格的目光开始从单纯的医疗实践转向考古学、神话学和人类学，荣格开始从弗洛伊德推崇的科学主义转向对文化史的研究。通过对古代神话、部落传说和原始艺术中出现的种种意象的挖掘，荣格推断在这些共同意象的背后，一定有他们赖以产生的共同的心理土壤，这种集体的梦、幻想和想象是超越个人的原始意象，正是它们揭示了人类共同的、普遍的、一致的深层无意识……集体无意识。"[1]而"原型"正是集体无意识的内容，是通过遗传获得的心理模式，并且比起弗洛伊德对孩童时期的关注，"原型"理论更关注先天的心理结构。

陆游的纪梦诗作为古代文学的一部分，其意象也代表着中华民族最深层次的无意识。陆游诗中抒发的家国情怀与故园之思，如"吾辈岂应徒醉饱，会倾东海洗中原"（《十二月二日夜梦与客并马行黄河上憩于古驿》）、"老去无余念，时时梦弊庐"（《梦归》）等，不仅表现出对家国、亲人的深切牵挂，更在年老时通过对过往的追忆，将对故土、亲人及理想的眷恋在梦境中充分呈现。这种情感表达恰与荣格的"母亲"原型理论相呼应，彰显了对归属感的文化诉求。陆游诗歌中的英雄之气和吊古怀今不只是个人情感的表达，更是对集体意识中英雄形象的触及。这些情感早已超越了个人范畴，升华为中华民族共同的精神财富。陆游通过诗歌和梦境将个人思想上升到了集体情感。

对无意识的不同认识也导致了梦理论研究的不同，荣格对梦的研究十分深入。据估计，他曾经解过大约八千个梦。在对梦本质的研究中，比起弗洛伊德认为的梦是欲望的满足，荣格更倾向于梦的补偿作用。他认为梦不会伪装和隐藏，其暗示的不仅仅是自己的思想情感，更是投射了整个人类发展史中的集体潜意识。在释梦的过程中，荣格与弗洛伊德的立场也不同，弗洛伊德更倾向于将梦现实化，将梦中出现的景象与现实世界中的事物相连接，而荣格更倾向于将其视为人格的一部分。如上文所述，有学者试图使用"人格面具"的理论分析和揭示陆

---

[1] 杨倩：《发展中的精神分析学——从荣格、霍妮到拉康》，《兰州大学学报》，2005年第4期，第38页。

游最深层次的矛盾心理,如"放翁""老人"等。在此基础上,荣格也将梦境进行了新的分类,与其他人不同,他采用的是时间顺序的分类方法,将梦分为过去的梦、当下异地的梦和指向未来的梦。荣格将梦与文学紧密结合在一起,"除了神话和仪式之外,梦幻成为荣格理解文学作品自然天性的又一种方式。精神分析心理学向来对'梦'有着极高的评价,梦境被视作潜意识与意识相互交锋的地方,文学所创造的意象同人们在梦境中所见到的情景有着非常相似的特征,包括神话传说和仪式在内,它们都与梦境紧紧联系在一起"①。与弗洛伊德关于梦与文学联系的认识格外不同,荣格反对将文学创造的动力归结于性,他认为这样的冲动根植于人的先天性,创作的根本目的是要返回人心中最根本的集体潜意识。当艺术家进行创作时,他已经不再是一个单独的人,而是上升到了整个集体,"他作为个人可能有喜怒哀乐,个人意志和个人目的,然而作为艺术家的他却是更高意义上的人,即'集体的人',是一个负荷并造就人类无意识精神活动的人"②。陆游在进行纪梦诗创作的过程中,不仅表达个人心声,实际上他已将个人情感上升到集体情感。陆游对现实世界的思考和对光明未来的呼唤不只是他对当时世界的先验认识,而是当时所有的士人的共同心声,是当时士人生存下的共同困境。荣格对文学与集体潜意识关系的思想影响了现代主义"背对现实,面向自我"的口号,在影响文学创造的同时,仍有其消极意义,他忽视了现实的实践对艺术创造的重要作用。

荣格在对梦的理论探究中深化了对文学本质的认识。他认为集体无意识及其原型构成了文学的本质,艺术创造的源泉来自人类内心最深处的集体无意识。同时荣格弱化了艺术家的主观能动性,主张艺术家的创作并非源于艺术家的自主意识,而是集体潜意识借助艺术家生发的。艺术家不是主动的创作者,而是作为潜意识的媒介,"艺术是一种天赋的动力,它抓住一个人,使他成为它的工具。艺术家不是拥有自由意志,寻求实现其个人目的的人,而是一个允许艺术通过自

---

① 常如瑜:《荣格:自然、心灵与文学——荣格生态文艺思想初探》,苏州大学博士毕业论文,2010年,第145页。

② 冯川等译:《荣格:心理学与文学》,上海:上海三联书店,1987年,第138页。

己实现艺术目的的人"。① 这也说明了荣格认为探求文学的本质应该向内探求，且这个"内"不仅限于艺术家或文学家的内心，而是更"内"的东西，即人类共有的集体无意识。荣格另辟蹊径，除了传统文学批评关注的作家生平、成长环境、社会背景等外部因素之外，开辟了一条聚焦"内在"心理机制的研究路径。陆游纪梦诗以梦为载体，比起对现实世界的再现，更注重"内"的精神领域。作为集体无意识核心内容的"原型"常以梦为呈现场域，即"创造性幻想得以自由表现的地方"②。陆游选择以梦作为诗歌素材，"当集体无意识的内容在意识中不被认识时，就会通过梦、幻觉、想象和象征等方式表现出来，这些表现形式在某种意义上说就是艺术"③。从陆游纪梦诗的文本层面可以发现以"集体无意识"和"原型"为内核的文学特质。

在陆游的情感模式中，其纪梦诗既表现了对中国本土梦理论的有效实践，又在一定程度上契合西方精神分析学说的"潜意识"概念，同时突破了弗洛伊德"泛性论"的理论局限，进而与荣格的集体潜意识理论相呼应。

第二节 "诗"对"梦"的营构

陆游纪梦诗在实现对中国本土梦论的有效实践，并与西方精神分析学说相结合的同时，其研究的落脚点仍然需要回到对文学本质的探究中。纪梦诗的重点不是叙事的"纪"，也不是作为载体的"梦"，而是文学体裁的"诗"。纪梦诗是陆游受创作动因的影响，进行艺术构思，最后通过语言呈现出来，表现了陆游的生活体验、思想道德与文化艺术素养，是陆游主动使用诗歌创作理性对梦的实践，表现了"诗"对"梦"的营构。

---

① 冯川等译：《荣格：心理学与文学》，上海：上海三联书店，1987年，第141页。
② （瑞士）荣格：《试分析心理学与诗的关系》，参见叶舒宪选编：《神话——原型批评》，西安：陕西师范大学出版社，1987年，第100页。
③ 刘世文、付飞亮：《文学艺术的本质：集体无意识和原型——论荣格的原型批评理论》，《重庆科技学院学报》，2006年第5期，第57页。

第五章　陆游纪梦诗的文学价值和现实意义

无序性是梦的一大特点,梦境中经常会表现出"有蛇头而四角,鱼首而鸟身,或三足而六眼,或龙形而似人"①的景象,或者缩地成尺,瞬息之间,立即到达,抑或身处书斋,读书声朗朗,而后立刻上马奔腾,行于草原。林林总总,都说明梦的无序性。而要将这种无序性的梦进行理性的梳理后呈现为诗歌,是非常不容易的。诗人通过理性化手段去"驯化"这些无意识的象征,使之不再是混乱、模糊的感受,而是具有明确意义的符号,进而能更好地传达特定的思想和情感。这种梳理可以进一步被视为诗歌创作的理性对梦的无序性的"驯化"。

一、纪梦语言的"驯化"

纪梦语言的"驯化"首先表现为"语言的诗性"。梦境不仅触及诗人的内心世界,更深入到诗人最深层的情感,这种情感通常未经加工,混乱且无序。诗人在对梦境的描写中,必须将这些原始的情感通过诗的语言进行"驯化",让它们在语言的框架下得以清晰表达。陆游在诗歌中通过语言的精练,将梦中的模糊情感转化为可理解的情感符号,赋予其诗意的形式,使读者从中领略更深层次的情感。梦境中融合的事物、意象之间的联系,也可以从诗的语言中表现出来,通过间接的方式将梦的迷幻性投射到读者心中,读者通过自身的内心感受再次进行艺术加工,给予作品以新的层次。诗歌语言是语言的一种,也是符号性的音义结合体,具有能指和所指两大属性,在面对虚幻的梦境时首先具有描绘形象的功用,如陆游纪梦诗《甲午十一月十三夜,梦右臂踊出一小剑,长八九寸,有光,既觉犹微痛也》中的小剑、《梦有饷地黄者,味甘如蜜,戏作数语记之》中的地黄等,都具体描绘了他梦中的形象,并将其作为具体的诗歌意象进行书写。除此之外,诗歌语言还对陆游梦境中内含的情感进行书写,《五月十一日夜且半,梦从大驾亲征,尽复汉唐故地,见城邑人物繁丽,云西凉府也,喜甚,马上作长句,未终篇而觉,乃足成之》的收复之愿、《丙午十月十三夜,梦过一大冢,傍人为余言此荆轲墓也,按地志荆轲墓盖在关中,感叹赋诗》的爱国之情等。但诗歌的语言已经跳出了能指和所指的指涉,跃入文学审美的境界。

---

① 王飞鸿主编:《中国历代名赋大观》,北京:北京燕山出版社,2007年,第250页。

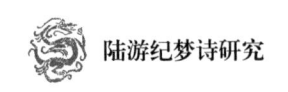

（一）"诗"的隐秀与"梦"的象征

中国古典诗歌通过凝练的意象与跳跃的结构，创造出时空交错的审美效果，这种艺术表现与梦境的无序性存在某种相通之处。但诗歌并非对梦的简单模仿，而是通过艺术化的提炼与重组，将看似散乱的意象升华为有机的审美整体。"情在词外曰'隐'，状溢目前曰'秀'"①，刘勰在《文心雕龙》中的阐述表明了文学的一大特征，即蕴藉性。"文学的蕴藉性，是指文学具有在富有艺术意味的语言符号运用中含而不露地表达深长意味的特性……充分发挥语言符号的审美表现潜力，在有限的语言符号中含蓄而不直露地表达主观情志与生命之思。"②蕴藉性即"隐"。刘勰在《文心雕龙》中进一步将其解释为"隐也者，文外之重旨者也"。③ "夫隐之为体，义主文外，秘响傍通，伏采潜发，譬爻象之变互体，川渎之韫珠玉也。"④文学的蕴藉性与梦的丰富性相联系，呈现出一种意味深长的表达效果。在《九月十四日夜，鸡初鸣，梦一故人语曰：我为莲华博士，盖镜湖新置官也，我且去矣，君能暂为之乎？月得酒千壶亦不恶也，既觉，惘然作绝句记之》中，陆游通过梦中"莲华博士"的意象表达了自己的情感。一方面，陆游梦见"莲华博士"不只是单一情感的结果，而是众多情感凝聚而成，共同构建了具体的梦境。若深入解析陆游诗中的梦境描写，或可窥见其潜藏的情感与精神世界——正如冰山潜于水面之下，诗人的深层意识往往隐现于文字之外。诗人的潜意识通过"莲华博士"展现出来，而后在诗歌中，陆游写道："白首归修汗简书，每因囊粟戏侏儒。不知月给千壶酒，得似莲华博士无？"陆游以梦境意象作为诗歌书写对象，试图挖掘梦境表象中更深层次的情感。且在诗歌内容的建构中，陆游首先进行叙事，描写自己的现实困境，而后发出疑问和盼望，不知道自己能否像莲华博士一样置身于清正之地，得多钱以奉酒。但陆游的情感并不只在诗歌表象中呈现的那样，他讨厌官场的黑暗，厌恶案牍劳形的生活，对真、善、美的个人追求等，都说明了文学的蕴藉性和梦的丰富性。

---

① 洪治纲编：《黄侃文选》，上海：上海大学出版社，2023年，第185页。
② 《文学理论》编写组编：《文学理论》，北京：高等教育出版社，2020年，第49页。
③ 周振甫著：《文心雕龙今译》，北京：中华书局，1986年，第352页。
④ 周振甫著：《文心雕龙今译》，北京：中华书局，1986年，第352页。

实现文学的蕴藉性和丰富性,最重要的方式即诗歌语言的"言约旨远"。"诗的语言不能像平常说话或科学的逻辑论证那样铺陈展开,它要求用尽量少的语言表达尽量多的内涵,所谓'言约旨远'(《世说新语》),'语少意足,有无穷之味'(洪迈《容斋随笔·卷八》),'语少而意广'(陈师道《后山诗话》)等等,都是说的这个意思。"①苏轼也曾表示:"夫诗者,不可以言语求而得,必将深观其意焉。故其讥刺是人也,不言其所为之恶,而言其爵位之尊、车服之美而民疾之,以见其不堪也。"②从语言之中得见更丰富的诗人意旨,从梦境之具体的意象中得见诗人心中幽邃的情感,这也是诗歌能容纳梦境的一个重要原因。诗歌以其"言约旨远"内含了梦境中的一切,以情感或者叙事为主线,通过"深文隐蔚,余味曲包"③表现出来。诗的语言具有典型的象征性和隐喻性,这使得它超越了简单的叙述功能,而表现出诗歌创作语言对梦的无意识象征语言的驯化。如《五月十一日夜且半,梦从大驾亲征,尽复汉唐故地,见城邑人物繁丽,云西凉府也,喜甚,马上作长句,未终篇而觉,乃足成之》,诗人在诗歌中进行了暗示,通过"凉州女儿""百万雄兵""平安火"等意象语言进行叙述,营造了一个整体的征伐世界的框架,也使读者从蕴藉的语言出发想象、补充具体的战争场景。看似只描写了具体的几个意象,实际上作者的爱国之情与收复之志全部表现了出来,既在语言符号层面实现能指与所指的统一,更在审美层面构建了召唤读者参与的语义场。

梦虽然显示的是陆游的潜意识,反映的是他最深层的情感,但实际表现出来的是"梦"的无意识象征语言。未经过诗的语言的梳理,梦的无意识语言就得不到"驯化"和"超越",不以诗歌作为载体,个人的梦就无法上升到国家和时代层面。"假如鞋子形成了脚,脚也形成了鞋子;诗体也许正是诗心的产物,适配诗心的需要。"④诗歌对梦的无意识语言的"驯化"促进了梦在诗歌领域的新变,也喻示了形式对内容的重要作用,"文"与"质"应和谐。韦勒克认为文学的本质是一种"语言的符号结构",具有"虚构性""创造性"和"想象性"三大特征。他以"审

---

① 张世英著:《哲学导论》,北京:北京大学出版社,2002年,第199页。
② 孔凡礼点校:《苏轼文集》第1册,北京:中华书局,1986年,第51页。
③ 周振甫著:《文心雕龙今译》,北京:中华书局,1986年,第356页。
④ 丛丛主编:《名家随笔》,北京:中国文联出版社,2000年,第8页。

美性"区分了文学作品和其他文体,"韦勒克的内部研究不仅仅是形式研究。在韦勒克看来,内容(要传达的思想和情感)与形式(表达这些内容的所有的语言因素)的分野并非那么清楚,因为'内容暗示着形式的某种因素'"①。陆游纪梦诗在表明作者内部思绪的同时,也注重诗歌作为文学艺术表现形式的重要性,从内容和形式着手,共同探究文学的本质。也就是说,在陆游纪梦诗中,其纪梦的内容和形式互动互渗,共同建构了纪梦情感的多维性与增殖性,其"诗"之隐秀贯穿于内容与形式的联结,以双重建构机制完成对"梦"之象征表达的"驯化"。

(二)哲学转向的语词联结

诗的语言不只是能指和所指,它上升到审美的高度,强化了在场与不在场的万物一体的显现,表现出万物的联系。这在表明诗的语言对梦境的展现何以可能的同时,又展现出二者共有的联系。梦境将现实世界融为一体,通过诗的语言,赋予其与梦中意象的联系。狄尔泰认为:"每一个体生活的表现,在客观精神的范围里,都代表一种共同的东西。每一个词,每一个句子,每一个表情或套话,每一个艺术作品和每一个历史活动,都只是由于一种共同性在其外在表现中与理解相结合,才是可以理解的。个体的人总是在共同性的领域中体验着、思想着和行动着,并且只能在其中理解着。"②这种"共同性"表明了个体之间的相通,在此基础上,语言的诗性又促使进一步联系的产生。从人与人的联系扩展到人与世界的联系,这是在场和不在场的融合,而诗的语言正是超越"世界"返回"大地",加强与现实世界的联系。诗歌语言蕴含强烈的诗性,在言约旨远的同时,以象征性、画意性和音乐性实现对梦境的"驯化"。

陆游的纪梦诗中,对沈园往事的反复书写与情感投射,形成了一种深刻而执着的创作母题,这展现了诗人难以释怀的生命记忆。陆游的组诗以《十二月二日夜梦游沈氏园亭》为题,主要书写他对唐婉的追忆。在这组诗中,陆游描述道:"路近城南已怕行,沈家园里更伤情。"他梦见自己漫步于城南沈园,与此地最重

---

① 《西方文学理论》编写组编,曾繁仁主编:《西方文学理论》,北京:高等教育出版社,2015年,第256页。

② Wilhelm Dilthey: *Wilhelm Diltheys Gesammelte Schriften*, Ⅶ. Band, Leipzig und Berlin: B. G. Teubner, 1927, P146-147.

第五章 陆游纪梦诗的文学价值和现实意义

要的联系就是唐婉,而非他人,这证明陆游在无意识状态下,将唐婉与沈园的意象结合在一起,因此一想到沈园必然就会想到唐婉。其他梦中的意象,诸如"梅花""寺桥""墙壁""墨痕"等,无不处于联系之中。一方面它们都是当年沈园景象的一部分,另一方面它们都是诗人情感的直接映射。这就证明了在梦境中,意象是紧密联系的。而在现实世界中,"沈园"与"唐婉"并没有多么紧密的联系,而陆游使用诗歌的语言将其联系固化下来,即陆游本人的"沈园情结",之后其成为一个固定象征。这样的情结与象征进入中国人的集体潜意识中——"沈园"作为意象超越了个体的私人记忆,成为中国文学史上的文化符号,也与他人的无意识、梦境产生新的关联。诗歌对梦的驯化正是在于将梦境中的无序情感通过理性化的诗歌语言加以整理和表达,通过现实和梦的双重联系,使诗具备了文化的意蕴和历史的深度,成为具有广泛影响力的文学象征。

"文学作品是纯形式,它不是物,不是材料,而是材料的比。"[1]俄国形式主义认为,文学艺术与其他艺术形式或日常语言的最大不同在于其语言的独特性。文学语言被认为是"异化"的,即它有意识地与日常生活中的交流所用的语言有所区别。文学作品通过创新的语言和独特的结构产生审美效果,追求一种"反常化":"那种被称为艺术的东西的存在,正是为了唤回人对生活的感受,使人感受到事物,使石头更成其为石头。艺术的目的是使你对事物的感觉如同你所见的视像那样,而不是如同你所认知的那样;艺术的手法是事物的'反常化'手法,是复杂化形式的手法,它增加了感受的难度和时延。既然艺术中的领悟过程是以自身为目的的,它就理应延长;艺术是一种体验事物之创造的方式,而被创造物在艺术中已无足轻重。"[2]"反常化"的追求促使审美感受的延长,这就意味着文学语言,尤其是诗歌语言与日常语言的巨大差异。"我们给诗歌下定义:它是一种障碍重重、扭曲的语言。"[3]陆游纪梦诗通过语言选择,超越其能指的范围,从而使诗人情感世界里更丰富的内涵显露出来;而且语言之间的联结,更助力了这种

---

[1] 方珊著:《形式主义文论》,济南:山东教育出版社,1999 年,第 82-83 页。
[2] 方珊等译:《俄国形式主义文论选》,北京:生活·读书·新知三联书店,1989 年,第 6 页。
[3] (苏)维·什克洛夫斯基著,刘宗次译:《散文理论》,南昌:百花洲文艺出版社,1997 年,第 22 页。

整体性情感世界的显现。

这样的探讨在一定程度上印证了文学的属性,但建构主义和解构主义等都反对对文学本质的探讨。在西方的后现代语境下对所谓本质的东西进行了矫枉过正的批判,这仍然会导致走向另一个极端,"由于抹杀了一切关于某种特性或确定意义的言说,它反倒使自己走向了本质主义的绝对对立面,变成了另外一种形式的本质主义,其本质就是无本质"①,因而又陷入虚无主义之中,造成更深的谬误,以作品作为支撑来探寻文学的本质是十分有必要的。具体到陆游的纪梦诗,以文学本质的观点观照诗歌语言的联结,更容易清晰地看出纪梦情感阐释的哲学转向,情感凝结的语言更能充分照亮隐藏的丰富情感,超越语言指涉的层面,而回到文学审美的观照视域,这对我们理解纪梦语言对梦境驯化的历程具有极大助力。

二、纪梦意象的"驯化"

文学不仅是语言的艺术,还是审美的艺术。文学的情感性、形象性和超越性,需要依赖经过艺术加工的梦境意象来呈现。因此,除了受诗歌语言的影响外,诗歌还需对梦境之中的象征和隐喻加以独特的理性化改造,以实现诗歌艺术形式的创造性构建。

梦境是无意识的产物,其象征性通常朦胧且多义,难以直接传达清晰的情感或思想。而为了更好地表现个人的情感和更有意义的梦境叙事,诗人就必须理性地、有选择性地对梦境中的意象进行加工,将梦中的符号和感情通过诗歌的创作理性进行转化,使之更具有哲学和文学意义。文学的创作需要生动具体的艺术形象,通过这样的形象来反映诗人的思想,"感性观照的形式是艺术的特征,因为艺术是用感性形象化的方式把真实呈现于意识"②,歌德也表示:"诗指示出自

---

① 曹顺庆、文彬彬:《多元的文学本质——对本质主义和建构主义论争的几点思考》,《文艺争鸣》,2010年第1期,第37页。

② (德)黑格尔著,朱光潜译:《美学》第1卷,北京:商务印书馆,1979年,第129页。

然界的各种秘密,企图用形象来解决它们。"[1]可见形象性是文学的一个重要特征。但在文学形象中,并不是所有的形象都可以成为意象,正如在陆游的梦境中,不是所有的形象都可以成为文学创作的对象,而是"有创造性、有生气、有意蕴的艺术形象"[2]。因此,在梦境的混沌中,需要对其中的意象进行理性地甄别和选择。

"文学形象不仅可以保留现实形象(包括社会形象和自然形象)本身具有的外部特征和情感、智慧、个性、理想等人性内涵,还可以并应该在形象创造中投入作家本人的艺术趣味、情感态度、人格精神和社会理想等。"[3]在陆游的梦境中,意象往往已经浸染了他的情感倾向,但梦境中的情感倾向过于复杂,诗歌往往需要一个大的创作主旨。例如在《五月十一日夜且半,梦从大驾亲征,尽复汉唐故地,见城邑人物繁丽,云西凉府也,喜甚,马上作长句,未终篇而觉,乃足成之》中,陆游的梦境中出现诸多意象,如"熊罴""文书",但在最后为了表现民心向归、渴求和平时,他没有选择如《频夜梦至南郑小益之间,慨然感怀》中的"雪云不隔平安火,一点遥从骆谷来"一般,使用诗词中经常出现的"平安火"形象,而是一反常态地使用了人们很少注意到的女性形象,以"凉州女儿满高楼,梳头已学京都样"来体现。"'凉州',即诗题中提到的西凉府,府治在今甘肃武威,北宋时被西夏攻占,现在回归祖国,当然有许多新气象,但只写了这件生活小事。凉州姑娘,满坐高楼,临街梳妆,已是一片太平景象,则'城邑人物繁丽'可知;姑娘们梳头又都在学京都流行的发式,改胡妆为汉饰,中原习俗被于四境,则人心之归一又可知。这个画面,有即小见大之妙。"而后,为了增强诗歌的艺术表现力,梦境的意象通过理性化选择后,会对其进行艺术化处理。如此,诗歌也就实现了对梦境的驯化。

比如在《甲午十一月十三夜梦右臂踊出一小剑,长八九寸,有光,既觉,犹微

---

[1] 中国社会科学院外国文学研究所外国文学研究资料丛刊编辑委员会编,钱钟书、杨绛、柳鸣九、刘若端选译:《外国理论家、作家论形象思维》,北京:中国社会科学出版社,1979年,第25页。
[2]《文学理论》编写组编:《文学理论》,北京:高等教育出版社,2020年,第40页。
[3]《文学理论》编写组编:《文学理论》,北京:高等教育出版社,2020年,第41页。

痛也》中,作者选择"剑"作为寄寓自己爱国之志和壮志难酬的载体,展现陆游爱国主义志士的一面;在《十二月二日夜梦游沈氏园亭》中,选择"沈园"作为寄寓自己爱情的载体,表现他的孤独和思念;在《九月十四日夜鸡初鸣,梦一故人语曰:我为莲华博士,盖镜湖新置官也,我且去矣,君能暂为之乎?月得酒千壶亦不恶也,既觉,悯然作绝句记之》中,以"莲华博士"作为不慕名利、坚守清白的自我化身,表现了自己厌恶官场黑暗、寻求自我实现与内心安宁的愿望。综上所述,陆游经过选择后,对这些意象进行了艺术化的描绘,通过诗歌的象征性和隐喻性语言对梦境进行"驯化"。梦境中的符号通过隐喻和象征的手法被艺术化,使其从单纯的无意识内容转变为具有多重意义的文学元素。

中国传统文学批评理论中,刘勰在《文心雕龙》中对"文"与"质"有相关认识:"夫水性虚而沦漪结,木体实而花萼振,文附质也。虎豹无文,则鞟同犬羊。犀兕有皮,而色资丹漆,质待文也。"①可见,他认为"质"比"文"更加重要,"质"需要通过"文"来表现,同时"文"以"质"作为凭借,内容比形式更为重要。在陆游纪梦诗中,对文学本质的探讨不仅可以通过"文"来理解,更可以通过"质"来理解。文学的本质不仅是"诗言志"或"诗缘情",更可以从形式的角度来理解,从音韵、修辞、节奏等方面观照文学的本质。正如陆游在纪梦诗中喜用七律,七律也以其特殊的方式不断为陆游的诗歌增色。同理,陆游的纪梦诗对意象形式的营构,就是纪梦诗文本化机制的具体策略。

陆游在诗歌创作中,通过对梦境意象的选择和加工,表达了他复杂的情感与思想,使梦境的意象成为诗歌艺术表现的有力载体。而诗的语言更是强化了对梦境的"驯化",通过"诗"与"梦"的联系,将个人感情上升到历史的高度,使诗歌在情感上更加丰富,在思想上更加深刻,在一定程度上获得了历史的厚度。

---

① 周振甫著:《文心雕龙今译》,北京:中华书局,1986年,第284页。

第三节 "诗"对"梦"的超越

陆游纪梦诗不仅以诗的语言,以及理性化的象征、暗喻实现了对"梦"的驯化,还以更高的维度实现了对"梦"的超越。"超越"在"驯化"的基础上,实现了对梦境中无意识象征语言转化的同时,诗人自身也超越了个人情感的局限性,将纪梦诗的创作提升到了对文学本质进行开创性拓展的高度。

一、诗教意义上的纪梦情感升华

陆游的纪梦诗创作既源于时代文人的共同经验,又融入了其个人生命体验,最终以独特的艺术表达反哺了文学传统。陆游的爱国主义诗歌不仅是个人的荣耀,还引发了更多读者的共鸣。真正打动人心的文艺作品,往往是因为它们抓住了人们心底共有的情感符号。这些作品通过展现世代相传的故事原型和人类共通的生命体验,像一面镜子般照出了读者内心隐藏的情感。当读者在作品中看到自己熟悉的情感模式时,自然就会产生共鸣,这种共鸣就像无形的纽带,既能抚慰心灵,又能帮助人调整看待世界的角度。而共鸣的出现表明了陆游纪梦诗中爱国主义的部分满足了当代甚至未来人类对无意识的需要。

南宋时期积贫积弱,国土沦丧,主战派和主和派不断斗争,北伐的希望极其渺茫。宋人为陆游的爱国主义诗歌喝彩,证明他们心中最深处的情感与陆游是相通的,他们都期盼国家的复兴和失土的收复,激动于"腥臊窟穴一洗空,太行北岳元无恙。更呼斗酒作长歌,要遣天山健儿唱"(《九月十六日夜梦驻军河外遣使招降诸城,觉而有感》),悲愤于"牲碑伪正朔,祠祝房衣冠。神亦岂堪此,出门山雨寒"(《癸丑七月二十七夜梦游华岳庙》),泪洒于"并辔徐驱百里中,云开太华翠摩空。是间合有神灵在,七十余年堕犬戎"(《十二月二日夜梦与客并马行黄河上憩于古驿》)。

陆游对梦境的描写和个人情感的抒发升华为集体的认同,表明了中华民族面对外敌时的顽强斗争精神。得益于诗歌的艺术创作,文学实现了对个人"梦"的超越,上升到集体的精神之"梦"。同时,"正如个人意识之态度的片面性被来自无意识的反应所纠正,艺术代表了民族和时代的生命中的一种自我调整的过程"①。无数仁人志士受文学的激励,将自己的精神不断磨砺,投身于现实斗争之中,矫正历史的偏差。同时,在集体性的光辉下,"特殊的光荣就是振奋人心,提醒人们记住勇气、荣誉、希望、自豪、同情、怜悯之心和牺牲精神"②,以文学所承载的集体性斗争精神来纠正个别人迷惘的灵魂,"意思是在揭出病苦,引起疗救的注意"③。在此意义上,陆游的纪梦诗既突破了个体梦境的局限而获得普遍意义,又通过诗教传统实现了个人经验向文化共同体的转化。

"文学的教育功能是指文学作品具有影响思想情感、净化心灵世界、增强生活勇气和信心的功能……实质上就是一种通过提升和净化人的心灵起到某种具有现实影响力的实践性功能……它使人向'完整的人'和'丰富的人'的方向迈进。"④纪梦诗不仅表现了个人的情感,还以强大的影响力施展了其诗教功能,以浪漫、委婉的方式引导人的思想,使这种精神从这个人传向那个人,最后直至整个群体。爱国主义作品是中国文学中一个关乎教育的重要主题,陆游纪梦诗的爱国主义情怀也洋溢着对祖国和百姓深沉的爱、对失土收复的追求、对光明未来的向往。而在祖国危亡之时,文学努力呼唤传统爱国主义精神的复归。文学"超越"的过程,使个人情感从局部走向普遍化,从内心的自我探索上升至社会的共鸣和时代的教育。

二、诗史召唤下的诗歌理性倾向

诗歌创作对"梦"的超越性还表现在对"诗史"的召唤与超越上,使之上升到

---

① 荣格著,孔长安、丁刚译:《人、艺术和文学中的精神》,北京:华夏出版社,1989年,第82页。
② 中国社会科学院外国文学研究所外国文学研究资料丛刊编辑委员会编:《福克纳评论集》,北京:中国社会科学出版社,1980年,第225页。
③ 鲁迅著:《鲁迅全集》第四卷,北京:人民文学出版社,2005年,第526页。
④ 《文学理论》编写组编:《文学理论》,北京:高等教育出版社,2020年,第68页。

哲理化的思考维度。"诗史"说最早用来形容杜甫的诗歌创作："杜逢禄山之难，流离陇蜀，毕陈于诗，推见至隐，殆无遗事，故当时号为诗史。"①这种观念最早可以追溯至《左传》季札观诗："本来，诗与史的关系很密切。读诗而不读史，对于事实的环境，不能深知，就不能深得诗旨。但史是直叙事实；诗是因事实环境深有感触而发表情感，使人读着如身临其境。所以读史又兼读诗，就更可以对于当时的事实，有深刻的印象。"②因此，在"诗史"传统的基础上，文学的认识功能有助于将个人的叙事和情感上升到国家和社会层面，从而窥见当时的社会图景。如明末清初的"扬州十日"，在众多诗人的诗篇中都留下了记忆，如黄宗羲"兵戈南下日为昏，匪石寒松聚一门。痛杀怀中三岁子，也随阿母作忠魂"③和吴嘉纪"城中山白死人骨，城中水赤死人血。杀人一百四十万，新城旧城内有几人活（一解）？妻方对镜，夫已堕首。腥刀入鞘，红颜随走。西家女，东家妇。如花李家娘，亦落强梁手（二解）"④等诗篇，这些诗篇共同再现了那段"廿五日丁丑，可法开门出战，清兵破城入，屠杀甚惨"的悲惨历史。由此可见，诗歌的"诗史"之功用，亦可视为文学认识功能的一种体现。

正因文学的认识功能，陆游的纪梦诗歌才能以"诗史"的角度实现对"梦"的超越。首先是"召唤"，文学的认识功能"是指文学具有帮助人了解一定时代和民族的社会生活状况，获得社会和人生知识，加深对人和社会理解的功能"⑤。通过陆游的纪梦诗，我们可以深刻了解当时南宋的社会状况，其作品也成为后人观照南宋社会的一面镜子。如在《九月十六日夜梦驻军河外遣使招降诸城，觉而有作》中，陆游以梦境之欢喜来反衬现实的悲惨，证明当时的南宋军力无法实现成

---

① （唐）孟棨：《本事诗·高逸第三》，（清）丁福保辑：《历代诗话续编》，北京：中华书局，2006年，第1246-1247页。

② 方孝岳著：《中国文学批评·中国散文概论》，北京：生活·读书·新知三联书店，2007年，第36页。

③ 扬州老年大学《扬州历代诗词》编委会编，李坦主编，刘立人、陈应中副主编：《扬州历代诗词》，北京：人民文学出版社，1998年，第41页。

④ 扬州老年大学《扬州历代诗词》编委会编，李坦主编，刘立人、陈应中副主编：《扬州历代诗词》，北京：人民文学出版社，1998年，第152页。

⑤ 《文学理论》编写组编：《文学理论》，北京：高等教育出版社，2020年，第66页。

功北伐,且在朝堂上主和派势力强于主战派,北伐无法在短时间内实现;在《二月一日夜梦》中,诗人在梦中遇见一个才能足以报国的奇士,他感到非常高兴,这一点既表明了陆游于现实世界中的人际困境,也体现出整个社会氛围都弥漫着"暖风熏得游人醉,直把杭州作汴州"[①]的颓靡气息,很少有人如陆游一般"知君死抱济时心"。这是对"诗史"的召唤,陆游将个人之梦扩展到南郑梦、蜀州梦,甚至南宋梦。他在通过诗歌实现对自己个人之梦的"驯化"的同时,也实现了对梦的"超越"。

与此同时,陆游对"梦"的超越也表现在对"诗史"的超越层面。现代学者对"诗史"的认识局限于对时事的保存和"观风俗之得失"[②]的功能。概而言之,其内涵在于有意识地记录当时发生的重大历史事件,并给予符合儒家思想的历史评价,此为中国古代叙事诗"诗史"传统的核心要义。"它由《诗经》开创、经汉魏文人诗发展,到杜诗中彻底定型。这也是后世文人筛选符合'诗史'原则诗作的标准。"[③]但文学的认识功能不仅仅是帮助后人了解一些关于时代和民族的概况,更重要的是它要充当"生活的教科书"。"就让艺术满足于它的崇高而美丽的使命:当现实不在眼前的时候,在某种程度上代替现实,并且给人作为生活的教科书。"[④]陆游的纪梦诗使人看到"别人",使深陷于人生或时代的不如意的人们知道如何振奋精神,如何以更积极的态度去生活。它也使读者在观照陆游爱国主义豪情的同时,看到自己的缺漏,通过文学这个"生活的教科书"理解陆游诗歌对"诗史"的超越。陆游不仅将自己的梦境扩展到天下之梦,还以自己的梦作为镜子,充当文学的"生活的教科书"。

---

① 周啸天编著:《历代绝句鉴赏大辞典》,北京:商务印书馆国际有限公司,2024年,第983页。

② (五代)刘昫等:《旧唐书》,北京:中华书局,1975年,第2993页。

③ 辛晓娟:《杜甫七言歌行艺术研究》,北京大学博士毕业论文,2012年,第116页。

④ (俄)车尔尼雪夫斯基著,辛未艾译:《车尔尼雪夫斯基文学论文选》,上海:上海译文出版社,1998年,第146页。

三、"学问"范式下的无序"梦呓"改造

陆游纪梦诗对"梦"无意识语言的超越不仅表现在文学的认识功能上,还表现在宋代理性化倾向对诗歌的改造层面上。"文学的性质是指文学本身具有的区别于其他艺术门类及人文学科的内在特性。文学是一种历史现象,人类对文学性质的认识也一直在发展和变化当中。"①陆游的纪梦诗受"宋韵"的影响,不仅承担了对梦和梦中情感"再现"的功能,而且呈现了理性思考后的"表现"功能。在唐代,诗歌已然达到了一个高峰,宋诗要想达到另一个高峰,势必要经过巨变另辟蹊径,而诗歌的理性化则是一条重要的路径。诗歌理性化的一个重要特征表现为"以文字为诗,以才学为诗,以议论为诗"②,也表现为诗歌的学问化——"将作诗与学问联系起来看待"③。江西诗派对此十分推崇,黄庭坚认为:"词意高胜,要从学问中来尔。"④"学问"的一个重要来源就是古代的诗赋文章:"山谷尝谓余云:'作诗使《史》《汉》间全语为有气骨'。"⑤江西诗派"无一字无来处"就可以体现宋代诗歌的理性化。陆游师从江西诗派,理所当然受其影响,他认为:"六艺江河万古流,吾徒钻仰死方休。沛然要似禹行水,卓尔孰如丁解牛。老矣简编犹自力,夜凉膏火渐当谋。大门旧业微如线,赖有吾儿共此忧。"

诗歌的理性化思维也进入了陆游的纪梦诗创作中。诗人梦境中混乱无序的符号成为诗歌创作的素材。在艺术表达时,不仅仅需要单纯地再现,更需要通过理性思维进行整合,将各种纷乱的材料组织成有序的世界,寻找背后更深层次的文化或哲学意义,使之超越梦境本身的局限,上升到一种普遍的文化探讨。在陆游的纪梦诗中,荷花并非简单地作为佛教的象征物,诗人提炼了"荷花"作为意象的重要特质——清洁、美丽,并以此构建象征意义:"清洁"对应官场污秽,"美

---

① 《文学理论》编写组编:《文学理论》,北京:高等教育出版社,2020年,第23页。
② 尹贤选编:《古人论诗创作》,北京:中国书籍出版社,2020年,第6页。
③ 魏中林:《古典诗学的学问化问题与清诗研究》,《苏州大学学报》(哲学社会科学版),2005年第3期。
④ 陈良运主编:《中国历代文章学论著选》,南昌:百花洲文艺出版社,2003年,第535页。
⑤ 郭绍虞辑:《宋诗话辑佚》,北京:中华书局,1980年,第87页。

丽"对应美好未来的追求。如陆游在《梦中行荷花万顷中》中以"天风无际路茫茫,老作月王风露郎。只把千尊为月俸,为嫌铜臭杂花香"表达自己对官场的厌恶与对清洁美丽世界的追求。陆游在进行理性分析的同时,并未流于教条,真正实现了"在真正诗的作品里,思想不是以教条方式表现出来的抽象概念,而是构成充溢在作品里面的作品灵魂,象光充溢在水晶体里一般"①。其诗作因具有独特性与个人思想的温度,获得了更高的艺术效果。在上文所列的诗篇中,陆游的情感和理性交融无间,达到了"清水出芙蓉,天然去雕饰"②的境界。

在陆游的纪梦诗中,诗歌创作理性对"梦"的无意识象征语言的超越,象征着文学对世界的掌握。马克思、恩格斯的文艺理论提出,人类掌握世界的方式主要有四种:科学精神的、艺术精神的、宗教精神的和实践精神的。文学归属于艺术精神的掌握方式,它以想象力、形象、语言等媒介来实现。从文学的蕴藉性到文学的认识功能,对陆游纪梦诗的研究有助于进一步深化对文学本质的理解。在这一过程中,也能清晰地看出"诗"对"梦"的超越。

第四节　民族精神的文化资源

陆游将深沉的爱国主义情怀铭刻于纪梦诗的创作中,将对国家富强、民族振兴的毕生追求熔铸进自己的梦境世界。他的"五月十一日夜且半,梦从大驾亲征,尽复汉唐故地,见城邑人物繁丽,云西凉府也,喜甚,马上作长句未终篇,而觉乃足成之"等梦境,实际上是他生命中最炽热的理想和夙愿的投射。这种独特的书写形式和内容追求,至今仍彰显着不朽的精神感召力。

"文学会以自身特有的社会意识形态方式去反映社会实践,并给予社会实践

---

① (苏)别林斯基著,梁真译:《别林斯基论文学》,上海:上海文艺出版社,1958年,第51页。

② 彭会资主编:《中国文论大辞典》,天津:百花文艺出版社,1990年,第591页。

中的读者以影响。"①陆游纪梦诗中的情怀,不论是收复之愿还是爱国之志,皆穿越时空,深刻影响后世,其诗歌通过卓越的审美表达,持续砥砺人心,激扬精神。这种影响长久且深刻,甚至延续到当代。鲁迅先生认为:"文艺是国民精神所发的火光,同时也是引导国民精神的前途的灯火。这是互为因果的,正如麻油从芝麻榨出,但以浸芝麻,就使它更油。"②陆游的情怀及其高洁人格,永远浸润着民族精神,时至今日,在民族复兴的伟大征程中,我们依然能清晰地听见那"铁马冰河"的磅礴历史回响。

南宋开国前经历了北宋灭亡的痛楚,宣和七年(1125年),宋金之盟正式宣告破裂,在金正式灭辽后,金军胃口大开,由完颜宗望和完颜宗翰带队正式南下攻宋,并于宣和七年至靖康二年(1125—1127年),两度围困北宋都城汴京:"二月初二日,金人围京师,攻诸门甚急……十九日,复围京师……二十五日,京师陷,金兵入城。"③战争给人民带来了巨大的痛苦和耻辱,人民心中烙下了深重的创痛,"二十九日,兵至茅桃冈。驻军作大寨,居民奔入京师,老幼死者踩蹦于道,闲有强壮劫掠外城,放火焚烧二千余家"④。这种苦痛会降临到每一个人身上,哪怕是高官侯爵、皇帝后妃也无法避免,《靖康纪事》中记载:"而城外者犹未定,尚肆烧劫……后族、贵戚、王公大臣、富商巨贾之家无不受害。如张温城、刘明远、高太皇、聂婆婆等家,皆首被祸。其余士庶扶持老幼,迁徙入子城逃避者,累累然相望于道,如是累日未息。"⑤在经受这样的痛苦之后,宋人大举南迁,以临安作为都城建立了南宋。虽然社会氛围逐渐好转,但暂时安稳的社会环境也滋生了某些人贪图享乐的欲求,主和派压倒主战派,北伐的共同愿望不断被提起又被放下。当时吏治极其腐败,袁燮在《论国家宜明政刑札子》中表示:"贪吏肆虐,政以贿成。监司牧守,更相馈遗;戎帅所驻,交贿尤腆;而诸司最多之处,抑又甚焉,见

---

① 《文学理论》编写组编:《文学理论》,北京:高等教育出版社,2020年,第31-32页。
② 鲁迅:《鲁迅全集》第一卷,北京:人民文学出版社,2005年,第254页。
③ 朱易安等主编:《全宋笔记》第4编,郑州:大象出版社,2008年,第18-20页。
④ 朱易安等主编:《全宋笔记》第4编,郑州:大象出版社,2008年,第18页。
⑤ 朱易安等主编:《全宋笔记》第4编,郑州:大象出版社,2008年,第106页,见

得妄义,习以成风。"①

就是在这样的社会环境下,陆游坚守自己的梦想,以诗歌为精神载体,将个人理想升华为时代的集体呼声。他的纪梦诗——尤其是那些寄托收复中原之志的爱国篇章——不仅是个体情感的抒发,更成为南宋士人共同理想的诗性呈现。通过"梦境"这一独特的艺术空间,陆游巧妙地连接个人命运与民族命运:一方面,他将"王师北定"的民族梦想内化为个人的精神追求;另一方面,又通过诗歌的外化表达,使个体梦境转化为具有普遍意义的时代象征。这种以梦写实、借梦言志的创作实践,既彰显了诗人对光明未来的执着信念,更折射出中国古代知识分子"天下兴亡,匹夫有责"的精神谱系。

陆游的诗歌深刻地揭示了其个人理想与家国情怀的辩证统一——二者互相影响,相互依存。陆游毕生的梦想是抗击金军、收复失地、重振民族荣光,他将个人的理想与国家命运相结合。距离他实现愿望最近的一次是应王炎邀请赴抗金前线——南郑入幕。他在这里实现了从个体情志到诗歌品格的深刻蜕变,"四十从军渭水边,功名无命气犹全"(《排闷》),"投笔书生古来有,从军乐事世间无"(《独酌有怀南郑》),"西戍梁州鬓未丝,嶓山漾水几题诗"(《偶怀小益南郑之间怅然有赋》)等诗句对此有深切的吟咏,从中可见陆游对这次从戎经历的重视。哪怕并没有任职高官,甚至备尝从军之艰难险苦,他诗中的南郑之行永远充满昂扬的激情:"念昔少年日,从戎何壮哉!独骑洮河马,涉渭夜衔枚。"(《岁暮风雨》)"最怀清渭上,冲雪夜掠渡。"(《秋夜感旧十二韵》)甚至在离开南郑后,陆游还会梦见南郑,如《十月二十六日夜,梦行南郑道中,既觉,恍然揽笔作此诗,时且五鼓矣》等。南郑的生活已经刻在陆游心中,令他无法忘怀。陆游后来就任的官职,如成都府路安抚司参议官等,无论所处地区太平与否、官职是大是小都无法打动陆游的心,他仍旧渴望从戎南郑、投身为国的日子。陆游直至八十四岁高龄还在追忆南郑,写下了《顷岁从戎南郑,屡往来兴凤间,暇日追怀旧游有赋》,深刻地体现出他对南郑的深厚情感。可见陆游当时真切地体会到将自己的理想与国

---

① 袁燮撰:《絜斋集》,上海:商务印书馆,1935年,第34页。

家命运相结合的重要性,他渴望的不是个人的功成名就,而是整个民族的复兴,他期望不再被异族欺压。而且,他意识到仅仅依靠个人的力量无法实现理想,只有更多志同道合的士人共同发挥力量,理想才有可能实现。因此,他在梦中寻觅能与他一道为国家富强、民族复兴共同奋斗的志士,写下了诸如《二月一日夜梦》的诗歌,试图寻找诸如"霸图轻管乐,王道探丘轲。大指如符券,微瑕互琢磨"的异士。

陆游在《十一月四日风雨大作》中用积蓄一生的精神力量凝聚的自我理想——"铁马冰河入梦来"——成为一种具有引领意义的理想主义艺术表达,他在诗中将跨越时代的民族复兴的情感联结了起来。"铁马冰河入梦来"成为一种文化基因的载体,它既是陆游人生价值的表征,又参与了当代民族复兴伟大精神的塑造。陆游纪梦诗中的"追忆""向往"两种情感模式,都以民族苦难作为底色,无论是梦回故境、人生感怀的叹惋落寞,还是梦游山河、希冀报国的心潮澎湃,都蕴含着他对家国、百姓无法剥离的情感。"夜阑卧听风吹雨",陆游将民族的苦难记忆镌刻于心,其纪梦诗就是苦难的文学见证,同时其内心强烈的呼喊预示了民族精神的成长。无论是诗歌中具象化的意象,还是陆游所传达的抽象理想追求,都生动且令人感动地诠释着我们伟大民族"艰难困苦,玉汝于成"的生命哲学。这种哲学生生不息的延续,凝聚了一股永不停歇的文明演进动力。这是民族精神的理想向度,亦是中华民族的创造力,更是中华民族对世界文化做出的伟大贡献。

陆游的纪梦诗创作,在中华民族的精神谱系上呈现出跨越时空的历史呼应。正是有了相似的历史境遇——经历过战争的创伤(南宋抗金斗争与近代反侵略斗争),经历过人民的困苦——大家才能借诗歌实现精神共鸣,陆游的纪梦诗歌才能作为文化资源成为中华民族精神的一部分。无论是真实的梦境还是现实的抽象之梦,都代表着中国人民坚韧不拔的奋斗精神和永远不停歇的对美好生活的向往。

近代以来,战争频发,外敌入侵,中国人民正身处水深火热之中,原本的民族自信遭遇挫败,如何赶跑外来入侵者和重塑中国脊梁成了极为重要的问题。无数仁人志士前仆后继,将自己的一生投入国家振兴和民族复兴,正是由于拥有成功的经验,复兴才有希望。中国作为全世界唯一保持文明主体延续至今的国家,在近代以前长期以强国的姿态屹立于世界。其经济、文化、科技等领域曾长期处于世界前列,保持着一定的领先地位。科技成就尤为突出:十六世纪前,中国科技一直处于世界领先地位。"四大发明"的出现给世界带来了划时代的影响和变革,直接促进了社会的发展,"火药、指南针、印刷术这是预告资产阶级社会到来的三大发明"①。除四大发明外,中国在天文、医学、农学等领域的创新也一直走在世界前列。中华民族的历史连续性,为中华民族精神的赓续传承奠定了基础。著名的科学史家李约瑟指出:"我常喜欢用一种相对来说缓缓上升的曲线来说明中国的演变,显然这曲线比欧洲同一时期,譬如说公元二世纪至十五世纪的演变过程的曲线上升得高,有时高得多。"②中华文明的长期先进性,由此可见一斑。"世界上亦有某等民族,他们不仅能创造出一套优秀的文化,而他们所创造的那一套文化,又能回头来融凝此民族,使此民族逐步绵延扩展,日久日大,以立于不可败之地,这便是我中华民族之特质,亦是我中华民族之特征。"③文化的显现并非偶然,而是植根于深厚的历史积淀与社会结构。历代志士将自己对国家的忠诚融入集体潜意识中,共同塑造了中华民族独特的历史根基。颜常山和张巡愿意将自己的一切奉献给国家,后来亦有文天祥在《正气歌》中所写的"为张睢阳齿,为颜常山舌"④。张睢阳即张巡,在安史之乱中,"城陷,尹子奇谓巡曰:'闻君每战眦裂,嚼齿皆碎,何至此耶?'巡曰:'吾欲气吞逆贼,但力不遂耳!'子奇以大刀剔巡口,视其齿存者不过三数"⑤。颜常山同样为国献身,"禄山怒甚,令缚于中桥南头从西第二柱,节解之,比至气绝,大骂不息"⑥。

---

① 中共中央马克思恩格斯列宁斯大林著作编译局编译:《马克思恩格斯文集》第十卷,北京:人民出版社,2009年,第427页。
② (英)李约瑟著,潘吉星主编,陈养正等译:《李约瑟文集 李约瑟博士有关中国科学技术史的论文和演讲集 1944-1984》,沈阳:辽宁科学技术出版社,1986年,第42页。
③ 钱穆:《民族与文化》,北京:九州出版社,2012年,第3-4页。
④ 霍松林著:《宋诗鉴赏举隅》,北京:中国青年出版社,2011年,第281页。
⑤ (五代)刘昫等:《旧唐书》,北京:中华书局,1975年,第4901页。
⑥ (五代)刘昫等:《旧唐书》,北京:中华书局,1975年,第4898页。

第五章 陆游纪梦诗的文学价值和现实意义

及至近代,古老的清王朝闭关锁国,历史进步的车轮停滞了。国门随之被撞破,中国不断遭受侵略,逐步沦为半殖民地半封建社会,民众生活在水深火热中,极其困苦。从鸦片战争到抗日战争,近代中国的政治变革始终伴随剧烈的社会阵痛。无论是太平天国运动对旧秩序的巨大冲击,还是辛亥革命后的制度重构,革命在推动历史进步的同时,亦不可避免地引发流血牺牲与社会动荡。即便在名义上统一的中华民国时期,政局不稳与吏治腐败亦严重阻碍国家发展。如在1912—1918年北洋政府统治时期:上层政权是政治斗争的斗兽场,党同伐异,人员任命如走马灯一般更换,这一时期"有7人出任过总统或国家首脑,其中一人两次上台,因而实际上共有8个国家首脑。此外还有4个摄政内阁在短期间内主理过政府,再加一次短暂的清王朝复辟"[①]。上层政治的不稳定势必会导致下层社会的混乱——朝令夕改,职责划分不明晰,吏治混乱等,进一步加剧社会失序。如1920年华北四省大旱,直隶总督请求中央政府拨款平灾,但事实上"直、鲁、豫、陕大旱,曹锟强迫各该省助兵费若干,受灾之民未获赈济,先被勒捐,逼死无算,迨政府以特抽海关、火车捐款,汇往放赈,曹又提出三百余万,名为军恤费,不但灾民未得染指,即战伤士兵屡次求恤,亦置之不理"[②]。甚至于还出现了"朱门酒肉臭,路有冻死骨"之景象:"在此沧海横流,哀鸿遍野之秋,凡抱饥溺为怀者,无不同声悲痛……孰意交通某当局竟于此嗷嗷待哺声中,为其夫人筹备作寿……顷悉交通界人士闻信,均纷纷集议,购办寿礼,冀博其主人之欢心,或曰某当局大可以在报上登上一寿仪移赈之启事,既获乐善之美名,又获黄白之实利"[③],可见当时上层政治之混乱,吏治之腐败。人民的生活十分困苦,因饥饿、疾病和剥削等身亡的人不计其数,再加上不断发生的自然灾害,更将人民拉向深渊。"房山县于七月二十日以后,大雨兼旬,以至西北一带山洪暴发"[④],"沟河决

[①] 费正清主编:《剑桥中华民国史》(第一部),上海:上海人民出版社,1991年,第325页。
[②] 中国第二历史档案馆编:《中华民国史档案资料汇编》(第三辑),南京:凤凰出版社,1991年,第1423-1424页。
[③]《大公报》,1924年7月30日。
[④] 北京市水利局编:《北京水旱灾害》,北京:中国水利水电出版社,1999年,第50页。

口,京东一带均成泽国"①,灾民溺毙,流离者数十万。饥荒、瘟疫与战乱交织,终将近代中国推入苦难深渊。

不仅因为政治的混乱,经济的衰颓同样也导致了人民的困苦,"董四墓、东小府、韩家府、老府等大小村落,共约余户人家,千八百人,由于粮食歉收,地主逼债,出外谋生不成,贫民们只好以野草、树叶为食。记者所到之处,见村民个个鸿形鹤面,脸呈菜青色;骨瘦如柴,衣不蔽体,令人不忍目睹,真可谓为人间悲惨世界"②。虽然明清时期人口达到了一个高峰,但随着人口的增长,人地关系出现矛盾,再加上生产力发展缓慢,有限的耕地无法养活更多的人口。同时,外国科技的传入以及商品的倾销,个人生产效率无法匹配社会总体生产效率,这便产生了越努力越贫困的古怪现象。以叶圣陶的《多收了三五斗》为例,透过该作品可以看见当时的社会现实:江南农民历经千辛万苦,加上好的气候,终于得以丰收,并且还"多收了三五斗",但却因此造成了更大的悲剧,"他们有的粜了自己吃的米,卖了可怜的耕牛,或者借了四分钱五分钱的债缴租;有的挺身而出,被关在拘押所里,两角三角地,忍痛缴纳自己的饭钱;有的沉溺在赌博里,希望骨牌骰子有灵,一场赢它十块八块;有的求人去说好话,向田主退租,准备做一个干干净净的穷光蛋,有的溜之大吉,悄悄地爬上开往上海的四等车"③。在近代,中国传统的小农经济遭到破坏,外来新科技和资本推动着中国向一个未知的方向走去,因此也造成了两极化的消费现象。绝大多数的民众处于极端贫困状态,所有的生产生活都为了糊口。社会生产无法满足大部分国人,饿殍遍野。尤其是在全面内战阶段,"通货膨胀像脱缰的野马一样达到骇人听闻的程度。民族工商业日益走向破产,近于奄奄一息。广大工人、市民乃至中下层小资产阶级濒临无法生存的

---

① 中央气象局研究所编:《五百年旱涝史料》,北京:中央气象局研究所出版社,1975年,第35页。

② 北京市海淀区地方志编纂委员会编:《海淀区志》,北京:北京出版社,2004年,第927页。

③ 叶圣陶著,《苏州全书》编纂出版委员会编:《倪焕之》,苏州:苏州大学出版社,2023年,第463页。

境地。农村经济急剧衰退,饥民遍地,饿殍载道"①。在文化方面,许多有志之士挺身而出,参与国家的复兴历程,出现了一大批优秀的文艺作品。同时,近代的民族衰颓使有志之士痛定思痛,开始逐渐反思自身,前仆后继进行理论探索,开创了中国思想文化领域新的局面。

  正是由于中华民族英勇奋进的优良传统,在面对外国侵略者时我们毫不退缩。中华民族五千年以来的爱国主义精神已经深深刻印在中国人民的心中,并在现实世界的斗争中表现出来。我们对未来有着脚踏实地的希冀,也正因如此,新中国才能在废墟中重塑自身、破茧成蝶,蜕变为一个与封建王朝完全不一样的新中国。家国之爱来源于深厚的中华文化根基。正是一代又一代人的薪火相传,中华文化才积淀得如此博大精深和绚丽多彩;也正是这源远流长的文化滋养,赋予了中华民族在艰难困苦中百折不挠的韧性,更孕育了华夏儿女敢为人先的追梦勇气。白日梦并非完全是空想,其中也暗含着希望之路。只有立足于坚实的历史和现实基础,才有可能将梦想变为现实。

  "如果将文学牢牢地拴在某种'本质'之上,这肯定遗忘了变动不居的历史。历史不断修正人们的各种观点,包括什么叫做'文学'。"②陆游诗歌的意义、价值也在历史的发展中不断被丰富,特别是历史征程中民族精神对传统文学中梦资源的回望,在继承陆游梦诗主题的基础上再次拓展了它的价值。回望民族精神的凝聚与形成,陆游纪梦诗就是一种历史文化资源,可丰富中华民族的人文精神和构成模式。陆游纪梦诗所呈现出来的民族意识,与其他诗人的作品一起,汇聚成中华民族的爱国思想,逐渐内化为中国人民的集体潜意识,在近代国家危亡时期展现出来,在矢志实现社会主义现代化的奋斗中彰显出来,更在今天的新时代征程中不断延续其价值与意义,持续丰富人民的精神世界。

---

  ① 康秀云:《20世纪中国社会生活方式现代化问题研究》,东北师范大学博士毕业论文,2006年,第27页。
  ② 南帆:《文学研究:本质主义,抑或关系主义》,《文艺研究》,2007年第8期,第4页。

参考文献

古籍及考释类

B

[1]《白居易集》,(唐)白居易著,顾学颉校点,北京:中华书局,1979年。

[2]《白居易集笺校》,(唐)白居易著,朱金城笺校,上海:上海古籍出版社,1988年。

[3]《白居易选集》,王汝弼选注,上海:上海古籍出版社,2012年。

[4]《鲍参军集注》,(宋)鲍照著,钱仲联校,上海:上海古籍出版社,1980年。

[5]《抱朴子外篇笺校》,杨明照著,北京:中华书局,1991年。

[6]《北梦琐言》,(宋)孙光宪撰,北京:中华书局,1960年。

[7]《北齐书》,(唐)李百药撰,北京:中华书局,1972年。

[8]《北山录》,(唐)神清,《大正藏》卷五二,台北:新文丰出版公司,1992年。

[9]《本事诗》,(唐)孟启著,上海:古典文学出版社,1957年。

[10]《博物志校证》,(晋)张华撰,范宁校证,北京:中华书局,1980年。

C

[11]《蔡襄全集》,(宋)蔡襄撰,陈庆元等校注,福州:福建人民出版社,1999年。

[12]《曹植集校注》,(三国魏)曹植著,赵幼文校注,北京:中华书局,2017年。

[13]《沧浪诗话》,(宋)严羽撰,北京:中华书局,1985年。

[14]《册府元龟》,(宋)王钦若等编,北京:中华书局,1960年。

[15]《岑嘉州诗笺注》,(唐)岑参撰,廖立笺注,北京:中华书局,2004年。

[16]《重订庄子集注》,阮毓崧撰,刘韶军点校,上海:上海古籍出版社,2018年。

[17]《楚辞全解》,吴广平撰,长沙:岳麓书社,2008年。

[18]《楚辞选注及考证》,胡念贻编著,长沙:岳麓书社,1984年。

[19]《传习录》,(明)王阳明著,叶圣陶点校,北京:中国友谊出版公司,2021年。

D

[20]《大智度论》,(印度)龙树菩萨造,(后秦)鸠摩罗什译,王孺童点校,北京:宗教文化出版社,2014年。

[21]《带经堂诗话》,(清)王士禛著,北京:人民文学出版社,1963年。

[22]《道藏》,上海书店出版社编,上海:文物出版社、上海书店,天津:天津古籍出版社,1988年。

[23]《杜甫全集校注》,萧涤非主编,北京:人民文学出版社,2013年。

[24]《杜甫选集》,(唐)杜甫著,聂石樵、邓魁英选注,上海:上海古籍出版社,1983年。

[25]《杜诗考释》,曾祥波著,上海:上海古籍出版社,2016年。

F

[26]《范成大集校笺》,(宋)范成大撰,吴企明校笺,上海:上海古籍出版社,2022年。

[27]《〈傅子〉评注》,(晋)傅玄撰,刘治立评注,天津:天津古籍出版社,2010年。

G

[28]《古诗今选》,程千帆、沈祖棻选注,上海:上海古籍出版社,1983年。

[29]《古诗今选》,程千帆、沈祖棻选注,陕西:陕西师范大学出版总社,

2018年。

[30]《古诗评选》,(明)王夫之评选,张国星校点,北京:文化艺术出版社,1997年。

[31]《古诗评译》,木斋著,北京:京华出版社,1999年。

[32]《古诗十九首 汉乐府选》,胡涛、曹胜高、岳洋峰译注,武汉:崇文书局,2023年。

[33]《古诗源》,(清)沈德潜编,袁啸波校注,上海:上海古籍出版社,2023年。

[34]《古唐诗合解》,(清)王尧衢编著,长沙:岳麓书社,2020年。

[35]《古文辞类纂》,(清)姚鼐纂集,胡士明、李祚唐标校,上海:上海古籍出版社,2016年。

[36]《古文观止:增补本》,齐云主编,沈阳:辽宁大学出版社,1998年。

[37]《国学治要 集部 子部》,张文治编,北京:北京理工大学出版社,2014年。

H

[38]《韩昌黎诗集编年笺注》,韩愈著,方世举笺注,北京:中华书局,2012年。

[39]《韩愈选集》,孙昌武选注,上海:上海古籍出版社,1996年。

[40]《汉书》,北京:中华书局,1964年。

[41]《汉书艺文志讲疏》,(汉)班固编撰,顾实讲疏,上海:上海古籍出版社,1987年。

[42]《红楼梦》,(清)曹雪芹、高鹗著,北京:人民文学出版社,1982年。

[43]《红楼梦脂评辑校》,郑红枫、郑庆山辑校,北京:北京图书馆出版社,2006年。

[44]《后村诗话》,(宋)刘克庄著,王秀梅点校,北京:中华书局,1983年。

[45]《华阳国志校补图注》,(晋)常璩撰、任乃强校注,上海:上海古籍出版社,1987年。

[46]《黄庭坚诗集注》,黄庭坚著,任渊等注,北京:中华书局,2003 年。

[47]《黄庭坚选集》,王宝华选注,上海:上海古籍出版社,2016 年。

J

[48]《剑南诗稿校注》,(宋)陆游著,钱仲联校注,上海:上海古籍出版社,1985 年。

[49]《建炎以来朝野杂记》,《影印文渊阁四库全书》第 608 册,(清)纪昀、永瑢等编,台北:台湾商务印书馆,2008 年。

[50]《絜斋集》,袁燮撰,上海:商务印书馆,1935 年。

[51]《金刚经·心经·坛经》,陈秋平、尚荣译注,北京:中华书局,2012 年。

[52]《晋书》,(唐)房玄龄撰,北京:中华书局,1974 年。

[53]《经史百家杂钞》,(清)曾国藩纂,乔继堂编,上海:上海科学技术文献出版社,2020 年。

[54]《旧唐书》,(后晋)刘昫等撰,北京:中华书局,1975 年。

L

[55]《李白诗选》,(唐)李白著,林东海选注,济南:山东大学出版社,1999 年。

[56]《李白诗选》,钱志熙、刘青海撰,北京:商务印书馆,2016 年。

[57]《李贺全集》,闵泽平编著,武汉:崇文书局,2015 年。

[58]《李璟李煜词校注》,(南唐)李璟、李煜著,詹安泰校注,上海:上海古籍出版社,2015 年。

[59]《李商隐诗歌集解》,刘学锴、余恕成著,北京:中华书局,1988 年。

[60]《李商隐选集》,周振甫选注,上海:上海古籍出版社,2012 年。

[61]《李太白全集》,(唐)李白著,(清)王琦注,北京:中华书局,1977 年。

[62]《李渔全集·闲情偶寄》,(清)李渔著,杭州:浙江古籍出版社,1991 年。

[63]《历代名家诗品》,田秉锷编著,上海:生活·读书·新知三联书店,2022 年。

[64]《历代诗话》,(清)何文焕辑,北京:中华书局,1981 年。

213

[65]《历代诗话续编》,(清)丁福保辑,北京:中华书局,2006年。

[66]《陆放翁诗词选》,(宋)陆游著,疾风选注,杭州:浙江人民出版社,1958年。

[67]《陆放翁小品》,(宋)陆游著,苗洪选注,北京:文化艺术出版社,1997年。

[68]《陆氏族谱》,(清)陆曾,世德堂刻本。

[69]《陆游集》,中华书局编,北京:中华书局,1976年。

[70]《陆游选集》,朱东润选注,上海:上海古籍出版社,1962年。

[71]《论衡校注》,王充著,张宗祥校注,上海:上海古籍出版社,2013年。

[72]《论语义疏》,(梁)皇侃撰,高尚矩校点,北京:中华书局,2013年。

[73]《论语译注》,杨伯峻译注,北京:中华书局,1980年。

[74]《论语正义》,(清)刘宝楠撰,高流水点校,北京:中华书局,1990年。

M

[75]《梅尧臣诗》,王宁总主编,夏敬观、许佩莉、谢琰校注,北京:商务印书馆,2022年。

[76]《孟东野诗集》,(唐)孟郊撰,北京:人民文学出版社,1959年。

[77]《牡丹亭》,(明)汤显祖著,武汉:崇文书局,2019年。

N

[78]《南唐书两种》,(宋)马令、陆游撰,南京:南京出版社,2020年。

[79]《〈内经〉古今医案析要》,苏颖、王利锋主编,上海:上海科学技术出版社,2020年。

O

[80]《瓯北诗话》,(清)赵翼著,霍松林、胡主佑校点,北京:人民文学出版社,1963年。

[81]《欧阳修选集》,陈新、杜维沫选注,上海:上海古籍出版社,2016年。

P

[82]《曝书亭集》,(清)朱彝尊撰,北京:商务印书馆,1935年。

Q

[83]《樵歌校注》,(宋)朱敦儒著,邓子勉校注,上海:上海古籍出版社,2010年。

[84]《〈千字文〉今注》,寿大本著,北京:中国书店,2020年。

[85]《全后汉文》,(清)严可均辑,北京:商务印书馆,1999年。

[86]《全上古三代秦汉三国六朝文》,严可均校辑,北京:中华书局,1958年。

[87]《全宋笔记》,上海师范大学古籍整理研究所编,郑州:大象出版社,2012年。

[88]《全宋诗》,北京大学古文献研究所编,北京:北京大学出版社,1993年。

[89]《全宋文》,曾枣庄、刘琳主编,上海:上海辞书出版社,2006年。

[90]《全唐诗》,(清)彭定求等编,北京:中华书局,1960年。

[91]《全唐文》,(清)董诰等编,北京:中华书局,1983年。

[92]《全五代诗》,(清)李调元编,何光清点校,成都:巴蜀书社,1992年。

R

[93]《容斋随笔》,(宋)洪迈撰,孔凡礼点校,北京:中华书局,2005年。

[94]《入蜀记校注》,(宋)陆游著,蒋方校注,武汉:湖北人民出版社,2004年。

S

[95]《尚书译注》,马将伟译注,北京:商务印书馆,2015年。

[96]《诗经译注》,周振甫译注,北京:中华书局,2002年。

[97]《诗经原始》,(清)方玉润撰,李先耕点校,北京:中华书局,1986年。

[98]《诗人玉屑》,(宋)魏庆之编,上海:上海古籍出版社,1959年。

[99]《诗薮》,(明)胡应麟撰,上海:上海古籍出版社,1958年。

[100]《十三经注疏·毛诗正义》,《十三经注疏》整理委员会整理,李学勤主编,北京:北京大学出版社,1999年。

[101]《十三经注疏·孟子注疏》,《十三经注疏》整理委员会整理,李学勤主编,北京:北京大学出版社,1999年。

[102]《十四家诗钞》,朱自清选注,上海:上海古籍出版社,1981年。

[103]《石遗室诗话》,陈衍著,北京:人民文学出版社,2001年。

[104]《史记》,(汉)司马迁著,北京:中华书局,1959年。

[105]《史记》,(汉)司马迁撰,(宋)裴骃集解,(唐)司马贞索隐,(唐)张守节正义,北京:中华书局,2014年。

[106]《世说新语》,(南朝宋)刘义庆著,崇贤书院校注,北京:北京联合出版公司,2017年。

[107]《说诗晬语》,(清)沈德潜著,北京:人民文学出版社,1979年。

[108]《四朝见闻录》,(宋)叶绍翁著,沈锡麟、冯惠民点校,北京:中华书局,1989年。

[109]《四朝闻见录》,(宋)叶绍翁著,符均注,西安:三秦出版社,2004年。

[110]《四库全书:家藏精华》,赖咏主编,北京:中国书店,2013年。

[111]《四库全书总目提要》,王云五总编纂,永瑢等撰,北京:商务印书馆,1923年。

[112]《四书五经》,陈成国点校,长沙:岳麓书社,2023年。

[113]《宋词三百首》,(清)上疆村民编,学而书馆编辑组校注,北京:中国友谊出版公司,2023年。

[114]《宋词选》,胡云翼选注,北京:中国青年出版社,2023年。

[115]《宋诗话辑佚》,郭绍虞辑,北京:中华书局,1980年。

[116]《宋诗三百首全解:典藏版》,李梦生解,上海:复旦大学出版社,2023年。

[117]《宋史》,(元)脱脱等撰,北京:中华书局,1977年。

[118]《苏轼词全集 汇校汇注汇评》,谭新红、萧兴国、王林森编著,武汉:崇文书局,2015年。

[119]《苏轼集》,(宋)苏轼著,汪超导读,汪超注译,长沙:岳麓书社,2019年。

[120]《苏轼诗集》,(清)王文诰辑注,孔凡礼点校,北京:中华书局,1982年。

[121]《苏轼文集》,孔凡礼点校,北京:中华书局,1986年。

[122]《苏轼选集》,王水照校注,上海:上海古籍出版社,2014年。

[123]《涑水记闻》,(宋)司马光撰,邓广铭、张希清点校,北京:中华书局,1989年。

[124]《苕溪渔隐丛话》,(宋)胡仔,北京:人民文学出版社,1962年。

T

[125]《唐诗三百首》,(清)蘅塘退士选编,学而书馆编辑组注,北京:中国友谊出版公司,2022年。

[126]《唐诗宋词元曲全集》,周振甫主编,合肥:黄山书社,1999年。

[127]《唐诗选》,马茂元选注,上海:上海古籍出版社,2021年。

[128]《唐宋八大家全集》,余冠英、周振甫、启功等主编,北京:国际文化出版公司,1997年。

[129]《唐宋传奇集》,鲁迅校录,西安:三秦出版社,2019年。

[130]《唐宋名家词选》,龙榆生选撰,上海:上海古籍出版社,1980年。

[131]《唐宋文举要》,高步瀛著,上海:上海科学技术文献出版社,2021年。

[132]《陶弘景集校注》,(南朝梁)陶弘景著,王京州校注,上海:上海古籍出版社,2009年。

[133]《陶渊明集》,逯钦立校注,北京:中华书局,1979年。

[134]《陶渊明集校笺》,(晋)陶渊明著,龚斌校笺,上海:上海古籍出版社,2018年。

W

[135]《王安石全集·周礼新义》,程元敏整理,上海:复旦大学出版社,2016年。

[136]《王右丞集笺注》,(唐)王维撰,(清)赵殿成笺注,上海:上海古籍出版社,1961年。

[137]《韦庄集》,(唐)韦庄著,向迪琮校订,北京:人民文学出版社,1958年。

[138]《文赋集释》,(晋)陆机撰,张少康集释,上海:上海古籍出版社,

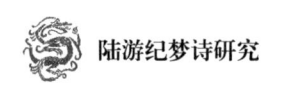

1984年。

[139]《文心雕龙今译》,周振甫著,北京:中华书局,1986年。

[140]《吴均诗文选注》,王义超、赵开泉选注,银川:宁夏人民出版社,2010年。

X

[141]《西溪丛语 家世旧闻》,(宋)姚宽、陆游撰,孔凡礼点校,北京:中华书局,1993年。

[142]《先秦汉魏晋南北朝诗》,逯钦立辑校,北京:中华书局,1983年。

[143]《辛弃疾全集》,(宋)辛弃疾著,徐汉明编,武汉:湖北人民出版社,2007年

[144]《宣城右集》,(明)汤宾尹辑,王景福、石巍、童达清校注,合肥:黄山书社,2017年。

Y

[145]《艺概》,(清)刘熙载撰,上海:上海古籍出版社,1978年。

[146]《永乐大典》,(明)解缙等编,北京:大众文艺出版社,2009年。

[147]《御选唐宋诗醇》,(清)爱新觉罗·弘历,台湾商务印书馆影印文渊阁《四库全书》本。

[148]《元稹集》,(唐)元稹撰,冀勤点校,北京:中华书局,1982年。

[149]《袁随园尺牍》,(清)袁枚著,夏勇编选,廖可斌主编,杭州:浙江古籍出版社,2022年。

[150]《乐府诗集》,(宋)郭茂倩编撰,上海:上海古籍出版社,2016年。

Z

[151]《张子正蒙注》,(清)王夫之著,北京:中华书局,1975年。

[152]《脂砚斋重评石头记》,(清)曹雪芹著,(清)脂砚斋评、邓遂夫校订,北京:作家出版社,2005年。

[153]《直斋书录解题》,(宋)陈振孙撰,徐小蛮、顾美华点校,上海:上海古籍出版社,2023年。

[154]《中国古代文论选编》,黄霖、蒋凡主编,上海:复旦大学出版社,2022年。

[155]《中国历代家训集成》,楼含松主编,杭州:浙江古籍出版社,2017年。

[156]《中国历代名赋大观》,王飞鸿主编,北京:北京燕山出版社,2007年。

[157]《中国历代诗歌选》,林庚、冯沅君主编,北京:生活·读书·新知三联书店,2024年。

[158]《中国历代文章学论著选》,陈良运主编,南昌:百花洲文艺出版社,2003年。

[159]《周礼》,徐正英、常佩雨译注,北京:中华书局,2014年。

[160]《周礼正义》,(清)孙诒让撰,王文锦、陈玉霞点校,北京:中华书局,1987年。

[161]《朱熹集》,郭齐、尹波点校,成都:四川教育出版社,1996年。

[162]《朱子语类》,(宋)黎靖德编,王星贤点校,北京:中华书局,1986年。

[163]《诸病源候论》,(隋)巢元方著,台北:集文书局,1976年。

[164]《庄子今注今译》,陈鼓应注译,北京:中华书局,1983年。

近现代专著类

A

[1](奥)阿德勒著,黄国光译《超越自卑》,北京:国际文化出版公司,2005年。

[2](英)安东尼·史蒂文斯著,薛绚译:《私人梦史》,海口:海南出版社,2015年。

[3](英)安东尼·史蒂文斯著,杨韶刚译:《简析荣格》,北京:外语教学与研究出版社,2015年。

B

[4]北京市海淀区地方志编纂委员会编:《海淀区志》,北京:北京出版社,2004年。

[5]北京市水利局编:《北京水旱灾害》,北京:中国水利水电出版社,1999年。

[6](苏)别林斯基著,梁真译:《别林斯基论文学》,上海:上海文艺出版社,1958年。

C

[7](美)C.S. 霍尔、V.J. 诺贝德著,冯川译:《荣格心理学入门》,北京:生活·读书·新知三联书店,1987年。

[8](英)查尔斯·达尔文著,(美)詹姆斯·D. 沃森导读,潘光旦、胡寿文原译,李绍明校订:《不可抹灭的印记之人类的由来及性选择》,长沙:湖南科学技术出版社,2015年。

[9](俄)车尔尼雪夫斯基著,辛未艾译:《车尔尼雪夫斯基文学论文选》,上海:上海译文出版社,1998年。

[10]陈伯海主编,查清华等编撰:《唐诗学文献集萃》,上海:上海古籍出版社,2016年。

[11]陈国球、王德威编:《抒情之现代性:"抒情传统"论述与中国文学研究》,北京:生活·读书·新知三联书店,2014年。

[12]陈世骧:《陈世骧文存》,沈阳:辽宁教育出版社,1998年。

[13]陈向春:《中国古典诗歌主题研究》,北京:高等教育出版社,2008年。

[14]陈寅恪:《金明馆丛稿二编》,上海:上海古籍出版社,1982年。

[15]陈永正主编:《中国方术大辞典》,广州:中山大学出版社,1991年。

[16]丛丛主编:《名家随笔》,北京:中国文联出版社,2000年。

[17]崔三常:《马克思主义价值论及其当代发展》,北京:知识产权出版社,2022年。

D

[18]董乃斌主编:《中国文学叙事传统研究》,北京:中华书局,2012年。

[19](美)杜威:《哲学的改造》,北京:商务印书馆,1958年。

[20]段力军:《梦境原理 大统一梦成因理论与思辨》,北京:中国言实出版社,2014年。

F

[21]方珊:《形式主义文论》,济南:山东教育出版社,1999年。

[22]方珊等译:《俄国形式主义文论选》,北京:生活·读书·新知三联书店,1989年。

[23]方孝岳:《中国文学批评·中国散文概论》,北京:生活·读书·新知三联书店,2007年。

[24]费正清主编:《剑桥中华民国史》,上海:上海人民出版社,1991年。

[25]丰子恺:《丰子恺游记》,桂林:广西师范大学出版社,2004年。

[26]冯川等译:《荣格:心理学与文学》,上海:上海三联书店,1987年。

[27]冯雪峰主编:《鲁迅全集》,北京:人民文学出版社,1956年。

[28](奥)弗洛伊德著,车文博主编:《释梦》,北京:九州出版社,2021年。

[29](奥)弗洛伊德著,丹宁译:《梦的解析》,北京:国际文化出版公司,1998年。

[30](奥)弗洛伊德著,高觉敷译:《精神分析引论》,北京:商务印书馆,1996年。

[31](奥)弗洛伊德著,张燕云译:《梦的释义》,北京:新世界出版社,2007年。

[32]傅正谷著:《中国梦文化》,北京:中国社会科学出版社,1993年。

[33]傅正谷:《中国梦文学史》,北京:光明日报出版社,1993年。

[34]傅正谷编著:《中国梦文化辞典》,太原:山西高校联合出版社,1993年。

G

[35](德)歌德著,刘思慕译:《歌德自传——诗与真》,北京:人民出版社,1983年。

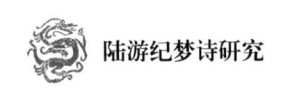

［36］葛兆光:《唐诗选注》,北京:人民文学出版社,2007年。

［37］龚延明:《简明中国历代职官别名辞典》,上海:上海辞书出版社,2016年。

［38］龚玉兰:《贬谪时期的柳宗元研究》,南京:凤凰出版社,2010年。

H

［39］(德)黑格尔著,朱光潜译:《美学》,北京:商务印书馆,1979年。

［40］洪丕谟:《解梦》,北京:中国物资出版社,2011年。

［41］洪治纲编:《黄侃文选》,上海:上海大学出版社,2023年。

［42］胡适:《胡适读书随笔》,武汉:华中科技大学出版社,2023年。

［43］黄光秋:《马克思经济基础与上层建筑思想研究》,北京:光明日报出版社,2024年。

［44］黄裳:《黄裳文集·杂说卷》,上海:上海书店出版社,1998年。

［45］霍松林:《宋诗鉴赏举隅》,北京:中国青年出版社,2011年。

J

［46］纪忠元、纪永元、武国爱主编:《敦煌诗歌集萃》,北京:中国书籍出版社,2023年。

［47］蒋祖怡、陈志椿主编:《中国诗话辞典》,北京:北京出版社,1996年。

K

［48］(德)卡伦·荷妮著,李明滨译:《我的挣扎》,北京:中国民间文艺出版社,1986年。

［49］康雪荣:《分析心理学视角下心理学与语言学及文学的跨界研究》,长春:吉林大学出版社,2023年。

［50］孔凡礼、齐治平编:《陆游资料汇编》,北京:中华书局,1962年。

L

［51］李建英:《宋代士人心态与文学》,北京:国家行政学院出版社,2019年。

［52］李勇:《林语堂传》,北京:团结出版社,1999年。

［53］(英)李约瑟著,潘吉星主编,陈养正等译:《李约瑟文集 李约瑟博士有关中国科学技术史的论文和演讲集 1944—1984》,沈阳:辽宁科学技术出版社,

1986年。

[54]李珍华、傅璇琮撰:《河岳英灵集研究》,北京:中华书局,1992年。

[55]刘洪仁主编:《海外藏中国珍稀书系》,北京:中国戏剧出版社,2000年。

[56]刘培主编,韩晖著:《中国辞赋编年史·隋唐五代卷》,济南:山东大学出版社,2019年。

[57]刘庆云主编:《放翁新论》,福州:海峡文艺出版社,2009年。

[58]刘文英、曹田玉:《梦与中国文化》,北京:人民出版社,2003年。

[59]刘文英:《刘文英文集》,兰州:兰州大学出版社,2021年。

[60]鲁迅:《鲁迅全集》,北京:人民文学出版社,2005年。

[61]鲁迅:《野草》,北京:北京联合出版公司,2021年。

[62]罗基编著:《梦学全书》,北京:中国社会出版社,1996年。

[63](美)罗洛梅著,冯川译:《爱与意志》,北京:国际文化出版公司,1987年。

[64]罗宗强、陈洪主编:《中国古代文学作品选》,北京:高等教育出版社,2004年。

M

[65]缪钺等撰写:《宋诗鉴赏辞典》,上海:上海辞书出版社,1987年。

N

[66](德)尼采著,李超杰译:《偶像的黄昏:或怎样用锤子从事哲学》,北京:商务印书馆,2009年。

P

[67]彭会资主编:《中国文论大辞典》,天津:百花文艺出版社,1990年。

Q

[68]钱穆:《民族与文化》,北京:九州出版社,2012年。

[69]钱锺书:《宋诗选注》,北京:生活·读书·新知三联书店,2002年。

[70]覃光广等编著:《中国少数民族宗教概览》,北京:中央民族学院科研处,1982年。

[71]邱鸿钟:《性心理学》,广州:广东高等教育出版社,2014年。

[72]邱鸣皋:《陆游评传》,南京:南京大学出版社,2002年。

R

[73](瑞士)荣格:《神话——原型批评》,叶舒宪选编:《试分析心理学与诗的关系》,西安:陕西师范大学出版社,1987年。

[74](瑞士)荣格著,冯川译:《荣格文集:让我们重返精神的家园》,北京:改革出版社,1997年。

[75](瑞士)荣格著,孔长安、丁刚译:《人、艺术和文学中的精神》,北京:华夏出版社,1989年。

S

[76]上海辞书出版社文学鉴赏辞典编纂中心编:《白居易诗文鉴赏辞典》,上海:上海辞书出版社,2020年。

[77]上海辞书出版社文学鉴赏辞典编纂中心编:《黄庭坚诗文鉴赏辞典》,上海:上海辞书出版社,2020年。

[78]上海辞书出版社文学鉴赏辞典编纂中心编:《陆游诗文鉴赏辞典》,上海:上海辞书出版社,2024年。

[79]尚永亮:《贬谪文化与贬谪文学——以中唐元和五大诗人之贬及其创作为中心》,兰州:兰州大学出版社,2004年。

T

[80](印度)泰戈尔著,纹绮译:《泰戈尔妙语录》,兰州:甘肃人民出版社,1989年。

W

[81]汪曾祺:《人间草木》,成都:四川文艺出版社,2024年。

[82]王光明:《现代汉诗的百年演变》,石家庄:河北人民出版社,2003年。

[83]王广:《颜师古学术思想研究》,济南:山东人民出版社,2013年。

[84]王国维著,范雅编著:《人间词话》,武汉:武汉出版社,2011年。

[85]王同亿主编:《高级汉语词典 兼作汉英词典》,海口:海南出版社,1996年。

[86]王万盈主编:《海丝文化研究》(第2辑),厦门:厦门大学出版社,

2021年。

［87］王先霈、王又平主编：《文学批评术语词典》，上海：上海文艺出版社，1999年。

［88］王亚东：《思变》，北京：中国财富出版社，2020年。

［89］（苏）维·什克洛夫斯基著，刘宗次译：《散文理论》，南昌：百花洲文艺出版社，1997年。

［90］《文学理论》编写组编：《文学理论》，北京：高等教育出版社，2020年。

［91］闻一多：《唐诗杂论》，北京：人民文学出版社，2022年。

［92］翁勇青等编著：《中国古代文书品析》，厦门：厦门大学出版社，2013年。

［93］Wilhelm Dilthey：*Wilhelm Diltheys Gesammelte Schriften*，Ⅶ. Band，Leipzig und Berlin：B. G. Teubner，1927.

X

［94］《西方文学理论》编写组编，曾繁仁主编：《西方文学理论》，北京：高等教育出版社，2015年。

［95］徐敏主编：《现代周公解梦》，北京：中国物资出版社，2007年。

［96］许总：《诗经诗解》，厦门：厦门大学出版社，2023年。

［97］薛进官、陈树权、刘万朗编：《名言大观》，北京：文化艺术出版社，1983年。

Y

［98］严修：《陆游诗集导读》，成都：巴蜀书社，1996年。

［99］扬州老年大学《扬州历代诗词》编委会编，李坦主编：《扬州历代诗词》，北京：人民文学出版社，1998年。

［100］叶圣陶著，《苏州全书》编纂出版委员会编：《倪焕之》，苏州：苏州大学出版社，2023年。

［101］易闻晓：《中国诗句法论》，济南：齐鲁书社，2006年。

［102］尹靖主编：《中华文化大观》，天津：天津社会科学院出版社，1991年。

［103］尹贤选编：《古人论诗创作》，北京：中国书籍出版社，2020年。

［104］游光中、黄代燮编著：《中外诗学大辞典》，成都：四川辞书出版社，

2020年。

[105]游光中编著:《历代诗词名句》,成都:四川辞书出版社,2023年。

[106]于北山:《陆游年谱》,上海:上海古籍出版社,2017年。

[107]喻朝刚、张连第等主编:《中国古代诗歌辞典》,成都:四川人民出版社,1989年。

[108]袁行霈主编:《中国文学史》,北京:高等教育出版社,1999年。

Z

[109]臧克家:《臧克家古典诗文欣赏集》,北京:北京出版社,1990年。

[110]曾凡玉编著:《唐诗译注鉴赏辞典》,武汉:崇文书局,2017年。

[111]张庚、郭汉城主编:《中国戏曲通论·史论卷》,北京:中国戏剧出版社,2010年。

[112]张红梅:《跨越时空的对话》,徐州:中国矿业大学出版社,2014年。

[113]张世英:《哲学导论》,北京:北京大学出版社,2002年。

[114]章志光等主编:《中国心理咨询大典》,天津:天津科学技术出版社,2008年。

[115]中共中央马克思恩格斯列宁斯大林著作编译局编译:《马克思恩格斯文集》,北京:人民出版社,2009年。

[116]中国第二历史档案馆编:《中华民国史档案资料汇编》(第三辑),南京:凤凰出版社,1991年。

[117]中国社会科学院外国文学研究所外国文学研究资料丛刊编辑委员会编,钱钟书、杨绛等选译:《外国理论家、作家论形象思维》,北京:中国社会科学出版社,1979年。

[118]中国社会科学院外国文学研究所外国文学研究资料丛刊编辑委员会编:《福克纳评论集》,北京:中国社会科学出版社,1980年。

[119]中央气象局研究所编:《五百年旱涝史料》,北京:中央气象局研究所出版社,1975年。

[120]周桂钿编著:《中国传统哲学》,北京:北京师范大学出版社,1990年。

[121]周剑之:《事象与事境:中国古典诗歌叙事传统研究》,北京:商务印书

馆,2022年。

[122]周啸天编著:《历代绝句鉴赏大辞典》,北京:商务印书馆国际有限公司,2024年。

[123]周啸天校注:《今诗一百首》,北京:商务印书馆国际有限公司,2021年。

[124]周裕锴:《宋代诗学通论》,上海:上海古籍出版社,2007年。

[125]周召安、李光昭:《新编千家诗评注》,杭州:浙江古籍出版社,2023年。

[126]周振甫、冀勤编著:《钱钟书〈谈艺录〉读本》,成都:巴蜀书社,2019年。

[127]周振甫:《诗词例话》,北京:中国青年出版社,2022年。

[128]朱东润:《陆游研究》,北京:中华书局,1962年。

[129]朱光潜:《诗论》,北京:生活·读书·新知三联书店,1984年。

[130]朱光潜:《给青年的十二封信》,杭州:浙江文艺出版社,2024年。

[131]朱金城:《白居易年谱》,上海:上海古籍出版社,1982年。

[132]朱瑞熙:《朱瑞熙文集》,上海:上海古籍出版社,2020年。

[133]朱自清:《标准与尺度》,北京:读书·生活·新知三联书店,2014年。

期刊论文及报纸

[1]1924年7月30日《大公报》。

[2]张贤亮:《请买〈张贤亮选集〉》,《文汇读书周报》,1986年第15期。

[3]高继堂:《陆游记梦诗探析》,《宝鸡师院学报》,1987年第3期。

[4]易重廉:《"楚虽三户,亡秦必楚"正误》,《求索》,1987年第1期。

[5]徐德仁:《超级名画的背后——凡高与弗洛伊德美学》,《艺术家》,1989年第1期。

[6]诺曼·N·霍兰德、程爱民:《后现代精神分析学》,《国外文学》,1993年第2期。

[7]王宁:《西方文学家眼中的弗洛伊德主义》,《国外文学》,1993年第2期。

[8]张履祥:《典故、典故系列和典故辞典的编纂》,《辞书研究》,1996年第4期。

[9]时晓丽:《弗洛伊德的泛性论与中国新时期的文学》,《西北大学学报》,1998年第3期。

[10]李善奎:《古代言梦诗的抒情模式》,《济宁师专学报》,2000年第1期。

[11]龙迪勇:《寻找失去的时间——试论叙事的本质》,《江西社会科学》,2000年第9期,第53页。

[12]何炯:《从"梦诗"看陆游的爱国情怀》,《湖南财经高等专科学校学报》,2001年第2期。

[13]龙迪勇:《叙事学研究之五 梦:时间与叙事》,《江西社会科学》,2002年第8期,第22页。

[14]衷海燕:《士绅、乡绅与地方精英——关于精英群体研究的回顾》,《华南农业大学学报》(社会科学版),2005年第2期。

[15]陈功、李海玲:《"梦诗":陆游爱国情怀的另一种表达》,《玉溪师范学院学报》,2005年第5期。

[16]高继堂:《陆游记梦诗探析》,《宝鸡师院学报》,2005年第3期。

[17]魏中林:《古典诗学的学问化问题与清诗研究》,《苏州大学学报》(哲学社会科学版),2005年第3期。

[18]杨倩:《发展中的精神分析学——从荣格、霍妮到拉康》,《兰州大学学报》,2005年第4期。

[19]刘世文、付飞亮:《文学艺术的本质:集体无意识和原型——论荣格的原型批评理论》,《重庆科技学院学报》,2006年第5期。

[20]程锡麟:《叙事理论的空间转向——叙事空间理论概述》,《江西社会科学》,2007年第11期。

[21]臧国书、任秀芹:《论陆游记梦诗创作的心理动因》,《云南财经大学学报》(社会科学版),2008年第3期。

[22]姚晓瑞:《中国古代王朝战争的地缘模式探讨》,《人文地理》,2007年第

1期。

[23]南帆:《文学研究:本质主义,抑或关系主义》,《文艺研究》,2007年第8期。

[24]梁必彪:《陆游纪梦诗成因浅析》,《名作欣赏》,2008年第24期。

[25]杨恩莲:《关于弗洛伊德梦的理论综述》,《时代文学》,2008年第8期。

[26]蔡宗齐、李冠兰:《节奏·句式·诗境——古典诗歌传统的新解读》,《中山大学学报》(社会科学版),2009年第2期。

[27]曹顺庆、文彬彬:《多元的文学本质——对本质主义和建构主义论争的几点思考》,《文艺争鸣》,2010年第1期。

[28]董乃斌:《论中国文学史抒情和叙事两大传统》,《社会科学》,2010年第3期。

[29]刘波:《论曾几的人格魅力及对陆游的影响》,《文化论坛》,2011年第8期。

[30]叶雅风:《采药诗和作为诗歌意象的"采药"》,《牡丹江大学学报》,2013年第1期。

[31]龚鹏程:《不存在的传统:论陈世骧的抒情传统》,《美育学刊》,2013年第3期。

[32]刘安然、杨隽:《"诗言志"与"诗缘情"》,《文艺评论》,2014年第10期。

[33]董乃斌:《古诗十九首与中国文学的抒叙传统》,《北京大学学报》,2014年第5期。

[34]牛强:《从〈梦的解析〉看弗洛伊德释梦理论》,《中原文学》,2014年第49期。

[35]代谦、别朝霞:《财政压力的经济后果:以宋朝的"靖康之变"为例》,《世界经济》,2015年第1期。

[36]崔铭:《欧阳修与宋代戏谑诗风的兴起》,《江西社会科学》,2015年第12期。

[37]张思齐:《论〈惜诵〉的纪梦文学性质》,《西华大学学报》(哲学社会科学

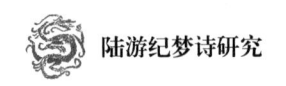

版),2015年第1期。

[38]胡家祥:《马斯洛需要层次论的多维解读》,《哲学研究》,2015年第8期。

[39]杨理论:《"灯传"江西与"不嗣江西"——论陆游对江西诗派的接受与拒斥》,《杜甫研究学刊》,2016年第4期。

[40]周剑之:《论陆游纪梦诗的叙事实践——兼论古代诗歌记梦传统的叙事特质》,《文学遗产》,2016年第5期。

[41]李育红:《卢卡奇文学理论的特点》,《渤海大学学报》(哲学社会科学版),2018年第4期。

[42]伍晓蔓:《陆游记梦诗解析》,《文学遗产》,2018年第5期。

[43]刘伟楠:《宋元时期记梦诗的精神内涵与诗学意义》,《阴山学刊》,2019年第2期。

[44]李婷婷:《苦涩的真味:一九二一年周作人对小林一茶的译介》,《金华职业技术学院学报》,2020年第6期。

[45]杨乃乔:《从中国古代文学批评到中国古代文学理论——兼谈哲学是文学理论研究的功底》,《河北师范大学学报》(哲学社会科学版),2020年第4期。

[46]杨学娟、康佳:《宋代诗词中驴的作用及其形象内涵探析》,《大庆师范学院学报》,2021年第1期。

[47]刘朵朵:《此情可待成追忆——陆游的沈园情结》,《戏剧之家》,2021年第33期。

[48]严耀中:《论中古时期的玄理诗》,《传统中国研究集刊》,2021年第1期。

[49]文竞跃:《明清文学中梦境抒写的魅力——以"临川四梦"为例》,《新纪实》,2022年第6期。

[50]吴荷花:《黄庭坚和江西诗派形式批评研究》,《名作欣赏》,2022年第17期。

[51]苗霞:《当代诗歌的历史诗学研究——以咏史怀古诗为视角》,《商丘师

范学院学报》,2022年第4期。

［52］陈娟:《中国文学中"叙事传统"的流变》,《贵州大学学报》(艺术版),2022年第6期。

［53］温优华、黄部兵:《宋代"戏谑诗"文献整理的价值与意义——评张福清〈北宋戏谑诗校注〉〈南宋戏谑诗校注〉》,《韩山师范学院学报》,2022年第1期。

［54］陶柳:《唐怀古诗"时空感"来由:古、今双重空间的建构》,《忻州师范学院学报》,2022年第6期。

［55］陈娟:《中国文学中"叙事传统"的流变》,《贵州大学学报》(艺术版),2022年第6期。

［56］赵碧霄:《〈红楼梦〉"梦叙事"研究综述》,《宜春学院学报》,2023年第10期。

［57］潘殊闲:《是处青山可埋骨——"乌台诗案"前后苏轼的痛苦体验与人生抉择》,《地方文化研究辑刊》,2023年第2期。

［58］曾祥波:《诗史传统的来源与影响——对抒情传统说的一点补充》,《北京大学学报》,2023年第3期。

［59］蒋书缘:《儒家文化在古代文学作品中的体现》,《大学语文建设》,2023年第11期。

［60］杨旸、杨朴:《"冷香丸"制服"热毒症"——论薛宝钗人生悲剧的象征性表现》,《吉林师范大学学报》(人文社会科学版),2023年第4期。

［61］崔玉洁:《论陆游梦诗中的侠骨与柔情》,《牡丹》,2023年第14期。

［62］李怡萱:《浅析"宋型文化"气质及其历史价值》,《名家名作》,2023年第3期。

［63］徐春林、郭诺明、苏静:《论陆王"心即理"说的精神实质》,《贵阳学院学报》(社会科学版),2024年第3期。

［64］庄妍:《从"物化"看〈齐物论〉"庄周梦蝶"对"我"的消解》,《名家名作》,2024年第4期。

［65］王灿:《阅读史视野下的宋代士人与读书——以黄庭坚为中心的考察》,

《中国出版史研究》,2024年第3期。

[66]刘波:《论曾几的人格魅力及对陆游的影响》,《文化论坛》,2024年第8期。

[67]崔铭:《欧阳修与宋代戏谑诗风的兴起》,《江西社会科学》,2024年第12期。

[68]方子楠:《中国古代诗歌中的荆轲形象特征研究》,《黄山学院学报》,2024年第2期。

[69]杨念群:《"大一统"观的演化过程及其现代意义》,《中国人民大学学报》,2024年第3期。

[70]肖瑞峰:《陆游闲适诗中的"宋韵"》,《中国韵文学刊》,2024年第3期。

学位论文

[1]陈恩维:《先唐诔文的文学化进程》,广西师范大学,2002年。

[2]卢晓辉:《宋代游仙诗研究》,南京师范大学,2004年。

[3]何立军:《意义与超越——西方象征理论研究》,复旦大学,2004年。

[4]康秀云:《20世纪中国社会生活方式现代化问题研究》,东北师范大学,2006年。

[5]徐恬恬:《论陆游之梦诗》,华东师范大学,2007年。

[6]李斯斌:《论"梦游"的美学意蕴》,四川师范大学,2008年。

[7]常如瑜:《荣格:自然、心灵与文学——荣格生态文艺思想初探》,苏州大学,2010年。

[8]周剑之:《宋诗叙事性研究》,北京大学,2011年。

[9]路薇:《南宋中兴三大诗人的梦诗研究》,西北大学,2012年。

[10]辛晓娟:《杜甫七言歌行艺术研究》,北京大学,2012年。

[11]王鹿:《宋代梦诗研究》,南京大学,2012年。

[12]张迎双:《宋代哀悼诗研究》,南京师范大学,2013年。

[13]孙俐:《陈寅恪的文学研究方法探微》,华中师范大学,2014年。

[14]李旭婷:《南宋题画詩研究》,南京大学,2016年。

[15]冯家欢:《宋代书斋文化与文学研究》,西北大学,2017年。

[16]沈晓雪:《帕特里克·克姆·霍根的情感叙事理论研究——以〈情感叙事学:故事的情感结构〉为中心》,西南交通大学,2019年。

[17]熊丰标:《秦军功爵制研究》,福建师范大学,2019年。

[18]赵水静:《五代十国文化研究》,陕西师范大学,2019年。

[19]柳敏:《南宋理宗朝理学诗人的戏谑诗研究》,云南大学,2020年。

[20]张静:《北宋梦诗研究》,西南交通大学,2020年。

[21]耿森:《陆游涉道诗研究》,哈尔滨师范大学,2022年。

[22]俞雯涵:《陆游思乡诗研究》,福建师范大学,2022年。

[23]张东华:《魏晋南北朝涉梦小说研究》,山东师范大学,2024年。

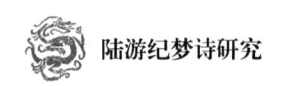

后　记

这本书的写作十分艰难,至少对当时的我来说是十分痛苦的:电脑的显示屏让我头晕目眩,久坐之后的腰椎向我发出警报,一本需要参考的书籍怎么都找不到……但什么都比不过完成书稿那一刹那的甜蜜。然后回过头来问自己,这真是我写的吗?我真的独立完成了一本书吗?成长的路上有荆棘也有鼓励,感谢妈妈对我的鼓励,让我在每个想要放弃的夜晚都能重拾信心再出发。还有她的亲自指导,上大学之后,我对论文写作一头雾水,还记得当时我写的第一篇论文——有关《伊索寓言》的课程论文,写得一团糟。但是妈妈耐心地教我,一步一步引导我应该怎么写,比如框架必须合理,先确定议题和主要观点,然后确定每一部分的大概内容,最后才能提笔去写;又比如对参考文献的重视,她告诉我引用的时候要使用权威的文献。正是由于妈妈的教导,我才能一次次越过荆棘,不断进步。

同时也非常感谢我的学业导师杨万里先生,在我写作过程中他不断地鼓励、指导我,给我提出了许多非常有用的意见,比如对整体架构的把握、写作的细部指导等,这些都使我不断进步,非常感谢老师对我的帮助!也感谢本书的编辑郭茹老师,从知识的正误到表达的流畅性,甚至标点符号的使用,她都给我提出了修改意见,使我对语言规范的认识更为深入。

这次专著的写作使我坚定了科研之路,坚定了对真理的探寻。或许,将来的某一天,我尽享跋涉于泛黄书页的愉悦时,也能因为自己一点点稚嫩而真诚的脚印而感到满足。我曾经的努力以及收获的关爱,被岁月摩挲之后,会带着芳香沉睡于我的生命中,并时时以"梦"的身姿重新呼吸与歌唱。